vabfs

GARDI

W9-DGS-207

Gardiner, Meg, author
La nada oscura
33410016808794   11-16-2020

Valparaiso Public Library
103 Jefferson Street
Valparaiso, IN 46383

LA NADA OSCURA

SERIE NEGRA

LA NADA OSCURA

MEG GARDINER

Traducción de
Ana Herrera Ferrer

RBA

Título original inglés: *Into the Black Nowhere.*
Autora: Meg Gardiner.

© Meg Gardiner, 2018.
© de la traducción: Ana Herrera, 2019.
© de esta edición: RBA Libros, S.A., 2019.
Avda. Diagonal, 189 - 08018 Barcelona.
rbalibros.com

Primera edición: junio de 2019.

REF.: OBFI270
ISBN: 978-84-9187-183-5
DEPÓSITO LEGAL: B. 13.219-2019

GAMA, SL · FOTOCOMPOSICIÓN

Impreso en España · *Printed in Spain*

Queda rigurosamente prohibida sin autorización por escrito
del editor cualquier forma de reproducción, distribución,
comunicación pública o transformación de esta obra, que será sometida
a las sanciones establecidas por la ley. Pueden dirigirse a Cedro
(Centro Español de Derechos Reprográficos, www.cedro.org)
si necesitan fotocopiar o escanear algún fragmento de esta obra
(www.conlicencia.com; 91 702 19 70 / 93 272 04 47).
Todos los derechos reservados.

PARA DAVID LAZO

Nosotros, los asesinos en serie, somos vuestros hijos, vuestros maridos; estamos por todas partes.

TED BUNDY

1

El llanto perforó las paredes y resonó en la oscuridad. Shana Kerber se despertó y entrecerró los ojos para mirar el reloj. La una menos cuarto de la madrugada.

Su voz sonó como un suspiro.

—¿Ya?

Se acurrucó un minuto más bajo el edredón, deseando volver a sumergirse en el calor y el sueño. «Cállate, Jaydee. Por favor». Pero el llanto del bebé se intensificó. Era un llanto intenso, totalmente despierto, que decía: «Tengo hambre».

La noche era muy fría. A principios de febrero, el viento del norte barría Texas. Silbaba a través de las grietas de la granja, haciendo temblar las puertas en sus marcos. Shana rodó hacia un lado. El otro lado de la cama estaba frío. Brandon no había vuelto a casa todavía.

Durante unos segundos más, Shana se quedó quieta, dolorida por la fatiga, esperando que Jaydee se tranquilizara. Pero seguía llorando con desesperación. Tenía diez meses y seguía despertándose dos veces cada noche. La madre de Shana juraba que las cosas mejorarían. Llevaba meses diciéndolo. «¿Cuándo, mamá? Por favor, ¿cuándo?».

—Ya voy, cariño —murmuró Shana.

Retiró las mantas, se apartó el pelo enmarañado de la cara y salió trabajosamente del dormitorio. El suelo de madera crujía bajo sus pies desnudos. El llanto de Jaydee era cada vez más claro.

Después de haber avanzado un par de metros por el pasillo, Shana aminoró la marcha. El llanto no provenía de la habitación de la niña.

La casa estaba completamente a oscuras. Jaydee era demasiado pequeña para salir sola de su cuna.

Shana encendió la luz del pasillo. La puerta de la habitación de la niña estaba abierta.

Le pareció que una astilla de hielo se le clavaba en el pecho. En el otro extremo del pasillo veía el salón. En el sofá, medio iluminado por la luz del pasillo, un desconocido estaba sentado con su hijita en el regazo.

La astilla de hielo se hundió más en el pecho de Shana.

—¿Qué está haciendo aquí?

—No se preocupe. Soy amigo de su marido. —La cara del hombre quedaba en las sombras. Su voz era serena..., casi amable—. Estaba llorando. No quería despertarla.

Parecía totalmente relajado. Shana fue acercándose despacio al salón. Miró hacia fuera, a la ventana delantera. Había luna llena. Un monovolumen estaba aparcado fuera. Un letrero colgaba de la ventanilla trasera.

—¿Es eso...? —Lo miró de arriba abajo—. ¿El ejército? ¿Es usted...?

La niñita se retorció en los brazos del hombre. Él la sujetó.

—Es una muñequita.

Hizo cosquillas a Jaydee y la hizo hablar. Shana intentó verle la cara, con gran esfuerzo. Los ojos seguían en sombras. Algo le impedía encender la luz de la mesa.

«¿Es un amigo de Brandon?».

Shana tendió las manos.

—Yo la cogeré.

El viento batía las ventanas. El hombre seguía sonriendo. Aunque no podía verle los ojos, Shana tenía la certeza, instalada en sus tripas, de que la estaba mirando.

Dio unos pasos hacia delante. Estaba a casi tres metros de él. Fuera de su alcance.

—Deme a Jaydee.

Él no lo hizo.

Ella tenía las manos abiertas.

—Por favor.

Jaydee se retorcía en brazos del hombre. Sus piernas gordezuelas se movían como pistones. El corazón de Shana latía con fuerza. Vio el poder en las manos del hombre, y supo que no podía abalanzarse sobre él sin más.

La escopeta estaba debajo de su cama. Cinco segundos sería lo que le costaría correr a la habitación, cogerla y volver al vestíbulo. Era del calibre doce. Estaba cargada.

Y sería inútil, porque aquel hombre apretaba a su hijita contra su pecho. Respiraba con dificultad, como una tela desgarrada por un clavo.

Avanzó un poco más.

—Tráigala aquí.

Durante unos segundos, él siguió balanceando a Jaydee. Llorando, la niñita tendía los dedos separados hacia Shana.

—Quiere a su mamá —dijo el hombre—. Eeeh, vamos...

Shana se quedó muy quieta, con los brazos extendidos.

—Deme a mi hija.

La sonrisa se puso tensa. El hombre dejó a Jaydee con suavidad a su lado, en el sofá.

Antes de que Shana pudiera coger aire, él bajó los hombros y se preparó. Estaba en movimiento cuando la luz finalmente le dio en los ojos.

El reloj del salpicadero marcaba la una y media de la madrugada cuando Brandon Kerber entró en el camino de grava. La camioneta rebotó en las rodadas, en el estéreo sonaba Chris Stapleton.

Brandon iba silbando. Aquella salida de sábado noche tan poco habitual había salido redonda: un partido de los San Antonio Spurs con amigos de su época del ejército. Cogió la curva más allá del bosquecillo de cedros y la casa quedó a la vista.

—¿Qué...?

La puerta delantera estaba abierta.

Brandon aceleró el F-150 y paró junto a la casa. Las ventanas reflejaban la luz de los faros de la camioneta como ojos desorbitados. Bajó de un salto. Con el viento, la puerta golpeaba contra la pared. Un sabor ácido le quemaba la garganta. Aquel sonido tan fuerte habría despertado a Shana. Dentro de la casa a oscuras, oyó un sonido quejoso.

Un llanto.

Brandon entró corriendo. El salón estaba frío. Los faros del coche proyectaban su sombra por delante de él, en el suelo, como una espada. El llanto seguía oyéndose. Era la niña.

Jaydee estaba acurrucada en el suelo. Él la recogió.

—¿Shana?

Encendió un interruptor. La luz del salón se encendió, neta, limpia, y vacía.

Los ojos de Jaydee estaban enrojecidos. Estaba exhausta de tanto llorar. La apretó contra su pecho. Sus llantos disminuyeron hasta convertirse en patéticos hipidos.

—Shana...

Brandon corrió al dormitorio con la niña y encendió la luz. Dio la vuelta y recorrió el vestíbulo, y miró en la habitación de la niña. Y en la cocina. El garaje. El porche trasero.

Nada. Shana había desaparecido.

Se quedó de pie en el salón, agarrando a Jaydee y diciéndose: «Ella está aquí, lo que pasa es que no la encuentro».

Pero la verdad se abatió sobre él. Shana había desaparecido. Era la quinta.

2

Las primeras sombras de la mañana atravesaban la carretera. El sol brillaba, dorado, a través de los pinos. Caitlin Hendrix aceleró y metió su Highlander en los terrenos de la Academia del FBI, en Quantico.

Por debajo de su abrigo negro, sus credenciales estaban sujetas en el lado izquierdo del cinturón. Llevaba la Glock 19M enfundada a la derecha. El mensaje de su teléfono decía: «Solace, Texas».

Caitlin salió del coche y el viento helado le apartó el pelo rojizo de los hombros. El viento de Virginia le recordaba constantemente que era una forastera allí. Le gustaba que fuera así. La mantenía en vilo.

Pasó por la puerta y se dirigió a la Unidad de Análisis de Conducta.

El mensaje decía: «Sospecha de secuestros en serie».

Las personas con las que se cruzaba Caitlin caminaban más rápido que los detectives con los que había trabajado en el pasado, en la oficina del sheriff de Alameda. Doblaban las esquinas mucho más deprisa. Echaba de menos a sus colegas de la Zona de la Bahía... Su orgullo y su camaradería. Pero le encantaba ver «FBI» en sus credenciales, con las palabras «Agente Especial» bajo su nombre.

Los teléfonos sonaban. Más allá de las ventanas, las paredes de cristal azul del complejo del laboratorio del FBI reflejaban el sol naciente.

Caitlin se acercó a su escritorio en la UAC-4, donde actualmente era una de las cuatro agentes y analistas asignadas a Crímenes contra Adultos. Dio los buenos días a sus colegas a medida que fueron llegando. Todos ellos habían recibido el mismo mensaje.

La Unidad de Análisis de Conducta era un departamento del Centro Nacional para el Análisis de Crímenes Violentos del FBI, una sucursal del Grupo de Respuesta Crítica a Incidentes. Su misión implicaba investigaciones inusuales o crímenes violentos y repetitivos. «Respuesta crítica a incidentes» quería decir que, cuando un caso caliente llegaba a la UAC, el grupo actuaba rápido, porque el tiempo apremiaba y había personas en peligro.

Como aquel día, por ejemplo.

Apenas había tenido tiempo de quitarse el abrigo cuando se abrió la puerta de un despacho, al fondo de la sala.

—No se ponga cómoda.

La gente levantó la vista.

El agente especial a cargo C. J. Emmerich se dirigió a ellos.

—Han desaparecido cinco mujeres en el condado de Gideon, Texas, en los últimos seis meses. La última fue hace dos noches. Las víctimas desaparecen los sábados por la noche. Y el periodo entre secuestros está disminuyendo.

La mirada de Emmerich recorrió la sala y recayó en Caitlin.

—Escalada —dijo ella.

Él asintió brevemente.

—Las similitudes entre los secuestros indican que nos estamos enfrentando a un único criminal. Alguien que se está volviendo más atrevido, más confiado.

Emmerich era su mentor oficial como agente de entrenamiento. Era un analista de perfiles legendario e irradiaba tanta autodisciplina que la ponía nerviosa. Solemne, intenso, atacaba los casos como un halcón se lanza sobre su presa. Cuando caía en picado para matar, sus garras eran afiladas.

—La oficina del sheriff del condado de Gideon ha requerido nuestra ayuda —dijo.

Su ayudante se puso de pie y les pasó unos expedientes. Caitlin hojeó el suyo.

«Escalada». Examinó las páginas del expediente buscando exactamente lo que aquella palabra podía significar en este caso.

Ya no era una novata, pero todavía estaba buscando su sitio como elaboradora de perfiles de criminales. Tenía la experiencia y los instintos de un policía, estaba aprendiendo a interpretar las pruebas de la escena del crimen, de los forenses y de la victimología para construir un retrato del perpetrador. Los perfiles se basaban en la comprensión de que todo en la escena de un crimen cuenta una historia y revela algo del criminal. La UAC estudiaba la conducta de los criminales para descubrir cómo pensaban, predecir si iban a aumentar el ritmo y cogerlos antes de que pusieran a otras personas en peligro.

—A las víctimas las han secuestrado en lugares públicos y en su propia casa —explicó Emmerich—. No hay testigos, y hasta ahora, ninguna prueba forense decisiva. Tal y como lo ha expresado el sheriff, sencillamente, han desaparecido.

«Desaparecidas». Los ojos de Caitlin se vieron atraídos hacia el retrato robot sujeto con alfileres encima de su escritorio.

Varón blanco, veintitantos años. El retrato plasmaba su mirada de ojos rasgados y su aire amenazante y relajado. Había pasado a su lado en un bar de motoristas en California. Más tarde, en aquel túnel oscuro, crucificó su mano con una pistola de clavos.

El software de reconocimiento facial del FBI no podía identificarlo. Era el Fantasma: un asesino, un traidor, un susurro por teléfono. Había ayudado al asesino en serie conocido como el Profeta a asesinar a siete personas, incluyendo a su padre.

Había prometido que se volverían a ver. Ella estaba esperando su llamada.

Pero eso no podía distraer su atención aquella mañana.

Pasó una página más en el expediente y vio una foto: una mujer de veintitantos años, solo unos años más joven que ella. Con los ojos vivaces, una sonrisa muy segura, el pelo rubio.

Shana Kerber. Caitlin se detuvo a contemplar la foto, deseando poder decirle: «Aguanta. Hay gente buscándote». Emmerich prosiguió:

—Han pasado veintinueve horas desde el último secuestro. Los locales nos necesitan en el escenario mientras exista una posibilidad significativa de encontrar a esta víctima viva. Y, si podemos encontrarla, quizá exista una oportunidad de salvar a las demás.

Señaló a Caitlin y a otra agente. El pulso de Caitlin se aceleró un poco.

—Cojan la maleta. El vuelo sale de Dulles para Austin a las diez y media.

3

Solace se encuentra a medio camino de Austin y San Antonio, a los pies de la zona montañosa de Texas, rebanado en su parte más oriental por la interestatal 35. Caitlin y el equipo conducían por ella bajo un blanco sol invernal.

Caitlin había estado solo una vez en Texas, de niña. Recordaba haber pasado horas en coche por unos espacios vacíos y enormes. Desde entonces, el corredor de la I-35 se había convertido en una franja de unos ciento cincuenta kilómetros de centros comerciales, venta de coches y bloques de apartamentos. Pero cuando salieron de la autopista el mundo de la comida rápida dejó paso al paisaje abierto: robles, cedros, caminos de tierra, ganado pastando detrás de unas alambradas... Caitlin dijo:

—Mucho verde, pocas farolas encendidas. En Solace vivirán..., ¿qué?, ¿cuatro mil personas?

Al volante del Suburban que habían cogido prestado en la oficina local del FBI, la agente especial Brianne Rainey parecía imperturbable detrás de sus gafas de sol.

—Cuatro mil trescientas.

En el asiento de atrás, Emmerich tenía la cara metida en un expediente.

—El condado de Gideon está escasamente poblado. Pero San Antonio es la séptima ciudad más grande de Estados Unidos. —Miró hacia el paisaje—. No lo parece, pero Solace se considera parte de una megarregión urbana.

Rainey le echó una ojeada por el retrovisor.

—El triángulo de Texas. San Antonio, Houston, Dallas-Fort Worth.

Él asintió.

—Ciudades enormes mezcladas con extensiones rurales.

Lo que quería decir en realidad era: decenas de miles de posibles sospechosos, y millones de hectáreas en las que se podían esconder. Pasaron junto a una torre en la que habían pintado: SOLACE, SEDE DE LOS BLACK KNIGHTS. Buzones de correo con la forma de Texas.

—Las estrellas por la noche son grandes y brillantes —dijo Caitlin.

Rainey sonrió brevemente.

—Y los coyotes aúllan en el camino. —Su anillo de la Academia de las Fuerzas Aéreas relampagueaba al sol. Su rostro volvió a su reserva impàsible.

Rainey era tan experta a la hora de mantener esa pose imperturbable que Caitlin no sabía si era una habilidad innata o bien una máscara cuidadosamente preparada. Tenía treinta y nueve años, afroamericana, casada y con unos gemelos de diez años. Llevaba las largas trenzas echadas hacia atrás y sujetas en una cola de caballo alta. Era reflexiva y sincera. Caitlin estaba aprendiendo que, si Rainey la desafiaba, normalmente era por una buena razón. Llevaba diez años en el FBI, y tres en la UAC. Rainey se hacía con todas las escenas del crimen en las que había trabajado. Tenía una habilidad que intimidaba. Algo que Caitlin quería aprender.

El instituto de Solace pasó por delante de sus ventanillas. Campos de deportes, luces de estadio. En el gimnasio se veía pintado un caballero de seis metros de alto con un caballo de guerra tras él.

Emmerich fue pasando las hojas del expediente.

—La base de la economía de la ciudad es agrícola. Tres bancos, doce iglesias. El instituto acoge al setenta por ciento de los alumnos en edad escolar.

—¿Y el otro treinta por ciento? —preguntó Caitlin.

—Les enseñan en casa —respondió él—. Shana Kerber se graduó en el instituto, igual que las otras dos víctimas. La mayoría de la gente de Solace conoce a esas chicas. Quizá el culpable las conociera también.

En Main Street, la acera estaba vacía. Pasaron junto al Red Dog Café. La ferretería Solace. Betty's, animales de compañía. La vida a la velocidad de las tortugas.

—Muchísimos sitios donde el raptor podría esconder a sus víctimas —dijo Rainey.

Pasaron velozmente por delante de unos postes de teléfonos, cubiertos de pasquines que se agitaban. Habían transcurrido treinta y seis horas desde que desapareció Shana Kerber. Con cada hora que pasaba, la probabilidad de encontrarla con vida iba cayendo de manera vertiginosa.

—Las calles están demasiado tranquilas —dijo Caitlin.

—Una ciudad pequeña —añadió Rainey.

—Una ciudad asustada.

Aparcaron el coche junto a la oficina del sheriff del condado de Gideon.

La comisaría era del tamaño de un McDonald's. Fuera, la bandera con la estrella solitaria ondeaba al viento, bajo las barras y estrellas. Caitlin llevaba el abrigo desabrochado, y el frío penetró a través de su fino jersey negro. Dentro, el linóleo muy desgastado y el tablero en el que se encontraban las fotos de los Diez Más Buscados le resultaron agradablemente familiares. El recepcionista que estaba detrás del mostrador les examinó a los tres con mordacidad.

Emmerich sacó sus credenciales.

—AEC Emmerich, deseo ver al comisario Morales.

Morales salió de un despacho que estaba al fondo del vestíbulo.

—Agentes especiales. Muchas gracias por venir. Estamos todos manos a la obra.

Morales era muy robusto y llenaba bien la camisa de su uniforme marrón. El subjefe de policía de Solace llevaba vaqueros y unas botas camperas viejas. Detrás de sus gafas sin montura, sus ojos castaños eran muy agudos. Les condujo hasta una habitación trasera, atestada de escritorios, que servía como Departamento de Investigación de la comisaría. En una pared, los tableros de corcho estaban cubiertos de fotos de veinte por veinticinco centímetros.

Eran las mismas fotos que había visto Caitlin en el camino hacia Solace, clavadas en postes de teléfono y pegadas con cinta adhesiva en el interior de la ventana del Red Dog Café, y plastificadas en la verja metálica que rodeaba el instituto.

Mujeres rubias y jóvenes con aspecto de animadoras deportivas. Las cinco que habían desaparecido.

Se acercó al tablero.

—Desde luego, elige un tipo de mujer.

—Sí —dijo Rainey—. Texanas.

Morales se frotó un poco la nariz, molesto, al parecer. Rainey levantó una mano conciliadora. Explicó:

—Yo fui al instituto Randolph de San Antonio. Mi padre estaba destinado en la base.

Caitlin se acercó al tablero.

KAYLEY FALLOWS, 21. El 25 de agosto; 23:45. Red Dog Café.

HEATHER GOODEN, 19. El 17 de noviembre; 23:10. Campus occidental de la Gideon Western.

VERONICA LEES, 26. El 29 de diciembre; 22:15. Cine Gideon Gateway 16.

PHOEBE CANOVA, 22. El 19 de enero; 12:15. Main Street, Solace.
SHANA KERBER, 24. El 2 de febrero; 01:00 (aprox.). Residencia.

Emmerich se volvió hacia el comisario.

—Hemos leído el expediente. Díganos qué más sabe.

Morales se acercó al tablero de corcho.

—Las chicas estaban, y poco después, habían desaparecido. Empezando con Kayley Fallows.

La chica de la foto tenía el pelo rubio del sol y una sonrisa coqueta.

—Salió por la puerta de la cocina, al final de su turno del Red Dog Café. El cocinero que estaba fumando la vio alejarse. Le hizo una broma, vio que ella le saludaba por encima del hombro. O quizá lo mandó a freír espárragos. Era una chica muy descarada. Es. —Se puso tenso—. Atravesó el aparcamiento que hay detrás el café, salió de la zona iluminada y desapareció. Hemos investigado al cocinero, a todo el personal. A todos los clientes que pudimos identificar.

Dio unos golpecitos en otra foto: Heather Gooden, retratada con el uniforme de las animadoras del instituto de Solace.

—Heather salió por la puerta delantera de su residencia. Tenía que atravesar cincuenta metros por el patio de la facultad hasta la cafetería. —Su voz se volvió ronca—. No llegó.

—Parece que conocía usted a Heather —dijo Emmerich.

—Era amiga de mi hija desde que iban a la guardería. Ha sido un golpe duro.

Morales se aclaró la garganta y continuó:

—Veronica Lees. Fue a los multicines con una amiga suya. Cuando la película estaba a medias, salió al puesto de chucherías... y no volvió.

La joven lucía una enorme sonrisa, su pelo era también muy frondoso, y llevaba una enorme cruz con una cadena al cuello, oro en contraste con su blusa rosa.

—El expediente indica que hay imágenes del circuito cerrado de televisión —dijo Emmerich.

Morales se sentó a su escritorio y puso en marcha un vídeo. En baja resolución y en color, vieron a Veronica Lees aparecer con el monedero en la mano, caminando rápidamente a través del atestado vestíbulo hasta el mostrador. Compró una caja de Junior Mints, luego volvió a atravesar la multitud. Dobló una esquina hacia un pasillo.

Morales detuvo el vídeo.

—Eso es todo. No volvió a su butaca.

Era espeluznante. Sencillo. Estaban, ya no estaban.

—¿Puede ponerlo otra vez? —preguntó Caitlin.

Esta vez, Caitlin se concentró en la multitud que llenaba el vestíbulo, fijándose en si alguien prestaba atención de una manera obvia a Veronica Lees. Nada le saltó a la vista. Pero había docenas de personas en la pantalla. Necesitaba tiempo para examinarlo todo de manera analítica.

—¿Puede enviármelo?

Él asintió.

Rainey preguntó:

—¿Hay vídeos del exterior?

—Me temo que no —respondió Morales.

Emmerich examinó la foto de Lees.

—¿Algún asunto personal?

—Investigamos —dijo Morales—. Pero no ha contactado con ningún amigo ni pariente. Las tarjetas de crédito y de débito no se han usado desde aquella noche. Veronica dejó su bolso en el asiento cuando fue al puesto de chucherías. Y su marido no se inventó ninguna historia de que ella se fuera con un amante, como hizo ese idiota de Austin hace un par de años. —Y señaló con la cabeza en dirección a la capital del estado, al norte.

Emmerich pasó junto a los tableros y cruzó los brazos.

—George de la Cruz.

Morales asintió.

—Acabó siendo condenado por asesinato, aunque su mujer nunca apareció.

Un hombre entró por la puerta como si fuera un defensa de fútbol americano, embistiendo hacia ellos. Le estrecharon la mano.

—Detective Art Berg. Ustedes son los de los perfiles.

Emmerich se volvió hacia el tablero de corcho. Dio unos golpecitos en la foto de la cuarta víctima. Era una jovencita delgada, con el pelo teñido de rubio y bastante greñudo. Las raíces negras. Una gargantilla con un corazón, y una camiseta de tirantes sucia. Era una foto del archivo policial. Dijo:

—Hábleme de la experiencia de Phoebe Canova en el sistema.

—Arrestos por prostitución y posesión de metanfetamina. Ambas cosas relacionadas —dijo Berg—. Detuvo su coche en un cruce de ferrocarril. Cuando pasó el tren, su coche estaba vacío. —Sus labios se apretaron—. Tiene un bebé de dieciocho meses. Un niño que se llama Levi.

—¿Un chulo? —inquirió Rainey—. ¿Ligues?

—Estamos investigando ambas cosas —le respondió Berg—. Pero en esos círculos la gente se niega a hablar.

—Creen que hizo algo y la mataron. Y que si hablan con la policía se pondrán ellos mismos una diana encima.

—Básicamente —dijo Berg—. Miedo a las represalias.

—¿Han desaparecido otras mujeres implicadas en la prostitución?

—En los últimos dos años, en San Antonio, sí. Pero no han sido como esto.

Rainey dijo:

—¿Alguna de las víctimas, además de Phoebe Canova, tomaba drogas, que se sepa?

Berg negó con la cabeza.

—La vida de Phoebe se iba por el retrete. Un caso triste. —Cruzó los brazos—. Pero no quiero quitarla del tablero. No quiero culpar a la víctima. ¿Cómo iba vestida? ¿Por qué salió tan tarde? No.

Emmerich se volvió, tenso.

—Nosotros tampoco. Pero tenemos que investigar la victimología del sospechoso desconocido.

«Sospechoso desconocido» era el término que usaba el FBI para el sujeto no conocido de cualquier investigación criminal. Emmerich señaló hacia las fotos.

—¿Por qué eligió el secuestrador a esas mujeres? Entender eso nos ayudará a estrechar la búsqueda del criminal.

El comisario Morales asintió. Se quedó un poco abatido. Caitlin se imaginó por qué: porque Emmerich había dicho «el» criminal. «El» sospechoso. Había dado carta de naturaleza a la convicción de Morales de que todas aquellas desapariciones estaban relacionadas.

El detective Berg les miró con los ojos cansados.

—Y ahora Shana.

—¿Qué relación hay entre las víctimas? —pregunto Caitlin.

Morales se balanceó un poco sobre los tacones de sus botas.

—Tres de ellas se graduaron en el instituto de Solace, pero no se conocían. Aparte de eso, lo que las une es que las cogieron a todas un sábado por la noche, tarde.

Emmerich miró al comisario.

—El intervalo decreciente entre desapariciones es una señal peligrosa.

Morales se pasó una mano por el pelo.

—Esto tiene a toda la ciudad en vilo. La gente habla, piensa que hay elementos ocultistas implicados.

—¿Como si fuera algo satánico? —preguntó Caitlin.

—Solace es una ciudad religiosa. La idea de que alguien se lleva a mujeres para propósitos rituales...

—Pero no han encontrado prueba alguna de ello.

Morales negó con la cabeza.

—Ni una.

No dudó de él. Las muertes por rituales satánicos eran una leyenda urbana, no una epidemia.

Berg dijo:

—El problema es que han desaparecido sin más. No hay ninguna prueba.

Emmerich se volvió.

—Eso no es exacto. Podemos examinar toda la vida de las víctimas. Y tenemos las cosas que dejaron. —Y dio unos golpecitos en el tablero.

—El coche de Phoebe —dijo Berg.

—Y el bebé de Shana. —Emmerich se volvió hacia Caitlin y Rainey—. Vayan ustedes dos a casa de Kerber. Luego, a la escena donde se encontró el coche de Canova.

—Sí, señor —asintió Caitlin.

Morales le dijo a Berg que fuera con ellas.

—Examine todo lo que dejaron atrás, hasta las moléculas de aire. Ya sé que lo ha examinado todo meticulosamente, pero vuelva a hacerlo. Shana está en algún sitio por ahí y se nos está acabando el tiempo para devolverla a casa.

4

A la luz de la tarde, la granja donde vivían Shana y Brandon Kerber parecía muy pintoresca. Un columpio colgaba junto a la ventana principal. Más allá de los cedros y las lantanas que corrían por el borde de su terreno, se veían unos bloques de pisos nuevos. Cuando Caitlin y Rainey salieron del Suburban del FBI, oyeron el tráfico distante de la I-35.

El detective Berg salió de un Caprice bastante viejo.

—Brandon está en casa de su familia, con la niña.

—Nos gustaría hablar con él. Nos ayudaría mucho a desarrollar la victimología —explicó Rainey.

—Es una palabra muy pija para indicar que quieren husmear en la vida de Shana.

—Si conseguimos averiguar por qué se eligió a las mujeres secuestradas, eso nos ayudará a comprender mejor la psicología del culpable. Y podremos elaborar un perfil —dijo ella—. ¿Tiene enemigos Shana? ¿Alguien que quiera hacerle daño?

—Nadie. Ya lo he preguntado.

—¿Le mencionó ella a alguien que la vigilaran o la siguieran en los últimos meses? ¿Alguien que la hiciera sentir incómoda?

—Brandon dice que no. También dicen lo mismo los padres de Shana.

Caitlin notó el viento en su espalda.

—¿Y qué dicen ellos de Brandon?

La mirada de Berg fue incisiva.

—Pues que le tienen mucho cariño. Y tiene una coartada más sólida que una piedra. Estaba en la cancha de baloncesto de los San Antonio Spurs, apareciendo en el Jumbotron, cuando desapareció Shana. —Las acompañó hasta el porche—. Todos están hechos polvo.

Caitlin no había querido que su pregunta sonara fría..., solo exhaustiva. Los investigadores tienen que evaluar las situaciones de manera analítica. No pueden dejar que la compasión les nuble el juicio. Pero, de igual modo, tienen que protegerse para no acabar hastiados. Cuando Caitlin era policía callejera, tenía que hacer esfuerzos para no volverse demasiado cínica y suspicaz, y empezar a ver a todo el mundo como posibles delincuentes..., incluso estando fuera de servicio, en los cumpleaños de los niños. Los oficiales de policía tienden a creer mucho en la autoridad. Algunos oficiales tienen que esforzarse mucho para separar el poder de la insignia de su anhelo de control.

La intimidación era como una droga. Pero el control era una ilusión.

Y en aquel preciso momento, Caitlin no sentía que llevara las riendas de aquel caso, ni que tuviera una visión clara de lo que estaba pasando. Se sentía más bien como un tigre acechando entre la hierba alta, camuflado por sus rayas.

La cinta amarilla de la escena del crimen atravesaba la puerta delantera de los Kerber. Berg la cortó con una navaja. Dentro, la calefacción estaba apagada, y la luz amarillenta pasaba oblicua entre las persianas e iluminaba el oscuro suelo de madera. La casa tenía un aspecto vacío y triste.

Caitlin examinó la puerta.

—¿Señales de una entrada forzada?

Berg negó con la cabeza.

—Brandon insiste en que Shana siempre cerraba la puerta, pero ¿quién sabe?

Examinó el pasador y la cerradura de golpe.

—Esta cerradura es muy débil, se podría abrir con una tarjeta de crédito.

Rainey dijo:

—Quizá fue Shana quien abrió.

—Cuando Brandon llegó a casa, solo estaba encendida la luz del pasillo —dijo Berg—. Si Shana hubiese abierto la puerta, creo que habría encendido una luz en el salón.

Caitlin dio la vuelta a la habitación, despacio.

—Algo la despertó.

—La bebé. —La mirada de Rainey barrió todo el espacio—. ¿Los Kerber tienen armas de fuego en casa?

—Una escopeta —dijo Berg—. La encontraron debajo de su cama.

—¿Cargada? —quiso saber Caitlin.

Él asintió.

Rainey frunció el ceño.

—La niñita ya gatea, ¿no?

Berg no dijo nada. Caitlin nunca dejaría un arma cargada sin seguro, y mucho menos al alcance de un niño que gatea. Por la forma desaprobadora en que Rainey movió la cabeza, supo que ella tampoco lo haría.

—¿Alguna huella en el arma? —preguntó Caitlin.

—Las de Brandon y las de Shana —respondió Berg—. Ninguna más.

Rainey se dirigió hacia el vestíbulo.

—Shana no advirtió peligro.

—No —dijo Caitlin—. De lo contrario habría salido de ese dormitorio empuñando la escopeta, y le habría impedido entrar en el cuarto de la niña. —Echó una mirada al dormitorio principal—. No sabemos lo que sacó a Shana de la cama, pero literalmente la desarmó.

—El tipo era hábil, silencioso y rápido —intervino Rainey—. Y solo dejó una cosa de esta casa fuera de su sitio.

El viento hacía traquetear la puerta, y se deslizaba por los aleros. Caitlin recordó la declaración escrita que hizo Brandon Kerber, en la que describió la escena que se había encontrado al llegar a casa. Notó un escalofrío.

—La bebé —dijo.

Rainey asintió.

—Tenía un plan, y para él usó a una niña de diez meses. Como señuelo, o como prenda de intercambio, o para poder dominar a Shana. Es un depredador calculador y sin escrúpulos.

5

En Solace, en el cruce del ferrocarril donde había desaparecido Phoebe Canova, Caitlin y Rainey aparcaron y caminaron hacia las vías.

Bajo el sol brillante, el cruce parecía normal y corriente, y, quizá debido a eso mismo, extrañamente amenazante. «Era espeluznante. Sencillo. Estaban, ya no estaban». Las vías atravesaban Main Street y corrían hacia el sur, entre matorrales. El tráfico de vehículos era esporádico. Una camioneta marrón que tiraba de un tráiler con caballos atravesaba las vías, traqueteando. Al pasar, el conductor aminoró la velocidad y las miró por el parabrisas, y luego siguió avanzando.

—Pronto seremos noticia —dijo Caitlin—. Las noticias vuelan en las ciudades pequeñas.

—Créeme, alguien de Reddit ya está especulando sobre esto en su cubículo de Nueva Jersey. Habrá veinticinco teorías sobre este caso a la hora en que acaban los colegios.

Cruzaron las vías y se quedaron de pie en la carretera, mirando hacia atrás.

Otra camioneta más antigua, roja, se dirigió hasta una señal de stop que estaba detrás de su monovolumen. Un hombre de unos cincuenta años salió de ella. Se subió el cinturón y se dirigió hacia ellas.

—He oído que el FBI estaba en la ciudad. ¿Son ustedes? —preguntó.

Dos mujeres con traje negro examinando la escena de un crimen. No hacía falta ser un lince.

Caitlin asintió.

—Sí, señor. ¿Y usted es...?

—Darley French. Estaba en mi camión, justo ahí donde están ustedes, cuando ella desapareció.

Las cejas de Rainey se arquearon.

—¿Usted presenció el secuestro?

El hombre masticaba algo que le abultaba la mejilla.

—No, señora. La barrera del paso a nivel bajó justo antes de que yo parase. Esa chica, Phoebe, no había llegado todavía. Yo era el único que andaba por esta carretera.

—¿Hizo usted una declaración en la oficina del sheriff? —le preguntó Caitlin.

Sabía que sí lo había hecho. Quería ver qué decía ahora.

—Pues claro. —Se volvió hacia las vías—. El tren de carga vino y, cuando finalmente pasó y se levantó la barrera, vi su coche atravesado en las vías. Justo ahí, con los faros encendidos y el humo saliendo del tubo de escape. La puerta del conductor estaba abierta. —Escupió—. Me adelanté un poco. La luz de dentro del coche estaba encendida. El bolso estaba en el asiento del pasajero. El coche estaba vacío.

Rainey dijo:

—Debió de asustarse, ¿no?

—Noté como si una cucaracha me corriera por la espalda. No había ningún otro coche en la carretera, ni siquiera luces traseras, nada.

—¿No vio a nadie más por la calle? ¿O a pie? —dijo Caitlin.

Él negó con la cabeza.

—El coche estaba ahí. La chica, no. Llamé al sheriff.

Caitlin hizo un gesto hacia el asfalto donde estaba él.

—Ahí es donde paró usted.

—Así es.

—¿Y cuánto tiempo tardó en pasar el tren? —le preguntó Rainey.

—Pocos minutos. Dio tiempo a que sonara toda una canción de Leon Russell —dijo French.

Caitlin sacó el expediente que llevaba en la bolsa colgada del hombro y lo hojeó.

—Era un tren de carga de un kilómetro y medio de largo. Viajando a cincuenta kilómetros por hora. —Pasó el dedo por la página—. Un tren de esa longitud, viajando a esa velocidad, habría tardado ciento veinticinco segundos en pasar el cruce.

Rainey miró el lugar donde Phoebe Canova había aparcado.

—A ella la secuestraron durante un intervalo de dos minutos. —Levantó el brazo—. Los vagones de carga acoplados a un tren están separados apenas por un metro. Señor French, tendría que haber visto los faros entre ellos, al pasar el tren.

—Pues la verdad es que no me di cuenta. No presté atención. Estaba poniendo la radio.

Rainey se puso las manos en las caderas.

—Dos minutos.

Caitlin asintió.

—Desde la aproximación inicial y el secuestro a la huida sin dejar rastro. —Miró a su alrededor—. Era medianoche.

Rainey asintió lentamente.

—La mayoría de las tiendas están cerradas. Todavía.

Caminaron por las vías hacia el lugar donde se encontró el coche de Phoebe Canova. La ubicación exacta estaba marcada con pintura de aerosol en el asfalto. Cuatro esquinas, bien alineadas.

—Estaba muy apartada de la barrera del cruce, y con el coche recto —dijo Rainey.

—No giró. No hay señales de que alguien la persiguiera.

Darley French se acercó a ellas dando saltitos.

—¿Tienen alguna teoría, señoras?

—¿Y usted? —preguntó a su vez Rainey.

—A algún cliente no le gustó el servicio que ella le dio. Decidió que quería un servicio gratis.

Caitlin y Rainey meditaron un momento, inexpresivas. Al cabo de un minuto, French les tendió su tarjeta.

—Me voy.

Se dirigió hacia su furgoneta y se alejó.

Caitlin vio alejarse la camioneta.

—En lo que respecta a los testigos...

—Es todo un caballero. —Rainey se puso las gafas.

El Nissan Altima rojo de Phoebe Canova se encontraba en un cobertizo en el depósito municipal del sheriff, junto a la estación. El detective Berg se reunió con ellas allí.

Caitlin dio una vuelta alrededor del vehículo. Tenía una abolladura en el panel trasero derecho, pero el golpe estaba rodeado de óxido. Dijo:

—No hay pruebas de que otro vehículo colisionara con su coche la noche del secuestro.

—No —repuso Berg.

En el cobertizo, resguardadas del viento, sus palabras parecían más íntimas. Caitlin se puso los guantes de látex. El coche ya había sido revisado, el vehículo estaba todo sucio por el polvo para extraer huellas dactilares, pero para ella era un procedimiento habitual y una costumbre.

Rainey dijo:

—¿Alguna pista con las huellas?

—Las huellas de Phoebe están en la portezuela del conductor y el interior. Las de su hermano menor, en la puerta del asiento del pasajero. Tiene dieciséis años. —Berg captó la mirada curiosa de Caitlin—. Cualquier persona con permiso de conducir o documento de identidad emitido en Texas tiene archivada una huella digital.

—Bien —dijo Caitlin.

Habían pasado el aspirador por el interior del vehículo para buscar pistas. Berg dijo que las pruebas del aspirador se enviaron al laboratorio criminalístico del condado, pero no habían dado ningún resultado útil.

Caitlin preguntó:

—¿El coche se encontró con la ventanilla del conductor bajada? ¿No la han bajado ni ajustado desde entonces?

—El policía que respondió a la llamada del 911 lo encontró exactamente así.

—La puerta del conductor estaba abierta —dijo Rainey.

—Del todo.

Caitlin abrió la puerta del conductor y se agachó. Del espejo retrovisor colgaba un ambientador con forma de abeto. El interior del coche olía a cereza silvestre.

Ella siguió preguntando:

—¿Hacía el frío que hace ahora el sábado por la noche?

Berg contestó:

—Más. Casi helaba.

Ella se puso de pie.

—¿Por qué bajaría la ventanilla Phoebe? —Miró a Berg—. ¿En qué condiciones se encontraba el interior cuando vieron por primera vez el coche? ¿Limpio? ¿Sucio?

—El bolso estaba completamente abierto en el asiento. Había envoltorios de hamburguesas a los pies del asiento del conductor. —Se frotó la mejilla—. Un puñado de recibos en los soportes para vasos.

—Papeles sueltos. Pero no habían volado por el interior. Eso sugiere que ella no bajó la ventanilla mientras iba en movimiento, sino después de detenerse en el cruce del ferrocarril.

Berg gruñó.

—¿Y por qué la bajó? —preguntó Caitlin—. ¿Para tirar una colilla de cigarrillo?

—No fumaba —dijo Berg—. Al menos, no hemos encontrado ninguna prueba de ello. Ni cigarrillos en su bolso. La unidad auxiliar eléctrica del salpicadero tiene un cargador de teléfono enchufado, no un encendedor.

Caitlin asintió.

—El ambientador tampoco parece que esté disimulando un olor a tabaco persistente.

Rainey se inclinó.

—Ni a hierba.

—Entonces ¿por qué bajó la ventanilla cuando se detuvo al pasar el tren? —quiso saber Caitlin—. ¿Para llamar a alguien que paseaba por la calle?

—Era más de medianoche. —Rainey cruzó los brazos—. ¿Tienen mucho tráfico a esa hora de la noche?

—No —respondió Berg—. Todo estaba cerrado a cal y canto en esa manzana, y no ha aparecido ningún otro testigo.

Caitlin pensó sus siguientes palabras.

—¿Para hablar con un policía que la paró?

Berg se movió un poco. Caitlin fue más consciente aún de lo frío que era el aire.

Berg se metió los pulgares por debajo de la hebilla del cinturón.

—No fue ninguno de nuestros oficiales quien hizo esto.

Solo le faltaba colocarse bien los calzoncillos ajustados para demostrar lo incómodo que estaba.

Pero continuó:

—El GPS de los coches del departamento muestra que ninguno se acercó a cinco metros de distancia del cruce en los veinte minutos anteriores a la llamada al 911. Cuando llamó Darley French, la unidad más cercana estaba al otro lado de la I-35. Todos nuestros vehículos llevan GPS. Se lo puede descargar y verlo por sí misma.

Caitlin asintió. Estaba segura de que Emmerich estaba haciendo eso exactamente.

—La subestación del sheriff de Solace tiene cuatro coches patrulla —añadió Berg—. Más el vehículo sin marcas para detectives. Ninguno de ellos estaba cerca del cruce del ferrocarril cuando desapareció Phoebe.

Caitlin y Rainey intercambiaron una mirada. La subestación del sheriff de Solace tenía cinco vehículos. ¿Cuántos podían tener las de las ciudades de alrededor? ¿Austin? ¿San Antonio? ¿Toda la flota del sheriff del condado? ¿Los agentes estatales y los Rangers de Texas?

—Está sacando conclusiones a una velocidad exagerada, agente Hendrix.

—No estoy sacando ninguna conclusión. Quizá la señorita Canova bajó la ventanilla para hablar con alguien que pensaba que era un oficial de policía.

Pero Berg no se calmó.

—Está diciendo que no tenemos nada.

—Esto sí que nos dice algo.

—¿Algo que valga la pena?

—Aún no lo sé.

Pero Berg no andaba muy errado. No tenían testigos. Ni una prueba forense. Ninguna conexión aparente entre las mujeres que habían desaparecido. Solo un agujero negro en el cual, al parecer, habían caído. Caitlin cerró muy despacio la puerta del coche de Phoebe Canova.

6

Cuando Caitlin y Rainey volvieron a la comisaría, Emmerich se encontraba ante un tablero de corcho nuevo, en la sala de detectives. Había puesto allí un mapa grande de Texas, y estaba clavando alfileres en él.

—¿Resultados? —preguntó.

—Pues muchos. —Rainey se acercó al tablero, con las manos metidas en los bolsillos de los pantalones—. El sospechoso no dejó huella alguna en el coche de Phoebe Canova. O bien llevaba guantes, o no tocó el vehículo.

—Si no lo tocó...

—La convenció de que saliera.

Caitlin se acercó.

—No tocó el coche.

Emmerich levantó una ceja.

—¿Es una intuición?

—Una deducción. El coche se encontró con el motor en marcha. Y la transmisión estaba para aparcar.

—Quizá Phoebe lo puso en aparcar porque se detuvo para dejar pasar el tren.

—Al tren le costó dos minutos pasar... El mismo tiempo que algunos semáforos. Y en un semáforo, si conduces un coche automático, no cambias de marcha. Simplemente, pisas el freno —dijo ella—. Phoebe lo puso para aparcar cuando decidió abrir la puerta y salir, para que el coche no se le fuera hacia delante.

Berg y el jefe Morales se acercaron también. El mapa les producía curiosidad.

Emmerich lo señaló.

—Estas son las ubicaciones donde se vio por última vez a cada una de las mujeres desaparecidas.

Al situarlo visualmente, las implicaciones eran dolorosamente obvias. El Red Dog Café. El patio de la universidad. Los multicines. El paso a nivel del ferrocarril. La casa de los Kerber. Emmerich dijo:

—Están situadas de norte a sur, a lo largo de casi ochenta kilómetros. Pero...

—Pero todas están en un radio de tres kilómetros de la I-35 —concluyó Morales.

Los alfileres rojos parecían una serie de botones que corrían por la delantera de una camisa.

—Más aún. No se apartan más de doscientos metros de una carretera que va a parar directamente a una rampa de entrada de la autopista. —Emmerich cogió un rotulador rojo y conectó los sitios de los secuestros con una gruesa línea que corría por toda la página, como una vena—. Es un coto de caza.

Morales se volvió hacia él.

—¿Y qué hacemos ahora?

—Pues construir un perfil del sospechoso. Para poder empezar a cazarlo.

El equipo se registró en un Holiday Inn Express, junto a una salida de la I-35. Caitlin se cambió de ropa y se puso unos vaqueros. Al otro lado de la calle había un puesto de tacos. Mandó un mensaje de texto a los demás preguntándoles si querían que les comprara algo.

Rainey respondió: «Trae picante». Emmerich escribió: «¿Comida para llevar?».

Caitlin respondió: «Comida para llevar de Texas. Cuanto mayor, mejor. Y es la ley».

Atravesó la carretera a toda prisa, y se notó cansada y tensa a la vez. Trabajar para la UAC conllevaba grandes responsabilidades, y la dejaba exhausta. Lo había visto aquel mismo día en los ojos de los oficiales de Solace. «Dinos que tenemos un sospechoso ya. Dinos quién es ese hijo de puta.

»Y ahora mismo, porque Shana está ahí fuera».

Hacia el este, unas colinas peladas se iban sucediendo hasta el horizonte. Se seguía oyendo el zumbido del asfalto de la interestatal sin parar. En el puesto de tacos se encontraban aparcadas unas cuantas camionetas, y había gente en unas mesas de pícnic esperando sus pedidos, acurrucados bajo sus chaquetas y enviando mensajes de texto.

Parecían muy relajados. Pero las mujeres que se encontraban entre la clientela permanecían junto a la luz que salía del interior del puesto.

Cuando Caitlin trabajaba en un caso en algún sitio donde no había estado nunca antes, siempre encontraba un establecimiento local muy ajetreado y barato donde comer. Era una forma de tomarle el pulso al terreno. Comprar comida en un establecimiento local servía para algo más que para que le reembolsaran las dietas. También aprendía algo de los lugares al entrar en sus establecimientos, al hablar con la gente y al escuchar tanto con los oídos como con el diapasón interior.

Allí veía que el puesto de tacos era un lugar donde se sentían bienvenidos por igual obreros de la construcción, universitarios y mamás que acompañaban a los niños al fútbol americano. Tras la ventanilla de los pedidos se oía a todo volumen una música de mariachis que salía de un radiocasete. Se oía hablar en inglés, en español y quizá incluso en hindi. Aquel sitio parecía muy agradable y seguro. Pero la gente mantenía los ojos clavados en los alrededores. Las mujeres evitaban las sombras. Solace estaba aprensivo.

El joven que trabajaba en el mostrador le dijo:

—¿Qué va a tomar?

Ella leyó el cartel con el menú que el hombre tenía detrás de la cabeza. Contó veinticinco tacos distintos, que iban desde cerdo hasta pollo jamaicano, cordero cortado a tiras con *sriracha*, queso Cotija y mermelada de arándanos y habanero.

—Pues todos... —Se rio.

Volvió al hotel con dos bolsas muy abultadas de comida caliente. Rainey se acercó por la zona de estar del vestíbulo. Caitlin le tendió un grueso fajo de servilletas.

Rainey desenvolvió un taco y le dio un buen bocado.

—Maldita sea...

Caitlin comió sin parar.

—Quizá pida el traslado a una oficina local.

Una vez restablecida, comprobó su reloj. El equipo se reuniría al cabo de una hora para analizar los resultados de la investigación del día. Tenía tiempo. Lo recogió todo, salió afuera y llamó a Sean Rawlins.

—Cariño —dijo.

—¿Qué tal?

La voz de él contenía una sonrisa. Ella notó que se calentaba, aunque la tarde helada convertía su aliento en escarcha.

—Pues hablan americano aquí. No hace falta traducción —dijo.

—¿Te has comprado ya unas botas vaqueras?

—Negras, con calaveras y rosas. —Llevaba unas Doctor Martens en realidad. Prefería echarse salsa picante en los ojos que ir de compras—. ¿Estás en la carretera?

—Atascado en el puente de la Bahía.

Ella notó una punzada de dolor, nostalgia por la Bahía, las altas torres del puente, la luz del sol iluminando miles de cabrillas blancas entre el Golden Gate y Alcatraz. Anhelaba el aroma del Pacífico y la belleza de las ciudades y las montañas, y también a su hombre. Cerró los ojos.

Los abrió y se sintió pequeña, rodeada por la extensión del continente. El cielo era inmenso. Era bellísimo y también terrorífico.

—A ver, cuéntame cosas de Texas —pidió Sean.

La brusquedad de él la hizo reír. Sean sonaba fuerte. Su energía era todo lo que ella apenas se había atrevido a esperar hacía un año. Sean quedó gravemente herido por el Fantasma, el sospechoso que atacó a Caitlin con una pistola de clavos durante el enfrentamiento en el cual murió su padre. Durante unos días espantosos, Sean estuvo a las puertas de la muerte. Ella nunca se había sentido tan impotente. Y, mientras él luchaba por su vida, ella había comprendido lo muchísimo que le amaba. La conmocionó como un shock eléctrico comprender que «aquí y ahora» lo es todo.

—¿Cat? —le preguntó él.

El cielo se había vuelto de color cobalto. Estaba saliendo la luna llena. El horizonte era de color rosa tiza.

—Sí —dijo ella.

—¿Os lleva a alguna parte esa investigación?

—Más vale que sí. Es grave.

Le habló del caso. Empezó a correr la brisa, pero no volvió al interior del hotel. Allí fuera notaba una conexión con Sean, como si, solo con ver el horizonte occidental, pudiera verle en su camioneta Tundra, con un brazo colgando por fuera de la ventanilla, el otro apoyado en la parte superior del volante, y su pelo oscuro alborotado por el viento. Él era agente de la oficina de Alcohol, Tabaco, Armas de Fuego y Explosivos (ATF), especialista en explosivos. Y estaba a dos mil cuatrocientos malditos kilómetros de distancia.

Ella había aceptado el trabajo del FBI casi sin dudar. Sean la había animado a hacerlo. Le dijo que se arrepentiría si lo dejaba escapar.

No se arrepentía. Pero ahora, mientras ella trabajaba lejos de

Virginia, él estaba a cuatro mil ochocientos kilómetros de distancia, en Berkeley.

—¿Cómo está Sadie? —preguntó Caitlin.

—Perfectamente. Se le cayó un bote de purpurina en el coche el otro día. Cuando llegué a la oficina, yo parecía una bola de discoteca.

Caitlin sonrió. Sadie tenía cuatro años.

Sean compartía la custodia de la pequeña con su exmujer. Su divorcio fue amistoso, pero todo dependía del frágil constructo de la «custodia compartida». Michele tenía un buen trabajo como enfermera de urgencias, que no deseaba dejar. Nunca aceptaría que Sean se trasladase a la Costa Este con Sadie. Y Sean nunca se iría a Virginia sin su hija.

Caitlin y Sean habían dicho: «Ya lo arreglaremos». Dos federales. ¿No sería muy duro?

Ella estaba allí de pie bajo la luz de la puesta de sol.

—Dale un beso a Sadie de mi parte. Te llamaré mañana.

Colgó. El aire se había vuelto frío. Pero la puesta de sol seguía su curso. El horizonte occidental era de color rojo acrílico, se extendía de forma interminable y oscurecía para acabar muriendo en un tono morado.

Cuando finalmente volvió adentro, el empleado del mostrador le sonrió y le dijo:

—Supongo que no hay atardeceres como este en el lugar de donde viene.

—Nunca había visto nada igual.

—Austin originalmente se llamaba la Ciudad de la Corona Violeta. Por atardeceres como este.

—Qué bonito. —Se metió los dedos helados en los bolsillos del abrigo—. ¿Originalmente? ¿Qué pasa? ¿Decidieron que era demasiado romántico para el Viejo Oeste?

—Los fundadores de la ciudad cambiaron el nombre por la Ciudad de la Luna Eterna, después de construir unas gigantescas torres con lámparas de arco voltaico para iluminar la ciudad. A causa de un asesino en serie de la década de 1880 —aclaró—. El Aniquilador de Sirvientas.

—¿De verdad?

—Mató a una docena de personas. Dos mujeres en Navidad. Las cortó a trocitos con un hacha.

Ella se quedó inmóvil.

Él grapó unos documentos.

—Usted y los demás son del FBI, ¿verdad?

—Sí.

Sonrió para sus adentros, con los ojos brillantes.

—Qué guay.

Ella le miró.

Al final él dijo:

—¿Algo más, señora?

—No. Gracias.

En el escritorio se acumulaban algunos ejemplares del diario local. El *Gideon County Star* publicaba un titular en primera plana: ¿DÓNDE ESTÁN? Debajo se mostraban las fotos de las mujeres desaparecidas.

En su habitación, Caitlin puso la televisión y sacó su ordenador portátil y sus notas de campo. Mientras el ordenador se encendía, apareció en la tele una reportera de noticias locales.

Una mujer morena con traje rojo miraba a la cámara con expresión de «algo va mal».

—La policía de Solace cree que la desaparición de las cinco mujeres es obra de un secuestrador en serie y han llamado al FBI. Informa Andrea Andrade.

Ay...

La pantalla cambió a una filmación en Solace. La reportera, una morena mucho más joven con un traje de un rojo distinto, iba caminando a lo largo de las vías del tren. Hablaba del terror que invadía Solace y de la desaparición de la joven Shana Kerber, que tenía una hija pequeña. Aparecieron los lacrimosos padres de Shana.

—Devuélvenos a nuestra niña —suplicó la madre—. Nuestra niña es preciosa para nosotros.

La garganta de Caitlin se tensó. Expelió el aire. «Empatiza, pero mantén las distancias».

Deseaba que los padres de Shana hubiesen hablado con ella antes de salir ante las cámaras. Emmerich los habría instruido, les habría dicho que llamasen a Shana por su nombre. Para humanizarla, para convertirla en una persona real a ojos del sospechoso.

El reportaje cambió y se trasladó a una galería de tiro local. Un instructor de armas de fuego disparaba cinco proyectiles a un blanco de papel, a diez metros. Tenía los hombros anchos y la hebilla del cinturón enorme. Llevaba la pistolera atada en torno a la pernera de los vaqueros con un cordón, a lo Wyatt Earp.

—Hay maldad en esta ciudad —dijo—. Satán está suelto entre nosotros. Si no nos protegemos, probablemente nos convertiremos en sus víctimas.

El vídeo se cortó y se vio a más ciudadanos disparando a dianas de papel. Caitlin negó con la cabeza. Aun en la peor de las situaciones, aunque haya un depredador actuando en una ciudad en su momento álgido, la mayoría de las personas no se convierten en víctimas. Pero el miedo no funciona así.

La reportera apareció otra vez. En Main Street, la mujer hablaba con Darley French.

—Sí, el FBI está en la ciudad —dijo French—. Dos mujeres agentes me han entrevistado sobre esa chica a la que vi que se llevaron de su coche.

Caitlin dejó a un lado su portátil.

—Analistas de perfiles —siguió French—. Eso significa que se trata de un asesino en serie. Pero saben lo mismo que yo, no tienen ni idea de quién es.

El reportaje volvió al estudio.

—Estamos buscando confirmación de que la Unidad de Análisis Conductual del FBI está en Solace. Les mantendremos informados sobre estos hechos preocupantes.

Caitlin se puso de pie. Si la historia acababa saliendo en los medios de comunicación nacionales, podía inflamarse todo e ir en aumento hasta convertirse en un reguero de pólvora. Arraigarían las mitologías y los cuentos. Sería muy difícil librarse de todo eso. Y también peligroso.

No esperó a la reunión de equipo programada. Cogió el teléfono y llamó a Emmerich.

—Nos han sacado en las noticias.

Madison Mays detuvo el coche en el aparcamiento de su complejo de apartamentos justo cuando la última luz del día se desvanecía virando a gris. Se echó la mochila al hombro y cerró la puerta del coche con la cadera. Estaba exhausta después de un día entero de clases en la facultad Gideon Western seguido de un turno de camarera en el centro comercial que había junto al campus.

De los apartamentos llegaba el sonido de una música y conversaciones y *La ruleta de la fortuna*. Más allá del aparcamiento, el tráfico rugía por la I-35. Madison subió las escaleras, buscó las llaves en el bolsillo y se detuvo.

—Mierda...

Se había dejado las llaves puestas en el contacto. Bajó las escaleras de nuevo corriendo hacia el coche.

Cogió las llaves, cerró y se dirigió al edificio otra vez. Al llegar a la acera, un coche atravesó el aparcamiento. Las luces de los faros pasaron de un lado a otro, iluminando el pasadizo techado que conducía al otro extremo del edificio.

Entre las sombras, un hombre la miraba. Ella dio un respingo.

Era alto e iba vestido como un banquero que se hubiera quitado la corbata después de terminar su jornada en el despacho. La camisa que llevaba era de un blanco inmaculado. Tenía un teléfono en la mano.

Ella se llevó la mano al pecho.

—Dios...

No le veía la cara. Él se tocó la frente con el teléfono, como un caballero antiguo que se tocase el sombrero. Los faros pasaron y él volvió a sumergirse en la oscuridad.

La chica notó un aleteo en el estómago, como de mariposas que agitaran las alas. Necesitaba pasar junto a él para llegar a las escaleras. Notaba que el hombre seguía mirándola.

—Apartamento cuatro noventa y dos —dijo este.

Ella le ignoró, pero la voz de él tenía un tono de autoridad. Como de autoridad legal.

La joven frunció el ceño.

—Creo que los apartamentos de este edificio no llegan al cuatro noventa y dos.

Él parpadeó.

Sus ojos eran plateados a la luz de la luna.

—Está equivocada.

Levantó el teléfono, dejándole ver un atisbo de la pantalla. Había un mensaje de texto, sí, pero ella no pudo leerlo. Las mariposas que tenía en el estómago agitaron las alas.

Ella le miró a los ojos. Había algo... Un punto de...

Deseo.

Arriba, en la pasarela del segundo piso, se abrió la puerta de un apartamento.

—¿Madison?

Patty Mays ocupaba toda la entrada, interceptando casi toda la luz. Su voz era de hierro.

Madison dijo:

—Mamá, este hombre está buscando el apartamento...

—Entra.

El hombre se alejó con rapidez.

Madison subió las escaleras corriendo. Patty esperó en el pasillo, con un lado de su cuerpo iluminado por las luces del salón y los pies firmemente plantados en el suelo, y vio al hombre cruzar el aparcamiento. Madison entró en el apartamento. Patty la siguió y cerró la puerta. Con cerrojo.

Se quedó mirando a Madison.

—Pero ¿en qué estabas pensando?

—Se había perdido. Parecía un policía. —Pero el estómago se le agitaba.

—Como si te parece que es Harry el sucio caído del cielo. Los diablos siempre van disfrazados.

Patty buscó por su espalda y sacó la Smith & Wesson calibre 40 que llevaba en la cinturilla de sus pantalones de yoga.

Madison atisbó por entre las cortinas. En el aparcamiento, el hombre pasó bajo una farola y se desvaneció luego entre las sombras.

Las mariposas no dejaron de aletear hasta que las luces de freno de su coche desaparecieron por la carretera.

«Probablemente no sea nada», pensó.

Pero, en otra parte de su ser, se dijo: «Presta atención a las mariposas».

7

La mañana resultó fría y neblinosa. A las ocho, cuando el equipo se reunió en la comisaría de Solace, tres furgonetas de las cadenas de noticias estaban delante. En el vestíbulo de la comisaría, lo primero que vio Caitlin fue unos focos y cámaras que apuntaban hacia la cara agobiada y preocupada del jefe Morales. Este se encontraba rodeado de reporteros. Los micrófonos se tendían hacia él.

—Sospechamos que las mujeres que han desaparecido desde agosto han sido raptadas por un solo individuo —dijo Morales—. Queremos asegurarle al público que estamos haciendo todo lo posible para detener al perpetrador, para averiguar el paradero de las mujeres desaparecidas y para devolverlas a sus familias.

No dijo «vivas».

—Pedimos a todas las mujeres que tomen especiales precauciones para salvaguardar su seguridad. Manténganse unidas y bien atentas a su entorno —añadió—. Si ven algo raro, presten atención. A esa vocecilla que les dice que están en peligro..., escúchenla. Pueden salvar la vida.

Morales no sugirió en ningún momento que las mujeres del condado de Gideon fuesen armadas. No tenía que hacerlo.

Una periodista vio a Caitlin y a sus colegas. Era la morena del traje rojo. Abandonó al jefe y se acercó a Rainey.

—¿Es usted del FBI? —preguntó.

Rainey permaneció impasible.

—Somos de la Unidad de Análisis de Conducta del FBI y estamos aquí para ayudar a la comisaría del sheriff. El jefe Morales responderá las preguntas.

Pero los micrófonos y cámaras dieron la vuelta.

Un reportero levantó la mano.

—¿Tienen algún sospechoso?

—¿Tiene alguna esperanza el FBI de encontrar vivas a las mujeres desaparecidas?

La mujer del traje rojo levantó la voz.

—¿Ha cometido estos delitos un asesino en serie?

Detrás de sus gafas sin cristales, la expresión de la cara del jefe Morales mostraba alivio, pero también parecía abatido. Hizo un gesto hacia Rainey: «Le toca».

Brittany Leakins se apartó de la televisión y se mordió el pulgar. No era una noticia que le gustara oír mientras comía. La luz de su cocina era suave pero nítida. En su silla de bebé, Tanner no paraba de moverse.

—Calla, pequeñín.

Brittany cogió un trapo húmedo y le limpió la cara a Tanner de los restos de zanahoria. El niño se retorció y dio patadas en el reposapiés. Ella encontró su chupete en el suelo, lleno de pelusa y migas. Pensó en recorrer los seis pasos necesarios para limpiarlo bajo el grifo de la cocina, pero se lo metió en la boca, lo chupó bien y se lo metió a Tanner entre los labios. Lo sacó de la sillita de bebé y se lo apoyó en la cadera.

—Vamos, chico. Es hora de dormir.

Brittany pensó que si el niño se dormía dispondría de unos tres cuartos de hora para echar una siesta... Quizá lo suficiente incluso para volver de la tierra de los zombis. Tanner era un hombrecito guapísimo, pero, si ella no dormía algo, iba a acabar arrastrándose por la cocina y ladrando como un perro.

Y, hablando de perros, ¿dónde se había metido Shiner?

La televisión emitía un parloteo, en las noticias hablaban todo el rato de las mujeres desaparecidas. Brittany notó que se le revolvía el estómago. Su casa estaba aislada, igual que la casa de Shana Kerber. A treinta kilómetros de distancia de Solace, estaba situada en un terreno que Kevin había heredado de sus abuelos. Se encontraba en el centro de cuarenta hectáreas, unas tierras que se suponía que debían proveer a su joven matrimonio a lo largo de los años y décadas que vendrían. Pero aquellas hectáreas ahora mismo a ella no le parecía que dieran mucho dinero. Le parecían sombrías y plagadas de lugares secretos donde podía esconderse un secuestrador.

Apartó las cortinas. En la hierba amarillenta del jardín trasero se encontraba un columpio oxidado que no servía para Tanner, ni hablar. Ella miró la valla con travesaños y los campos que estaban detrás, y los bosques que se extendían hasta el horizonte. «Oscuro y profundo», decía ese verso del poema de Robert Frost que había leído en el instituto. Robles y chaparral, lilas de Texas, y las ramas inacabables y enmarañadas de los cedros que cubrían las colinas.

Había dejado el perro fuera hacía media hora. No lo veía por ninguna parte.

Abrió la puerta de atrás y el frío la asaltó. El cielo tenía un color perla. Silbó.

—¡Shiner!

En la televisión, un periodista metía un micrófono en la cara de una mujer negra con traje. Dios mío. Había venido el FBI.

—¡Shiner!

El golden retriever podía meterse a través de los travesaños de la valla. Habían instalado una verja electrónica, pero la descarga que daba no siempre lo detenía. Era un perro muy tozudo, y no parecía relacionar causa y efecto.

Ella silbó otra vez y el perro ladró felizmente desde los bosques.

La mujer se detuvo en el porche.

—¡Shiner, ven aquí, no te escapes!

El golden retriever cruzó el jardín y se metió entre los travesaños de la valla. Estaba todo embarrado. Y había atrapado algo en sus viajes. Los retrievers siempre llevan cosas a casa. Pero eso no era un pájaro. Parecía más bien un periódico empapado. O una bolsa de comida para llevar.

—Será mejor que no te hayas comido una hamburguesa mohosa. —Ella meneó la cabeza—. A ver, suéltalo.

El perro no lo soltaba. Shiner fue trotando por el jardín, meneando el rabo. Olía a estanque. Brittany oía la televisión dentro, a la mujer del FBI. Algo más frío que el propio aire del infierno la inundó.

Lo que llevaba Shiner en la boca era blanco y estaba empapado de algo rojo. Pero no era una bolsa de comida para llevar.

Era un trozo de tela antiguo. Quizá un trapo para limpiar el aceite. Un trapo de cocina. Quizá aquello fuera vino tinto. Pero no, ella sabía que no lo era. Dentro, la televisión atronaba. La mujer del FBI parecía muy severa, como si les estuviera advirtiendo del fin del mundo.

—Si ven algo fuera de lo corriente, algo que parezca raro, les ruego que contacten con el departamento del sheriff. Cualquier cosa que se pueda relacionar con las víctimas desaparecidas. Prendas de ropa sueltas, zapatos, bolsos...

Brittany dio un paso atrás y chasqueó los dedos.

—Shiner, suelta eso.

El perro dejó caer el trapo en el porche.

Brittany tragó saliva y agarró el muslo de Tanner.

—Shiner, adentro.

El perro corrió hacia la cocina. Brittany lo siguió, cerró la puerta con cerrojo y buscó su teléfono. De fondo, la voz del agente del FBI cortaba el aire. Con los dedos temblorosos, Brittany llamó al 911.

53

—Por favor, con la policía. Mi perro acaba de traer a casa un trozo de camisa. Y está llena de sangre.

El Suburban del FBI entró en el camino de entrada de la casa de Brittany Leakins como un caza que se lanza en picado a bombardear un objetivo. Al volante, los ojos de Emmerich tenían un brillo duro. Derrapó hasta acabar parando detrás de dos monovolúmenes de la oficina del sheriff y saltó afuera, al polvo arremolinado por el viento. Caitlin y Rainey le siguieron. Delante de la casa, el detective Berg iba y venía. Una unidad K-9 descargaba sus perros en medio de una tarde rosada que ya languidecía.

Emmerich fue andando hacia Berg.

—Que dirijan sus perros, nosotros los seguimos.

Dentro de la casa, una mujer joven tenía apoyado un bebé en la cadera. Sus labios estaban muy blancos y apretados. Más allá de la casa se veían unos árboles tan espesos que parecían negros.

Un oficial de la unidad K-9 sujetó dos correas de cinco metros a los arneses de dos sabuesas.

—Adelante.

Sin un solo sonido, las sabuesas se dieron la vuelta, pegaron el hocico al suelo y empezaron a perseguir un rastro de olor. Atravesaron el patio zigzagueando, y luego se alejaron hacia la verja. Sus cuidadores iban corriendo detrás, con las chaquetas del uniforme abrochadas hasta arriba y las gafas de sol reflejando la luz.

Con la cabeza baja, las perras treparon entre los listones de la verja y cortaron a campo través, hacia los árboles. Berg y el equipo de FBI las seguían.

Caitlin se había cambiado y se había puesto unos pantalones de combate marrones y unas botas Doctor Martens. Su chaqueta de correr Nike negra iba también con la cremallera subida hasta arriba, debajo de una cazadora del FBI. La hierba amarilla crujía bajo sus pies, al atravesar el campo.

Por la foto que había visto, el trozo de tela ensangrentada que había llevado a casa el perro de los Leakins tenía unos cincuenta centímetros de largo y veinte de ancho. El laboratorio no había analizado aún la sangre para determinar si era humana, pero, por el diseño y las puntadas, la tela sin duda alguna se había arrancado de una prenda de ropa.

Un camisón.

Cuando entraron por la línea de los árboles, la temperatura cayó. Caitlin y los demás siguieron a los oficiales de la K-9 en fila india. El terreno era rocoso, y los arbustos y árboles, muy espesos. Emmerich iba apartando a un lado las ramas sin bajar el ritmo. Miró una sola vez por encima del hombro. Su expresión decía tanto «síganme» como «¿todo bien por ahí detrás?».

Se habían adentrado casi dos kilómetros entre los árboles cuando las sabuesas coronaron una elevación y bajaron corriendo por el otro lado. Clavando las botas en el seco terreno, Caitlin rodeó el promontorio, siguiendo a los oficiales de la K-9. Durante un minuto perdió de vista a las perras. Luego, unos aullidos quejumbrosos resonaron en los bosques.

Caitlin salió de entre los árboles y oyó correr el agua. Junto a la orilla de un arroyo, las sabuesas se habían detenido con la lengua fuera. Los oficiales de la K-9 les ordenaron que se sentaran. Uno de los oficiales acarició a las perras y dijo:

—Buenas chicas.

Caitlin se detuvo. Todos se detuvieron.

Los hombros de Berg se abatieron.

Emmerich soltó aire.

—Supongo que no esperaban encontrar esto al final del rastro. Nosotros tampoco.

Se quedaron de pie en la orilla arenosa del arroyo. Ante ellos se encontraba Shana Kerber.

Estaba echada en la tierra, de espaldas, paralela a la corriente. Tenía los ojos cerrados bajo unos párpados de un gris casi blanco, y los brazos cruzados sobre el pecho. Parecía Blancanieves esperando el beso del príncipe.

Llevaba un camisón blanco y corto manchado de sangre. Yacía en un círculo de tierra de un rojo casi negro. Le habían cortado la yugular.

8

Los oficiales de la unidad K-9 hicieron retroceder a las perras. Bruscamente, el detective Berg dijo a un policía uniformado que estableciera un perímetro que controlase el acceso a aquella ladera de la colina. El sol había caído entre las ramas de los árboles hacia el oeste, y las sombras volvían gris el paisaje. De pie por el momento, para no contaminar la escena y pisar posibles pruebas, Caitlin y su equipo supervisaban la escena desde el borde del arroyo.

—Tuvo mucho cuidado a la hora de colocarla —dijo Rainey. Su voz era serena, pero, cuando se quitó un poco de polvo de la cara, tenía la mano apretada formando un puño—. No la tiró sin más.

Los brazos de Emmerich colgaban a sus costados.

—Colocar un cuerpo como si estuviera descansando normalmente significa deshacer. Pero no creo que sea eso lo que estamos viendo aquí.

«Deshacer» significa intentar invertir simbólicamente un crimen. Un asesino puede tapar la cara de la víctima. Lavar el cuerpo. Envolver a la víctima con una manta. A menudo indica remordimientos.

—No, esto no es remordimiento —dijo Caitlin.

—Es una exhibición. Una exhibición cariñosa —aclaró Emmerich.

Berg cogió un par de guantes de látex, bajó a la orilla del arroyo y se arrodilló al lado de Shana Kerber para examinar su cuerpo. Le levantó la mano derecha del pecho.

—El *rigor mortis* ya ha pasado. —Le volvió a colocar la mano en el mismo sitio, con suavidad—. Lleva muerta más de veinticuatro horas. Yo diría que al menos dos días. Quizá más, si ha estado todo este tiempo aquí fuera, con este frío.

Caitlin se sentía desanimada. Shana había muerto antes incluso de que el FBI llegara a Texas.

Emmerich se unió a Berg junto al cuerpo.

—Esa herida del cuello le seccionó la carótida y la faringe. Quedó inconsciente en cuestión de segundos.

El agua susurraba a lo largo del arroyo. Berg echó hacia atrás con mucho cuidado el pelo de la mujer, apelmazado por la sangre. Dijo:

—No soy patólogo forense, pero a mí me parece que también tiene una fractura deprimida en el cráneo.

Rainey examinó la orilla del arroyo. Su mirada se agudizó.

—Emmerich. Detective.

A dos metros corriente arriba del cuerpo de la víctima se veía una foto colocada en vertical metida en la blanda tierra de la orilla.

Era una polaroid. Rainey y Caitlin bajaron de la colina para verla mejor.

Era una foto de la víctima, un primer plano de su cara muerta. La habían hecho mientras estaba echada en la orilla. La foto estaba colocada en línea con el cuerpo, como si fuera la estampa de un santo truculento, que la estuviera protegiendo.

Por encima de ellos sonó un ruido por la ladera de la colina. Un oficial gritó, lejos:

—¡Alto!

Un hombre joven bajaba corriendo la colina. Tenía los ojos desorbitados y la boca abierta.

—¡Shana!

Berg se puso de pie de golpe.

—Brandon, no...

Corrió hacia el joven con los brazos abiertos, como si quisiera acorralar a un caballo.

Brandon Kerber se lanzó hacia delante.

—¡Shana...!

Emmerich corrió detrás de Berg hacia el joven. Emmerich era engañosamente delgado: tenía las hechuras de un luchador, con músculos tensos como alambres. Juntos, Berg y él consiguieron detener a Brandon.

El joven se debatía. Vio la orilla del arroyo y se puso rígido.

—No. No, no.

Berg lo apartó del cuerpo de Shana.

—Lo siento, chico.

Hizo señas a Brandon de que volviera a subir por la colina, empujándolo hacia la pantalla de árboles, donde el cadáver de su esposa no sería visible. Caitlin apretó la mandíbula.

Berg puso una mano en el hombro de Brandon y habló en tono bajo:

—¿Cómo has sabido dónde encontrarnos?

—Brittany Leakins me ha llamado. No podía creer que fuera cierto.

Sus hombros se agitaban, le costaba respirar. La garganta de Caitlin se tensó.

Emmerich, de pie a un palmo del joven, le observaba sin expresión. Pero Caitlin sabía que Emmerich estaba cerrando los postigos emocionales ante el dolor de Brandon. Su falta de sentimientos no era exactamente una máscara, pero sí era protectora y marcaba distancias para poder seguir haciendo su trabajo con la mirada despejada. Una habilidad que ella estaba empezando a intentar dominar.

Brandon negó con la cabeza.

—No es ella.

Berg apretó con una mano el pecho del joven.

—Chico, lo siento, es ella. La he reconocido.

—¡No! —Brandon intentó hacer una finta y esquivar a Berg. Emmerich lo bloqueó.

—Bajo una tensión extrema, nuestra percepción puede hacer cosas raras. Nuestra mente nos protege de lo que estamos viendo. Señor Kerber. Señor. Lo siento.

El rostro y el cuello de Brandon se habían puesto de un rojo escarlata.

—Esa no es mi mujer. Veo esa cosa de ahí. Y lleva un camisón blanco.

Berg levantó una mano intentando apaciguarlo.

—Brandon...

—Ella lleva pijamas de franela rosa —dijo Brandon—. Ni siquiera tiene un camisón blanco. —Señaló hacia el cuerpo—. No es ella.

9

Durante un momento desesperado y suplicante, Brandon Kerber señaló el cuerpo.

—Esa no es Shana.

—¿Está seguro? —preguntó Berg.

—Al mil por ciento.

Berg se volvió hacia el arroyo, consternado. Caitlin se agachó para ver mejor el cuerpo.

No estaba habituada a la muerte violenta. Como la mayoría de los estadounidenses, había llegado a la edad adulta sin haber visto jamás un cadáver. Pero en su primera semana como ayudante del sheriff de Alameda presenció un accidente de tráfico, se dispuso a ayudar al conductor herido y lo encontró incrustado en el parabrisas.

«Este es el aspecto que tiene la muerte», le susurró entonces una voz fantasmal. Ella llamó a la ambulancia, encendió unas bengalas, trabajó en la escena, se fue a casa y lloró bajo la ducha. Después aprendió a separarse de los muertos. Así que no volvió a llorar.

Pero no estaba endurecida. Mirando el cadáver de una persona joven siempre sentía una puñalada en el corazón. Y en ese trabajo el dolor no quedaba latente..., iba en aumento. Intentó soslayar ese dolor creciente y analizar la escena con la mirada despejada.

En la orilla del arroyo, la cara de la mujer muerta estaba apuntando hacia el cielo. Tenía los ojos cerrados. Los labios azules. Pero su pelo rubio, sus rasgos, su cuerpo y el hecho de que los perros hubieran seguido el olor de Shana directamente hacia aquel arroyo le dijo a Caitlin que Brandon estaba equivocado.

El hombre había dejado de intentar pasar a la fuerza junto a Berg y Emmerich. Esperaba que estuvieran de acuerdo con él. Mantenía la mirada fija en la orilla del arroyo. En el camisón. Empezó a parpadear. Quizá al ver el anillo de boda que llevaba la mujer o las uñas de sus pies pintadas de azul medianoche.

Su voz se elevó una octava.

—No. No parece ella. Y... no lleva su tatuaje. —Se tocó el pecho.

Emmerich volvió al cuerpo. Se inclinó y echó atrás delicadamente el tirante del camisón.

La piel era gris. Las sombras eran grises. La sucia cinta adhesiva de diez centímetros de ancho aplicada a su pecho era gris. Expuesta a los elementos y a los animales salvajes, se había deslizado. El tatuaje era visible. La tinta era negra. Por encima del corazón, la mujer llevaba escrito con letras celtas BRANDON.

El triunfo momentáneo de Brandon, la esperanza a la que se aferraba con uñas y dientes, murió entonces. Aullando, echó la cabeza atrás y cayó de rodillas.

Berg y un policía consiguieron ponerlo de pie y llevárselo colina arriba. Emmerich permaneció al lado de Shana.

Rainey dijo:

—¿La piel no está enrojecida donde le aplicaron la cinta?

Emmerich negó con la cabeza.

—Aplicación *post mortem*.

Su rostro era serio. Consideraba las implicaciones del hecho.

—Es suya, de él. El sospechoso desconocido quería dejarlo absolutamente claro. Él...

Se detuvo. Tocó la tela del camisón.

—Esperen...

Caitlin y Rainey se acercaron para echar un vistazo más de cerca.

Solo le costó unos segundos, ahora que Caitlin estaba centrada en ello. El camisón era muy fino y transparente, y envolvía a Shana desde los hombros hasta medio muslo. Era de un color blanco crema, y la tela era microfibra. «Mierda».

Se puso de pie.

—Es distinta de la tela que llevó el perro de Brittany Leakins a casa.

—Dos camisones —dijo Emmerich.

—Pero los perros nos han traído directamente hasta aquí.

Emmerich se quedó sumido en sus pensamientos, y luego se volvió de repente.

—El artículo que usaron los oficiales de la K-9 para el olor. Nos equivocamos.

—¿No han usado el trozo de tela desgarrado que el retriever llevó a la casa?

—Eso fue directo al laboratorio de criminalística. Es una prueba. Fueron lo bastante listos para no contaminarla más.

—Llegamos a casa de los Leakins después de que dieran a los sabuesos un artículo para el olor.

Emmerich gritó, colina arriba:

—¡Berg!

El detective no le oía. Emmerich le llamó por teléfono.

Un minuto después, con el móvil pegado al oído, vio a Caitlin y Rainey.

—Buscaban a Shana Kerber, así que usaron una sudadera que le pertenecía. La trajeron de su casa, esta tarde.

Caitlin dijo:

—Pero si el primer trozo de tela era de una prenda de ropa distinta...

Al teléfono, Emmerich dijo:

—Que la unidad K-9 vuelva a casa de los Leakins. —Su voz sonaba urgente—. Hay otra mujer por ahí.

10

Llegaron a casa de los Leakins cuando el último brillo violeta del anochecer estaba convirtiéndose en índigo. Júpiter apuñalaba el horizonte por el oeste. Esta vez, la unidad K-9 esperó a que el detective Berg trajera una bolsa de pruebas marrón cerrada de su coche. Las perras daban vueltas, ansiosas de trabajar. Berg abrió el sello y con las manos enguantadas sacó el trozo de tela ensangrentado que Shiner había traído a casa. Un cuidador se lo presentó a las sabuesas. Las perras lo olisquearon, en alerta y tensas.

El oficial de la unidad K-9 dijo:

—Adelante, chicas.

Las sabuesas bajaron el hocico hasta el suelo. Al cabo de unos segundos captaron el olor. Atravesaron el jardín, pasaron por debajo de la valla y se dirigieron hacia los bosques.

Berg volvió a colocar el trozo de tela en la bolsa de pruebas, la selló de nuevo, la firmó y la guardó en su coche. Sin palabras, se acercó al equipo del FBI.

Estos encendieron sus linternas y siguieron a las perras campo a través, hacia los árboles.

Las sabuesas percibían un olor muy fuerte y se movían en tándem, rápidamente, con los cierres de sus correas chasqueando contra los arneses. Los robles dejaron paso a los cedros, retorcidos y oscuros, y a matorrales ennegrecidos. Las ramas se enganchaban en el pelo y las mangas de Caitlin. La luz por encima de ellos se convirtió en una gasa de color gris, vista a través de una vegetación de color negro azabache. Ella fue pasando el haz de su linterna por el suelo. El frío era penetrante.

Estaban mucho más allá del lugar donde habían encontrado tendida a Shana, metidos en lo más hondo de un bosque muy tupido de cedros, cuando las perras bajaron el ritmo y desaparecieron sobre un risco.

Cuando el equipo pasó por encima de las raíces enredadas de un árbol muerto y salieron a un claro, Caitlin se detuvo. Las sabuesas daban vueltas silenciosamente en torno a algo, pero a distancia.

Justo más allá de las perras lo vio. Todos lo vieron. Una silueta en el suelo, en una suave depresión de la tierra. Iba vestida de blanco.

Luchaba para avanzar a gatas.

El corazón de Caitlin metió la directa.

—Dios mío...

Pasó corriendo junto a Berg y los cuidadores de las perras, con un nudo en la garganta, corriendo. Bajo el haz oscilante de su linterna, la chica se agitaba, indefensa.

—¡Vamos, ella necesita...!

Un olor muy intenso la golpeó, fuerte y pútrido. Un gruñido grave le llegó desde la oscuridad. Caitlin se detuvo, horrorizada.

La chica estaba muerta. En las sombras, un jabalí la estaba desgarrando con sus colmillos.

Con la boca seca, Caitlin echó a correr hacia allí, gritando y agitando los brazos. El jabalí la miró con sus ojos negros y diminutos, dio la vuelta en redondo y echó a correr hacia el sotobosque. Ella se llevó el dorso de la mano a la boca.

Los cuidadores de las perras y Berg la miraron como si estuviera loca.

Uno de los oficiales de la unidad K-9 meneó la cabeza.

—Esos bichos son muy malos.

Ella respiraba fuerte.

—Estaba alterando la escena.

«Y comiéndose el cuerpo». Una oleada de náuseas la recorrió entera.

De repente, el claro quedó en silencio, como si toda la vida del bosque se hubiera esfumado. Caitlin miró hacia el suelo removido que tenía ante ella.

El cuerpo estaba envuelto en un camisón blanco. Cuando apuntaron sus linternas hacia él, Caitlin inmediatamente vio que era el camisón del cual había arrancado un trozo el golden retriever. Se quedó quieta, intentando asimilar toda la escena. Su campo de visión, que se había estrechado hasta formar un túnel por la adrenalina, poco a poco se fue expandiendo.

Las muñecas de la joven estaban apuñaladas con saña. Los cortes corrían en diagonal por el interior de sus antebrazos, a lo largo de la línea de la arteria radial. Quizá a unos diez centímetros. Los cortes habían seccionado arterias, venas, músculos y tendones, lo que dejó expuesto el interior de sus brazos como cortes en un bistec crudo. Para la víctima tuvo que ser dolorosísimo. Pero seguramente perdió la consciencia al cabo de menos de un minuto.

La mano de Caitlin fue a las cicatrices de sus propios antebrazos. No eran tan profundas, pero había muchas. Como las de la víctima, estaban hechas con una cuchilla de afeitar. A diferencia de la víctima, se las hizo ella misma. Hacía una vida entera.

El haz de la linterna captó la zona roja en torno a las muñecas de la víctima, de unos siete centímetros de ancho. La piel estaba polvorienta y se había veteado como el mármol, por la ruptura de las células rojas de la sangre que teñían las paredes de su sistema vascular. Pero las señales eran claras. Caitlin dijo:

—Marcas de ligaduras. Irritación de la piel. Cinta adhesiva.

El detective Berg se arrodilló junto al cuerpo.

—Es Phoebe Canova.

Caitlin retrocedió mentalmente para ver el cuerpo de la víctima en su totalidad. Su campo de visión siguió expandiéndose. Entonces se le puso la carne de gallina. En torno al cuerpo de Phoebe, quizá a unos dos metros de distancia, había unas fotos clavadas en la tierra, como lápidas. Eran polaroids.

Caitlin retrocedió físicamente. Las fotos mostraban a distintas mujeres con camisón. Todas rubias. Algunas vivas y aterrorizadas. La mayoría de ellas muertas.

Rainey habló en voz baja.

—Dios santo... ¿Cuánto tiempo lleva ese tío matando?

Caitlin contó las fotos. Había doce.

11

Las hirientes luces fluorescentes zumbaban cuando Caitlin y Emmerich volvieron a la comisaría de Solace. Rainey se había quedado en la escena del crimen con el detective Berg. La comisaría, fuera de horas de trabajo, estaba casi vacía. Emmerich clavó nuevas fotos de la escena del crimen en los tableros. Se aflojó la corbata.

—Vamos a elaborar el perfil.

Las fotos eran claras, precisas y terribles. El cuerpo marchito de Phoebe Canova, zarandeado por el jabalí, yacía tendido en el suelo. Bajo el flash de la cámara, el camisón corto tenía un blanco llamativo, sobrenatural. El camisón, la piel y el pelo de Phoebe estaban salpicados de tierra y sangre. Pero bajo la suciedad se veía que el pelo mal teñido de rubio de Phoebe había sido lavado y cepillado. Y le habían aplicado maquillaje a la piel ahora de un verde grisáceo. El pintalabios era rojo rubí.

El sospechoso desconocido (un depredador calculador y sin remordimientos) había hecho aquello. Y luego había dejado a Phoebe en el bosque para que la destrozaran los animales.

La visión del jabalí había invadido el recuerdo de Caitlin. Vio de nuevo sus ojos diminutos, relucientes, sus colmillos que desgarraban el cuerpo de Phoebe. ¿No había una historia de la Biblia en la cual Jesús convertía a unos demonios en una piara de cerdos?

Un dolor que le penetraba hasta los huesos la embargaba.

Allí estaba actuando un asesino en serie devastador. ¿Qué tipo de hombre podía hacer aquello?

—Hendrix.

Miró a Emmerich.

—Sí, señor.

—No se corte.

Por un momento, ella pensó que se refería a algún cuchillo.

—Estas escenas del crimen nos dan muchísima información. Tenemos que extraerla toda —explicó él.

—La estoy asimilando.

Emmerich se quedó en silencio hasta que ella le concedió toda su atención.

—Está al otro lado de la habitación, lejos de donde están las pruebas.

Caitlin luchaba constantemente por mantener una distancia emocional respecto a los casos en los que trabajaba. Y Emmerich sabía muy bien por qué. Su padre, Mack, era detective de Homicidios... El investigador original de los asesinatos en serie cometidos por el Profeta. El caso se había ido infiltrando en sus horas libres, su vida familiar y su mente atormentada. Lo destrozó y destrozó a su familia.

Cuando era adolescente, aquello condujo a Caitlin a la desesperación y empezó a hacerse heridas a sí misma.

En la cartera llevaba un recorte de papel en el cual había escrito los objetivos que tenía antes de ponerse la estrella de sheriff. «Dedicación. Persistencia. El trabajo se queda en comisaría».

Y trabajaba, todos los días, para grabarse aquellas palabras en el corazón. Porque cuando las ignoraba pasaba de una persecución implacable a la obsesión peligrosa.

Asintió, rígida y quieta.

—La única manera de encontrar la línea es acercarse —dijo Emmerich—. Y tenemos que sumergirnos bien hondo, aquí.

Para encontrar la pista del sospechoso, ella tenía que introducirse dentro de su mente y comprender sus métodos. ¿Cómo seleccionaba y cazaba a aquellas mujeres? ¿Qué era lo que le impulsaba a matar?

Emmerich quería que ella se abriera. Que dejase entrar al sospechoso.

Ella casi suelta una risa histérica. Cuando se abría, ella lo sabía muy bien, sangraba.

La expresión de él era tranquila y paciente, pero cargada de expectativas.

Ella sabía muy poco de la vida personal de Emmerich. Estaba divorciado, tenía dos hijas adolescentes, cuyas fotos guardaba en su oficina. Disfrutaba de la pesca con mosca. Era un *eagle scout*, el rango más alto de los Boy Scouts. Cuando tenía veinte años hizo a pie toda la senda de los Apalaches. Llevaba dieciocho años trabajando para el FBI, sumergiéndose en los casos más desagradables y violentos del país.

Tenía la espalda recta y los hombros bien nivelados. La luz arrojaba su sombra en múltiples partes en el suelo. Caitlin a veces se preguntaba si Emmerich era el hombre que su padre podía haber llegado a ser. Investigar los crímenes del Profeta había envenenado a Mack Hendrix, literal y emocionalmente, y había roto su familia. Si no hubiera...

—Estas escenas del crimen revelan la firma del asesino, e indican cuál es su parafilia —dijo Emmerich—. Empezaremos con eso y trabajaremos hacia fuera, para conectarlo con su identidad.

Sus manos, como de costumbre, colgaban a sus costados, como si fuera un pistolero dispuesto para sacar el arma. Su rostro serio tenía un trasfondo de compasión. Su empatía era genuina, y a ella le aportaba calidez. Sabía que él esperaba que pusiese en juego también su propia empatía, para llegar a comprender y compartir los sentimientos del sospechoso.

Se acercó al tablero.

—Quiere decir que tenemos que buscar una homología.

En biología, «homología» significaba que distintas criaturas tienen estructuras similares a causa de unos antepasados compartidos. En arqueología se refiere a las creencias o prácticas que comparten similitudes debido a conexiones históricas o ancestrales.

En la elaboración de los perfiles criminales, es ese punto elusivo en el que se reúnen personaje y acción.

Con ese criminal, el carácter y la acción habían llegado a unirse al menos doce veces. Y los resultados estaban exhibidos en el bosque de cedros. Caitlin miró las fotos de las escenas del crimen de Shana Kerber y de Phoebe Canova, en blanco y negro, rodeadas de polaroids.

—La parafilia difícilmente cubre todo esto —dijo—. Está intentando perfeccionar una fantasía horrible.

Fue andando lentamente en torno al tablero, asimilando todo el flujo de información. Las fotos de las mujeres que faltaban. El mapa de Texas con la I-35 subrayada en rojo. Los lugares de los secuestros.

—Las escenas en el bosque son el clímax del psicodrama sexual del asesino. —«La guinda en el pastel del sospechoso»—. Antes de ver siquiera a una posible víctima, ya tiene todo el guion completamente elaborado.

—Es meticuloso —dijo Emmerich—. Y confiado.

—Mantiene el control en todos sus crímenes —«Cine. Main Street. Granja»—. No hay señales de lucha en ninguno de los lugares de los secuestros. Consigue que las víctimas bajen la guardia o se vayan con él de buen grado.

El asesino estaba empezando a tomar forma en su mente.

—Tiene una fachada de sinceridad muy estudiada y la habilidad de manipular a las mujeres. —Tocó una foto del coche de Phoebe Canova en el paso a nivel del ferrocarril—. La ventanilla abierta en el asiento del conductor sugiere que usa un engaño para conseguir la confianza de las víctimas, luego las aturde y se las lleva, a plena vista.

Emmerich se cruzó de brazos.

—De acuerdo. ¿Qué hace cuando no está cometiendo crímenes?

—No se mete en líos. Se le da bien evitar que lo cojan. —Pensó un segundo—. Seguro que no tiene expediente criminal.

—Por desgracia para nosotros.

—El hecho de que las muertes ocurran los fines de semana indica que tiene un trabajo habitual, adonde va cada día. —Le dio vueltas a la idea en la cabeza. «El coche vacío. El cine. Una casa alejada»—. Es persuasivo y gregario. El trabajo que hace puede que tenga relación con las ventas.

—Sabe compartimentar.

—Sí. Lleva una vida aparentemente normal. Seguro que tiene esposa o novia.

Sonó un zumbido en el vestíbulo y se abrió la puerta trasera de la comisaría. Entró Rainey.

Emmerich dijo:

—¿Situación?

—Ha llegado la unidad forense. Estarán trabajando en esas escenas al menos veinticuatro horas. —Se fijó en las nuevas fotos de las escenas del crimen—. Es su firma, está claro. Elaborada y específica.

Caitlin dijo:

—Una escena montada por un hombre que parece normal y corriente. Alguien que mantiene en una jaula mental al monstruo.

—Y, cuando lo suelta, mata —añadió Emmerich—. Con saña. Es un narcisista típico. Su rabia y su sensación de que tiene derecho a las cosas le llevan a destruir la felicidad de otros.

Caitlin se metió las manos en los bolsillos de atrás.

—Seguramente tiene recuerdos de rechazo muy agudos que le espolean. Que le convencen de que sus actos están justificados. Las mujeres le hicieron daño, de modo que hace daño a las mujeres.

Rainey sacudió la cabeza.

—¿Sugieres que es un violador revanchista, motivado por el deseo de humillar a la víctima? Pero estos crímenes van mucho más allá de la venganza. —Su fría fachada titubeó un poco, durante un segundo, y apareció momentáneamente el asco—. Es un violador y asesino impulsado por la ira.

Caitlin pensó un momento.

—Un sádico sexual. Afirmar su poder y causar terror es lo que le excita.

Emmerich se puso a andar.

—Los violadores impulsados por la ira acechan a las víctimas en coche, y siempre se alejan de sus propios barrios. Su vehículo tendrá seguramente unas herramientas para secuestrar. Cinta adhesiva, bridas de plástico, un cúter, una máscara de esquí o unas medias...

Caitlin examinó las fotos de las escenas del crimen. Las muñecas abiertas. Cosméticos exagerados, casi de máscaras de kabuki. Camisones inmaculados.

—Todas sus víctimas sangraron copiosamente, pero la mitad de los camisones no tienen ni una mancha de sangre. Los cosméticos están aplicados con generosidad. Las viste y las maquilla después de muertas. —Se volvió—. Las reduce a objetos de su fantasía retorcida. Nada más que muñecas para poseerlas, controlarlas y al final destruirlas.

Rainey se acercó más al tablero y examinó las fotos polaroid.

—Supongo que toma muchas fotos y se guarda algunas como trofeos. Estas que estaban en la escena son como tarjetas de visita. Al plantar las fotos, está afirmando que es el creador de esos objetos. Declara su propiedad, como autor de la fantasía.

Caitlin frunció el ceño ante las fotos.

—¿Qué pasa?

—Las heridas en las muñecas de Phoebe me molestan.

—Nos molestan a todos...

—El asesino prepara a esas mujeres como si fuera un sacrificio. Es una ideación suicida, forzada en las no dispuestas. —Hizo una pausa—. Phoebe Canova llevaba desaparecida casi tres semanas.

Emmerich siguió andando.

—Pero el forense estima que lleva dos semanas muerta.

—La ha mantenido viva. Tortura a sus víctimas tanto física como mentalmente.

—¿Qué reacción busca en ellas?

—El terror. La rendición. La desesperación. La sumisión. —Caitlin meneó la cabeza—. Destruirlas emocionalmente y quitarles el alma, así como el cuerpo.

—¿Y por qué ataca los sábados por la noche?

—¿Está ocupado durante el resto de la semana? —dijo Caitlin.

—Quizá. —Emmerich se cruzó de brazos—. La cosa empezó en agosto. ¿Qué fue lo que la desencadenó?

Rainey negó con la cabeza.

—No hay forma de saberlo todavía.

—¿Y por qué está acelerando el ritmo de las muertes?

Rainey se quedó pensativa. Caitlin irrumpió en el silencio.

—Porque le ha cogido el gusto.

Emmerich levantó una ceja.

—A juzgar por las polaroids que plantó en torno al cuerpo de Phoebe Canova, hace tiempo que le ha cogido el gusto.

Rainey dijo:

—Ya entiendo lo que quiere decir Caitlin. Se ha envalentonado.

—Está teniendo éxito en el secuestro y el asesinato de esas mujeres sin que lo cojan —añadió Caitlin—. Y el éxito engendra confianza.

Emmerich asintió.

—Tiene una compulsión. Y, en cuanto ha cedido a ella, no puede parar. Matar se ha convertido en algo más que una necesidad o un placer. Se ha convertido en una costumbre.

—Y con cada asesinato se aficiona más. Está más seguro de sí mismo. Y más convencido de ser... invisible.

Emmerich, ya serio, pareció retraerse en su interior.

—Encontrar los cuerpos esta noche le desmonta todo su juego.

—No —repuso Caitlin.

Se sonrojó, dándose cuenta de que estaba llevándole la contraria al jefe. Pero Emmerich simplemente la miró con curiosidad, y quizá con un punto de diversión, y dijo:

—Encontrar los cuerpos estropea el juego de muñecas del asesino con esas víctimas. Pero no le hará retirarse. Todavía no. Dado su ego, todavía piensa que, en lo que respecta a coger víctimas, es invulnerable.

—¿No cree que se vaya a retirar?

—Descubrir los cuerpos por sí solo no lo parará. Y el sábado por la noche llegará muy rápido. Debemos presumir que solo tenemos unos días para detenerlo.

Emmerich lo consideró.

—Escríbalo para su presentación.

—Sí, señor. —Ella esperó un momento—. Su narcisismo le convence de que es superior al resto del mundo. Si le decimos que estamos siguiéndole el rastro, podemos pinchar esa sensación de invencibilidad. Quizá eso sí que le asuste y retroceda.

Emmerich asintió.

—Y podremos encontrar algunas pistas. Es hora de tomar la iniciativa.

12

A las ocho de la mañana, la sala de detectives se llenó de agentes uniformados y detectives con vaqueros y polos. Un sol débil atravesaba las persianas venecianas. En el tablero, las polaroids de las mujeres de blanco parecían un congreso de muertos.

El jefe Morales entró.

—Escuchen. Estos agentes del FBI tienen información del individuo que nos ocupa.

Emmerich le dio las gracias. Su camisa blanca estaba recién planchada y almidonada, y tenía las mejillas rosadas por un afeitado reciente. Parecía centrado, como si hubiese planeado no desperdiciar ni una sola sílaba.

—Un solo perpetrador ha secuestrado a las mujeres desaparecidas y ha matado a las dos víctimas que encontramos ayer —anunció.

—Un asesino en serie —concluyó un agente.

—Sí.

El respingo colectivo pareció aspirar todo el aire de la habitación. Emmerich hizo un gesto a Caitlin. Ella distribuyó copias del perfil de dos páginas del sospechoso que había escrito por la noche.

«Varón blanco, treinta y tantos. Educación universitaria. Empleado administrativo o de cara al público, posiblemente en ventas. Tiene mujer o novia».

Fue andando hasta situarse en la parte delantera de la habitación. Era su presentación. Cogió aliento y habló.

—Vive a menos de ochenta kilómetros de Solace, en una casa no adosada, con un jardín o árboles que le dan privacidad. Conduce un vehículo grande, pero no llamativo. Necesita transportar a sus víctimas, pero no quiere que nadie le recuerde. Probablemente sea un coche estadounidense, de un color muy normal, y con las ventanillas tintadas.

Les habló del equipo para secuestros que probablemente guardaría en el vehículo. Los oficiales iban revisando el perfil. Algunos tomaban notas. Caitlin notaba que la cafeína y los nervios la mantenían a punto.

—El sospechoso caza entre las diez de la noche y la una de la madrugada. La oscuridad le permite irse deslizando y pasar casi sin ser visto por los barrios, y colocarse en puntos de observación desde donde puede vigilar y seleccionar a sus víctimas. Carreteras secundarias sin iluminar, explanadas con árboles, vestíbulos e incluso habitaciones que están oscuras en contraste con la posición de la víctima.

Unas caras tensas se volvieron hacia ella.

—Está corriendo riesgos. Secuestrando a mujeres en lugares públicos. La oscuridad elimina parte de ese riesgo, pero no todo. —Se volvió hacia el mapa de Texas clavado en el tablero y dio unos golpecitos en las rampas de la I-35 que había usado el sospechoso para desaparecer con sus víctimas—. Su habilidad para conseguir el control sobre sus víctimas sin atraer la atención hacia sí mismo y la forma que tiene de escapar tan rápido de la escena del crimen indican planificación y calma.

Un detective que estaba al fondo dijo:

—¿Significa eso que es un asesino organizado?

—Indica un enfoque metódico. —Caitlin hizo una pausa y reconsideró sus palabras—. El FBI ha dejado de clasificar a los criminales como «organizados» o «desorganizados». Esos términos describen el carácter de un sospechoso y la forma en que cometen sus crímenes. «Organizados» implica criminales que son

77

socialmente hábiles, a menudo tienen una inteligencia por encima de la media, y demuestran orden antes, durante y después de un crimen. A menudo ocultan los cuerpos de sus víctimas. Están tranquilos y relajados después de cometer sus crímenes. Y sus víctimas a menudo son desconocidos, a los que ponen en su punto de mira porque están en un lugar determinado o poseen unas características determinadas.

Caitlin echó un vistazo a las fotos de las mujeres rubias del tablero. Todo el mundo hizo lo mismo.

—«Desorganizados» significa criminales que son socialmente inadecuados y sexualmente incompetentes. Que matan cuando están alterados y confusos, que actúan de repente, sin plan alguno para evadir la detección. Dejan a las víctimas donde las matan. No intentan ocultar los cuerpos. Pero las categorías no son mutuamente exclusivas. No es una dicotomía..., es más bien un continuo. De modo que no clasificamos a este sospechoso como «organizado». —Caitlin calló un momento—. Pero, ciertamente, muestra señales de orden y control.

—¿Entonces este tío es frío como el hielo? —preguntó el detective Berg.

—Mata por ira, desplazando su ira hacia sujetos que representan a alguien que le causó un daño emocional. Matar le proporciona una gratificación emocional y sexual —respondió ella—. Toma posesión de sus víctimas. Esas mujeres son objetos para él. No del todo humanas. En su mente, de hecho, él es el único humano que puebla el planeta.

—Gratificación —dijo un agente.

Ella asintió. Habían recibido los resultados de la autopsia de Shana y Phoebe.

—Ataca sexualmente a sus víctimas y luego las mata. Después coloca los cuerpos de una manera que sugiere que las vuelve a visitar una vez muertas. —Miró las notas en lugar de mirar a los agentes—. No digo que sea un necrófilo. Pero vestir y maquillar los cuerpos le proporciona satisfacción. Quiere prolongar la emoción de matar. No los tira por ahí sin más. Los conserva. Como si fueran suyos.

Un silencio enfermizo inundó el aire.

—¿Por qué los camisones? —preguntó finalmente el jefe Morales.

—Un fetiche, un recuerdo... Algo le hace asociar los *negligés* con el deseo sexual. —Miró la foto del cuerpo de Phoebe Canova—. El maquillaje... Probablemente está intentando restablecer una semblanza de vida y tapar las señales de putrefacción. De nuevo, intenta prolongar la ilusión lo más posible. Y quizá maquillarlas hace que se parezcan a una mujer en particular.

Morales empezó a caminar por el fondo de la habitación.

El agente meneó la cabeza.

—Un psicópata.

Caitlin volvió a las fotos en el tablero.

—El asesino se siente cada vez más confiado. La primera víctima, Kayley Fallows, dejó el Red Dog Café y fue andando por una calle oscura. El sospechoso tenía un gran escondite desde donde observar y atacarla sin correr el riesgo de ser visto.

Señaló las fotos siguientes.

—Heather Gooden desapareció mientras recorría los cincuenta metros que hay entre la residencia de la universidad y una cafetería. Ahí tenía una ventana de oportunidad mucho más estrecha y actuó con mucho más atrevimiento. Luego secuestró a Veronica Lees en el cine. Todavía una mayor confianza y sofisticación: había muchas posibilidades de que los espectadores o el personal le vieran y le recordaran. Cámaras de vídeo. Una ventana temporal mucho más estrecha para conseguir la confianza de la víctima y controlarla.

—Y todo a plena vista —dijo Berg—. ¿Se estaba exhibiendo?

—No. Pero sus éxitos anteriores le dieron la tranquilidad de que podía tener éxito otra vez. De que podía actuar con impunidad.

—Creo que aparecerá en el vídeo de la cámara que había en el cine —apuntó Berg.

—Existen muchas posibilidades de que fuera captado en vídeo... Eso si entró en el cine por la entrada principal. Presumiendo que ninguna de las salidas de emergencia estuviera abierta o tuviera la alarma desconectada —dijo ella—. Estamos trabajando en ello.

Berg asintió y señaló la foto de Phoebe Canova.

—Un secuestro con un riesgo todavía mayor. Main Street, a la vista de todo el mundo, mientras una camioneta estaba parada a apenas diez o doce metros de distancia. Ahí sí que se exhibía.

—De acuerdo.

Caitlin pasó a Shana Kerber. Dio unos golpecitos en la foto de la joven madre.

—Este es el secuestro más atrevido de todos. Entró en casa de la víctima, donde normalmente estaría en desventaja y era más probable que dejara pruebas forenses. Pero se salió con la suya.

Un agente que estaba atrás dijo:

—¿Cómo es físicamente?

—Normal. Bien vestido, limpio, ropa arreglada. Quizá atractivo incluso. Pero no destaca.

—Sin tatuajes en la cara.

—No. Este sospechoso es, de manera deliberada, no amenazador. —Ella se puso tensa—. Pero tiene el instinto de un depredador para la gente que es vulnerable. Coge a las mujeres cuando están distraídas, o con prisas, o medio dormidas. Tiene una habilidad especial para encontrar los momentos oportunos y aprovecharse de los demás. —Hizo una pausa de un segundo—. Piensen en las personas que conocen que tengan esa habilidad.

—¿Cree que quizá conozcamos a ese hombre? —preguntó otro agente.

—Muchas personas lo conocen.

Los agentes se removieron, incómodos.

Emmerich habló entonces.

—El sospechoso se mueve mucho, es confiado y, por las polaroids, sabemos que sus asesinatos en Solace no son los primeros. Deberían investigar otras desapariciones junto a la I-35. Es su coto de caza.

Berg señaló hacia el mapa.

—La I-35 corre casi ochocientos kilómetros a lo largo de Texas.

—Y otros miles de kilómetros más hacia Duluth, Minnesota. Pero Texas es un buen lugar donde empezar.

Caitlin cribó toda la sala.

—Ese hombre es peligroso y está decidido, y, a menos que le detengamos, volverá a matar.

Berg fruncía el ceño como un desafío.

—¿Qué van a hacer?

Emmerich respondió:

—Vamos a dar una conferencia de prensa con el comisario. Y ver si alguien por ahí tiene algo de información.

Morales levantó la barbilla.

—Alguien conoce a ese hijo de puta. Vamos a encontrarlo.

13

La gente de los informativos de televisión se apretujaba en la acera, frente a la comisaría de policía. Venían desde Austin y San Antonio, junto con reporteros de la prensa escrita y fotógrafos, un corresponsal de la Associated Press, blogueros locales y dos docenas de ciudadanos de Solace. Muy serio y concentrado, el jefe Morales habló ante un ramillete de micrófonos. Confirmó las muertes de Shana Kerber y Phoebe Canova, y puso énfasis en que el departamento buscaba con urgencia al sospechoso, probablemente un hombre blanco de treinta y tantos años. Detrás de él, Caitlin estaba de pie junto a los agentes reunidos y el equipo del FBI.

Morales acabó su discurso.

—Voy a pasarle el micrófono a la agente especial Brianne Rainey del FBI, que tiene más información.

Entonces se acercó Rainey. Llevaba una chaqueta negra muy elegante, y las trenzas recogidas hacia atrás en un moño. Tenía un aspecto eficiente y serio.

—Creemos que el hombre que ha cometido estos crímenes vive a lo largo del corredor de la I-35, entre Austin y San Antonio. Forma parte de la comunidad. La gente le conoce. Trabajan con él. —Observó a los medios reunidos—. Habrá señales de que está cometiendo estos crímenes. Quizá salga inesperadamente los sábados por la noche. Quizá se vaya y vuelva sin dar explicaciones, o con una explicación poco creíble. Si reconocen a algún hombre que encaja en esta descripción, por favor, contacten con el Departamento de Policía.

Miró a los ojos a todos y cada uno de los periodistas, y luego miró a cámara.

—El criminal busca a sus víctimas con anticipación. Vigila a las mujeres en casa y en el trabajo, y luego elige el momento adecuado para atacar. Si han visto a alguien en su barrio o en la calle que parezca fuera de lugar, alguien que vigile una casa o un negocio, alguien que no sea de por allí..., por favor, contacten con la policía.

Los periodistas iban escribiendo. La gente de la tele levantó los micrófonos.

—Si le parece que es a usted a quien vigilan, o si se le ha acercado un hombre buscando ayuda o pidiéndole que le acompañe a alguna parte, llame a la comisaría de policía. Su vigilancia puede ayudar a coger a ese criminal.

Morales le tendió a Rainey varias fotos de veinte por veinticinco. Eran fotocopias de las polaroids encontradas en torno al cuerpo de Phoebe Canova en el bosque. Rainey las sujetó en alto.

—Solicitamos su ayuda también para identificar a estas tres mujeres.

Un agente pasó copias. Tras él, Caitlin y Emmerich estaban de pie en silencio, puro atrezo para la prensa.

—¿Alguna pregunta? —dijo Morales.

Caitlin, sin mover los labios, susurró:

—Allá vamos.

La morena de la televisión de Austin preguntó:

—El asesino del sábado por la noche. ¿Secuestra a mujeres y las viste con camisones blancos?

—Sí —contestó Morales.

«El asesino del sábado por la noche». Caitlin puso cara de póquer. La UAC nunca ponía sobrenombre a ningún sospechoso. Evitaban convertir a los asesinos en serie en mitos. Temía que con aquellas fotos a los tabloides se les pusiera dura y siguieran buscando nombres más expresivos para el asesino. Le vino a la mente «el asesino del camisón blanco».

—¿Instaurarán un toque de queda los sábados?

—¿Van a cerrar los colegios?

—¿Por qué han tardado tanto en traer al FBI?

Caitlin seguía allí de pie, escondida detrás de sus gafas de sol. Ella y Emmerich examinaron a la multitud, memorizando sus rostros, analizando su lenguaje corporal. Algunos criminales aparecían en la investigación de sus propios crímenes, aun sabiendo que los policías los buscaban. La cámara de la cadena de televisión captaba a todo el que estaba allí.

Morales dijo:

—Eso es todo. Muchas gracias.

Se dirigió a la comisaría mientras los periodistas le gritaban preguntas a su espalda. Rainey le siguió.

Al pasar, Caitlin dijo:

—Esperemos que esto funcione.

Rainey abrió la puerta.

—La esperanza, para la iglesia los domingos. Saquemos a esa serpiente de su madriguera.

14

En el centro de la ciudad de Dallas, el sábado por la noche estaba en su apogeo. Los rascacielos estaban brillantemente iluminados. Las amplias calles del centro de la ciudad eran un río de faros de automóvil. A pesar del frío, el centro comercial North Point Plaza, en la parte residencial, cerca de la maraña de autopistas que serpenteaban a través del centro de la ciudad, estaba atestado. El garaje exclusivo del centro comercial estaba a ciento cincuenta metros de la entrada a la carretera I-35, la autopista Stemmons.

Teri Drinkall salió del ascensor en el garaje, en el nivel 5, cargada con una bolsa de la compra de Neiman Marcus, otra de una librería independiente y una tercera de California Pizza Kitchen, que contenía una pizza de gambas con pesto. Los tacones gruesos de sus botas hacían eco en el suelo de cemento. Cuando había llegado, tres horas antes, el garaje estaba repleto de coches, pero ahora ya estaba casi vacío. Su Ford Escape estaba aparcado en el extremo más alejado de aquel piso. Una ráfaga de aire le levantó de los hombros la melena rubia.

Rodeó una columna junto a la escalera de incendios y oyó la voz de un hombre.

—Perdone.

La mujer se sobresaltó y se dio la vuelta, y las bolsas oscilaron. Llevaba el llavero en la mano derecha, con las llaves sobresaliendo entre los dedos como garras.

El hombre se quedó de pie junto a la escalera, permaneciendo medio en sombras.

—Lo siento, no quería asustarla.

Iba muy bien vestido, y tenía una voz cálida. Parecía avergonzado. Apoyaba una mano contra la pared para mantener el equilibrio.

—Siento mucho molestarla, pero necesito que alguien me eche una mano para llegar hasta mi coche.

En el cemento ante él se encontraban unas cuantas bolsas de la compra de una tienda de juguetes. Un osito Paddington sobresalía de una de ellas.

Teri sonrió.

El hombre le devolvió la sonrisa.

El domingo por la tarde, la luz atravesaba los visillos de las ventanas del dormitorio, moteados con sombras por los robles del jardín. De pie junto a la cama, el hombre examinó ansiosamente la nueva polaroid. Era muy reciente. Los detalles estaban aún muy vivos. La luz captaba todos los detalles, todas las protuberancias del cuerpo, el brillo en sus ojos.

Las mujeres de Dallas tenían un brillo muy especial. Un pequeño toque vaquero.

Había valido la pena el viaje.

Se puso muy furioso cuando la policía de Gideon y el FBI encontraron a la mujer en el bosque de cedros. Habían arruinado su trabajo. Llevaron perros. Cogieron sus trofeos. Estaba verdaderamente furioso. Y luego, cuando dieron la conferencia de prensa, se alarmó mucho.

Había considerado la posibilidad de postergarlo. La chica en la que había pensado, aquella camarera que se llamaba Madison, le había visto observando su complejo de apartamentos. Era rubia platino, muy descarada, con una sonrisa muy poco sincera cuando le preguntó: «¿Le tomo su pedido?». Joven y con los ojos vacuos. Pero ella le había visto, aunque fueran unos pocos segundos solamente. Era demasiado arriesgado cogerla después de que el maldito FBI gritara «Vigilad» desde los tejados aquel fin de semana.

Y la antigua ira —ese anhelo horrible y justificado de enseñarles, de hacer que esas mujeres vieran, de sofocar su necesidad antes de que explotara—, había aumentado y le corría por todo el cuerpo. Le martilleaba las sienes, diciéndole: «Nadie puede quitarme esto. Es mío».

Y Dallas estaba a trescientos veinte kilómetros de la interestatal.

Admiró la foto otro minuto más y luego la añadió a la exposición. Su exposición era secreta, la mantenía a salvo detrás de una pared falsa, en su armario. Puso a Debbie Does Dallas en el tablero. Añadía un cierto brillo al conjunto. Pasó los dedos por su colección. «Cuántos camisones blancos tan cuidadosamente elegidos...».

Quitó una foto de una adolescente rubia platino. La foto era antigua. La guardó con mucho cuidado; la había mantenido apartada de la luz para que no perdiera el color, y usado el mismo agujero para clavarla cada vez que la añadía al tablero, pero después de todo aquel tiempo el borde blanco ya mostraba unas manchas grasientas grises. Le encantaba acariciarla, pero intentaba siempre no tocar la superficie con los dedos.

Pero ese día no. Ella fue la que lo empezó todo.

Había intentado olvidar, perdonar e ignorar, fingir que no le importaba, pero allá adonde iba el mundo estaba repleto de otras como ella. Las despectivas. Las egoístas. Aquellas que lo echaban a un lado como un envoltorio de chicle. Las hermosas, las superficiales, las emocionalmente inmaduras. Aquellas que no se preocupaban. Que no comprendían que si pisoteas el espíritu de un hombre no hay vuelta atrás. Las que estaban ciegas en las profundidades.

Apretó la foto contra sus labios y enseñó los dientes, como si fuera a morderla.

Sonó el timbre de la puerta.

Con el corazón acelerado, clavó de nuevo la foto en su sitio. De mala gana encerró su alijo y se miró en el espejo. Tenía buen color, los ojos brillantes. Parecía que había estado haciendo ejercicio.

Y lo había hecho.

Al recorrer el pasillo, las imágenes del tablero de corcho le enviaron un estimulante cosquilleo por la piel. Se permitió una sonrisa, amplia y hambrienta, y luego suavizó su expresión y abrió la puerta principal.

—En Central Market no quedaban jalapeños. Pondré serranos —dijo Emma, efervescente como siempre, con dos bolsas de comestibles en las manos—. Los bollos de maíz quedarán fuertecitos, pero podremos sobrevivir. Haré la sopa.

—Usa tu magia. No es problema —respondió él.

Ella le envió un beso por el aire y se dirigió a la cocina, con su pelo color castaño muy claro al darle la luz, ese perfume floral suyo que le recordaba a las maestras y las tías solteras.

—Y tú sí que eres fuerte —dijo, yendo tras ella.

Por encima del hombro, ella le dedicó una sonrisa tímida.

Él se volvió hacia la puerta.

—Bueno. Hola.

La niña de seis años estaba de pie en el porche, con el DVD de *Frozen* en la mano.

—¿Es esto lo que vamos a ver hoy, señorita Ashley? —le preguntó.

Ella soltó una risita y saltó arriba y abajo.

—Eres tonto. Ya sabes que sí.

—Vamos. Tu mamá está preparando la comida.

Ella pasó a su lado. Era el día de la película de Disney. Sonriendo, él cerró la puerta.

15

Lunes por la mañana. Caitlin iba andando hacia el mostrador de la recepción del hotel y tirando de su maleta con ruedas. Solace había escapado del fin de semana sin sufrir daños. El equipo de la UAC volvía a D. C. en el vuelo de las once de la mañana.

Rainey ya estaba allí. El empleado del hotel se había metido en una oficina trasera. Caitlin dio los buenos días y dejó la llave en el mostrador.

Detrás de ella, la voz de Emmerich resonó en el vestíbulo.

—Esperen.

Ella y Rainey se volvieron.

—Una desaparición el sábado por la noche, en Dallas —dijo Emmerich.

Rainey abrió los ojos de par en par.

—Eso está significativamente alejado de la zona de caza anterior del sospechoso.

—La policía de Dallas piensa que está vinculado con los crímenes de Solace. Están enviándolo todo a la oficina del sheriff.

—Tenía el pelo húmedo de la ducha, la camisa de un blanco cegador a la luz de la mañana—. Hay un vídeo.

Un zumbido agudo recorrió la columna vertebral de Caitlin.

En la comisaría de policía, el detective Berg le tendió a Emmerich una ampliación de veinte por veinticinco de una foto del carnet de conducir. Una joven con el pelo rubio.

—Teri Drinkall. Veinticinco años. Abogada auxiliar en un

bufete de abogados del centro de Dallas. No volvió a casa después de salir de compras el sábado. Su novio y su compañera de piso tienen coartada.

Caitlin se reunió con los demás en el escritorio de Berg. El detective puso el vídeo que habían obtenido las cámaras del garaje. Tenía el rostro muy serio.

—No ayuda nada. Ya lo verán. —Lo puso en marcha.

El vídeo no tenía sonido y era en blanco y negro. La cámara estaba montada en el techo, junto a los ascensores de un aparcamiento de múltiples pisos. Pasaron tres segundos sin que pasara nada. Luego, la mujer desaparecida cruzó por delante de la cámara.

Teri Drinkall era menuda y andaba con energía. Llevaba dos bolsas de compras en la mano izquierda y una tercera bolsa cogida con el antebrazo derecho. Llevaba el bolso colgado del hombro y las llaves en la mano derecha. Parecía que iba directa hacia su coche. Pasó por debajo de la cámara y fue andando hacia el extremo más alejado del garaje, y se la veía de espaldas.

De repente dio un salto, sobresaltada.

Giró la cabeza de golpe, atraída su atención por algo inesperado. Algo que estaba fuera del objetivo de la cámara.

Caitlin se movió inquieta, deseando que hubiera algo más. Junto a ella, Emmerich estaba de pie con los brazos cruzados y tamborileando con los dedos.

En el vídeo, Teri se volvía hacia su derecha. Su espalda estaba enfocada por la lente. Inclinaba la cabeza y hablaba.

Caitlin quería saber con desesperación lo que estaba diciendo, pero no se veía lo suficiente para intentar leerle los labios.

Teri asentía y salía del encuadre. Su sombra la seguía, y luego desaparecía.

Berg detuvo el vídeo.

—Ya está.

Emmerich dijo:

—Vuélvalo a poner.

Lo vieron, muy concentrados, dos veces más. Berg parecía frustrado. Emmerich sacó su portátil y lo puso en una mesa de conferencias.

—Mándemelo —dijo.

—¿Cree que se puede sacar algo de esto?

—Nuestro analista técnico de Quantico quizá pueda.

Berg le envió el vídeo.

—¿Qué podrían encontrar?

Emmerich se inclinó sobre el portátil y tecleó algo.

—Sombras, artefactos, reflejos... Cualquier cosa que pueda proporcionar información sobre la persona con la que hablaba la víctima.

Caitlin tocó el brazo de Berg.

—¿Puede ponerlo una vez más, por favor?

Él lo volvió a poner. Ella lo miró.

Estaba claro que Teri había dado un salto porque alguien le había dicho algo. De lo contrario, no se habría dado la vuelta y hablado como respuesta. La cabeza de Teri seguía al mismo nivel cuando ella habló. Eso indicaba que hablaba con alguien que más o menos era de su misma altura, o sea, un adulto. Caitlin se centró en la pantalla. Esta vez, mientras lo miraba, intentó leer el lenguaje corporal de la mujer desaparecida.

Teri se dirigió hacia el hablante invisible de manera voluntaria. ¿Por qué hizo un movimiento afirmativo hacia la petición del sujeto? ¿Qué truco utilizó el asesino para atraerla?

Cuando Teri salió del encuadre, su postura indicaba un desarme total. Cuando apareció en pantalla al principio, era distinta. Llevaba las llaves del coche en alto y preparadas, dispuesta para dar la voz de alarma si veía algo raro. Iba preparada para responder a amenazas repentinas, como cualquier mujer consciente de que vive en una ciudad.

Todavía llevaba las llaves en alto y metidas entre los dedos, como garras, cuando se volvió por primera vez. Luego las bajó. Mostraba... preocupación. Y... ¿quizá malestar emocional?

Caitlin lo volvió a ver. Entre el momento en que Teri se sobresaltaba por primera vez y el momento en que bajaba las llaves sus hombros se relajaban. Su cabeza se inclinaba a un lado, en una actitud que suelen adoptar las personas cuando hablan con niños pequeños o con animales quejosos. Era algo más que simple preocupación. Era... ¿lástima?

—El truco que usó él no solo la convenció de que estaba indefenso. La convenció de que sufría algún daño —dijo Caitlin—. No sé de qué tipo. Ella quería ayudarle. Él le dio la vuelta completamente, de una forma emocional, en menos de cuatro segundos.

Berg preguntó:

—¿Fingía que estaba herido?

—Posiblemente. Cuadra con el perfil.

—¿Es nuestro hombre?

—Quizá. —Caitlin se sentía mareada.

Emmerich envió el vídeo a Quantico. No levantó la vista.

—Si lo es, haber hecho públicas las polaroids no lo ha asustado para echarse atrás.

Berg miró a Caitlin.

—Ha hecho que se aleje por la interestatal.

A mediodía, los corredores de bolsa de Crandall McGill estaban muy ocupados bajo el sol brillante de Phoenix. Sonaban los teléfonos. Las televisiones estaban sintonizadas en los canales financieros y de noticias, y los letreros pasaban por la parte inferior de diversas pantallas.

En el mostrador de recepción del vestíbulo, Lia Fox pasó una llamada y firmó al recibir un fajo de sobres de FedEx. El repartidor le dedicó una mirada simpática, evaluándola. Tenía treinta y seis años, era delgada y menuda, y sabía que le sentaban muy bien la falda estrecha y los zapatos de tacón de aguja. Llevaba el pelo oscuro muy corto, por el calor. Así su cara parecía más severa, pero ella había decidido que le gustaba eso. Quería probar a mostrar orgullo.

Dijo adiós con un gesto al repartidor, se acabó de beber los últimos restos de un brebaje frío y revisó los mensajes de texto de su móvil, girando a derecha e izquierda en la silla de su escritorio. «Tizzy está enfermo otra vez», le escribió su madre. Se refería a su perro. «¡He conseguido un tanto!», exclamaba su hermana, hablando de deportes, o de un examen o de sexo. Lia respondió a ambas cosas con un pulgar con el dedo levantado. Recogió los sobres de FedEx y se dirigió hacia la oficina para entregarlos.

Al pasar por la mesa de un operador, un televisor que estaba montado en la pared atrajo su mirada. Despertó algo en su cerebro, pero siguió andando. Al doblar la esquina, otro televisor estaba sintonizado en el mismo programa de noticias. El letrero decía: «Policía de Texas y FBI buscan a un asesino».

Vio las polaroids y se detuvo en seco.

Una bróker la llamó desde su despacho.

—¿Lia?

Lia miró el televisor.

—Lia, ¿es para mí eso?

La bróker tenía la mano tendida. Inclinando la cabeza, Lia le tendió el sobre.

—¿Qué pasa? —le preguntó la mujer.

Lia negó con la cabeza, con los ojos clavados en la pantalla del televisor.

—Nada.

La bróker levantó la vista hacia la pantalla.

—Dios, es horrible...

Lia intentó respirar, pero le parecía que tenía el pecho cerrado. La bróker le hablaba, pero ella no oía más que un pitido dentro de su cabeza.

La bróker agitó una mano ante su cara.

—Te has quedado pasmada... ¿Qué pasa?

Lia se volvió hacia ella.

—Nada.

Se dio la vuelta sobre sus altos tacones y corrió a través del vestíbulo enmoquetado. Antes de llegar al mostrador delantero, se dirigió hacia el lavabo de mujeres. Se encerró en un cubículo del baño y se apoyó en la pared, temblando.

Susurraba:

—No puede ser.

Cuando volvió al mostrador de recepción, consiguió ignorar la pantalla de plasma que estaba en el vestíbulo, en la zona de espera. Pero al final, como con la hiedra venenosa, el picor se hizo insoportable. Al cabo de una hora se levantó, puso el volumen al televisor y fue buscando por los canales informativos hasta encontrar las últimas noticias.

—Una sexta mujer de Texas ha desaparecido, esta vez en Dallas.

Las manos de Lia le cayeron a los costados. Como las otras mujeres que habían desaparecido, Teri Drinkall era rubia, joven, esbelta y había desaparecido. Desaparecidas. Se veían sus fotos en la pantalla. Una tras otra, como Barbies en los estantes de una juguetería.

Y las polaroids. Tantas rubias, tanto terror... Camisones blancos.

Un temblor empezó a agitarle la pierna. Le subió por el vientre y se le acabó instalando en el pecho.

—La policía de Dallas no tiene sospechosos en esta desaparición —decía el presentador—, pero están en contacto con las autoridades del condado de Gideon, donde han desaparecido otras cinco mujeres. Dos de esas mujeres fueron encontradas asesinadas la semana pasada. El FBI está ayudando en la investigación, pero no ha proporcionado ningún comentario más sobre el caso.

El presentador parecía muy serio y preocupado. Una lista de números de teléfono apareció en pantalla, en las líneas informativas.

Lia puso el televisor en pausa. Durante un minuto entero, dos, se quedó mirando la puerta principal tras la cual brillaba el sol de Arizona, hasta que las lágrimas se le agolparon en los ojos.

Con dedos temblorosos cogió su teléfono. Leyó la pantalla del televisor y marcó un número.

Cuando respondieron la llamada, ella cerró los ojos.

—Tengo que hablar con los agentes que están trabajando en el caso de los asesinatos de Texas. Sé quién es el asesino.

16

Los teléfonos de la comisaría de Solace sonaban sin parar, todo el día. Cada línea estaba repleta de llamadas preocupadas y absurdas informaciones.

«El asesino del sábado por la noche es mi vecino».
«Es el hombre de la gasolinera que me miró de una forma rara».
«Es mi suegra».
«El asesino hurgó en mi basura. Es un basurero».
«Yo soy el asesino».
«Las asfixié con una bolsa de la lavandería».
«Las atropellé con un cortacésped».

En el mostrador delantero, una adolescente rubia vestida con el uniforme negro de una cafetería hablaba a toda velocidad describiendo a un hombre a quien había visto, y ponía la mano en el aire para indicar su altura. El jefe Morales parecía capaz de lavar a presión un autobús de lo alta que tenía la presión sanguínea. Al detective Berg parecía que la corbata iba a estrangularlo. Fuera, el sol blanco caía sobre una calle principal casi vacía. Daba la sensación de que una vibración inaudible de pánico llenaba el aire.

En la mesa de conferencias de la sala de detectives, Caitlin se inclinaba sobre su portátil, con unos auriculares puestos. Estaba manteniendo una videoconferencia con el técnico analista de la unidad en Quantico, Nicholas Keyes. Le dijo:

—Ya sé que estás buscando los datos de la cinta del aparcamiento de Dallas, pero hay otro vídeo, de la tercera víctima. Apuesto lo que quieras a que el sospechoso está en ese vídeo.

Vio las imágenes de la desaparición de Veronica Lees en las salas de multicines en una ventanita de su pantalla.

—Lo que necesito es el análisis de movimiento —prosiguió Caitlin—. Una forma de comparar la víctima con las demás personas que estaban en el vestíbulo, uno por uno, para determinar si alguno de ellos la mira, la toca o la sigue.

—He contado ciento veinticinco personas en ese vestíbulo. Aproximadamente —dijo Keyes.

Él, más que mirar a Caitlin, miraba a su propia pantalla. El brillo del ordenador se reflejaba en sus gafas con montura de concha. Con veintiocho años, tenía una mente ágil y una cantidad de conocimientos que resultaba casi anticuada.

—Sé que es mucho trabajo —le dijo Caitlin.

—No, si aplico el modelo correcto. —Los dedos de Keyes se movían con fluidez por su teclado. Tenía un lápiz detrás de la oreja—. Puedo atacar el asunto de un par de formas distintas.

Emmerich entró en la sala y se acercó a la mesa de conferencias.

—Keyes, espera —exclamó Caitlin y se quitó uno de los auriculares.

—Una persona que ha llamado dice que sabe quién es el asesino. —Emmerich tendió a Caitlin un mensaje en una nota—. Una comprobación preliminar indica que su afirmación puede tener credibilidad. Esa chica hará una videollamada. Échele un vistazo a la cara, escúchela y determine si es «creíble» la palabra adecuada para ella.

—Ahora mismo.

Con un leve saludo, Emmerich se fue.

Caitlin se volvió de nuevo hacia Keyes.

—Tengo...

—Oído. Ve. —Sus ojos recorrieron rápidamente la pantalla—. Tengo una idea.

—¿Sobre...?

—Caminos sesgados e interceptaciones.

Apagó el ordenador antes de que Caitlin pudiera preguntarle más. Ella dejó la nota con el mensaje en su mesa y marcó la videollamada. Le respondieron casi al instante.

—Señorita Fox...

Lia Fox estaba inclinada hacia la pantalla, humedeciéndose los labios, nerviosa. Llevaba el pelo negro cortado muy corto, y tenía la mandíbula dura, pero parecía tan asustada como una cierva.

—¿Agente Hendrix? —dijo Fox—. ¿Está usted en Texas? ¿Investigando estos crímenes?

—Sí. ¿Qué información tiene para nosotros?

—Tiene que prometérmelo. —Fox juntó las manos frente a los labios y cerró brevemente los ojos antes de mirar con intensidad a Caitlin—. Mi nombre quedará fuera de esto. Soy anónima.

—Mantendré la confidencialidad sobre su nombre —le aseguró Caitlin—. ¿Cree que puede identificar al asesino?

El ojo de Lia sufrió un tic.

—Mi exnovio. Se llama Aaron Gage.

Exhaló como si pronunciar aquellas palabras hubiera agotado hasta el último gramo de su energía.

Caitlin escribió aquel nombre.

—Cuénteme cosas sobre Gage. ¿Por qué cree que es el hombre que buscamos?

—Me estuvo acosando. Él... —Puso su mano sobre la boca, presionándola.

—Tómese el tiempo que necesite. Simplemente cuénteme lo que pasó.

Lia esperó unos segundos mientras parecía que intentaba reunir todo su valor. Apretó la mandíbula, lo cual hizo que pareciera desgastada.

—Yo estaba en el primer curso de la universidad. En el Rampart College, junto a Houston. Tenía dieciocho años y... —Se encogió de hombros—. Aaron estaba bueno. De rasgos duros, con un aire como de Clint Eastwood a caballo.

Caitlin asintió, animándola a seguir.

—Pero le gustaba mucho salir —dijo Lia—. Y bebía. Las cosas se fueron complicando.

—¿Qué le hace pensar que pueda ser el sospechoso de esos asesinatos, señorita Fox?

—Pues yo estaba hecha un lío... Me saltaba todas las clases. Iba por ahí dando tumbos, ¿sabe? Estuve con él mucho más de lo que habría debido. Era mi primer novio, así que...

Sus mejillas ardían. Parecía que se había guardado todo aquello dentro desde el primer año de la universidad.

Caitlin bajó la voz.

—De acuerdo. La escucho. Continúe.

Lia asintió, tensa.

—Una noche, en su apartamento, él... nosotros... nos emborrachamos. Empezamos a gritarnos y a pelear. Yo me metí en el dormitorio y cerré la puerta. Puse una silla debajo del pomo. Aaron empezó a dar golpes, insultándome, gritando que yo era una inútil...

Caitlin siguió asintiendo.

—¿Y?

—Y me quedé dormida llorando. Aaron siguió bebiendo y acabó pegándole fuego al apartamento.

Eso despertó a Caitlin.

—¿Quemó el apartamento deliberadamente?

Lia se encogió.

—La verdad es que no lo sé. Igual se desmayó. Los bomberos dijeron que la causa del fuego era «indeterminada».

Caitlin pidió la dirección del apartamento y la fecha del incendio.

—Cuando me desperté, la habitación estaba llena de humo y el compañero de piso de Aaron llamaba a la puerta, diciéndome que saliera. —Los ojos de Lia empezaron a brillar cada vez más—. Abrí la puerta y salían llamas que llegaban hasta el techo del salón. La puerta de enfrente estaba abierta de par en par, y los vecinos estaban en el vestíbulo gritándome que saliera corriendo.

—Suena aterrador.

—Todavía me pone mala... —Su voz tembló—. Y ya sé lo que estará pensando: «Bueno, ¿y qué?».

Caitlin vio auténtico temor en el rostro de la joven, pero Lia tenía razón: hasta el momento no había dicho nada que relacionara a Gage con su sospechoso.

—La escucho.

—Nunca volví a hablar con Aaron. Rompimos. Del todo. —Lia se inclinó hacia la pantalla—. Y entonces fue cuando las cosas se pusieron siniestras.

—Descríbame lo que quiere decir con «siniestras».

—Empecé a recibir postales por correo. Nunca iban firmadas. «Deja de seguir ignorándome». «Has cometido un error». «¿Qué narices te pasa?». Luego empezaron a aparecer regalitos en el porche —dijo Lia—. Al principio cosas monas. Una pulsera con dijes, una caja de música... Pero, como yo no respondía, empezó a dejar Barbies. Estaban... estropeadas.

Un escalofrío se deslizó sobre los hombros de Caitlin.

—Tenían los brazos arrancados. El cuello roto. La cara quemada con un encendedor. Las piernas... —Ella apartó la vista y luego volvió a clavarla ferozmente en la pantalla—. Las piernas separadas. Una estaba colocada encima de una rata muerta como... como si la muñeca se la estuviera follando. Me asustó muchísimo.

—¿Se lo contó a alguien? —preguntó Caitlin.

—A mis compañeras de habitación. No podía contárselo a mis padres... porque habrían sabido que yo había... tenido relaciones con un chico, y se habrían puesto como una moto.

—¿Y a alguien de la universidad? ¿O a la policía?

Lia se burló.

—¿A la seguridad del campus público? Lo único que hacían era detener a los chicos por violar el toque de queda y por poner música de hip-hop «demasiado alta». —Señaló las comillas con un gesto en el aire—. Rampart es una universidad pequeña, cristiana. La administración no quería saber nada de que los estudiantes tuvieran... sexo.

Lia miró hacia abajo y bajó la voz.

—Me habrían abierto un expediente disciplinario. Me habrían exigido arrepentimiento y quizá me habrían expulsado.

Caitlin pensó: «Menos mal que yo no fui a Rampart». Pero no le sorprendía, tristemente, saber cómo habría respondido la universidad al acoso a una de sus alumnas.

—¿Y qué más? —insistió Caitlin.

La voz de Lia se fortaleció. Ahora que había empezado, se estaba poniendo más firme a cada palabra que decía.

—Una noche, a última hora, estaba en la calle en la oscuridad, vigilando mi puerta.

—¿Está segura de que era Aaron Gage?

—No le daba la luz, pero era de su estatura y corpulencia. Mis compañeras de piso le vieron también, y se asustaron mucho. —Le brillaban los ojos—. Entonces mató a mi gato.

El escalofrío volvió a los hombros de Caitlin.

—Le rajó el cuello y lo dejó en el jardín, rodeado de fotos mías —dijo Lia—. Las fotos me las había tomado Aaron en su apartamento, dormida. Con un puto camisón blanco...

Las lágrimas se acumulaban en sus ojos. Lia se las secó furiosa. Caitlin estaba inmóvil.

—¿Les contó a las autoridades lo del gato?

Lia negó con la cabeza.

—Pero tomé una foto. La quería como prueba, por si las cosas se ponían feas.

Caitlin se echó atrás: incendio intencionado y tortura animal eran ya cosas realmente malas. Hasta la administración de la facultad más puritana se habría tomado todo aquello como una seria prueba de acoso. La policía inmediatamente habría considerado que la vida de Lia corría peligro.

—Tengo que preguntárselo... En ese punto, ¿qué fue lo que hizo que no llamara a la policía? —quiso saber Caitlin.

Las mejillas de Lia se pusieron muy rojas. Empezó a parpadear y a humedecerse los labios.

—Pues yo... estaba pasando un mal momento. ¿Podemos dejarlo así? El caso es que ocurrió.

Levantó una foto. El estómago de Caitlin se tensó.

El gato yacía, pequeño y sin vida, con la sangre coagulada en el pelaje en torno a la garganta. Las fotos estaban metidas en la hierba húmeda, a su alrededor. En todas ellas se veía a Lia dormida con un camisón muy sencillo y revelador. Un testigo de muerte repetido.

—Aaron hizo todo esto —dijo Lia—. Eso es lo que cuenta. Tiene que creerme.

—Por favor, escanee esa foto y mándemela. —El corazón de Caitlin latía fuerte, como un tambor—. También tendré que examinar la original. Voy a hacer que un agente del FBI de Phoenix contacte con usted.

—Sí, claro.

Caitlin abrió su bolígrafo.

—Necesito toda la información que tenga de Aaron Gage. Nombre completo, fecha y lugar de nacimiento. Cualquier foto que pueda enviarme...

Lia recitó de un tirón toda la información pertinente, pero dijo:

—Rompí todas sus fotos y las tiré por el váter. Quería que todo recuerdo suyo desapareciera.

—¿No sabe dónde está Gage?

—No. Ni quiero. No quiero saberlo. Me fui de Rampart. Pedí el traslado, y puede apostar a que ese loco gilipollas de Aaron Gage fue el motivo principal para que lo hiciera.

—¿Quién podría saberlo? —preguntó Caitlin.

—Perdí el contacto con casi todas las personas de Rampart. No sabría decirle. —Su mirada se desvió a un lado.

Caitlin no dudaba de que Lia estaba convencida de la culpabilidad de Gage. Y de que estaba aterrorizada. Y de que se guardaba algo. Le preguntó:

—¿Tiene alguna idea de por dónde puedo empezar a buscar?

—Lo último que supe de él es que había ingresado en el ejército. —Lia se volvió hacia la pantalla—. Es él. Ya no es un simple acosador borracho. Ahora es un asesino auténtico. —Se echó atrás—. Encuéntrenlo. Porque me estoy tomando muchísimas molestias con todo esto, mucho más de lo que me correspondería.

Lia cortó la llamada y la pantalla quedó en negro.

Caitlin recorrió el vestíbulo y miró por la comisaría hasta encontrar a Emmerich. Con rapidez le informó de todo.

—Tenemos que encontrar a Gage. Era controlador y estaba furioso. Además del fuego, matar al gato... Son una serie de indicadores de conducta muy claros de sadismo psicopático sexual.

Emmerich dijo:

—Fox no habrá recibido ninguna insinuación de usted antes de contarle todo esto, ¿verdad?

Caitlin se sintió ofendida.

—En absoluto.

Sabía que no se debía dirigir a un testigo ni dar forma a la información que proporcionaba un testigo durante el interrogatorio.

—La policía no ha revelado el hecho de que a Shana Kerber le habían rebanado la garganta y que las polaroids encontradas en el bosque estaban metidas en el suelo, en torno al cuerpo. Es la firma del asesino. No me parece que sea una coincidencia.

La mirada de Emmerich se agudizó.

—A mí tampoco.

17

Trabajando con Nicholas Keyes en Quantico, el martes por la mañana Caitlin consiguió encontrar la pista de Aaron Gage. Estaba vivo. Su domicilio estaba al otro lado del río Rojo en Rincón, Oklahoma.

—Oklahoma —dijo ella—. Muy lejos de la actual zona de los asesinatos. Encaja con el perfil de un asesino movido por la ira que caza fuera de su barrio.

—La I-35 pasa por Rincón. —Keyes habló por el altavoz—. El condado de Gideon está recto hacia el sur.

Llegó Rainey. Al oír la conversación, sus ojos se desplazaron hacia el mapa de Texas en la pared.

Keyes dijo:

—Y puedo confirmar una parte al menos de la historia de Lia Fox. Gage sirvió en el ejército. El expediente militar os llegará enseguida.

—Gracias —respondió Caitlin.

Rainey dio unos golpecitos con los nudillos en la mesa de conferencias.

—Mándame una copia.

Caitlin notó que la invadía la emoción. Pero cinco minutos más tarde, Rainey leía el expediente y meneaba la cabeza.

—Ocho años de servicio activo, múltiples acciones de guerra, Corazón Púrpura, licenciado con honores... Este no es el sospechoso.

—¿Por qué no? —dijo Caitlin—. Al sospechoso le gusta la violencia. Si ha estado destinado en zonas de guerra, eso le daría cobertura para cometer los crímenes.

—A nuestro sospechoso le gusta la violencia que pueda controlar. Y una guerra no es controlable nunca. —La voz de Rainey tenía un filo duro—. Le gusta la violencia que pueda infligir contra personas que no están en posición de resistirse. Estados Unidos tiene un ejército voluntario... La gente se alista sabiendo que pueden salir perjudicados. El sospechoso no haría nada semejante ni en un millón de años.

Caitlin notó entonces un pinchazo de duda, un resentimiento que intentó ahogar de inmediato. «Escucha al agente con más experiencia».

—Entendido —accedió—. Pero, de todos modos, hay cosas en su historia que merece la pena investigar. No sabremos lo que es hasta que hablemos con Gage.

En el otro lado de la sala, Emmerich y el detective Berg se inclinaban sobre una lista, unos nombres que habían llegado a través de la línea anónima. Emmerich escuchaba a Berg, subrayó algunos nombres y luego levantó la vista. Su mirada captó la de Caitlin, formulando una pregunta sin palabras.

—Le hemos localizado. Estamos en ello.

Caitlin tendió la mano hacia Rainey para que le diera las llaves del coche.

—Vamos a tardar unas cuantas horas en ir en coche hasta Oklahoma —dijo.

Rainey le entregó las llaves. Sabía que Emmerich había accedido a que hicieran aquello. Pero Caitlin no sabía qué le parecía a Rainey. Reconocía que su propia posición en la unidad era algo inusual. La habían reclutado directamente de la Unidad de Homicidios de la oficina del sheriff del condado de Alameda. No tenía los años de experiencia investigadora que acumulaban la mayoría de los agentes del FBI dentro de la organización antes de unirse a la UAC. A veces parecía un poco que era la niña mimada del profesor. Sabía que tenía que ganarse sus galones.

Oklahoma les iba a ocupar el resto del día. No podía permitirse que aquel viaje fuera simplemente una pista falsa.

—Aquí hay una pista buena —insistió—. Es importante.

Rainey asintió.

—Entonces deberíamos ponernos en marcha.

Rainey se dirigió hacia la puerta. Al andar iba mirando su teléfono, buscando los informes militares que habían recibido del Departamento de Defensa. Fuera, se metió en el monovolumen e hizo una llamada, intentando localizar al antiguo comandante en jefe de Aaron Gage. Caitlin se metió en el asiento del conductor.

—Por favor, dígale al coronel Marthinsen que me devuelva la llamada lo antes posible —dijo Rainey y se abrochó el cinturón de seguridad.

Caitlin puso en marcha el coche. Dos minutos más tarde se dirigían por la salida de la autopista hacia la I-35 en dirección norte.

Las colinas del sur de Oklahoma se sucedían suavemente, cubiertas por los prados amarillentos por el invierno, se sumergían en ríos y arroyos, llenos de árboles sin hojas. La carretera formaba una curva en torno a una granja y junto a un centro turístico y casino chickasaw. Caitlin conducía silenciosa detrás de sus gafas de sol. Rainey iba consultando su portátil, hasta que salieron de la interestatal en Rincón y se dirigieron hacia el campo. Cerró entonces el ordenador y abrió un mapa en su teléfono móvil.

—A juzgar por las imágenes del satélite, la cabaña de Gage está en medio de los bosques. —Tenía la cara muy seria, pero su tono era sarcástico.

—¿Como en las películas de crímenes de adolescentes?

—Exacto, esas en las que las chicas negras y los empollones son los primeros que mueren. —Su voz se suavizó—. Encajamos en el perfil.

Salieron a una carretera rural con muchas curvas y fueron dando saltos por un camino de grava con muchos baches. Unos promontorios rocosos les tapaban la vista, y de repente coronaron un promontorio y se encontraron en una propiedad que debía de tener unos dos mil metros cuadrados, con una cabaña que daba al sur, hacia el río de arcilla roja que corría por el horizonte. Caitlin aparcó delante y se detuvo.

—Bien.

La cabaña era rústica, con un porche amplio y grandes ventanales. Al otro lado del camino se veía un antiguo granero rojo. Estaba desgastado por el sol y torcido. La puerta estaba abierta.

Dentro, a la luz filtrada por las tablillas, se veían una serie de utensilios agrícolas colgados de las vigas, oscilando en la brisa como siniestros móviles. Caitlin y Rainey intercambiaron una mirada.

Salieron del Suburban. Examinaron el granero, el camino, los árboles, las sombras y se acercaron a la cabaña.

Caitlin llevaba el abrigo desabrochado y la mano derecha baja, sin tocar el arma, pero asegurándose de tener libre acceso a ella. No había coche alguno en el camino ni en el granero. Ni animales. Ni se oía sonido alguno.

Subió al porche, mirando a su alrededor, y llamó a la puerta. Mientras tanto sonó el teléfono de Rainey.

Caitlin miró a través de la ventana delantera. Dentro no vio señal alguna de movimiento. Las luces estaban apagadas.

Rainey respondió el teléfono.

—Coronel Marthinsen. Gracias por devolverme la llamada tan rápido.

Escuchó, con el rostro concentrado. Desde el teléfono, Caitlin oía la voz de barítono del hombre.

Llamó a la puerta de nuevo.

Rainey dijo:

—Ya lo entiendo, coronel. Su última misión...

Desde la parte de atrás de la cabaña llegó una voz masculina.

—Ya voy.

Caitlin se echó atrás y se apartó a un lado de la puerta.

—Gracias, coronel. —Rainey colgó. Su rostro era inescrutable—. Gage es un antiguo oficial. Me ha contado cómo consiguió su Corazón Púrpura el sargento Gage.

Su expresión era algo irónica. Dentro de la casa se oyeron unos pasos. De un hombre... y de las patas de un perro que andaba por un suelo de madera.

La puerta se abrió. La silueta de Aaron Gage apareció en la abertura.

—¿Sí? —Llevaba unas gafas oscuras. Volvió ligeramente la cabeza, como si estuviera juzgando quién se encontraba ante la puerta por la forma en que sus cuerpos bloqueaban la brisa.

A su lado se encontraba un labrador negro. Un perro guía. Gage sujetaba su arnés.

18

—¿El FBI? ¿Qué pasa?

Aaron Gage tenía la barba roja, era delgado y estaba en forma, parecía un luchador. Su perro esperaba pacientemente a su lado mientras él hacía gestos a Caitlin y Rainey de que entrasen en la casa.

Cerró la puerta.

—¿Le he oído mencionar al coronel Marthinsen?

—Efectivamente —asintió Rainey.

—¿Qué tipo de cuestiones requieren una llamada de mi antiguo oficial al mando?

Se quedó de pie junto a la puerta, sin descartar darles la bienvenida más adelante. Su postura, observó Caitlin, era propia del ejército.

—Necesitábamos saber lo que no estaba en su expediente oficial, sargento. —La voz de Rainey era aterciopelada y conciliadora—. El coronel Marthinsen me ha explicado cómo perdió usted la vista.

—No fue una operación encubierta —dijo Gage—. Afganistán está en el mapa. Y un dispositivo explosivo improvisado solo es secreto hasta que un Humvee pasa por encima. ¿Por qué tengo a dos agentes federales ante mi puerta?

Caitlin notó el rubor de sus mejillas. «Buena pregunta». Habían conducido cuatrocientos kilómetros para interrogar a un hombre que no podía ser el asesino.

Los labios de Rainey estaban muy apretados. Se estaba mordiendo la lengua. «Te lo había dicho».

Durante unos segundos, Caitlin notó el sabor amargo del fracaso. «Un absurdo juego del escondite». Demasiado bueno para ser verdad. Rainey se lo había advertido.

Sin embargo, no podía desprenderse del todo de la sensación de que aquella pista tenía una base sólida.

Había consultado el historial de Lia Fox. En el largo trayecto, Rainey la había sustituido al volante y le había dado tiempo para enviar preguntas y conseguir la información. Lia era quien decía ser. No tenía expediente criminal. No había ningún historial de falsos informes a la policía. Nunca había estado en un hospital psiquiátrico. Y el Departamento de Bomberos de Houston confirmó el momento y la situación del incendio del apartamento. Le habían hecho llegar el registro de llamadas y el informe de incidencias del Departamento de Bomberos. El piso de Gage quedó destrozado. El origen del fuego fue un cigarrillo. La manera de la combustión, según aseguraba Lia, había sido indeterminada. Las pruebas de la escena sugerían un accidente: que Gage se había desmayado mientras fumaba. Pero tampoco se podía descartar un incendio intencionado.

Caitlin había comprobado la fecha del incendio. Fue un sábado por la noche.

La División del FBI de Phoenix había hablado con Lia y habían obtenido la foto original del gato muerto rodeado de fotos. La imagen estaba fechada digitalmente, y el dato parecía correcto.

Y, más de dieciocho años después, Lia Fox seguía aterrorizada por el incendio y lo que pasó después, y por el hombre que estaba de pie ante Caitlin.

Caitlin no veía prueba alguna de que Lia fuera una fabuladora. Al contrario. Si Lia había llegado a conclusiones sobre Gage, es que tenía motivos. Acontecimientos reales que habían dado forma a sus miedos.

Rainey mostraba impaciencia. Pero el instinto de Caitlin le dijo que no se dejara llevar por aquello. Todavía no.

—Estamos investigando las desapariciones y crímenes en serie en Solace, en Dallas —le dijo a Gage—. Quizá pueda ayudarnos.

—¿Yo? —Abrió la boca—. ¿Esas mujeres que encontraron en los bosques? Dios. ¿Qué creen que les puedo decir yo?

—Usted asistió a la Universidad de Rampart.

Se quedó callado. Al final dijo:

—Eso fue hace mucho tiempo. ¿Cuál es la conexión?

—Su apartamento sufrió un incendio —dijo Caitlin—. ¿Qué puede usted contarnos sobre eso?

—Nada —dijo Gage.

—¿Perdón?

Él se quedó de pie como si estuviera en un desfile militar, sujetando el arnés del perro guía.

—No puedo decirles nada porque no recuerdo el incendio.

Rainey dedicó entonces a Caitlin una mirada neutra, sin preocuparse de que Gage pudiera verla o tener otras pistas visuales.

—¿Por qué no? —inquirió Caitlin.

Gage hizo una pausa durante la cual pareció leer el ambiente que le rodeaba y decidir si continuar hablando o no. Al final dijo:

—Porque por aquella época estaba muy jodido.

—¿En qué sentido?

—Alcohol. Vengo de una familia de alcohólicos y cuando empecé a ir a la universidad me dediqué a continuar la tradición familiar. —Inclinó la cabeza—. ¿Quién les ha contado lo del incendio...? ¿Dahli?

—¿Perdón?

—¿Quién se lo ha explicado? ¿Mi antigua novia, Dahli... Dahlia Hart?

Caitlin no quiso confirmárselo.

—Se decía que estuvo acosando a su novia después del incendio.

Él retrocedió.

—¿Cómo? Desde luego que no. ¿Acosarla? En absoluto, no. Nunca la volví a ver. Dios mío, ¿quién les ha contado eso?

Caitlin notó una sensación de vacío en el estómago.

—No tenía que verla para acosarla, señor Gage.

—Maldita sea. Ella...

Se detuvo. Por un segundo, estuvo a punto de estallar. Pero se contuvo.

Caitlin le presionó más aún.

—Alguien mató a su gato y lo puso para que ella lo encontrara.

Gage abrió mucho la boca.

—¿Que alguien mató a Slinky? ¿En serio?

Parecía horrorizado, pero a Caitlin le intrigó que recordase el nombre del gato.

—¿Señor Gage? Nos preocupa que hubiera sido usted el que lo hizo.

—Usted no lo sabe, ¿verdad? —Su voz era tan seca como la arena—. Lo que me ocurrió en Kandahar. Y por eso están aquí. Pensaban que yo estaba matando a gente en Solace. ¿Por qué?, ¿porque me crie en Texas? ¿A causa de Dahli?

Rainey dijo:

—Señor...

—Escuchen. Después de quemar mi propia casa, me desintoxiqué y dejé la bebida. Me alisté. Serví seis periodos hasta que resulté herido. Nunca volví a ver a Dahlia. Ni siquiera volví a hablar con ella. Ni contacté con ella. No la acosé. Y, desde luego, no maté a su gato. —Negó con la cabeza—. ¿De verdad? ¿Creen que le aplastaría la cabeza a un gatito porque una chica rompió conmigo?

Su rostro estaba sonrojado. Respiraba fuerte.

El gato no había muerto con la cabeza aplastada.

—El caso es que yo era un desastre. A los veinte ya era un borracho. Pero nunca fui violento con las mujeres. Ni con los animales. Tengo ocho años de servicio activo en mi haber, fui licenciado con honores, me saqué mi título. Ahora trabajo para una ONG local, encontrando empleo a otros veteranos. Tengo una familia. Ninguna de esas cosas tiene nada que ver conmigo. No lo tuvo ni lo tendrá nunca.

Familia. Rainey examinaba el salón. En el sofá de cuadros había un animal de peluche. No había muchas fotos en las paredes, pero las que había en el alféizar retrataban a Gage y a una joven bajita con el pelo rojizo. Había también unos cubos de un juego de construcciones en el rincón.

Rainey movió lentamente la cabeza. Pronunció sin hablar: «Callejón sin salida».

Caitlin se la llevó a un lado. Dijo en voz baja:

—Hemos eliminado a Gage. Pero no el incidente. Coincide exactamente con el perfil del sospechoso desconocido. Esa es la homología, donde el carácter del asesino y la acción se unieron por primera vez.

Rainey torció la boca. Arqueó una ceja. Caitlin dijo:

—Se nos escapa algo.

Volvió a Gage.

—No queremos arrojar sobre usted ninguna sospecha indebida. Pero esta investigación es urgente. Vamos detrás de un asesino que ha matado al menos a dos mujeres y ha secuestrado a cuatro más desde el último verano. Necesitamos toda la ayuda que podamos conseguir.

Los hombros y la mandíbula de Gage se relajaron quizá un milímetro.

—Comprendo.

A su lado, el perro bostezó. Gage le ordenó:

—Chevy, siéntate —El labrador obedeció al momento.

Caitlin siguió:

—Ocurrió algo en la universidad que quizá sea pertinente para nuestra investigación. Los recuerdos se desvanecen, o quedan alterados..., especialmente aquellos que se forman bajo circunstancias de vida o muerte. Pero tenemos que llegar al fondo de esto o eliminarlo por completo. —Pensó un segundo—. ¿Tiene alguna foto de esa época?

Rainey frunció el ceño, pensando quizá: «¿Por qué iba a guardar fotos un ciego?». Pero Caitlin pensaba: «¿Y por qué tirarlas?».

—Sí —acabó diciendo—. Unas pocas que no se quemaron en el incendio.

Señaló un armarito que estaba junto a la puerta de entrada. Dentro se encontraba una caja de cartón de recuerdos de la universidad.

En un álbum de fotos, Caitlin encontró a Dahlia Hart (Lia Fox) en una foto de grupo tomada en un pícnic. Pasó los dedos por encima de la imagen, asombrada. El largo pelo de Lia estaba teñido de rubio platino. Podría encajar perfectamente entre las muertas de las polaroids.

Rainey miraba por encima del hombro de Caitlin. Estaba pensativa.

Había una docena de chicos universitarios en aquella foto, reunidos al azar para tomar la instantánea. Las chicas parecían expertas a la hora de posar para la cámara. Los chicos, en cambio, se notaba que apenas podían parar de hacer gansadas para tomar la foto. Gage estaba en el centro. Sus ojos azul claro y la sonrisa ligeramente alcohólica parecían cálidos y acogedores. Lia estaba sentada a la mesa de pícnic. Su sonrisa era fotogénica, pero algo tristona.

Justo detrás de ella se encontraba un joven guapo, de pelo oscuro. Tenía la mirada fija en ella.

Caitlin se volvió a Gage.

—Es una foto tomada en un pícnic. —Se la describió—. Uno de los hombres es blanco, tiene el pelo castaño oscuro, los ojos claros y es más o menos de su misma altura.

Gage meneó la cabeza lentamente.

—Apenas recuerdo aquel pícnic. Podría ser cualquiera.

—Lleva un reloj de submarinista. Y una camiseta de New Found Glory.

Gage pensó un momento.

—¿Y una pulsera de «¿Qué haría Jesús?»?

El joven de la foto llevaba una pulsera negra con las iniciales blancas, efectivamente.

—Sí.

—Puede ser Kyle. Mi compañero de cuarto, Kyle Detrick.

Caitlin volvió a examinar la foto. Kyle Detrick estaba muy cerca de Lia y no había ninguna duda de que deseaba estar más cerca aún. Junto a él, Aaron Gage con una botella de Lone Star parecía no darse cuenta de la pasión que brotaba de su amigo.

—Hábleme de él —pidió Caitlin.

Gage pensó un momento, al parecer, analizando el motivo que podía haber detrás de aquella pregunta. Cuando habló de nuevo fue con reserva.

—Era estudiante de Psicología. Del este..., de Florida. Compartimos habitación durante un semestre. Hasta el incendio.

—¿Cómo se conocieron?

—Yo puse un anuncio para buscar un compañero de cuarto.

Rainey se movía todo el rato sobre sus elegantes botas, con los brazos cruzados. Los agentes del FBI no cruzan nunca los brazos a menos que estén cubriendo fuego o estén cien por cien seguros de que la persona con la que están hablando no supone ninguna amenaza. O bien, pensó Caitlin, cuando están intentando no estrangular a una colega. Pero dejó que Rainey se fuera cociendo a fuego lento. Una nueva idea estaba tomando forma en su mente.

—¿Cómo era él? —le preguntó Caitlin.

La expresión de Gage era remota.

—Pues un tío normal. Compraba cerveza para los del apartamento.

—¿Se hicieron amigos?

La pausa esta vez fue más deliberada.

—Nos llevábamos bien. Salíamos y tal.

Fuera, una furgoneta aparcó junto al Suburban.

—Esas deben de ser Ann y Maggie —dijo Gage.

La pelirroja de la foto del alféizar bajó del coche, con una niña pequeña apoyada en la cadera. Dejó a la niña en el suelo y esta corrió detrás de un pájaro. Ann Gage miró a través del amplio ventanal delantero la escena que se desarrollaba en el salón. Era menuda, pero aparentaba ser fuerte. Parecía dispuesta a defender a su marido y su hogar contra cualquier intrusión que estuviera teniendo lugar.

—Señor Gage —dijo Caitlin—, ¿qué tal se llevaba su compañero de cuarto con Dahlia?

Gage hizo una larga pausa. Giró la cabeza hacia el sonido de la voz de su hija. Parecía desgarrado entre el deseo de que las mujeres del FBI se marcharan y hacer lo que fuera necesario para que se fueran.

—Le gustaba mirarla —dijo en un tono distante.

Caitlin parpadeó, sin estar segura de haber oído bien.

—¿A escondidas?

Gage asintió.

—Una vez encontré la puerta del baño un poco abierta mientras ella se daba una ducha. La cerré y noté entonces que la puerta de Kyle también estaba abierta. Él tenía visión directa de la ducha. Dije: «¿Qué demonios?», pero Kyle dijo que era una casualidad, que no había visto nada. Pero...

Rainey dejó caer los brazos a los costados.

—¿Sargento?

Él se pasó la mano por el corto cabello.

—En otra ocasión, le pillé olisqueando el camisón de ella.

Caitlin dejó que la palabra quedara flotando en el aire un segundo.

—¿Puede describirlo?

—¿El camisón? Era corto. Y escotado. Una prenda sexy que yo le regalé a Dahli. Yo era un estudiante de segundo medio bobo que quería tener una novia sexy. Creo que Kyle también quería. Pero la novia sexy que quería era la mía.

Ann Gage abrió la puerta delantera y entró. Sus botas rozaron el suelo de madera. Su mirada era desafiante.

—Señoras... —Levantó la barbilla—. Supongo que ustedes no son de Hacienda, que han venido aquí en persona para entregarnos el cheque de devolución de impuestos.

Rainey dijo:

—Señora Gage...

Aaron levantó la mano hacia su mujer.

—Cariño. El FBI está investigando esos crímenes que han ocurrido allá abajo en Solace.

—¿Pensaban que podía haber sido Aaron? —preguntó Ann.

Su niñita, Maggie, entró por la puerta y corrió hacia Gage.

—¡Papá!

Él se agachó y la cogió en brazos.

—¿Cómo está mi tigrecito?

Ella rio y empezó a contarle cómo había ido su viaje a la ciudad. Ann miró a Caitlin y a Rainey.

—Señor Gage, ¿podemos quedarnos esta foto? —pidió Caitlin.

Ann se acercó.

—¿Qué es?

—Una historia antigua —respondió Gage—. No hay problema. Podría tener alguna influencia en la investigación. —Notaba la intranquilidad de su esposa—. Podría ser importante.

Caitlin quitó la foto del álbum.

—Gracias, señor Gage. Si necesitamos algo más, ya nos pondremos en contacto con usted.

Ella y Rainey salieron por la puerta. Ann Gage la cerró de golpe tras ellas.

19

Volvieron a toda prisa por la interestatal bajo un crepúsculo de un azul que se iba volviendo cada vez más oscuro, con Rainey al volante. Antes de llegar a Red River, Caitlin llamó por teléfono a Nicholas Keyes.

—Detrick. D-E-T-R-I-C-K. —Caitlin no tenía su segundo nombre, ni su fecha de nacimiento ni su número de la Seguridad Social o su dirección, pero Keyes lo investigaría.

—Listo —replicó Keyes—. Ya tengo toda la lista. ¿Algo más?

—Los archivos del Rampart College, si puedes conseguirlos. —Caitlin sacó una foto de la instantánea del pícnic y se la envió—. Empieza por confirmar si el señor Ojitos es realmente ese hombre o no.

Rainey pisó el acelerador a fondo. Conducía con una intensidad tranquila, perfeccionada por la práctica en conducción táctica. Caitlin podía imaginarla llevando a sus gemelos a taekwondo. Rainey, estaba segura, nunca viraría bruscamente para no atropellar a una ardilla. Les explicaría que las pequeñas criaturas peludas nunca están por encima de la seguridad de los niños, y les diría que sentía mucho que hubieran tenido que oír el golpazo.

—Te volveré a llamar enseguida —dijo Keyes.

Colgó. Caitlin llamó a Emmerich.

—Hendrix —dijo él—. ¿La entrevista?

«Sé sincera». No tenía sentido ir disimulando. Y Emmerich,

como había llegado a saber bien, apreciaba la sutileza, pero odiaba los subterfugios.

—Gage no es el sospechoso.

—¿Es concluyente? —preguntó él.

—Sí. Pero tenemos otra pista.

Resumió la visita con Gage.

—Creo que alguien acosó a Lia Fox, pero ella estaba equivocada con respecto a la identidad de su acosador. Creo que pudo ser ese hombre, Detrick. Las cartas que ella recibía iban sin firmar. Lia nunca vio quién le dejaba los regalos en el porche, ni el rostro del acosador en las sombras al otro lado de la calle. Si lo que dice Gage es cierto, Detrick, como mínimo, era un mirón.

—Interesante —dijo Emmerich—. Búsquenlo.

Había llegado ya el ocaso. Los árboles pasaban con rapidez a su lado, esqueléticos, palpando con las ramas el horizonte anaranjado hacia el oeste. Caitlin colgó y luego se quedó sentada, pensando, mientras Rainey corría desde las colinas y atravesaba el río fangoso hacia Texas, hacia una llanura inacabable y barrida por el viento.

Los faros del coche se comían el asfalto. Las luces del salpicadero convertían el vehículo en una caverna oscura, y los ojos de Rainey brillaban al mirar a través del parabrisas. Todo lo que conocía Caitlin, San Francisco, Berkeley, su pequeña casita alquilada en Rockridge, sus amigos, su vida, parecía inmensamente distante.

Cogió de nuevo el teléfono e inició una videollamada. Cuando Sean respondió, saludó:

—Eh, G-man.

Sean sonrió.

—Hola, G-woman. ¿Por qué estás tan seria?

Caitlin se enderezó y sonrió, pero sintió que la habían pillado.

Sean volvió el teléfono para que ella pudiera ver su entorno.

—Mira quién está aquí...

Estaba ante la puerta de una alegre casita, en la ciudad. La luz del día todavía era dorada en East Bay. Él estaba dejando a su hija pequeña, Sadie, en casa de su exmujer, Michele Ferreira. La niña saltó al verla, con el pelo oscuro recogido en unas coletitas y sus ojos castaños llenos de vivacidad. Llevaba una camiseta de Wonder Woman y unas diminutas zapatillas deportivas con margaritas. La niña gritó:

—¡Cat!

—¡Eh, Ru!

Michele pasó por el vestíbulo y la saludó. Llevaba el pelo más corto de lo habitual, puntiagudo, al estilo mohicano. Llevaba su bata de enfermera de color frambuesa.

—Mujer —dijo Michele—. Parece que llamas desde una cueva. Dime que Texas no ha retrocedido a la Edad Oscura...

—Está por delante de California, si le preguntas al sol y a todo el mundo en el estado... —dijo Caitlin.

—Te echamos de menos en la salida del domingo.

Michele y Caitlin eran miembros de un club de carreras, los Rockridge Ragers. Corrían cinco kilómetros dos veces por semana. Caitlin sabía que resultaba sorprendente, y también extraño, que ella y la ex de Sean se llevaran tan bien. No le importaba lo más mínimo, después de estar a punto de perder a Sean a manos de un asesino. Después de que Sadie estuviera tan cerca de perder a su padre. Lo que importaba era que Sean todavía respiraba, reía y estaba aquí. La posible extrañeza o no de su relación con Michele le traía sin cuidado.

Y correr era un bálsamo para todos los dolores que había en la vida de Caitlin. Echaba de menos esas horas. Echaba de menos la franqueza y el sentido del humor de Michele.

—Perdimos a la mitad del grupo en las colinas de Berkeley —dijo Michele—. Al final solo les consiguió atraer el olor de la cerveza.

Caitlin sonrió, pero sintió una gran melancolía de no poder

hablar en privado con Sean. Dijo unas monerías al osito de Sadie y le mandó un beso a Michele.

Sean volvió a coger el teléfono. Su rostro era una imagen muy bienvenida.

—¿Estás en la carretera?

—En la I-35, sesenta y cuatro kilómetros al norte de Fort Worth.

Él le examinó la cara, con la sonrisa algo desvanecida por la preocupación.

—Tenemos que sacarte de esos oscuros monovolúmenes del FBI...

—Por eso me uní al FBI —dijo ella—. No quiero entretenerte. Te dejo con Sadie.

—¿Y si voy a Virginia dentro de un par de semanas?

—Sí.

Lo dijo con tanta ansiedad que Sean se echó a reír y le dijo:

—Reservaré el vuelo esta noche.

—Te quiero.

—Más te vale. —Sonrió cómicamente y le dijo adiós.

Ella posó el teléfono en su regazo. Lo notaba caliente en la mano. Fuera, la noche se había hecho más oscura, pero ahora ella tarareaba. De repente se había dado cuenta de que Rainey estaba a su lado, al volante. Su colega tenía cara de póquer.

—Venga, suéltalo —le dijo.

Rainey continuó mirando hacia la carretera. Tenía los ojos grandes, observadores, brillantes..., como siempre. Llevaba las trenzas echadas hacia atrás y recogidas. De perfil, parecía Lady Liberty, de la moneda de oro de cien dólares. Si Lady Liberty llevara una Glock en una pistolera de Gore-Tex sujeta a la cadera.

—Vamos —insistió Caitlin.

Rainey se lo tomó con calma.

—Sé que pasaste por un infierno con lo del Profeta.

«Ay, Dios mío —pensó Caitlin—. Ya estamos...».

—¿Te uniste al FBI para llegar lo más lejos posible a partir de ese caso? —le preguntó Rainey.

—Acepté este trabajo para hacer algo que valiera la pena.

—Cariño. —Las ruedas cantaban en el asfalto—. Claro que sí. Todos lo hicimos por eso. Se puede decir que lo amas... Te asusta. Estás orgullosa. Eres una mala puta. Una niña exploradora con un arma del calibre doce. Leer las mentes de los psicópatas es tu superpoder. —Lanzó una mirada en dirección a Caitlin—. Nos va la marcha.

Durante un segundo, Caitlin se quedó con la boca abierta.

—Pero has aceptado un trabajo a casi cinco mil kilómetros de tu novio —dijo Rainey—. Está claro que tienes problemas de evitación.

Caitlin se acurrucó en su abrigo.

—Ojalá fuera así. No te habría animado a empezar esta conversación.

—Tienes una historia familiar de alejamiento de...

—No digas «papá».

Rainey cogió una amplia curva a toda velocidad.

—Llevas mucho rato suspirando y mirando por la ventanilla. No es solo por este caso. Ni por ansiedad debida al trabajo. Y, por cierto, lo estás haciendo muy bien.

Caitlin se volvió. Rainey le echó una mirada.

—Eres buena, chica —dijo.

Un nudo se desató en el pecho de Caitlin.

—Pero no me digas que no te sientes sola. —Hizo una seña hacia el teléfono de Caitlin—. Tu novio lo ha notado. Demonios, hasta el osito de peluche lo ha notado enseguida.

—Mi madre probablemente también lo habrá notado, así que me llamará en cualquier momento —dijo Caitlin.

—Lo que digo es que no debes poner más muros de los necesarios.

—Compartimentar...

—Es necesario —afirmó Rainey—. Pero, si pones barricadas contra la gente a la que quieres, pierdes.

—Ya lo sé.

—Ah, ¿sí? Eres la mejor amiga de la ex de tu novio. No me digas que no has tenido que negociar unas cuantas cosas para mantener ambas relaciones intactas.

La carretera era recta. Caitlin no dijo nada.

—No te aísles. Te alejarás de tus amigos y de tus amantes, y perderás efectividad en el terreno. Tienes todas las de perder.

—¿Te ha pedido Emmerich que me dijeras todo esto? ¿Que me recordaras que explote mi empatía?

—No está equivocado. Tienes ese extraño don de saber cuándo miente la gente y qué la motiva. Deberías desarrollarlo, no suprimirlo.

—¿Eras psiquiatra antes de unirte al FBI?

—Operaciones Psicológicas de las Fuerzas Aéreas.

Caitlin se echó a reír, una risa seca y breve.

—Ahora lo entiendo todo.

Rainey no sonrió, pero levantó una ceja. Parecía irónica.

—Me gusta saber con qué gente ando por ahí. —Apoyó la mano derecha en el cambio de marchas—. Háblame del disparo que recibiste hace unos años.

Caitlin no pudo evitar lanzarle una mirada.

—He visto la cicatriz. En el gimnasio del hotel —dijo Rainey—. En el hombro izquierdo.

Caitlin no hablaba de aquello desde hacía años.

—Robo a un banco. Era mi segundo año como oficial de patrulla de Alameda. Me dieron cuando salía corriendo de mi coche e iba a un punto estratégico. —Flexionó el hombro. Lo notaba bien—. El disparo dio fuera del chaleco antibalas, pero tampoco acertó en los nervios ni en la arteria braquial. O sea, que tuve muy mala suerte, pero también muy buena.

—No jodas.

—Noté como un picotazo muy caliente. Solo me di cuenta de que me habían dado cuando llegué al punto estratégico.

Rainey se quedó pensativa.

—Ya sé lo que se siente.

Entonces le tocó el turno a Caitlin de preguntarse con quién andaba por ahí.

—Eras muy joven —dijo Rainey—. Por supuesto, esperabas escapar. Cuando tienes esa suerte, acabas convenciéndote de que eres inmortal.

Caitlin se tocó el brazo derecho, donde llevaba un tatuaje que rezaba: «El cielo entero». Rainey no sabía qué sentido tenía aquello para ella. Era un verso del poema de Rita Dove «Amanecer revisitado».

El cielo entero es tuyo
para escribir, abierto de par en par.

La frase hablaba de las segundas oportunidades y de la oportunidad que se le había dado a ella de elegir la vida, después de casi matarse a los quince años. El tatuaje tapaba las cicatrices que le recorrían el antebrazo, las que se había hecho con una cuchilla de afeitar. Una serpiente se enroscaba en torno a las cicatrices del brazo izquierdo.

—La inmortalidad es una idea peligrosa —dijo—. Creo en el aquí y ahora.

Rainey frunció los labios. Pasó un kilómetro, y la gran máquina estadounidense iba zumbando en la noche fría. La voz de Rainey se volvió más ligera.

—Haz amigos en Virginia. Búscate un hobby. Hacer álbumes de recortes o artes marciales.

—No, mejor el bordado. Puedo bordar «mala puta» en un cojín.

Rainey sonrió, solo un amago.

—Y procura pasar tiempo con tu hombre en cuanto puedas.

—Estoy en ello.

—Y tenías razón en lo de que este viaje era una buena pista.

La siguiente parada es Kyle Detrick.

Puso música, *Madame Butterfly*, y subió el volumen. La ópera inundó el coche. Aceleró a ciento veinte y siguió conduciendo en medio de la noche.

20

—Lo he encontrado.

La voz de Nicholas Keyes sonaba como un martillo golpeando un clavo. Iba andando de un lado para otro sin parar, detrás de su escritorio en Quantico. Estaba inquieto, con el pelo tieso como si hubiera metido los dedos en un enchufe. Tenía la fina corbata torcida, las mangas remangadas de una manera descuidada. En el sol matinal de Virginia, sus ojos parecían canicas brillantes.

—¿Detrick? —preguntó Caitlin—. ¿Dónde?

Su sonrisa era más que eléctrica. Señaló la pantalla.

—Ahí. En Texas.

Se sentó ante su escritorio.

—Kyle Alan Detrick, nacido en Tallahassee, Florida, vive y trabaja actualmente a cincuenta kilómetros al norte de la interestatal, en Austin.

Envió fotos. Caitlin se puso muy nerviosa.

La primera foto era de un carnet de estudiante del Rampart College. Detrick era realmente el chico de la instantánea del pícnic de Gage, el que llevaba una camiseta de New Found Glory. La segunda foto era el actual permiso de conducir de Texas de Detrick. En esta era mayor, ya no tenía dieciocho años, y se le veía mucho más guapo todavía.

Caitlin no creía que se pudiera descifrar la personalidad de alguien a través de unas fotos del carnet de conducir. Pero Kyle Detrick tenía presencia. Tenía la barbilla levantada, los ojos grises muy vivos, aunque opacos. No se sabía si intentaba seducir a la cámara o expresar desdén por tener que visitar el Departamento de Tráfico. Se le veía bronceado y esbelto. El pelo oscuro lo llevaba cortado casi al cero. La camisa de vestir era blanca como la nieve.

Keyes recorrió la pantalla del ordenador hacia abajo.

—Edad, treinta y ocho años. Estudió Psicología en Rampart College, pero lo dejó sin haberse sacado el título de licenciado.

—¿Cuánto tiempo después del incendio del apartamento? —preguntó Caitlin.

—Unos pocos meses.

Rainey apareció tras ella. Keyes pasó a un nuevo documento.

—No tiene arrestos —dijo—, ni expediente delictivo en el condado de Gideon, ni en el de Travis, ni en Austin, Tallahassee, Harris o Houston; nada en el registro de criminales violentos ni en la base de datos nacional.

—Un expediente impecable.

—Y trabaja en la inmobiliaria Castle Bay.

—O sea, que vende casas —dijo Caitlin—. Tenemos que decírselo a Emmerich.

Rainey se dirigió hacia la puerta.

—Ha ido al despacho del forense del condado. Llámalo. Yo conduciré.

El viaje a Austin las llevó a lo largo de una parte dolorosa de la I-35, bajo un cielo pálido y plano. Pasaron por debajo de intercambiadores gigantescos, de hasta cinco niveles de alto, donde los tráileres rodaban a cien por hora, treinta metros por encima de ellos.

—No hay tantos intercambiadores en Los Ángeles, y la ciudad tiene diez veces el tamaño de Austin —dijo Caitlin—. ¿Quién obtuvo las concesiones de cemento para el estado?

—Austin es una de las ciudades que más rápido ha crecido

del país —intervino Rainey—. Más de un millón de personas en el metro. Dice el *U. S. News & World Report* que es la mejor ciudad estadounidense para vivir, si te tiran mucho los Longhorns en el fútbol americano y la política de Texas.

—Intento que no me tire mucho nada.

Hacia el oeste asomaban a la vista las colinas de un verde boscoso de la zona rural. A unos quince kilómetros del centro vieron por primera vez el horizonte de la ciudad. Era casi todo nuevo, en su mayoría atrevido, brillante, de cristal y anguloso, lleno de grúas que levantaban más y más rascacielos.

Cruzaron el lago Lady Bird y se dirigieron hacia el centro de la ciudad por el barrio de César Chávez. Pasaron por hoteles relucientes y modernísimos, y junto a un local de carne a la brasa con el techo de hojalata y antiguos bungalows convertidos en bares hípsteres con luces de neón. Un letrero anunciaba: AUSTIN: CAPITAL MUNDIAL DE LA MÚSICA EN VIVO.

—Cierto —afirmó Rainey—. No se puede entrar en un solo edificio de la ciudad sin oír una guitarra. Fui al lavabo de señoras del McDonald's y una banda de swing de Texas estaba tocando Willie Nelson.

Subiendo por Congress Avenue, la sede del Congreso estatal dominaba el final de la calle. Pasaron junto a restaurantes, camiones de venta ambulante de comida y parques. En la distancia, Caitlin vio la torre del campus de la Universidad de Texas. Por la noche, tras una victoria de los Longhorns, se iluminaría todo de naranja. La luz del sol atrajo sus ojos hacia la barandilla que había en torno al mirador.

Rainey captó su mirada.

—Dieciséis muertos cuando Whitman abrió fuego, allá por el año 1966. Treinta y un heridos.

—Recuerdo haber oído decir que estudiantes desarmados rescataron a un adolescente herido bajo fuego del francotirador. Dos policías con menos armas que el sospechoso y un ciudadano consiguieron llegar al mirador para cogerle. Más valientes que el demonio.

Aparcaron junto a un edificio de oficinas de ladrillo. El aire era fresco, la luz del sol plateada a los ojos de Caitlin, cuando se dirigieron a las oficinas de la inmobiliaria Castle Bay.

En el vestíbulo, más allá de las palmeras en sus macetas, la rubia del mostrador de recepción llevaba laca y cosméticos calibre Miss América. Una cruz de color zafiro colgaba de una cadena en torno al cuello. Se le hundía mucho en el escote, como un termómetro incrustado en la carne.

La placa de su escritorio decía: BRANDI CHILDERS. La chica evaluó a Rainey y a Caitlin y las clasificó como una pareja incompatible que arruinaría su vida comprando una primera casa juntas.

—¿En qué puedo ayudarlas?

—Kyle Detrick, por favor —pidió Rainey.

Ambas exhibieron sus credenciales.

—Un momento.

Brandi cogió el teléfono. Su sonrisa no vaciló. Seguro que habría bordado la respuesta a la pregunta de la paz mundial del concurso de belleza.

Hizo una llamada y volvió a colgar.

—Saldrá enseguida.

Un minuto más tarde se abrió la puerta de una oficina trasera.

Durante un instante, Kyle Detrick hizo una pausa en la puerta, envolviéndolas a ambas con una mirada que parecía tan voraz como analítica. Pero con la misma rapidez aquella mirada se vio reemplazada por una cordialidad gregaria y cálida.

Dio unos pasos hacia Rainey con la mano extendida.

—Kyle Detrick. ¿En qué puedo ayudar al FBI?

Era amable, pero Caitlin tenía la sensación de que ver a las agentes realmente le había sorprendido.

—Estamos investigando los crímenes de Solace —dijo.

Detrick se volvió hacia ella.

—Vaya. Qué horrible...

Era más alto que ella, que no era decir mucho, porque ella medía metro cincuenta y cinco, y llevaba unos tacones de cinco centímetros. Su ropa era de estilo Brooks Brothers: una chaqueta de lana entallada, camisa abrochada por completo, vaqueros planchados, botas de vaquero de color caoba. Su voz de barítono era intensa. Era obvio que usaba colonia. Tenía los ojos de un gris pálido y asombrosamente claro.

Hizo un gesto hacia la puerta.

—Mi despacho.

Brandi parecía desilusionada. Quizá de no poder oír lo más sustancioso del caso.

Pasaron por el vestíbulo y se alejaron de las conversaciones telefónicas y de una impresora que escupía documentos. Detrick cerró la puerta de su despacho y se quedó de pie, con los brazos en jarras.

—Sé que el FBI no hace visitas de cortesía. ¿En qué creen que puedo contribuir a su investigación?

Decidir cuándo acercarse a un sospechoso era una cuestión estratégica, y muy peliaguda. Caitlin y Rainey lo habían consultado con Emmerich de camino hacia Austin. Los crímenes eran titulares de prensa. Por muy oblicuas que fueran sus preguntas, reunirse con Detrick podía alertarle de que estaba en el radar como sospechoso. Si era él a quien buscaban, podían inducirle a librarse de algunos recuerdos que hubiese guardado, como fotos o ropa de Shana Kerber y Phoebe Canova.

Pero la conferencia conjunta de prensa del FBI y el sheriff no había evitado que el sospechoso secuestrara a Teri Drinkall en Dallas. Tenían que dar algún paso más atrevido.

Emmerich había dicho: «Pónganle nervioso».

Rainey se dirigió a un rincón desde donde podía examinar el despacho y a la vez observar la conducta de Detrick. Caitlin permaneció frente a la ventana, asegurándose de que desde la perspectiva de Detrick quedaba a contraluz. Eso le haría guiñar los ojos de manera incómoda y a él le resultaría más difícil leer su expresión.

—¿Trabaja usted en Solace? —le preguntó.

Él negó con la cabeza.

—Solo Austin y Lakeway. Estoy tan ocupado que rechazo posibles ventas cada día. No tengo que quitar terreno a los agentes de ventas del condado de Gideon. —Su mirada era escrutadora—. ¿Por qué?

Rainey señaló fuera, el monovolumen que él tenía en el aparcamiento.

—¿Ese Buick Envision marrón es suyo?

Detrick se dirigió hacia la ventana.

—Es mi coche de la empresa, sí.

Tenía una complexión leonina, de hombros anchos, con un paso perezoso, una forma de volverse lenta, como un enorme gato que disfrutara desperezándose bajo un sol ecuatorial. Bajo su camisa de vestir perfectamente arreglada, estaba cachas. Caitlin tuvo la impresión de que, si quería, podía lanzarse al ataque con una velocidad y una fuerza feroces.

Él miraba a un lado y a otro, hacia ambas. Sus ojos grises tenían un brillo de peltre.

—No me tengan en suspense. ¿De qué va todo esto?

—Estamos buscando un vehículo similar a ese —dijo Caitlin—. Y a su conductor.

—¿Un monovolumen marrón? Porque el mío es bronce metalizado...

Rainey miró el Envision.

—Ese tono en realidad se desvía hacia el burro en la escala Pantone.

Detrick frunció el ceño hacia ella, asombrado.

Caitlin dijo:

—¿Cuándo fue la última vez que estuvo en Solace?

—¿Creen que el conductor vio algo? —dijo Detrick—. No podía ser yo. No he estado en el condado de Gideon desde... —Miró al techo—. No sé cuánto tiempo hace.

—Shana Kerber fue secuestrada la noche del día 2. ¿Lo puede comprobar? —le preguntó Caitlin.

Él dio la vuelta en torno a su escritorio y se inclinó hacia su ordenador. Negó con la cabeza.

—Fui a un partido de baloncesto aquella noche.

Ella abrió un bloc de notas de bolsillo.

—¿Y qué me dice de estas fechas?

Y leyó las fechas en las que habían desaparecido las demás mujeres. Más lentamente, él fue mirando el calendario. Tenía coartadas para todas las noches.

—Seminario del sector inmobiliario... Concierto... Campo de prácticas.

Se incorporó con aire preocupado.

—¿Quién les ha dicho que conduzco el Envision?

Nadie se lo había dicho. No lo sabían hasta aquel preciso momento. «El sospechoso conducirá un vehículo grande, que no llame la atención. Probablemente estadounidense, de color poco llamativo». Caitlin se limitó a mirarle de arriba abajo.

—Bien —dijo él—. ¿Con cuántos conductores de Envision han hablado ya?

Caitlin examinó el despacho. Por todas partes se veía a Kyle Detrick, el típico chico estadounidense. Una pared estaba repleta de fotos suyas. En un estante se encontraba un certificado enmarcado de Vendedor del Mes. También un balón de fútbol americano firmado por Earl Campbell. Y una placa con un versículo de la Biblia: «Aquel que siembra copiosamente también recibirá copiosamente. Cada uno debe hacer lo que ha planeado en su corazón». 2, Corintios 9:6-7.

—¿Van a hablar con todos ellos? —le preguntó Detrick—.

Quiero decir que si es como la historia de Cenicienta pero al revés: la chica que va por ahí interrogando a tíos y, si el coche coincide, él pierde...

Caitlin se volvió despacio y le dirigió una mirada tan fría como la escarcha.

Él levantó las manos y miró al suelo.

—Lo siento. No quería parecer frívolo. Este caso es trágico, y sé que están trabajando muy duro para resolverlo. —Suspiró—. Pero si están buscando a un testigo, lo siento, no puedo ayudarlas. Ojalá pudiera.

En su escritorio se veía una foto de él con una morenita diminuta. La mujer le miraba con adoración. A su lado se encontraba una niñita pequeña, quizá de unos siete años, que también sonreía a Detrick.

—¿Su mujer y su hija? —le preguntó Caitlin.

—Una buena amiga. —Él sonrió.

Otra foto lo mostraba en un pícnic de la iglesia, rodeado de hombres sonrientes. La misma mujer y la misma niña estaban a un lado. Caitlin le volvió a preguntar:

—¿Amiga de la iglesia?

—Nos conocimos en la capilla de las Colinas. —Su sonrisa siguió intacta. Tenía una mirada carismática—. Es un lugar muy acogedor. Una gente estupenda. —Se puso pensativo y cruzó los brazos—. Unos cuantos hombres hemos hablado de organizar guardias en el vecindario. Esos crímenes... Es terrible. Quizá pudiera usted ir a la iglesia y dar una charla de seguridad.

—¿Algún sábado por la noche? ¿Estará usted allí?

Él hizo una pausa durante un breve instante, como si hubiera visto una pequeña rendija en Matrix. Luego siguió:

—Tranquilizaría mucho a la gente. Y seguro que se llenaría. ¿Una agente con su frescura y esa arma? Triunfaría totalmente. Las chicas la escucharían.

—Hable con su pastor.

—En cuanto tenga un minuto libre.

Su encanto era natural. Pero debajo de él, ella oía un silbido. Era mínimo, casi inaudible, y la ponía en alerta máxina. Él era demasiado poco conflictivo. No había hecho la pregunta que los ciudadanos ansiosos solían hacer a menudo: «No creerá que yo tengo algo que ver con eso, ¿verdad?». Aaron Gage prácticamente les había escupido la pregunta. Pero Detrick no parecía un ciudadano ansioso en absoluto.

Había un pisapapeles en el escritorio: LÍNEA DE CRISIS WEST-SIDE. Ella lo cogió.

Él se lo quitó con suavidad.

—Trabajo ahí como voluntario.

Rainey se acercó.

—¿Cómo es eso?

—Porque la gente necesita ayuda. —Detrick parecía sorprendido por la pregunta—. La línea de crisis salva vidas. Llama gente desesperada..., posibles suicidas. —La emoción coloreó su voz—. Mi iglesia insiste en que los miembros de la comunidad contribuyan a ella. Esta es la forma que tengo yo de hacerlo. Estudié psicología en la universidad. Tengo conocimientos y habilidades que pueden servir para algo.

—Responder a llamadas de crisis puede ser una experiencia de voluntariado muy dura —dijo Rainey.

—Pero increíblemente valiosa.

Detrick miró a Rainey, dolorido y al parecer sincero. Su teléfono sonó. Cogió la llamada y dijo:

—He cerrado una venta. Los documentos se tienen que rellenar en el plazo de una hora. Tendrán que excusarme...

Dejaron sus tarjetas en el escritorio de él. Detrick le dio su tarjeta a Caitlin, colocándola cuidadosamente entre sus dedos. Envolvió su mano en torno a la de ella, de modo que envolvió también la tarjeta.

—Llámeme si necesitan ayuda. De día o de noche —dijo.

—Ya tendrá noticias mías —respondió Caitlin.

Él le apretó la mano. Su sonrisa era deslumbrante. Cuando la soltó, la huella de sus dedos quedó impresa en el dorso de su mano.

En el vestíbulo, cuando ella y Rainey se dirigían a la puerta, Brandi se levantó.

—Perdón.

Ellas se detuvieron. Brandi arrojó una mirada furtiva hacia el interior del despacho.

Hablaba en voz muy baja.

—¿Qué está pasando? ¿Por qué han hablado con el señor Detrick?

—¿Hay algo que quiera decirnos? —preguntó Caitlin.

Brandi apretó los labios. El crucifijo se levantó y le cayó entre los pechos cuando respiró fuerte. Tras el escritorio, en un aparador, una foto enmarcada la exhibía vestida de camuflaje, arrodillada junto a un ciervo de cinco puntas que había abatido con un arco y una flecha.

—Sí —dijo ella—. Él es estupendo. No sé quién les ha mandado aquí para que le molesten con esa cosa horrible de Solace, pero déjenle en paz.

Fuera, se subieron al Suburban y Rainey puso en marcha el motor.

Pasaron junto al monovolumen Envision de Detrick.

—Saca fotos de la parte trasera.

Caitlin levantó el teléfono. Rainey parecía un zorro persiguiendo a un conejo entre los arbustos. Caitlin miró hacia el edificio. En la ventana de su despacho, Detrick estaba de pie, vigilándolas.

—No vamos a dejarle en paz —dijo Caitlin.

Rainey arrancó.

—Ni un segundo.

21

—No. —El detective Art Berg sacó los documentos de la impresora y se alejó de Rainey—. No parece que encaje en el perfil. En absoluto.

Berg casi llenaba del todo el atestado pasillo de la oficina del sheriff del condado de Gideon. Entró como un bólido en la sala de detectives. Caitlin levantó la vista de la mesa de conferencias donde estaba trabajando.

—Tenemos setenta y cinco sospechosos plausibles que comprobar —se quejó Berg—. Gracias, en parte, a la conferencia de prensa que su jefe nos hizo dar.

Dejó con un golpe el listado en su escritorio, encima de una pila que ya alcanzaba un par de centímetros de altura. Lo señaló con el dedo.

—Hombres vistos en la vecindad las noches que hubo más de un ataque. Hombres que conocían a más de una víctima. Hombres que, a pesar de su perfil, tienen expedientes criminales por agresiones sexuales. Esas son las personas que tenemos que investigar antes de echar un vistazo a su Vendedor del Mes.

Los pendientes de plata de Rainey relampagueaban al sol.

—Kyle Detrick encaja...

—En el perfil, ya lo sé.

—Tiene un Dodge Charger de dos años de antigüedad. Pero por su trabajo tiene acceso a un vehículo de la compañía: el Buick Envision color bronce que la agente Hendrix y yo vimos aparcado en su despacho. Ese vehículo es un *leasing* de la inmobiliaria Castle Bay. Acabo de hablar por teléfono con el asegurador que emitió la póliza de toda la flota de Castle Bay. Tienen historias del GPS de todos los vehículos asegurados.

Tendió a Berg una hoja de papel y miró a Caitlin. Esta se puso de pie y se acercó.

—El asegurador me ha dado los seis últimos meses de registros de GPS de los vehículos de la flota de Castle Bay, descargado esta misma tarde —subrayó Rainey—. Diecinueve de esos veinte vehículos tienen los registros intactos. Uno de ellos ha sido borrado.

Berg examinó los documentos.

—El Envision de color bronce...

—El vehículo asignado a Kyle Detrick. Al cual tiene acceso siete días a la semana, porque enseña casas los fines de semana también.

Berg frunció el ceño.

—¿La información del GPS no fue enviada automáticamente al asegurado?

—No. Se mantiene en el sistema a bordo del vehículo a menos que la parte asegurada necesite transmitirlo... Normalmente, en caso de accidente o robo.

—¿Cómo?

—El sistema de GPS está integrado en el centro de control del vehículo. El conductor simplemente puede apretar el reinicio y borrar los datos. Requiere un reinicio radical, usando un monitor externo conectado al sistema del automóvil a través de un USB.

—Y el GPS de Detrick ha sido borrado.

—Está restaurado a su configuración de fábrica.

Caitlin se puso un mechón de pelo detrás de la oreja.

—¿Tomarse tantas molestias justo después de hacerle una visita?

La mirada de Berg era maliciosa.

—Bingo. Y Castle Bay no querría que los empleados borrasen sus registros. Necesitan el kilometraje a efectos de impuestos.

Berg dijo:

—¿Y si el GPS sencillamente se estropeó? El tío dirá eso, ya lo saben.

—Hay más. Hendrix, ¿puedes poner a Keyes en vídeo?

Caitlin cogió el ordenador y se conectó con su analista en Quantico. Keyes apareció en pantalla. Parecía que había masticado granos de café. Caitlin giró el ordenador para que Berg pudiese ver el monitor.

Keyes le saludó levantando la barbilla.

—He reproducido el vídeo del circuito cerrado de televisión del garaje de Dallas con un software de vídeo forense. He mejorado las imágenes, reducido el efecto borroso por movimiento y ajustado la exposición.

Pasó la versión editada. Vieron a Teri Drinkall entrar en el encuadre. En el original, parecía que andaba a través de vaselina. Al mejorar la imagen, su figura en blanco y negro era mucho más nítida. De nuevo la vieron sobresaltarse, volverse y hablar con alguien que estaba fuera de cámara.

Berg tamborileó en el escritorio con los dedos, con un gesto de impaciencia.

—¿Qué se supone que tengo que ver esta vez?

El vídeo corrió unos segundos más hasta que Keyes lo pausó.

—Esto.

En la mitad izquierda de la pantalla, una furgoneta Dodge Ram estaba aparcada debajo de una luz fluorescente, de espaldas en un espacio en ángulo. Teri Drinkall caminó directamente junto a la furgoneta, antes de desaparecer de la vista.

—El parabrisas de la furgoneta —dijo Keyes.

Bajo las luces fluorescentes, resplandecía. En la versión original, el reflejo quedaba borrado por el resplandor.

—Cuando intentas leer una matrícula, o identificar una cara, hay que aislar determinados detalles.

—No me digas que realmente se pueden mejorar los vídeos como hacen en la tele... —dijo Berg—. Fotos al instante...

—No, ni de lejos —dijo Keyes—. Nuestro software define los bordes del objeto, maximiza las variantes en las sombras y enriquece las imágenes de una manera predictiva. —Sonrió—. Aunque me gusta pensar que los malos se preguntarán si el FBI puede gritar: «¡Mejóralo!» y ver lo que llevan en los calzoncillos. En secreto he alentado ese meme de Internet. —Hizo señas hacia la pantalla—. En este vídeo, el problema no es solo la calidad de la cámara. Es el parabrisas de esa furgoneta: una superficie convexa, en ángulo a cincuenta y cinco grados en vertical. Pero...

Pulsó el PLAY. En el parabrisas, borrosa e indistinta, se veía reflejada la imagen de lo que estaba ocurriendo al otro lado de la cámara.

Parecía un cuadro de Salvador Dalí neblinoso, pero se veía a Teri Drinkall que seguía alejándose de su coche, una vez más, de espaldas a la cámara. Iba junto a otra figura con el pelo oscuro.

—Es el hombre con quien se fue —dijo Keyes.

Caitlin dejó escapar el aire y dijo:

—Extrapolando su altura por la de Teri, que ya conocemos, el hombre mide un metro ochenta y cinco. Lo mismo que Kyle Detrick.

Berg parecía pensativo, pero meneó la cabeza levemente.

—Pero eso no es todo —dijo Keyes—. Ellos solo están a la vista en el reflejo dos décimas de segundo. Pero, cuando pasan más allá de la vista otra vez, tenemos esto.

Una forma geométrica borrosa se apreciaba torcida en el parabrisas.

—Es un vehículo —informó Keyes—. Es el vehículo hacia el que condujo el sospechoso a Teri.

Caitlin se inclinó hacia la pantalla.

—Es la parte trasera de un monovolumen.

Sacó el teléfono y abrió las fotos que había tomado en el aparcamiento de la inmobiliaria Castle Bay.

Giró la pantalla hacia Berg.

—Parece un Buick Envision.

El ceño de Berg se hizo aún más profundo.

—Sin año, ni número de matrícula ni verificación de que sea realmente de color bronce, y no beis, o gris o azul, y mucho menos un Buick. —Cogió el teléfono de Caitlin y comparó sus fotos con la versión de la pantalla—. Concedo que son pruebas circunstanciales. Pero no creo que basten. Y el vídeo del aparcamiento no proporciona prueba alguna de que el monovolumen de Dallas perteneciese al sospechoso. Y muchos menos de que metiese en su interior a la señora Drinkall.

Rainey dijo:

—¿Basta para poner a Detrick en un lugar destacado de su lista de sospechosos?

Berg negó con la cabeza.

—Ese hombre, Detrick, es miembro del grupo de hombres de su iglesia. Quizá se uniera a la congregación para conocer a mujeres, o para ampliar sus posibles ventas. Quizá algún día averigüemos que se está llevando comisiones por la correduría de pisos de alto nivel a profesionales de la tecnología influyentes que se trasladan a Austin. —La cara de Berg se estaba volviendo del mismo color granate que su camisa—. No es nuestro sospechoso más viable. Vuelve al final de la lista.

Levantó la pila de papeles de su escritorio.

—Si pueden ayudarnos a evaluar estas pistas, eso sí que sería avanzar en nuestra investigación. Porque el sábado se acerca más deprisa de lo que nos gustaría a ninguno de nosotros.

Le tiró su teléfono a Caitlin y se alejó. Caitlin y Rainey notaron que el aire se escapaba de la habitación con él.

—Ese tío está frustrado —dijo Caitlin.

—En eso tienes razón. —Rainey giró la pantalla del ordenador—. ¿Policía de Dallas?

Keyes asintió.

—Ya se lo he enviado a ellos. —Y apagó la conexión.

Todavía mirando la pantalla, Caitlin hizo retroceder el vídeo dos segundos, hasta el momento en que los reflejos de Teri y del sospechoso relampagueaban en el parabrisas de la furgoneta.

Tocó la pantalla.

—¿Qué es esto?

Señaló una huella brillante que corría en vertical por el costado del sospechoso.

—¿Qué es esa raya blancuzca? Parece metálica —dijo Rainey.

—¿Algo que llevaba? ¿Un arma?

—Buena pregunta. —Examinó la pantalla—. ¿Todavía crees que fingía estar herido?

Caitlin asintió.

—¿Una muleta?

Ampliaron la imagen una y otra vez, pero no sacaron ninguna conclusión.

Caitlin negó con la cabeza.

—No puedo creer que Keyes sacara todo eso. Es un auténtico brujo.

Rainey levantó la cabeza.

—Keyes vino al FBI desde la NASA. La Sección de Ciencia Planetaria, en el Laboratorio de Propulsión a Chorro —dijo con admiración—. Gran parte de nuestro software de vídeo fue desarrollado por el programa espacial. Cuando miras fotos normales de la Luna o de un cometa, tienes que hacer cálculos muy complicados para determinar el tamaño y la distancia del objeto. ¿Cómo crees que inspeccionó el programa Apolo el mar de la Tranquilidad? Necesitaban saber «¿qué profundidad tiene ese cráter en nuestro sitio de alunizaje en verdad?». Usamos esos conocimientos para ocuparnos de reflejos en ángulo y superficies convexas.

—Gracias, Issac Newton. Y Nicholas Keyes.

En el vestíbulo, Emmerich pasó junto a ellas. Tenía un aspecto solemne.

Rainey dijo:

—Imprime una copia en alta resolución de esa imagen del aparcamiento.

22

Caitlin encontró a Emmerich en la oficina del jefe Morales. Estaba al teléfono, con un expediente color marrón en la mano que llevaba la etiqueta FORENSE DEL CONDADO DE GIDEON. Llamó a la puerta abierta y él le hizo señas para que pasara.

Al teléfono, dijo:

—He hablado personalmente con la madre de la señora Canova. Le he dicho que puede contar con que el cuerpo le sea entregado esta tarde.

El espacio del jefe era muy espartano, excepto el mapa mural topográfico de Texas y una silla mexicana con perilla en un rincón. La luz se reflejaba en las espuelas de plata de aquella silla. Por la ventana se veía un tren de carga que traqueteaba mientras atravesaba el lugar por donde había desaparecido Phoebe Canova. Sonaron las campanas y la barrera del paso a nivel descendió.

—Sí —dijo Emmerich—. Gracias, doctor.

Terminó la llamada y puso el expediente encima del escritorio.

—El informe preliminar del forense sobre Phoebe Canova. La causa de la muerte es la exsanguinación debida a la disección de las arterias radiales derecha e izquierda. Un examen externo ha encontrado rastros: dos pelos cortos y oscuros que podrían pertenecer al sospechoso. No foliculares.

Eso significaba que no había ADN.

—Las personas allegadas confirman que los cosméticos aplicados al rostro de Phoebe no pertenecían a su suministro personal.

Caitlin se dio cuenta de por qué Emmerich tenía un aspecto tan sombrío al llegar: había hecho una visita a la madre de Phoebe. El hombre cerró el expediente marrón. Le dio la sensación de que apretaba un botón y reiniciaba sus emociones. Volvió su atención a Caitlin.

Ella le tendió la imagen estática del vídeo del aparcamiento de Dallas: Teri Drinkall y el sospechoso pasando junto al monovolumen.

—El detective Berg quiere eliminar a Detrick como sospechoso, pero no deberíamos hacerlo —informó.

Emmerich examinó la foto.

—Definitivamente, esto no le excluye. Pero tampoco le implica. ¿Qué tenemos que lo implique?

Rainey apareció en la puerta. Caitlin ordenó sus pensamientos durante un momento.

—Para empezar, es raro.

La expresión de Emmerich no cambió.

«Reinicio».

—Vive en el centro geográfico de las desapariciones y crímenes. —Ella volvió al mapa de pared de Texas—. El hogar de Detrick en Austin está aquí. —Señaló un punto al sur de la ciudad, una zona poco poblada, a un kilómetro y medio de la interestatal—. Hemos confirmado por el perfil que se trata de un violador y asesino que se excita con la ira, y que prefiere cazar más allá de su entorno inmediato. Eso cuadra exactamente con Detrick y le pone exactamente en el centro de todo el territorio de caza.

El furgón de cola del tren traqueteaba fuera. Caitlin siguió hablando:

—He comprobado sus coartadas para las noches en cuestión. Son inútiles y vagas. Y he tomado fotos de su monovolumen.

Está recién lavado. Se puede ver por las fotos que el salpicadero está resplandeciente: le han quitado el polvo y lo han limpiado con un aerosol. Eso sugiere que todo el interior se ha limpiado y aspirado. Y todo el historial de su GPS está borrado.

—Borrado.

Rainey se acercó al escritorio.

—Eliminado electrónicamente, casi en cuanto Hendrix y yo abandonamos Castle Bay.

Caitlin dijo:

—Cuando estábamos en la oficina de Detrick, él se acercó a mí. Él... —«Venga, dilo»—. Parecía que yo le atraía. Me puso la tarjeta en la mano como si me estuviera dando la llave de su hotel.

Esperó una respuesta de rechazo. No la obtuvo.

—Detrick actuó como si estuviéramos bromeando para coquetear en vez de estar hablando de un asesino en serie.

Emmerich sacudió la cabeza.

—No basta.

Ella ahondó más aún.

—Coincide con el perfil. Narcisista. Hiperconfiado. Vendedor. Y está intensamente interesado en el suicidio. Algo que está en el mismo centro de la fantasía del sospechoso.

Al otro lado de la ventana, el tren de carga acabó de pasar y la barrera del paso a nivel se levantó.

—De acuerdo. —Emmerich miró la imagen quieta de la cámara de televisión—. Vale la pena echarle un vistazo más a fondo. ¿Qué proponen?

Caitlin trató de no mostrar su emoción.

—Déjeme investigar más.

—¿Dónde?

—En la línea de crisis Westside.

23

El Centro de Crisis Westside ocupaba el segundo piso de una casa renovada del siglo XIX en el centro de Austin. A la sombra de unos fresnos y olmos chinos, estaba situada detrás de una verja y solamente a unas manzanas de la universidad.

Caitlin llegó a última hora de la tarde. El día se había ido volviendo más cálido, desde casi helar hasta más de veinte grados. Su jersey negro de cuello en pico y sus pantalones de pinzas absorbían el calor, y la tela apestaba, pegada a la piel. Las oficinas eran antiguas, como un laberinto. El suelo de madera crujía cuando entró por la puerta.

El hombre que salió del despacho del director para saludarla parecía un profesor de lengua. Tenía la barba gris, era afroamericano y andaba por la sala como un oso benévolo con camisa de cuadros y pantalones con pinzas.

Le estrechó la mano.

—Darian Cobb. —Su expresión era amistosa pero precavida—. Nunca he hablado con una agente del FBI.

Caitlin había pensado cómo enfocar aquella conversación. Antes de sacar el nombre de Detrick, necesitaba recopilar toda la información posible sobre las operaciones de aquella línea de crisis. Cobb llevaba un servicio que dependía de crear confianza entre consejeros y usuarios. No quería engañarle, pero tampoco quería que se cerrara en banda y la echara.

—Pensamos que el hombre que cometió todos esos crímenes podría tener cierta familiaridad con la orientación de crisis —dijo.

—¿Qué tipo de familiaridad?

—No puedo darle muchos detalles.

—¿Como usuario, como consejero, como trabajador social, como psiquiatra? —Cobb parecía cada vez más reservado—. Todas las llamadas a esta línea son confidenciales. No puedo darle el número de los usuarios. Tendría que traer una orden judicial.

—No quiero que vulnere usted la confidencialidad de sus usuarios. Solo me gustaría que me contara cómo funciona el asesoramiento de crisis por teléfono.

Él la miró, burlón.

—Pues hacemos un análisis de conducta. ¿Ha hecho usted el perfil del asesino?

—Sí.

Él pensó un momento.

—¿Cree que el asesino está familiarizado con esta línea de crisis?

—No puedo decírselo.

Él se quedó pensativo un segundo.

—Recibimos unas treinta llamadas por noche. Cincuenta o sesenta los fines de semana. Tenemos personal al teléfono las veinticuatro horas del día.

—¿Los usuarios siempre llaman al teléfono fijo de aquí, al del centro?

—Siempre. Los voluntarios tienen prohibido dar sus números personales. Si alguna vez necesitan llevar un incidente al estado crítico (o sea, si el usuario ha amenazado con cometer algo grave), los voluntarios llaman al 911 por una línea aparte y contactan con un supervisor.

Ella miró a través de una puerta hacia una sala interior donde se veían unas mesas con teléfonos. Bajo el sol blanco de la tarde, una mujer joven estaba inclinada sobre un grueso libro de texto, jugueteando con un rotulador para marcar entre sus dedos. Otro voluntario estaba organizando archivos.

—¿Cuál es el procedimiento con las llamadas? —le preguntó Caitlin.

—Las llamadas se responden en el orden en que entran y las atiende el voluntario que está libre en ese momento. Los usuarios pueden ser anónimos, pero los voluntarios les animan a que den al menos su nombre de pila —respondió Cobb—. Se entrena a los voluntarios para que resuelvan un abanico de situaciones: depresión, pensamientos suicidas, abuso de drogas y alcohol, violencia doméstica...

—¿Trabajan siguiendo un guion?

—Están entrenados para dar una serie de pasos. Número uno: determinar si el usuario sufre una crisis aguda. Si su vida está en peligro «ahora mismo». Si están en peligro de muerte en los diez minutos siguientes.

Caitlin asintió.

—Los voluntarios deben tenerlo claro. No suponerlo, sino preguntarlo. «¿Está usted a salvo?». Si el usuario dice que no, inmediatamente nos movemos para solucionar el problema. Llamamos al 911, policía, ambulancias, enviamos a los que responden primero a la ubicación del usuario. El Departamento de Policía de Austin tiene oficiales instruidos para responder a las crisis y nos ponemos en contacto con ellos. Si hay un peligro externo, intentamos llevar al usuario a un lugar seguro. —La voz de Cobb sonaba tranquila, pero insistente—. Si el usuario no está en peligro inmediato, el voluntario puede respirar un poco y prepararse para seguir en línea todo el tiempo que sea necesario.

Ella escuchaba con absoluta concentración. Notaba que tenía las mejillas muy calientes.

—En ese momento, ¿cuál es el siguiente paso?

—Escuchar, escuchar, escuchar. —La mirada de Cobb era penetrante—. Nuestros voluntarios no son trabajadores sociales psiquiátricos... Son personas capaces y preocupadas a las que no les entra el pánico en las emergencias. El voluntariado de líneas de crisis debe tener habilidades sociales. Compasión. Paciencia. Empatía.

Caitlin estaba inusualmente callada.

—Hay que mantenerse concentrado en el usuario..., no en uno mismo. Preguntarle por su historia. Averiguar si tiene algún sistema de apoyo: familia, amigos, terapeutas... No ofrecerle soluciones. Nuestro trabajo no consiste en arreglarle los problemas. Es trabajar con el usuario para que él mismo dé con un plan. Y seguir controlando nuestras propias emociones. No dejar que te superen. La gente llama desde sitios muy oscuros. Hay que seguir en línea mientras ellos van averiguando cómo encender una luz.

Ella notó que desde hacía un rato le costaba tragar. Cuando respiró, le tembló el pecho.

—Es un gran trabajo —dijo.

—Estamos aquí para proporcionar consuelo y apoyo. Es un lugar amable, para que la gente hable de sus problemas.

Le costó un segundo dejar que la inesperada oleada de emoción se disipase. Examinó la habitación. En la pared había un horario con los nombres de los voluntarios.

—¿Tienen turnos regulares los voluntarios?

—La mayoría trabajan un día concreto de la semana.

MIÉRCOLES: 2, 9, 26, 23, 30 de enero; 6, 13, 20, 27 de febrero. 18:00-00:00.
Vanessa Guzmán, Kyle Detrick.

Examinó el horario tanto rato que Cobb dijo:

—¿Tiene alguna pregunta en particular sobre nuestros voluntarios?

Había una ligera frialdad en esa pregunta. No preocupación, sino un temblor, cierta confusión en las entrañas más profundas de su frecuencia. Una electricidad estática que alteraba los procesos de pensamiento del hombre.

—¿Qué es lo que ha atraído su atención? —Cobb la examinaba de cerca—. ¿El horario? ¿Hay algún día en concreto de la semana del que quiera información?

—No.

—Piensa que uno de los voluntarios puede haber recibido una llamada de...

Ella negó con la cabeza.

—¿Puede darme ejemplos de cómo han tratado los voluntarios algunas llamadas difíciles?

Cobb o bien la creyó, o bien le siguió el juego. Habló de algunos de los voluntarios más antiguos, ofreciendo ejemplos. Señaló hacia el horario de la pared.

—La señora Guzmán lleva cinco años trabajando aquí. Es profesora de primaria en su trabajo diario. Emparejamos a consejeros veteranos con otros más novatos.

Eso le proporcionó una ocasión fortuita.

—¿Así que está emparejada con un novato?

—Pues no, ya no es un novato. El señor Detrick llegó aquí hace un año a través de un programa de apoyo de su iglesia.

—¿Qué tal suelen trabajar los voluntarios de los programas de la iglesia?

—En conjunto, muy bien. Ocasionalmente, tenemos a algunos voluntarios que no... —Buscó una forma diplomática de expresarlo— no luchan demasiado, cuando hablan con usuarios cuyas formas de vida chocan con sus enseñanzas religiosas.

—Suicidio, adicción a las drogas, abusos sexuales... ¿Algunos voluntarios se sienten en la obligación de evangelizar?

Él se encogió de hombros y así lo confirmó.

—Pero este no —dijo Caitlin.

—Al contrario, el señor Detrick es un consejero excelente... Paciente, alentador, seguro.

—¿Puede darme algún ejemplo de cómo funciona eso en la práctica?

Él señaló el horario.

—Oí a Kyle mantener a un usuario suicida en línea mientras despachábamos a los sanitarios.

—Vaya...

—Consiguió la dirección del usuario con toda calma y lo entretuvo hablando. Se mostró compasivo, sacó adelante al usuario y evitó que perdiera el control.

—Estoy impresionada.

Y lo estaba. Caitlin sabía que Detrick había conseguido una victoria poderosa pero frágil.

Sabía la enorme fortaleza que necesitaban los voluntarios de las líneas de crisis para hablar con gente que estaba al borde del abismo. Porque sabía cómo se siente uno al ser la persona que está al otro extremo de la línea.

Notaba las mejillas sonrojadas. Esperaba que Cobb no lo notase, o que no se preguntase por qué. Le costó un segundo tranquilizarse y dejar que se disiparan las secuelas de su desesperación de adolescente.

—¿Y cómo le han afectado estas llamadas? —preguntó.

—Mantiene el equilibrio.

—¿Qué quiere decir eso?

—Los nervios son un problema para muchos voluntarios. No para Kyle —dijo Cobb—. Nuestros consejeros pasan por una capacitación de cuarenta horas. Pero cuando llega la realidad, una llamada de crisis auténtica, el entrenamiento quizá no sirva de nada. La primera vez que un consejero oye a un usuario decir que tiene pensamientos suicidas... eso provoca una ansiedad extrema. Los voluntarios pueden perder el hilo.

—¿El señor Detrick no deja que las llamadas le afecten personalmente?

—Tiene treinta y tantos años, es más maduro que la mayoría

de nuestros voluntarios, que son estudiantes, y eso ayuda. Es una influencia muy tranquilizadora para el resto del equipo.

Quizá Detrick fuera un buen samaritano de verdad. O quizá un manipulador experto.

Y quizá, pensó Caitlin, no mostrase ansiedad alguna al hablar con gente desesperada porque los psicópatas no se preocupan en absoluto por los demás.

—¿Y qué tal después? ¿Nerviosismo? ¿Temblores? ¿Bajón? ¿Rezos? —preguntó.

—Satisfacción y gratitud —respondió Cobb. Inclinó la cabeza hacia delante y hacia atrás—. Incluso algún gesto de triunfo ocasional.

—¿Le gusta hablar de las llamadas después?

—¿Por qué está usted tan interesada?

—Tengo que conocer la dinámica. Cómo los usuarios y los voluntarios acaban influyéndose entre sí. Eso me puede dar un conocimiento psicológico del sospechoso que estamos buscando. Quizá podría guiarme en cómo hablar con un sospechoso, al final.

De nuevo, Cobb parecía escéptico.

—Todos nuestros voluntarios hablan de las llamadas después. Algunos de manera más entusiasta que otros. —Le clavó la mirada—. ¿Debería estar preocupado por la seguridad de mi centro o de mis voluntarios?

Ella negó con la cabeza con toda sinceridad.

—No tenemos indicación alguna de que el hombre que está detrás de esos asesinatos les tenga como objetivo, ni a sus voluntarios ni al centro. Si eso cambia, le informaremos.

Él asintió, pero no parecía nada tranquilo. La verdad es que ella no podía culparle.

24

Caitlin salió del centro de crisis con unos folletos, incluso con un manual sobre técnicas telefónicas de crisis, y una sensación de recurrencia. Notaba un recuerdo físico de la desesperación que le constreñía el pecho como una enredadera que la estrangulase. Al sumergirse en el tráfico de la hora punta de Austin, puso la radio y fue buscando hasta que encontró *Freedom*, de Beyoncé.

La canción era alentadora, levantaba el ánimo. Incluso (o especialmente) ese verso en el que dice que ojalá tu última lágrima «acabe ardiendo»...

Subió el volumen. La canción la traspasaba y eliminaba la sensación fatalista que había intentado colarse en sus venas.

Cuando aparcó en la comisaría del sheriff de Solace, a las seis, estaba cansada pero animada. Bajo otro crepúsculo violeta, los faros iban subiendo por Main Street. Dentro encontró a Emmerich hablando con el jefe Morales, con unas tazas de café en la mano. Morales tenía unas ojeras oscuras. Emmerich levantó una ceja al verla.

—Kyle Detrick lleva un año como voluntario en la línea de crisis —dijo Caitlin.

Tanto Emmerich como Morales comprendieron: Detrick llevaba varios meses de voluntario antes de que empezaran los secuestros de Solace. Si aquello tenía importancia o no, ella no lo sabía.

—El director del centro le describe como excepcionalmente equilibrado en las crisis agudas.

Morales pareció analizar su lenguaje corporal.

—¿Cree que eso es algo malo?

—Hace gestos de triunfo y cuenta a todo el mundo sus victorias. Podría ser un entusiasmo excesivo. O un vendedor alardeando de haber vendido vida a los desesperados. O quizá signifique amor a la gloria.

—Eso no es criminal. No, cuando has conseguido que alguien no se tire al vacío.

Emmerich dejó su café.

—¿Cree que Detrick tiene complejo de héroe?

Por su tono y su postura, estaba invitándola a que explorase las implicaciones.

—Quizá —dijo ella—. Y quizá su euforia se deba a que juega a ser Dios.

Pensó en el *Manual de Clasificación Criminal del FBI*: Homicida por piedad/héroe.

Los asesinos por piedad asesinaban con la creencia genuina de que estaban aliviando el sufrimiento de sus víctimas. Los asesinos heroicos cometían homicidios temerarios induciendo una crisis para poder salir vencedores al final. Eran los bomberos que provocaban un fuego y luego acudían a apagarlo. O enfermeras que casi causaban la muerte a sus pacientes para luego poder revivirlos. Disfrutaban del subidón y las alabanzas que conseguían al traer de vuelta a las personas que estaban al filo de la muerte. Cuando se equivocaban, sus víctimas morían.

—En el perfil que hemos hecho del sospechoso no hemos visto que cometa homicidios heroicos. No hay señales de que el asesino intente resucitar a sus víctimas ni mitigar sus heridas. La ideación suicida en las escenas del crimen indica una rabia destructiva. Desde el momento en que el sospechoso elige un objetivo, se propone matarlo.

La expresión de Emmerich decía: «¿Pero...?».

—Pero esa forma que tiene Detrick de regodearse en sus victorias en la línea de crisis hace eco de la conducta de los asesinos heroicos.

Solían irse abriendo camino hacia posiciones en las que podían controlar y tener como objetivo a los vulnerables: pacientes enfermos críticos, a veces niños pequeños. En las emergencias, el asesino estaba convenientemente presente y se emocionaba de forma inusual cuando tomaba parte en los esfuerzos de rescate o resucitación. Después, el asesino con frecuencia hablaba de la emergencia.

—Ya sé que no encaja..., pero sí que encaja —explicó ella—. La excitación de Detrick, su sensación de victoria, la forma en la que parece contemplar el hecho de salvar a personas del suicidio como un éxito suyo...; al ofrecerse como voluntario en la línea de crisis, se asegura de estar justo ahí cuando la gente desesperada pide ayuda.

Morales dio un sorbo final a su café.

—¿No es ese precisamente el objetivo de la línea de crisis? ¿Estar ahí?

«Es increíble». Oyó una vez más a Brandi, la recepcionista, diciéndole que dejara en paz al Capitán América.

Pero Caitlin no podía olvidar aquella sensación.

—No puedo quitarme de la cabeza que Detrick está implicado en el trabajo de voluntariado por los motivos equivocados.

—¿Le gustan las emociones? —dijo Emmerich.

—A lo mejor las necesita.

Los psicópatas tienen una agresividad más básica que otras personas, a veces de nacimiento. Ella se lo explicó a Morales y Emmerich. La investigación médica sugería que la genética, la neuroquímica y los factores hormonales podían preparar el terreno para que una personalidad se desarrollase en una dirección psicopática. En los psicópatas diagnosticados, el sistema nervioso autónomo respondía a una sensibilidad más baja que la media. Así se explica por qué los psicópatas son buscadores de sensaciones. Tienen un umbral para conseguir placer y emoción mucho más elevado. Literalmente, no pueden sentir felicidad alguna contemplando un atardecer violeta o cantando con Beyoncé o riéndose con la broma de un colega. Para experimentar satisfacción emocional necesitan un sobresalto, una conmoción, una experiencia mucho más intensa.

—Cuando los psicópatas al final sienten algo, lo que tienden a experimentar es o bien una euforia maníaca, o bien rabia ciega —dijo ella.

Emmerich asintió.

—Aparentemente, Detrick se regodea al evitar que un usuario se suicide. El sospechoso coloca el cuerpo de sus víctimas como si estas se hubiesen suicidado.

Emmerich esperó que ella extrajera la conclusión.

—Euforia y rabia.

Pensó en la línea de crisis. Le había dicho a Darian Cobb, con toda sinceridad, que los consejeros del centro no estaban en peligro. Pero ¿y la gente a la que aconsejaban? ¿Estaban telefoneando a un pirómano emocional?

¿Elegía Detrick a sus víctimas entre las mujeres vulnerables que llamaban en momentos de crisis?

Le dijo a Morales:

—¿Han obtenido todos los registros telefónicos de las víctimas?

—Incluyendo la víctima de Dallas. El detective Berg ha impreso copias.

—Disculpen... —dijo mientras se retiraba.

—Encuentre algo —le pidió Morales, yendo tras ella—. Algo sólido.

En la sala de detectives, ella encontró los registros. Colocándolos encima de la mesa, cogió una regla y, línea a línea, empezó a tacharlos comparándolos con el número de la línea de crisis Westside. «Dame una conexión».

Víctima a víctima, número a número, mes a mes, retrocedió

un año entero, comprobando si alguna de las seis mujeres secuestradas había telefoneado o respondido llamadas de aquel número.

Nada.

—Dios... —Se pasó los dedos por el pelo. Ninguna de las mujeres secuestradas había llamado a la línea de crisis. Ni una sola.

Necesitaba más información.

¿Qué había desencadenado que el sospechoso empezase a matar en el condado de Gideon? ¿Por qué estaba acelerando el paso? Si Detrick era el sospechoso, ¿estaba relacionado con los asesinatos su trabajo en la línea de crisis?

Detrick estuvo de guardia cierto número de veces antes de un secuestro. ¿Las llamadas a la línea de crisis le pusieron en marcha? ¿Llamadas de mujeres? ¿Llamadas sobre un tema en concreto?

Notó un movimiento más allá de la pantalla de su ordenador y levantó la cabeza.

—¿Sí?

Rainey estaba junto a la puerta, poniéndose el abrigo.

—He dicho que es hora de ir a comer. Normalmente te levantas como un perrito de la pradera cuando alguien menciona la comida.

La sala estaba medio vacía. A su alrededor, unos rostros cansados se inclinaban sobre los expedientes y las pantallas, o estaban colgados de las líneas telefónicas, con bolígrafos en la mano. Se estaba pasando lista en el vestíbulo para el turno de noche.

En una pizarra blanca, un detective había escrito: «Llamadas recibidas: 452. Llamadas comprobadas: A TRABAJAR».

Estaban investigando a 452 sospechosos. Y ella estaba convencida de que ninguno de ellos era plausible, excepto uno.

El picor que notaba bajo la piel se volvió más intenso. Comprobó su reloj. Las 18:49. 13 de febrero.

Miércoles.

Se puso de pie, cogió el abrigo y siguió a Rainey hacia la puerta.

—Me muero de hambre.

25

Cuando llegaron al Holiday Inn Express, el puesto de tacos del otro lado de la calle funcionaba a toda máquina. Los últimos rayos de sol, de un rojo cereza, rayaban el horizonte. Caitlin notaba el estómago vacío, pero al mismo tiempo lleno de batir de alas. No había comido nada desde el desayuno.

Salieron; llevaron mochilas, maletines, archivadores y libros. Los otros se volvieron hacia la iluminada entrada del hotel, pero Caitlin señaló al otro lado de la calle.

—Cultura local. Es importante comprender nuestro entorno. Vamos.

Emmerich puso objeciones.

—Tengo que escribir unos informes...

—Hay que echar gasolina al motor.

El hombre sonrió, una rareza en él.

—Bien. Todos necesitamos combustible para seguir funcionando.

Cruzaron la calle, animados al escuchar el chisporroteo de la parrilla.

Veinte minutos después habían conseguido unos burritos y estaban de pie junto a una mesa de pícnic. Rainey se chupaba la salsa de habanero del pulgar. Emmerich se estaba acabando su té helado. Caitlin se sentía reconfortada. La conversación, mientras cruzaban la calle para volver al hotel, era relajada.

Pero Caitlin no estaba saciada del todo. Su necesidad obsesiva de saber se había despertado. Quería echar un vistazo a la mente de Kyle Detrick.

Las luces del vestíbulo del hotel eran brillantes y el larguirucho empleado que estaba tras el mostrador de recepción solo estaba atento a medias. Murmuró una bienvenida.

Sonó el teléfono de Rainey. Ella respondió a una videollamada.

—Eh, Dre.

Sonrió, con la sonrisa profunda y amorosa de una madre. Caitlin vio un atisbo de la imagen en la pantalla: un niño de unos diez años sentado a una mesa de cocina. Tras él, su hermano pasaba corriendo por delante de la vista.

—Papá ha dicho que podías ayudarme con mis deberes de matemáticas...

—¿No sabes resolver los problemas? —dijo Rainey.

—Sí, es eso...

La sonrisa de Rainey se tensó por las comisuras. Caitlin supuso que los problemas de matemáticas eran el tormento de Dre.

—Lo conseguirás —le animó Rainey—. Si resuelves bien esos problemas, en séptimo las matemáticas te resultarán facilísimas.

—¡Mamá, para eso faltan dos años!

Caitlin sonrió.

Rainey se dejó caer en un sofá de la zona de estar y se puso unos auriculares.

—Vamos a hacer esos deberes y T. J. y tú podréis jugar a *Mario Kart* media hora.

Caitlin se dirigió a los ascensores y apretó el botón. Emmerich apareció junto a ella. Llevaba una biografía de Churchill bajo el brazo, pero tenía la cabeza inclinada hacia su teléfono, respondiendo correos. Cuando llegó el ascensor apenas miró a Caitlin, que entró antes que él.

Ella supuso que eso significaba que él confiaba en que ella se haría cargo y que evitaría que los demonios le saltaran encima mientras enviaba una respuesta.

Se abrieron las puertas en el piso de ella.

—Buenas noches, señor.

Tardíamente, Emmerich levantó la vista. Cogió la puerta con la mano justo antes de que se cerrara.

—Estaba comprobando si había algo o no en la línea de crisis —dijo—. Creo que su instinto es bueno. Pero Morales también tiene razón. Necesitamos unas pruebas sólidas.

—Estoy trabajando en ello.

Emmerich soltó la puerta del ascensor.

—Buenas noches, Hendrix.

Cuando la puerta de su habitación se cerró por fin, Caitlin hizo una pausa. Se preguntó: «¿Es esto realmente lo que quieres hacer?».

La respuesta llegó al momento: «¡Por supuesto que sí!».

Pasó el cerrojo y el pestillo de seguridad de la puerta. Dejó caer su bolsa en el aparador.

Se quitó las esposas del cinturón y la pistolera y la Glock de la cadera de derecha. Se quitó también las botas y se puso unos vaqueros y una sudadera. Cogió el teléfono y se sentó con las piernas cruzadas en la cama.

Sabía que estaba a punto de traspasar todos los límites. Se dijo a sí misma: «Emmerich quiere que encuentre pruebas sólidas».

Se quedó allí sentada un minuto, bajando el ritmo de los latidos de su corazón. Se levantó y apagó la luz del techo. La penumbra de la lámpara del escritorio creaba una atmósfera más tranquila. Todo aquello requeriría una calma extrema, una profunda convicción y la cabeza clara. Pero tenía que reproducir la atmósfera.

La de aquella noche, hacía mucho tiempo.

Abrió una app en su teléfono móvil y se puso los auriculares. Se dijo: «Vuelve. A entonces. Nótalo». Sabía que no se podía falsificar. Notaba una presión y una sensación punzante detrás de los ojos, y una opresión en el pecho.

Sacó el folleto que le había dado Darian Cobb, en el Centro de Crisis de Westside.

Marcó el número en el teclado de su teléfono. Antes de marcar LLAMADA, bloqueó su identificador de llamada. Marcó ACTIVAR en la app. Era un modulador de voz.

Marcó LLAMADA.

Un solo timbrazo y cogieron el teléfono.

—Línea de crisis Westside.

Era una voz de mujer. La segunda voluntaria que hacía turnos regulares el miércoles por la noche.

—Soy Vanessa. ¿Quién es?

Caitlin colgó.

Se quedó muy quieta, con el corazón latiéndole contra las costillas. Aquello era una estupidez. Una niñería. Poco limpio. Contó cinco minutos en el reloj mientras intentaba tranquilizarse. Cogió aliento entre los labios fruncidos. Levantó de nuevo el teléfono y volvió a llamar.

El teléfono sonó una vez, dos veces.

—Línea de crisis Westside.

El pulso le latía en las sienes. Marcó en su pantalla para activar el modulador de voz. Desde el pecho a las puntas de los dedos, sus nervios estaban tensos. Era la emoción eléctrica de la caza.

—¿Hola?

—Estoy aquí —dijo ella.

—Soy Kyle. ¿Qué quiere contarme?

26

La voz de Detrick sonaba amistosa y consoladora. Aun a través del teléfono, su voz de barítono era cálida y sonaba bien modulada.

—Estoy aquí para escucharla —dijo él.

Ella cerró los ojos. Él parecía presente.

—¿Solo está usted? —Notaba la boca seca. No necesitaba fingir la ansiedad—. ¿Hay alguien más escuchando?

—Esta noche hay otra voluntaria aquí. Pero esta conversación es solo entre nosotros dos.

Ella calló un momento.

—Me he sentido... realmente sola durante mucho tiempo. Pero hablar es muy difícil.

Ella oyó su voz alterada por el modulador: se desviaba a soprano. Sonaba más joven, de menos de veinte años, o veintipocos.

Notó una presencia fantasmal: la quinceañera que había sido, aislada y horriblemente deprimida, demasiado avergonzada para contarles a sus padres que estaba hundida.

«Ve —se dijo a sí misma—, tírate al agua». No había otra manera de hacer aquello de una manera efectiva.

—Pensaba... que si llamaba a este número quizá pudiera hablar, si solo hay una persona.

—Soy tu hombre. Me alegro mucho de que hayas llamado. —Él mantenía el tono calmado, atento—. Pareces agobiada. Me preocupa... ¿Qué es lo que te molesta?

Ella suspiró.

—No sé ni por dónde empezar.

—Quizá diciéndome tu nombre. Es más fácil hablar cuando puedo imaginarme a la persona con la que estoy hablando.

—Rose. —Era su segundo nombre. Primera norma de las mentiras: que tengan parte de verdad.

—Rose —dijo Detrick—. Qué bonito.

Pronunciado suavemente, con su bella voz de barítono, sonaba muy bonito, realmente.

El tío era bueno.

—Ya sé que ha debido de ser muy difícil para ti coger el teléfono —continuó—. Puedes tomarte todo el tiempo que necesites.

Ella cerró los ojos.

—Noto... que no puedo moverme. Como si no pudiera respirar. Como si una pared de espinos me envolviera entera. —Intentó inhalar—. Me está aplastando. Yo...

Se detuvo. No era actriz. El único trabajo secreto que había hecho era en Narcóticos, en Alameda. Pero hacer una compra callejera como parte de una operación para localizar un laboratorio de meta era una cosa muy distinta de convencer a ese hombre de que necesitaba desesperadamente su apoyo emocional.

Salió de la cama y se sentó en el suelo, enfrentándose a la ventana y la noche que estaba detrás. Subió las rodillas hasta el pecho.

—Noto que me asfixio. Y no veo ninguna salida.

—Estoy aquí, Rose —dijo Detrick—. ¿Has hablado con alguien de cómo te sientes?

—No puedo.

Recordó: mamá en la habitación de al lado, dos de la madrugada, segundo año de instituto, la noche espesa a su alrededor, los demonios aullando en su cabeza, impidiéndole respirar prácticamente.

—Mi madre... Yo no puedo... Ellos no... No puedo hablar con ella.

—Parece que lo has pasado realmente mal —dijo él—. Vale, Rose, estoy aquí.

Aquella reiteración parecía como un auténtico salvavidas. Ella ahondó un poco más.

—Estoy asustada.

La voz de él adoptó un tono más fuerte, de autoridad.

—¿Estás a salvo ahora mismo? ¿En este preciso momento?

Aquel era el guion para los voluntarios de la línea de crisis. Paso uno: comprobar si el usuario está en una crisis aguda, un peligro para sí mismo o para los demás.

—Nadie está intentando entrar por mi puerta, si es eso a lo que te refieres —dijo ella—. Sí, supongo que estoy segura.

—Vale, pues eso está muy bien. Pero parece que estás muy baja de moral —opinó Detrick—. ¿Quieres contármelo?

Ella se quedó allí sentada y dejó que sus antiguos terrores salieran a la superficie, y todo el dolor que había intentado esconder.

—La gente dice que la tristeza pasa, pero no es cierto. Ni de lejos. Lo sé porque la gente le decía eso a mi padre. Decía que el sol volvería a salir, que todo iba a ir bien, que él solo tenía que centrarse en lo positivo y animarse.

Las cicatrices de sus antebrazos, debajo de los tatuajes, brillaban muy blancas bajo la lámpara del escritorio.

—Y entonces intentó suicidarse —añadió ella.

—Supongo que eso te desequilibró mucho.

—Yo me aferraba a él. Y entonces se fue de casa, y dejó a la familia. Mamá intentó ocultarme la verdad y serlo todo para mí. Pero yo le necesitaba a él. Me sentía tan vacía, tan...

Luchó para encontrar la palabra que quería.

—Abandonada. Y por la noche tenía mucho miedo, y no había nadie que me protegiera.

—Parece muy duro. Y que has estado luchando contra la depresión durante largo tiempo.

Ella se bajó las mangas sobre los antebrazos.

—Años.

—No pareces tan mayor, Rose.

—Tengo veinte años.

Era un cálculo intuitivo por su parte. Quería que él pensase que estaba en la franja de edad de los objetivos del sospechoso. Él dijo:

—¿Estoy en lo cierto si creo que te sientes realmente triste, asustada y deprimida?

—Premio para el caballero.

—¿Te habías sentido así de mal antes?

—En el instituto. Después de que mi padre intentara suicidarse. La gente me miraba de otra manera. Vivíamos en una ciudad pequeña y todo el mundo lo sabía.

—Eso tuvo que ser un motivo de mucho dolor para ti —dijo él.

—Me sentía como una paria. Notaba las miradas de la gente, incluso a mis espaldas. Hablando en voz baja mientras yo pasaba por la cafetería. «Esa es. Pobre chica». Unos pocos me preguntaron si él pensaba hacerlo otra vez. Si habíamos tenido que sacar todas las armas de la casa. Los peores eran los que me decían que él iba a ir al infierno.

Casi escupió la palabra «infierno».

—Él sufría muchísimo. Ahora sé lo que sufría. Sé lo mal que lo llevaba, hasta que al final algo le rompió emocionalmente. Pero oír todo aquello... Y no eran solo mis compañeros de clase, o sus padres, era gente a la que veía en el supermercado o la biblioteca. «El suicidio es un pecado. Tu padre tiene que arrepentirse y aceptar a Jesús en su corazón...».

Detrick se quedó callado un instante.

—Texas...

Ella apretó los labios. «Recuerda que se supone que eres de la localidad».

—Lo hacían con buena intención. La mayoría.

La voz de Detrick se suavizó.

—Dios nos libre de las personas que piensan que saben lo que es mejor para nosotros.

—Amén.

Después de dejar que el momento cuajase, él dijo:

—Estás hablando mucho de tu padre. ¿Está todavía en tu vida?

—No.

Había muerto. No quería confesarle aquello. El recuerdo de Mack, por frágil que hubiera sido su vida y su relación con ella, necesitaba quedar protegido.

—Mis padres se divorciaron —dijo ella—. No he tenido más contacto con él.

—Pero te aferras a lo que le pasó a él. ¿Hay algún motivo para eso? —preguntó Detrick—. Parece que estás enfadada con él, pero al mismo tiempo le echas de menos.

Qué listo, el muy hijo de puta.

—Eso lo resume todo muy bien.

—Ah, ¿sí?

—¿Qué más quieres que diga?

—Parece que algo ha desencadenado este último brote de depresión, pero no me has hablado de ello. Pareces muy furiosa y dolorida. ¿Qué es lo que está pasando?

—Es una ola. Viene regularmente, como la marea.

Él dejó que el silencio se prolongara.

—¿Tienes la sensación de que tu padre te traspasó sus pecados?

Bueno, ahí se equivocaba.

—No me refiero a los pecados literalmente —dijo Detrick—. Quiero decir: ¿te sientes muy hija de tu padre, de alguna manera? ¿Comparado con el hecho de ser la niña de mamá?

Una sensación extraña la invadió, como si le hubiesen metido una aguja en la base del cuello, en la columna vertebral, y se le estuviese clavando en los pulmones y en el corazón.

—Me temo que sí —respondió ella.

—¿Y eso? —El tono de él seguía siendo preocupado, pero decididamente curioso.

—Después de su crisis nerviosa...

«Que quede vago». Pero ella recordaba haber vuelto a casa del colegio y encontrar coches de policía fuera. Corrió adentro, mientras notaba que el terror la perforaba al ver a los oficiales uniformados en la cocina con su madre. Suplicó: «Papá... ¿Dónde está papá? ¿Está bien?».

Ella había pensado que estaba muerto, que lo habían cortado a pedazos en un callejón. Pero fue su compañero el que murió a manos del asesino en serie. Mack llegó a la escena demasiado tarde para impedirlo.

Horas más tarde, se tiró por un puente con el coche.

Cuando los bomberos sacaron a su padre del río, él estaba furioso, les daba puñetazos y les gritaba. Pasó los seis meses siguientes encerrado en la sala de un psiquiátrico.

—Nunca volvió a ser el mismo —dijo Caitlin.

—Y crees que su veneno corre por tus venas.

Las palabras explotaron como el rayo. Aunque la habitación estaba oscura, todo su campo de visión parecía haberse vuelto de un blanco cegador.

—Sí. —Una grieta abrió el final de la palabra.

—Pareces muy asustada, Rose.

«Contención». Lo intentó, pero no pudo.

—Estoy aterrorizada. Sé que la tendencia a la depresión se puede heredar. Y que, según se crece, así se ve el mundo. Naturaleza y crianza... Y tiene razón, soy como él. Muy parecida. —Intentó respirar—. ¿Y si la presión para suicidarme está metida en mi interior también? ¿Y si intentar matarte a ti mismo es un fallo en tu vida, como un aneurisma, que puede pasar en cualquier momento y echarte abajo?

Por la línea llegó el sonido de Detrick cogiendo aire con

fuerza. Él esperó un momento. Cuando habló, su voz era intensa... No ruda, sino íntima.

—¿Has pensado alguna vez en el suicidio?

—Sí.

—¿Has pensado cómo lo harías?

—Muchas veces.

—¿Has considerado algún método en particular?

A primera vista parecía algo macabro. Pero ella sabía por experiencia que era una de las partes más importantes del guion de un voluntario. Detrick permanecía sereno, empático. Su compasión firme era casi irresistiblemente atractiva.

—Sí —dijo—. He pensado cómo lo haría.

—¿Cómo, Rose?

Ella notó el sutil tirón de su voz, un tono que rogaba que confiara en él. «Resiste».

—¿Por qué estás haciendo esto?

—¿Hacer qué? —Él parecía genuinamente sorprendido.

—¿Por qué eres voluntario en una línea de crisis? ¿Qué sacas de esto?

—Deberíamos hablar de ti.

—No, quiero saberlo.

Él hizo una pausa, al parecer para pensar.

—Todo el mundo merece tener un amigo, y hablar con alguien que le pueda ayudar. Y ahora mismo eso significa escuchar lo que te está preocupando.

Ella jugó también su juego. Dejó que el silencio se prolongara. Era una técnica propia del interrogador. Técnica de periodista. Técnica de psiquiatra, para dar espacio para respirar al paciente. Crea un silencio y la gente querrá llenarlo. Y pensó: es un truco infalible, sabiendo que, si le preguntas a un narcisista por sí mismo, no podrá permanecer callado.

Ella le oía respirar por la línea.

Luego, de fondo, oyó la otra llamada de la voluntaria: «Eso

está muy bien. Me alegro de saberlo. Cuídate mucho. Adiós».
Y el otro teléfono volvió a su horquilla. Una silla rechinó. Se
abrió y se cerró una puerta.

Pasaron unos cuantos segundos más. Ella se dio cuenta de
que Detrick ahora estaba solo en el despacho.

Habló bajito.

—¿Por qué pasas tu tiempo hablando con gente suicida?

—Una rabia que parecía haberse extinguido se inflamó de nuevo, roja y aguda—. ¿Por qué te importa? ¿Qué sacas de esto?

—Es una actitud muy dura. ¿Con quién estás tan enfadada?

—¿Te gusta oír sufrir a la gente? ¿Eso te hace sentir superior?

—Tienes ganas de luchar. Lo noto. Eso está bien.

Era un esgrimista, habilidoso en el desvío. Pero ella quería
atacarle. Recordó que, cuando llamó a la línea de crisis de East
Bay, había estado a punto de soltar un «Que te den». Se volvió
contra la mujer que cogió la llamada, hasta que ella perdió toda
su munición emocional y quedó desarmada, obligada a enfrentarse a sí misma sin defensas.

Fue terrorífico. Se sintió descontrolada. Odiaba aquello. Al
final, colgó a la voluntaria. Fue un error. Una semana más tarde
se hizo cortes y acabó en Urgencias.

—¿Quieres ponerte furiosa? —preguntó Detrick—. Pues
ponte furiosa. Venga. Pero, por favor, Rose. Esto es importante.
¿Cómo lo harías?

Le latía la cabeza. Notaba la boca seca. Se estaba agarrando
las rodillas; tenía los pies fríos en el suelo de la habitación del
hotel. Se sentía muy pequeña.

—Me cortaría las muñecas.

Él se quedó callado.

Ella se miró las cicatrices de los brazos.

—Cortaría en ángulo, a lo largo de la arteria. Un montón de
veces. —El pulso le resonaba en la frente—. Y me metería en un
baño caliente. En la oscuridad, flotando. Sería como... —Su voz

se ablandó—. Como caer por un campo de estrellas, en la nada oscura.

El silencio del teléfono se expandió. Ella notó que le subía un sollozo por la garganta.

Nunca le había contado aquello a nadie antes. Pero era cierto. Había sido cierto hasta que tuvo catorce años. En lo más profundo de las noches vacías, aquello la llamaba a veces.

Detrick cogió aire.

—Es muy bonito. Pero yo te quiero viva.

Durante un instante, le pareció que un segundo rayo había descargado en la habitación. Ella estaba mirando por la ventana hacia fuera. Las estrellas cayeron ante su mirada.

—Quiero que sigas hablando, Rose. Que lo saques todo. ¿Qué tipo de cuchilla usarías? Dime cómo te sentirías durante cada segundo de ese camino hacia abajo. Quiero que sigas hablando. —Otra pausa—. ¿Me oyes? Yo te quiero viva.

Esa palabra, «yo».

Esa palabra la empujó más allá del borde. Eso y el tono en la voz de Detrick, que parecía algo más que curiosidad.

El empujón que ella había notado fue disminuyendo. Se puso de pie.

Pensó: «¿Esto es todo acerca de él?».

Se llevó un puño a la boca.

Bajo la luz tenue de la lámpara del escritorio, su reflejó osciló oscuramente en el espejo de la pared. Dentro de su cabeza notó un ruido como el de una bombilla explotando.

Control.

Bueno, eso era genial. Precisamente de control habían estado hablando todo el tiempo. Control y posesión eran los objetivos que impulsaban al asesino. Control era lo que ella había estado anhelando desde que era una niña. Control sobre sí misma, sobre su vida. La búsqueda de control era lo que la había conducido a hacerse aquellos cortes.

El control perfecto era imposible, pero podía controlar bastante bien una cosa: sabía que no podía perder el control nunca más, ni siquiera para capturar a un asesino.

—¿Rose? —dijo Detrick.

Su voz sonaba suplicante. Dios mío, su influjo era tan fuerte e inmediato... El miedo la inundó como agua helada. Colgó.

Se quedó de pie en la oscuridad, jadeando.

—Dios mío... —susurró.

No veía con claridad. Empezó a dar vueltas, andando en redondo, y se pasó los dedos por el pelo. ¿Qué había hecho?

Los nervios se la comían. Tenía que salir fuera de aquella habitación.

Se quitó la sudadera de un tirón. Se cambió, se puso ropa de correr y bajó por las escaleras hasta la planta baja. Fue corriendo por la carretera que bordeaba el río a lo largo de la I-35 durante ocho duros kilómetros. Las cicatrices de los brazos le latían con fuerza. Cuando volvió a entrar por las puertas del hotel, tenía marcas en las mejillas en el lugar por donde habían corrido las lágrimas.

27

La sala de desayunos del hotel estaba muy ajetreada a las siete y media de la mañana, llena de viajeros de negocios alimentándose antes de salir a la interestatal. El sol brillante se reflejaba sesgado en el suelo. La sala olía a champú, a loción para después del afeitado y a azúcar. Caitlin entró, se sirvió una taza grande de café y se unió a Rainey en la mesa que había junto a la ventana, apartada de los otros comensales.

Rainey la miró por encima de su teléfono.

—¿Sabes esos 452 que llamaron a la oficina del sheriff? He estado investigándolos y buscando descripciones que pudieran coincidir con Detrick. Hay unos doce posibles. —Pasó la pantalla—. Este... Una chica llamada Madison. «Un hombre me miraba fuera de mi edificio de apartamentos». Caucásico, alto, pelo oscuro, vestido como un banquero. «Pensaba que era un policía, pero se fue corriendo cuando apareció mi madre». La chica vive a cuatrocientos metros de la I-35.

—Encaja.

Rainey desvió su atención. Examinó la blusa de Caitlin, impecable, blanca y abrochada de arriba abajo, y el traje negro que se había comprado en unas rebajas de T. J. Maxx.

—Hoy tienes una pinta especialmente federal.

Caitlin se alisó el pelo. Se lo había echado hacia atrás y se había hecho un moño italiano bastante tirante. Sopló su café.

Emmerich dejó un plato y un cubierto en la mesa.

—Tengo el registro del móvil de Detrick.

En su plato se veía un gofre preparado con la forma del estado de Texas. Caitlin le dijo:

—¿Y dice que la comida callejera es mala?

—Allá donde fueres...

Como de costumbre, el traje de Emmerich era impecable, pero aparecían ya arrugas en los codos. Su mirada la recorrió y valoró su aspecto en un instante. No dijo nada, pero al parecer tomó nota de todo.

Sacó el teléfono y seleccionó una descarga.

—Los registros muestran que, las noches que desaparecieron las mujeres, el teléfono de Detrick no salió de su barrio.

Caitlin posó su taza de café en la mesa.

—¿En serio?

Ella y Rainey intercambiaron una mirada.

Emmerich dijo:

—Tengo años de registros telefónicos, datos de uso y registros de antenas de telefonía. Los compararemos con su agenda de trabajo, pero, tras una revisión sumaria, la verdad es que está muy unido a ese teléfono. Siempre lo lleva con él, siempre está en movimiento. Excepto...

Miró la botella de sirope de la mesa, pero no fue capaz de cruzar esa línea. Cortó un trozo del gofre y se lo comió tal cual.

Levantó la mirada, con ojos astutos.

—Excepto que las seis noches en que desaparecieron víctimas, su teléfono sonó en la torre a doscientos metros de su casa.

La emoción calentó el pecho de Caitlin. Apartó a un lado la vaga vergüenza y la sensación de desequilibrio que había sentido desde la llamada no autorizada a la línea de crisis.

«Qué maravilla».

Desangrada hasta la muerte. Su descripción había sacado la vena poética de Detrick. «Pero yo te quiero viva».

Ella se sacudió su presencia insistente con un parpadeo.

—El teléfono de Detrick estuvo en casa las seis noches. Pero...

—Él nos dio coartadas para esas noches —dijo Rainey.

—Dijo que asistió a un partido de baloncesto de los Longhorns. A un seminario de venta de fincas. A un concierto.

Emmerich meneó la cabeza.

—Pues el teléfono no fue.

Rainey dijo:

—Así que, o bien Detrick se lo dejó en casa, o bien sus coartadas son mentiras.

Emmerich asintió.

—Detrick quería asegurarse de que no había pruebas que le situaran cerca de los lugares de los secuestros.

No era ninguna prueba, ni de lejos, pero minaba la credibilidad de Detrick.

—De donde yo vengo a eso lo llamamos mala conciencia —dijo Caitlin.

Nada más decirlo se le quedó la boca seca. Se bebió el café. Sentimiento de culpabilidad. Sí. De esa que notas después de cometer errores estúpidos. Como llamar al sospechoso fingiendo ser otra persona.

Se sintió irresponsable por abrirse a Detrick por teléfono. Pero no podía negar la verdad: él la comprendió. Supo verla. Si hubiera vivido una crisis de verdad, la habría sacado del vacío.

Fuera lo que fuese lo que estaba haciendo él, era un maestro.

Ella se puso de pie.

—¿Lista para irnos?

Rainey se estaba terminando el café.

—¿Qué se te ha metido entre ceja y ceja esta mañana?

—Los registros telefónicos podrían ayudarnos a mejorar las cosas con los detectives de aquí.

—Podría ser. —Los ojos de Emmerich se achicaron porque el sol hiriente entraba por las ventanas—. ¿Tiene algo que nos ayude a mover esa aguja que está en la zona roja?

«Adelante». Caitlin asintió.

—Estamos reuniendo pruebas sobre Detrick, pero son muy circunstanciales. No hemos investigado suficiente para tener una orden judicial, o para obtener ADN.

—Todavía no.

—Y el sábado por la noche se acerca. —Ella se apoyó en la mesa—. Tengo un plan. Quiero vigilar a Detrick.

—Eso no es un plan.

—Abiertamente.

Emmerich dejó el tenedor. Levantó una ceja.

—Deme la oportunidad de vigilarle a plena luz de día. Quiero seguirle —dijo Caitlin.

—Que se nos vean las intenciones...

—Si es inocente, fabuloso. Si no lo es, yo le obligaré a portarse bien.

Emmerich pensó un momento.

—Si es el sospechoso, estaría presionándole mientras su urgencia de matar va en aumento. Solo se comportaría bien durante un tiempo antes de actuar como respuesta —dijo él.

—Hicimos su perfil creyendo que sería más listo que nosotros. Puedo volver eso contra él.

—Es un riesgo.

—Ya lo sé.

Emmerich no se movió, pero su mirada se fue retirando mientras se lo pensaba.

—Le doy setenta y dos horas.

Caitlin apretó los puños.

—Gracias, señor.

Ya tenía un nudo en el estómago. Pero la sensación imperante era emoción.

Le sonó el teléfono en el bolsillo. Hizo una seña a Emmerich y se dirigió a la puerta. Estaba eufórica.

Cuando miró su teléfono, se puso de mejor humor todavía.

175

Sean le había mandado un mensaje de texto. Era su itinerario de vuelo, con el mensaje: «Virginia, listo para...».

Ella le mandó otro a su vez: «El amor».

Por primera vez en una semana sonrió con ganas. Cogió las llaves del monovolumen y salió a la calle.

En la casa del bosque, fuera de la ciudad, él estaba echado en la cama y oyó el coche salir por delante de la casa. Emma llevaba a Ashley al colegio, y luego se iba a trabajar. No era habitual para ellos que se quedaran a dormir entre semana, pero habían tenido una avería eléctrica en el complejo de apartamentos de ella, así que se había atrevido a pedirle a él si no le importaba. La noche se había convertido en una aventura para Ashley. Habían construido un fuerte en el salón, con sábanas y cojines del sofá, y la niña se había quedado a dormir dentro con sus libros, su muñeca princesa de Disney y una linterna. A él le recordó su propia niñez, la casa de sus abuelos, cuando se metía debajo de la mesa del comedor, porque las voces enfadadas se volvían demasiado fuertes.

El motor se fue alejando. Volvió la tranquilidad. Esperó, escuchando y asegurándose de que Emma se había ido. El único sonido que oía era el de los pájaros piando en los árboles.

Se enderezó y se levantó. Tenía citas por la mañana, más tarde, pero en aquel momento le quedaba media hora antes de tener que afeitarse y ducharse. Abrió el armario y presionó la falsa pared de la parte trasera. Se abrió con un clic ahogado.

El tablero de corcho con su colección apareció a la vista. El sol se reflejó en las fotos. Un calor enorme le llenó el pecho.

Ahora también estaba allí Shana Kerber. Era una gata salvaje, aquella... Con ese cuerpo menudo de animadora, los ojos fríos, dispuesta a echarse encima de él cuando no le entregó a su bebé, que lloriqueaba.

Pero su aspecto la había dejado mentalmente desarmada. Siempre le funcionaba bien. El tiempo suficiente para que ellas dudasen. Y la duda, como el vacilante corte superficial de una vena, no les hacía ningún bien.

De modo que Mamá del Bebé ahora cantaba con el coro sobrenatural de su pared. En la primera foto, sus ojos estaban llenos de terror. De conocimiento. Ella estaba erguida muy tiesa, contra una pared, con la mano levantada para mantenerlo a raya. Siempre era un momento brillante, y era raro que pudiera captarlo: cuando la incredulidad se deshacía y la realidad al fin se imponía. Su situación. Él. Pasó los dedos por la superficie de la foto, saboreándolo. Su aliento se aceleró.

La segunda foto era Mamá del Bebé después. Mamá del Bebe tomada. La había fotografiado momentos después del cambio. Sus ojos todavía brillaban, pero no veían nada. Sus labios, sus labios rojos y gruesos, estaban ligeramente separados. Su carne todavía estaba a 37 grados. El camisón blanco cubría su figura como un envoltorio.

El calor de su pecho se extendió y fue descendiendo. Sus pies desnudos estaban fríos, en el suelo. Tenía los vaqueros desabrochados.

Junto a Mamá del Bebé estaba Debbie Does Dallas. La mirada de aquella cara era la que más amaba de todas. «Verdad». Ella había comprendido dónde estaba y que no tenía nada que decir, nada que hacer, ninguna escapatoria.

Era la mirada que siempre había buscado. Desde ella. Miró la foto de Dallas, pero vio su cara. Oyó su voz. Notó que era ella la que cedía bajo él. Gritó y se apoyó contra la puerta del armario.

Dallas fue un momento brillante. Pero ya habían pasado cinco días. A veces tardaban dos semanas, o más, antes de rendirse. Antes de que él viera su epifanía y su sumisión.

Pero ahora notaba de nuevo el hambre, la necesidad, el deseo.

Se subió los vaqueros. Tenía una agenda muy llena, muchos días de trabajo el resto de la semana. El sábado...

Malditos policías. Era mucho mejor cuando podía fundirse con el entorno... Cuando las mujeres, sencillamente, se iban. ¿Por qué iba a echarlas de menos nadie? Esta nación está llena de mujeres. Desaparecen todo el tiempo. Fugitivas, prostitutas, madres que abandonan a sus hijos. No tendrían que organizar tanto follón, no en este rincón de Texas, tan lleno de gente. Nadie debería haberse preguntado siquiera adónde habían ido.

Esa era la lección que aprendió el verano anterior con la llamada telefónica.

«¿Por qué te preocupas? —le había dicho ella—. ¿Por qué ayudas a esas mujeres? Perdedoras, mendigas, que se agarran a ti. Llorando y chupándose el dedo, queriendo que tú les soluciones las cosas. ¿Por qué? ¿Por qué echarlas de menos? En el caso de la mayoría de las mujeres que desaparecen nadie se molesta en denunciar su desaparición».

Fue como un rayo. Aquella voz desagradable, insultante, que le fustigaba. Pero le iluminaba también.

«Tú escuchas a las mujeres —decía ella—. ¿Por qué no darles lo que quieren?».

Lo que se merecen.

«Dime que no te las imaginas muertas. Que no esperas secretamente que lo estén».

Él respiraba tan fuerte, por aquel entonces, que pensaba que agotaría todo el oxígeno de la habitación. «Sí que lo hago —pensaba—, sí, sí, lo hago». Y, por cada una a la que él había escuchado, ¿por qué no llevarse otra?

«¿Qué están haciendo ellas, excepto consumir tu vida?», le dijo la mujer que llamaba.

Tenía razón, maldita sea.

Y sí, era eso lo que ellas querían. Lo sabía, lo supo desde que tenía cinco años y abrió la puerta del baño y vio a su mamá en la bañera, flotando, con la cabeza hacia atrás, sumergida, con su carne desnuda sobresaliendo por encima de la superficie del agua, reluciente, húmeda...

Dio un paso atrás, separándose de la pared del armario. Las fotos eran muy hermosas. Siempre polaroids. Nunca en el teléfono, nunca en el ordenador. Nunca nunca, de ninguna manera que pudiera ser descargada a la nube eterna. Lo sencillo era lo mejor. A la antigua.

Quizá debería esperar. Aquellas dos policías habían montado un buen espectáculo.

No. Que se jodan. Una vez intentó contener su necesidad, pero ya no.

Pensó en la joven camarera a la que había espiado, Madison Mays. Tenía el culo muy prieto. La cara no manchada por la conciencia. Si su madre no hubiese abierto la puerta, Camarera podría estar ahora cantando con el coro. Le habían burlado. Todavía estaba burlado. Aunque tuvo a Dallas a cambio. Pero a cambio nunca era bueno. Las dos era mucho mejor.

El mundo estaba lleno de mujeres, pero Camarera era la que quería, en ese momento. Quizá pudiera tenerla aún. Sencillamente, debía tener cuidado. Disimular. Como siempre. Nadie le vería, ni quiera estando a plena vista.

Sonrió. El sábado por la noche estaba a solo dos días de distancia.

28

Caitlin estaba aparcada en la calle, justo enfrente de la inmobiliaria Castle Bay, tomándose un café americano, cuando Kyle Detrick entró en el aparcamiento con su limpísimo y brillante Buick Envision.

Aparcó en el lugar de costumbre, salió y se dirigió a las puertas de la oficina. Iba pavoneándose, con tanta vivacidad como un vampiro que acabase de beber sangre arterial. Tenía buen color. Sus vaqueros negros eran muy estrechos y su jersey de cachemira se adhería a sus abdominales bien tonificados. Su chaqueta de pata de gallo hacía juego con las botas de vaquero. Echó un vistazo a su reflejo en la parte trasera de otro monovolumen, al pasar. Iba silbando.

Cogió el picaporte de la puerta del edificio y la vio.

Ella llevaba gafas de sol y tenía una mano en torno a la parte superior del volante. Dio otro sorbo al café.

El tráfico pasaba ante ella. Detrick se quedó quieto un segundo, como si estuviera comprobando de nuevo que ella estaba realmente allí, y luego entró. La puerta se cerró tras él.

Desde el lugar en sombras donde se encontraba, junto al bordillo, Caitlin veía con claridad la puerta delantera y lateral del edificio, y podía ver el vestíbulo sin entorpecimiento alguno. En el mostrador de recepción, Brandi saludó efusivamente a Detrick, mientras giraba a un lado y otro en su silla y reía ante algún comentario que le hacía él. Detrick hizo una pausa de un segundo para disfrutar de su atención. Luego se metió en lo más hondo del edificio, sin volver a mirar a Caitlin.

Sangre fría.

Hasta el momento.

Caitlin dejó el café americano en el soporte para vasos. Sabía muy bien que no debía beber muchos líquidos mientras estaba de vigilancia. El café era un simple elemento de atrezo destinado a dar la sensación a Detrick de que ella estaba preparada, tenía de todo y se sentía cómoda y dispuesta a vigilarle.

Normalmente no le gustaban nada las operaciones de vigilancia. Horas de tedio con la posibilidad de perderse un momento crítico de acción si apartaba la vista unos segundos. No se le daba nada bien la anticipación. Odiaba la incertidumbre. Siempre prefería actuar, no sentarse en un coche a esperar que hubiese acción. Pero aquello era distinto. Estar allí sentada era la acción, un intento de provocar una reacción.

Con un ojo clavado en el edificio, telefoneó a la línea de crisis Westside. Era hora de sincerarse con el director, Darian Cobb. No estaba. Le dejó un mensaje pidiéndole que la llamase.

A las diez cuarenta y cinco de la mañana, en el vestíbulo de Castle Bay, Brandi respondió el teléfono, levantó la vista furtivamente y tapó el receptor para hablar. Miró por las cristaleras hacia Caitlin. Un minuto más tarde, Detrick pasó por el vestíbulo, le hizo una señal con el pulgar hacia arriba a Brandi y salió. Ignorando a Caitlin, se subió al Envision y arrancó. Caitlin le siguió a unos cien metros de distancia.

Le siguió unos veinte minutos, y él se dirigió hacia el norte desde el centro, hasta un complejo de apartamentos donde se reunió con una pareja de treinta y pocos años. Caitlin aparcó en la calle y tomó fotos con una cámara Canon, que tenía una lente enorme y obvia. Detrick acompañó a la pareja hasta su monovolumen y pasó las dos horas siguientes llevándolos por barrios que estaban a las afueras de la ciudad, enseñándoles casas. Caitlin tomó fotos de cada parada, escribió todas las direcciones y anotó que debía comprobar cuántas casas a la venta en la zona de la Austin metropolitana estaban vacías. Un agente inmobiliario que tuviera una llave maestra y conociera cuáles eran los edificios no ocupados podía usarlos para su beneficio, los sábados por la noche, si quería mantener a una víctima secuestrada en algún sitio. No podría dejar a las víctimas en una casa vacante durante mucho tiempo, sin embargo, porque un millar más de agentes inmobiliarios también tenían llaves y podían entrar en cualquier momento.

Siguió a Detrick cuando este llevó a sus clientes a Tacodeli para comer. El restaurante estaba repleto de gente, con una cola para hacer el pedido de más de treinta y cinco personas. Caitlin aparcó, entró y fue al lavabo. Estaba rellenando su vaso de café vacío con agua cuando Detrick la vio. Ella le mantuvo la mirada, volvió a salir y se subió de nuevo al Suburban. Por los espejos laterales pudo ver a Detrick mirándola.

Sobre las cuatro y media de la tarde él volvió a la oficina. En el vestíbulo habló con Brandi. Cuando se metió en el interior del edificio, Brandi se levantó del mostrador de recepción, pasó en torno a una mesa lateral y salió con una servilleta en la cual llevaba unas galletas con pepitas de chocolate. Atravesó la calle hasta llegar al Suburban de Caitlin.

Caitlin la dejó de pie junto a la puerta del conductor un minuto antes de bajar la ventanilla. Estaba muy entumecida por conducir todo el día y estar sentada allí, pero le dirigió a Brandi una mirada muy tranquila.

—¿Puedo ayudarla?

Brandi tenía la espalda recta. Llevaba una blusa blanca con volantes que parecían nubes que se agarraban a un valle montañoso. El collar del día era un dije bañado en oro con la forma de Texas. La punta sur del estado se había alojado en las sombras, entre sus pechos.

—El señor Detrick ha pensado que a lo mejor necesitaba comer algo —dijo Brandi—. Parece usted un poco cansada.

Caitlin cogió las galletas y las dejó a un lado.

—Muy amable por su parte.

Brandi se cruzó de brazos.

—No tiene motivos para hacer esto.

—¿Cuánto tiempo hace que el señor Detrick conduce ese Buick Envision? —le preguntó Caitlin.

—No es asunto suyo.

—¿Sabe que borró su historial del GPS?

Brandi levantó la barbilla. Parecía un brote de justa indignación o un deseo de estrangular a Caitlin como al ciervo al que había cazado.

—Él me lo ha dicho. El gobierno no tiene ninguna razón legítima para querer saber adónde va. Él lleva a sus clientes a ver posibles hogares. Se ocupa de la decisión vital más personal de la gente: dónde fundar una familia, dónde echar raíces. El FBI no tiene ningún derecho a husmear a ver dónde decide vivir su sueño la gente. Si no fuera por sus tácticas abusivas, no habría tenido que adoptar esa decisión. Pero lo hizo. —Miró de arriba abajo a Caitlin—. Y la fijación no es nada atractiva. Déjele en paz.

—¿Le ha pedido que confirme sus coartadas para las noches en que desaparecieron las mujeres? —insistió Caitlin.

Los labios de Brandi se separaron un poco. Se le puso el cuello colorado.

Caitlin puso en marcha el motor y metió una marcha.

—Gracias por las galletas.

Salió, dio la vuelta en redondo y dejó a Brandi de pie en medio de la calle. Mientras las dos hablaban, Detrick había salido por la puerta lateral de la oficina y se había subido al Envision.

«Buen intento, sinvergüenza».

Él salió corriendo, pero ella le siguió. Se dirigió hacia el sur, pasando por el centro, y cruzó un puente por encima del lago

Lady Bird, cambiando de carril cuando el tráfico se ponía denso. Aparentemente, intentaba perderla. A ocho kilómetros de Lamar Boulevard, en un vecindario gentrificado donde modernos edificios nuevos de pisos y cines lujosos competían con tugurios destartalados, dio la vuelta hacia un centro comercial. Caitlin aparcó tras él.

Cuando Caitlin salió, él ya se dirigía hacia una tienda de licores. Ella entró también, se quitó las gafas y fue caminando por un pasillo, examinando los tintos New World.

Detrick compró un pack de seis cervezas Lone Star y al dar la vuelta desde la caja la encontró esperándole en la puerta por la parte de dentro. Se acercó rápidamente a ella.

—¿Adónde se dirige? —le preguntó Caitlin.

—Tengo que decir que me siento halagado. Nunca me había sentido tan deseado como hombre. —Una sonrisa curvó sus labios—. Es un poco... excitante.

Llevaba las gafas de sol colocadas encima de la cabeza. Su colonia se había desvanecido ya en un aroma acalorado y físico. Sus ojos grises eran un frío contrapunto.

—He oído decir que borró su GPS —le dijo ella—. Estoy aquí para asegurarme de que no se pierde.

—Deje un rastro de migas de pan para poder encontrar su camino a casa.

El tono de él era ligero. Caitlin no captó asomo alguno de resentimiento ni de irritación siquiera.

—No soy yo la que pierde cosas en el bosque.

Una vez más, durante un microsegundo, los ojos de él se pusieron tensos, como si reconociera un pequeño fallo. Luego su sonrisa regresó con todas las de la ley.

—Qué vida lleva usted, agente Hendrix. Que se divierta.

La rozó al pasar a su lado y salió por la puerta. Caitlin luchó por contener un escalofrío.

Detrick se alejó en el coche. Ella se mantuvo pegada a él.

Después de merodear y perder el tiempo, finalmente él se fue a casa a las nueve menos cuarto de la noche. Parecía que pensaba que podía aguantar más que ella.

El muy burro no tenía ni idea.

Su casa estaba fuera de las calles principales, en un barrio del sur de Austin junto a la I-35. Era, según la web de la inmobiliaria Castle Bay, lo que los agentes inmobiliarios llaman un barrio de «cielo oscuro». Eso significaba que era vendible para los astrónomos aficionados.

Para un policía significaba que no había farolas en las calles, ni tampoco aceras, y pocos postes de señales. Bajo la noche invernal, la calle estaba tan oscura como el carbón. Más allá de sus faros, Caitlin veía lantanas, gayubas y cedros que se alineaban en la calle. Estuvo pasando el rato mientras Detrick aparcaba en la entrada, cerraba el Envision con el mando a distancia y entraba en casa. Él encendió una luz en el salón y miró por la ventana. Ella sabía que no podía ver el interior del Suburban, que tenía las ventanillas tintadas. Pero de algún modo sus ojos parecían perforarla. Luego cerró las cortinas.

Arrancó el coche, despacio.

El viernes por la mañana había vuelto, a las seis y media, y estaba enfrente de su casa con el ordenador portátil encendido, respondiendo correos y haciendo llamadas. Llevaba un chaquetón negro encima del jersey negro con cuello de pico, vaqueros negros y botas Doc Martens. Se había recogido el pelo hacia atrás en una trenza. Estaba aparcada de modo que, cuando él saliera y la viese en el coche, el sol naciente se reflejase en sus gafas de sol.

Detrick salió a las siete y media, con aire fresco y pulcro. Caminó con desenvoltura hacia su Envision, dirigiéndole un saludo mientras se subía al coche.

Pasó toda la mañana llevando clientes a buscar casa. Mantuvo su actuación fría, como si ella no estuviera justo detrás de él. En torno a mediodía, dejó a un cliente en casa y fue en coche hasta una gasolinera. Cuando salió a llenar el depósito del Envision, Caitlin aparcó al otro lado de la isla del combustible.

Detrick la miró y se echó a reír.

Caitlin salió y abrió la tapa del depósito del Suburban. Detrick colocó la bomba de modo que se rellenase automáticamente, y se apoyó en el costado del Envision, con los tobillos cruzados, con un aire de relajación suprema.

—Siempre había querido tener una fan —dijo.

—Me hace mucha gracia que lo vea así. —Ella metió la boquilla en el depósito del Suburban.

Él se encogió de hombros. Su sonrisa, tenía que admitirlo, era deslumbrante.

—Podría ser un cartel de reclutamiento para el FBI. Obstinada. Con agallas. Mucho más atractiva que los agentes que se ven en las películas. No sé, como, por ejemplo, en *Jungla de cristal*.

Caitlin se echó a reír.

—El agente Johnson y el agente especial Johnson saltando por los aires en una ignominiosa bola de fuego —dijo ella—. «Vamos a necesitar unos cuantos agentes más del FBI, supongo».

—O *Fargo*.

—Dos federales que comen en el interior de su coche, y Billy Bob Thornton, que pasa a su lado, saca una ametralladora de debajo de su abrigo, luego cruza la calle y lleva a cabo una masacre ante sus mismísimas narices. Perfecto. —Ella inclinó la cabeza—. ¿Cuál es la llamada más rara que ha recibido nunca en la línea de crisis?

Detrick la miró de arriba abajo. Ella notó una descarga de electricidad estática.

—¿En serio? —preguntó él.

Caitlin asintió.

—Una masturbadora crónica.

Ella levantó una ceja como si sintiera una leve curiosidad, animándole a seguir hablando. Interiormente pensaba: «Estás de broma».

—Me contó una increíble historia personal de su vida atormentada. Empezó a hablar más rápido; luego, a jadear, y al final, a gemir.

—Ella.

—En plan poscoital, me hizo preguntas muy intrusivas sobre mi vida.

Detrick tenía los ojos chispeantes. Se deleitaba intentando desequilibrarla.

—Es una afición muy interesante —dijo Caitlin.

Él terminó de llenar el tanque.

—Salgo de trabajar a las cinco. Después podemos ir a tomar una copa. En la calle Seis, música y baile. Puedo darle los detalles sucios sobre esa llamada. Parece que ha venido vestida para un cóctel en un bar lleno de gente.

—No, gracias.

—No debería perderse el Austin de después de anochecer.

—No me estoy perdiendo absolutamente nada.

Detrick dejó la manguera y se metió en su monovolumen. Le dirigió una mirada sensual mientras ponía en marcha el motor.

Al alejarse, vocalizó sin pronunciar las palabras: «Tú te lo pierdes».

29

En Phoenix, la cálida tarde de viernes se estaba volviendo fresca mientras el sol dorado se hundía en el desierto. Lia Fox aparcó fuera de su complejo de apartamentos. Los aspersores humedecían el césped. El aire estaba tranquilo, pero parecía que hacía volar algo de arena, arañándole la piel.

Una vez dentro, cerró la puerta con cerrojo, dejó caer las llaves en la isla de la cocina, acarició al gato cuando apareció a saludarla y se sirvió una copa de Sauvignon Blanc. Se bebió la mitad de un trago.

No había habido noticias de Aaron Gage. Ni novedades en el caso de Texas. Ni arrestos, ni carteles de «Se busca», ni dibujos del sospechoso. El FBI no la había vuelto a llamar.

Se quitó los zapatos de tacón de una patada.

—¿Qué esperabas, idiota?

Había dado una información. Eso era todo. La agente, aquella mujer pelirroja que parecía una jugadora de vóleibol, había expresado preocupación y la había examinado con unos ojos que parecían tener rayos X. Quizá la mujer hubiese seguido su pista. O a lo mejor pensaba que era una chiflada. «Tengo que preguntárselo... En aquel momento, ¿por qué no llamó a la policía?». Lia suponía que la cosa sonaba mal. Pero había sido una época muy mala. El FBI no tenía por qué saber nada de su vida privada. Solo de su vida amorosa hecha pedazos.

«Aaron». Pensó en su cuerpo firme, su hermoso rostro, las

manos de él en su cuerpo, su sonrisa desenfocada cuando estaba borracho. Pensó en un pícnic de grupo, y ella deseando que él le prestase atención, que la mirase de verdad. Pensó en el momento en que realmente alguien la vio. Y no fue Aaron Gage. La sensación la invadió de nuevo, después de todos aquellos años: un estremecimiento que penetraba hasta la médula, lleno de terror, placer y vergüenza, y un anhelo desquiciado de «dejarse llevar».

Se puso otra copa de vino.

Pensó en los insultos, en los gritos, en cómo la ignoró y se desmayó Aaron «aquella noche, aquella noche, aquella noche».

El aire no le llenaba del todo los pulmones. Tragó saliva y apartó todas las imágenes posteriores. Las notas, las muñecas, el pobre y desgraciado Slinky, desmadejado y con los ojos muertos en el jardín.

El sol de la tarde iluminó los marcos de las fotos que tenía en la pared de su salón.

Cogió el teléfono y marcó.

—Hola, mamá.

Su madre se sorprendió al oírla. No era domingo ni el día de su cumpleaños. La mirada de Lia se posó en una foto de la mesita que había a un lado. Tiempos felices, intimidad entre madre e hija. Sonrisas y abrazos. El Día de la Madre.

—No, estoy bien... Solo quería saber qué tal. No sé si te has enterado...

Su madre siguió hablando de su querido perro Tizzy, de su hermano John y de su familia perfecta; de su hermana pequeña, Emily, y del curso perfecto que había hecho esta en la universidad.

Mamá nunca había perdonado a Lia por abandonar aquella facultad cristiana tan reprimida en Houston. Emily no había asistido a una facultad cristiana, pero ¿se quejaba acaso su hermana pequeña de eso? Nooooo.

Mamá nunca le preguntaba a Lia por su vida. Mamá sabía desde hacía años que las respuestas de Lia no le provocaban más que angustia.

—Ningún motivo en especial —dijo—. Solo quería oír tu voz.

Mamá no sabía nada de Slinky, ni de las muñecas, ni de que Lia había amenazado con matarse, la noche del incendio, y que gritarle a Aaron amenazándole con hacerlo no había impedido que él bebiera hasta destrozarlo todo.

Y más. Y más, más, más.

—No importa. Ya hablaremos el fin de semana que viene.

Colgó. La sensación rasposa, como de arena debajo de la piel, empeoró. Se acabó la segunda copa de vino y fue a comprobar las cerraduras de la puerta. Ojalá le llamasen los del FBI.

Miró las paredes y se preguntó dónde estaría él.

En su cocina oscura, Kyle Detrick estaba de pie ante el fregadero, mirando por la ventana. Al otro lado de la calle, apenas visible debido a la oscuridad invernal, el Suburban del FBI estaba allí, negro y siniestro, junto al bordillo.

Notaba que le miraban aquellos ojos vacuos, examinándolo, como una víbora. Prácticamente podía oírla respirar.

Apenas podía creer que ella le hubiese preguntado por las llamadas a la línea de crisis.

«¿La llamada más rara?». No. La más memorable. La que más le afectó. La más... transformadora.

Él no había mentido.

En agosto, el verano anterior. Una noche de miércoles, tarde. La voz de una chica en la línea, ronca, rasposa.

«Conocí a un chico y le quise mucho. Mis padres intentaron evitar que siguiera viéndole. Decían que era malo, que yo era demasiado joven. Me escapé. Robamos en un 7-Eleven y en una casa del Gofre. Él murió».

La chica jadeaba al llegar a esa parte.

«Vivía en la calle. Follaba con hombres por dinero».

Llegados a ese punto, él ya no iba a colgar. Después de llegar al clímax, ella suspiró y dijo: «Oooh». Le preguntó a él si le había gustado. Por una vez, él se encontró sin habla.

La chica se echó a reír.

«Pam-pam, ¿eh?».

La sangre se le alborotó y le martilleó las sienes.

—Te toca a ti —dijo ella, desenfadada, feroz—. ¿Cuál es tu historia?

Él no la entendía. Le preguntó:

—¿Qué estás haciendo?

—Tiene que haber alguien que te vuelva tan loco que quieras matar —prosiguió ella—. Mátalos, mata por ellos, mátate a ti mismo. Quiero saberlo. Si no me lo dices, me pego un tiro.

La chica había llamado para ver lo que podía sacar de él. Le abrió los ojos.

—¿No hay nadie a quien odies tanto? —insistió—. ¿A quien quieras tanto? Dime.

Su pasado, la caja de seguridad donde había guardado su corazón, su dolor, la necesidad y la espantosa sensación de que el mundo estaba muerto y vacío... Ella se rio por teléfono y le dijo:

—¿Y a qué estás esperando?

Al teléfono, él había notado que el cerrojo se abría. Quiso decírselo.

Pero la chica colgó. Lo dejó frío, bajo las luces ardientes, en la sala telefónica del centro de crisis. Intentó volver a cerrar, pero ella había dado vuelta a la llave.

Una semana más tarde la vio fuera del centro. Al principio no supo que era ella. Sentada en un banco de la parada del autobús, al otro lado de la calle. El crepúsculo veraniego sombreaba sus rasgos. Rubia, fumando. Mirándole. Él se acercó a la ventana.

La chica levantó la mano, le hizo una peineta y vocalizó: «Pam-pam».

Por supuesto, sabía que él trabajaba aquella noche. Él se quedó de pie junto a la ventana.

Pero ella no entró. Se quedó esperando.

A medianoche, cuando hubo terminado el turno, él cruzó la calle y ella se levantó del banco. Apagó el cigarrillo con la punta de la bota. Llevaba un tatuaje de un gato negro encima del pecho izquierdo. Respiraba fuerte y, bajo las farolas de la calle, el gato parecía flexionarse y estirar sus garras. Durante un minuto pareció que ella quería echarle los brazos al cuello y dejar que él se la llevara y la alejara de allí. Como si quisiera abrirse a él, consumirlo del todo.

Él avanzó bajo la luz de la farola. Levantó una mano para hablar con ella. Quería hablar con amabilidad. Pero le vio la cara.

Ella se dio la vuelta y echó a correr como un ciervo. Y él echó a correr tras ella.

Ahora, en su cocina, miraba por la ventana la oscuridad del monovolumen que estaba enfrente. Si Caitlin Hendrix pensaba que una insignia y un arma y esos labios gordezuelos suyos podían afectarle, es que no sabía con quién estaba tratando.

30

Detrick salió por la puerta a las diez menos cuarto del sábado por la mañana. Vestía su chaqueta de pata de gallo, con unos vaqueros y botas. Llevaba un montón de carteles de PUERTAS ABIERTAS. Los echó en la parte trasera de su Envision, cerró de un golpe la puerta trasera y miró a Caitlin, que estaba al otro lado de la calle. No hubo sonrisas aquella mañana. Hizo una pausa, pensando al parecer, y cruzó la calle.

Ella bajó la ventanilla del Suburban.

Detrick se metió las manos en los bolsillos delanteros, en plan Señor Informal.

—Debe de estar cansada de todo esto.

Caitlin lo interpretó como que era él quien estaba cansado de todo aquello.

—¿Se quedó en casa anoche?

Él apartó la vista. Fue un gesto casual, pero a ella le pareció que había cierto cálculo tras él. Quizá se estuviera preguntando si ella había mantenido la vigilancia en su propiedad después de que él la oyera irse, la noche anterior. Esperaba que fuese así.

—Toda la noche. Solo. —Sus ojos grises se volvieron hacia ella—. Supongo que igual que usted.

—No olvide su teléfono.

Con la cara inexpresiva, él cruzó la calle y se subió al monovolumen. Arrancó y salió. Caitlin puso en marcha el motor y le siguió.

Detrick fue al banco Sunset Valley, a tres kilómetros de distancia. Caitlin sabía, gracias a la investigación que había hecho Rainey, que Detrick tenía una cuenta personal allí. Entró, volvió a salir cinco minutos más tarde y se alejó con un rugido del motor. Subió la calle y entró en una panadería, salió con una caja rosa y volvió a poner el coche en marcha.

La casa que tenía el día de «puertas abiertas» estaba en un barrio con árboles antiguos y aceras cuarteadas. Caitlin aparcó en la misma calle de la casa, tipo rancho y de un solo piso, mediocre y desangelada, aunque recién pintada, con unas hortensias en macetas alineadas en la entrada delantera. Era una casa de apariencia engañosa. Con una fachada falsa que ocultaba su auténtico interior.

Un poco como Kyle Detrick.

Caitlin se quedó allí sentada con el motor apagado. Dentro de la casa, él se aproximó a la ventana delantera.

A ella le sonó el teléfono. Nicholas Keyes.

—Ese vídeo de los multicines —dijo Keyes sin preámbulo alguno—. Donde desapareció aquella mujer después de ir al puesto de golosinas.

Caitlin se incorporó.

—Me dijiste que estabas buscando rutas sesgadas e intercepciones.

—He superpuesto un software estilo *Madden NFL* al vídeo. Eso me ha permitido rastrear a la víctima, y luego determinar si alguna otra persona del vestíbulo reaccionó ante ella o anticipó sus movimientos, aunque fuera de manera tangencial.

—¿Y?

—Te lo mando.

Caitlin abrió su ordenador portátil en el asiento del pasajero. Puso en marcha el vídeo.

Keyes dijo:

—¿Ves a Veronica Lees con un círculo concéntrico debajo de los pies?

El vídeo que tenía Caitlin en ese momento en pantalla parecía una repetición de la jugada de NFL TV. Un círculo azul giraba debajo de los zapatos de Lees, como si ella fuera un receptor de una jugada de fútbol americano.

—Es excelente —dijo Caitlin.

—Sigue mirando.

Veronica fue avanzando por el vestíbulo. Al llegar a la larga cola ante el puesto de golosinas, apareció un segundo círculo en amarillo en torno a los pies de una figura muy alejada, en la otra punta del vestíbulo.

—Guau... —exclamó Caitlin.

El círculo amarillo giraba en torno a una figura con vaqueros negros, camisa negra y sudadera negra, que llevaba también una gorra negra de béisbol. La figura estaba de espaldas a la cámara, pero, por la anchura de los hombros bajo la sudadera, Caitlin dedujo que era un hombre.

Veronica Lees se acercó más a la parte delantera del puesto de golosinas.

Durante unos segundos, la figura de negro permaneció estática. El círculo amarillo giraba en torno a sus pies. Desde su interior apareció una flecha amarilla. Esta se fue prolongando y formando una línea que cruzó todo el vestíbulo hacia el extremo más alejado de los multicines, hacia el pasillo por el cual había aparecido Veronica al principio. Mientras Veronica pagaba sus caramelos, la figura con la sudadera fue haciendo zigzag entre la multitud a lo largo del camino de la flecha. No llegó a estar a menos de diez metros de ella. Se dirigió hacia el pasillo y desapareció de la vista.

Era muy sutil, y hasta entonces había resultado imposible de distinguir. Porque la figura llegó al pasillo que conducía a las salas antes que Veronica y desapareció al doblar la esquina. Caitlin dijo:

—Madre mía... Fue por delante de ella y la estaba esperando cuando dio la vuelta a la esquina.

—Como un defensa lateral que se adelanta a un receptor abierto. El *quarterback* lanza la pelota y el defensor está en su posición para interceptarla —dijo Keyes—. No se ve la cara del hombre en ninguna de las tomas. Sabía dónde estaba la cámara. Pero la estuvo vigilando desde el momento en que ella entró en el vestíbulo hasta que llegó al puesto de golosinas. Entonces se puso en marcha para interceptarla.

—Eres...

—Se lo mando al departamento del sheriff mientras hablamos. A juzgar por la altura de los mostradores del vestíbulo, que he comprobado, el tipo de la sudadera mide un metro ochenta y cinco.

Un escalofrío recorrió el cuello de Caitlin.

—Lo mismo que el del garaje de Dallas. Lo mismo que el tipo al que estoy vigilando por la ventana de esta casa.

La incertidumbre marcó la voz de Keyes.

—El software capta algunos artefactos extraños en el vídeo... Voy a profundizar más en ello. Pero esto, puedes estar segura, es bueno. Este es el sospechoso.

—Gracias.

—Es mi trabajo. —Y Keyes cortó el contacto.

Caitlin se quedó allí sentada, con el pulso acelerado.

Llegó un coche que llevaba una pegatina de BEBÉ A BORDO en la puerta trasera. Salió de él una joven pareja, sacaron un asiento del coche como si manejaran nitroglicerina y se metieron en la casa. Parecían del sudeste asiático, esperanzados e intrigados.

Shana Kerber también era joven, llena de esperanzas, una madre con un bebé más o menos de la misma edad.

Sonó el teléfono de Caitlin. Era Sean.

—Eh, cariño —respondió ella.

—Pensando en el itinerario para mi visita —dijo él—. Quizá alquile una barca y atraviese la bahía de Chesapeake, me instale en algún pequeño *bed and breakfast* y luego recorra el Museo del

Aire y el Espacio. Fotografíe el naufragio de nuestra democracia. Y me coma unas manzanas de caramelo.

Era temprano en California. Parecía que él estaba en algún lugar al aire libre.

—¿Estás calentando en la banda? —le preguntó.

—Es Sadie. Fútbol para pequeñajos.

—Tiene cuatro años. Ni siquiera sabe escribir su nombre.

—Pero quema calorías. Y aprende a socializar. Las posiciones en el campo no existen. Todos los equipos se reúnen alrededor de la pelota en todo momento, como un enjambre de abejas en medio del campo.

—Te encanta —dijo ella.

—Pues sí, claro.

Caitlin se echó atrás, confortada por aquella sensación de conexión con Sean.

—No le grites instrucciones. Los entrenadores odian que los padres hagan eso. Confunde a los niños.

—Pero si yo soy el entrenador...

Ella se echó a reír.

—No puedo esperar a verte.

—Yo tampoco. —El teléfono quedó ahogado, y él habló con otro padre que estaba en la línea de banda. Ella oyó algo de «unas tiritas» y «cartón de zumo». Cuando volvió a la conversación, parecía distraído.

—¿Pasa algo? —preguntó ella.

—Solo trabajo.

Los casos de explosivos de los que se ocupaba la ATF no eran nunca «solo trabajo».

—¿Qué ocurre?

—Anoche pusieron una bomba en Monterrey —le explicó él—. Bomba montada en un tubo con un cable trampa, delante del Instituto de la Defensa de la Lengua.

—¿Hay alguna baja?

—Un motorista chocó con ella a toda velocidad. Está hecho polvo y recibió metralla, pero ha sobrevivido. Ha tenido una suerte increíble.

Ella se volvió hacia su portátil y miró una noticia de la bomba.

—Instalación del Departamento de Defensa. ¿Crees que el objetivo era militar?

—Esa es la teoría en la que trabajamos. Nos reuniremos con la policía de Monterrey esta tarde.

Parecía serio, concentrado. Las bombas requerían que todo el personal estuviera a punto.

Sean vivía para aquello.

—Te llamo esta noche —le dijo él—. ¿Ha empezado bien el sábado?

Dentro de la casa en venta, Detrick estrechaba las manos a la joven pareja.

—Fantástico —respondió ella—. Ten cuidado con el coche, cariño. Y atrapa a los malos.

—Tú también.

La electricidad en su voz sonaba contagiosa. Caitlin colgó, expectante.

Llegó otro coche a la casa en venta y bajó otra pareja. Dos hombres de treinta y pocos años, muy en forma y vestidos con aire casual pero fabuloso para buscar vivienda un sábado. Hicieron una pausa delante de la casa señalando algunas de sus características, juntando las cabezas, y luego se dirigieron al interior.

Caitlin salió del coche y se encaminó hacia la casa. Tenía el pulso acelerado.

Nada más traspasar la puerta principal se veía un fajo de folletos en una mesita. Cogió uno. En el salón, los dos hombres estaban examinando la chimenea y el *feng shui* de la casa. En la parte trasera oyó la voz de Detrick, entusiasta y amable, respondiendo las preguntas de la pareja asiática. El bebé no paraba de moverse.

Detrick volvió al salón con los padres, jovial e informativo. Vio a Caitlin y le tembló la voz.

Saludó a la nueva pareja, sugirió que examinaran la cocina, e instó a los jóvenes padres a que salieran al jardín. Cuando salieron de la habitación, se acercó a ella.

—Esto se está volviendo pesado —le dijo.

—Usted solo lleva nueve meses trabajando como agente inmobiliario. Antes era comercial de una empresa que vende sistemas de alarma domésticos.

Rainey, además de indagar en las finanzas de Detrick, había obtenido sus datos de impuestos y de empleo. Él no tendría que haberse sorprendido tanto. Pero, sí, parecía alarmado.

—Baje la voz.

—¿Cuándo se trasladó a Austin? ¿Cuánto tiempo después de abandonar el Rampart College?

Los dos gais de la cocina se volvieron y se pusieron a escuchar con disimulo.

Detrick se acercó a ella. Las bromas sugerentes del día anterior habían desaparecido.

—Yo he jugado limpio. Pero esto ya no tiene ninguna gracia. Está usted obsesionada conmigo.

—¿Qué sabe usted de la obsesión? —preguntó ella.

La expresión de él se volvió agria.

—Aléjese de mí.

—¿Dónde estuvo usted el sábado por la noche?

La expresión de él quedó inerte, al rojo vivo, como una plancha. Se inclinó hacia ella y bajó la voz.

—Me está usted acosando. Y no lo voy a permitir. Llamaré a la oficina del sheriff en el condado de Gideon y haré que la saquen de esta investigación.

—Les encantará hablar con usted. Llame y pida una cita. Pregunte por el detective Art Berg.

—No se haga la lista —dijo Detrick cortante, pero se dio

cuenta de que ella le había ganado la mano—. Lo hablaré con sus superiores.

Caitlin le tendió su tarjeta.

—Llame a centralita y le pasarán con el jefe de mi unidad. Agente especial a cargo C. J. Emmerich.

Detrás de él, ambas parejas estaban mirándoles. Los dos jóvenes intercambiaron una mirada preocupada y salieron por la puerta principal. La postura de Detrick se volvió tensa. Casi les llama, pero corrieron por el camino de la entrada, lanzando por encima del hombro una mirada como diciendo: «Pero ¿qué demonios ha sido todo eso?».

Detrick miró la tarjeta que le había tendido Caitlin.

—Puedo ir por otros derroteros.

—Se refiere a la prensa. —Ella bajó la mano—. Estarán babeando por recibir información nueva sobre los crímenes... Le entrevistarán a usted en un abrir y cerrar de ojos. En portada, emisión en horas de máxima audiencia. Su cara será reconocible de Waco a Laredo. —Sonrió—. Me parece estupendo. Periodistas, fotógrafos, un par de furgonetas de noticias... Eso multiplicará la fuerza de trabajo. No tendré que ir detrás de usted en coche todo el día. Así ellos podrán mantenerle vigilado también y yo podré tomarme un descanso por fin y probar el Tomo Sushi.

Los ojos de Detrick permanecían remotos. Algo tramaba, febrilmente, detrás de su mirada, pero consiguió ocultarlo. Tenía los hombros tensos.

—Es usted patética. Esta no es una investigación federal. Es desesperación compulsiva. —Señaló la puerta—. Váyase.

Caitlin dejó la tarjeta en la mesa de la entrada. Al volver al Suburban, agarró el volante con el pulso latiéndole fuerte.

El hijo de puta se había puesto nervioso.

31

Detrick aparcó a la entrada de su casa a las nueve menos cuarto de la noche, después de una segunda visita a otra casa en una urbanización cerca de Zilker Park y un largo viaje a Whole Foods, en el centro de Austin, para hacer unas compras. La sección de salsas picantes de la tienda ocupaba un centenar de metros de espacio en las estanterías. Caitlin había notado que llamaba mucho la atención por los pocos tatuajes visibles que llevaba.

Detrick apagó los faros y entró en la casa. Caitlin aparcó a cincuenta metros calle arriba, salió y estiró las piernas. Tenía los nervios tensos.

Sábado por la noche.

La imagen por satélite de la propiedad mostraba que la siguiente calle más arriba era un callejón sin salida. No había paradas de autobús en un radio de dos kilómetros y medio de la casa de Detrick. El Dodge Charger registrado a su nombre estaba aparcado en el garaje, no escondido a un kilómetro de distancia. Pero, si él intentaba escabullirse de la casa, Caitlin tenía una app de infrarrojos en el móvil y un rifle con mira telescópica nocturna.

Rainey aparcó detrás de ella y bajó del coche.

Las trenzas de Rainey le caían ahora encima de los hombros de su jersey grueso color rojo rubí. Le tendió a Caitlin un envoltorio de Torchy's Tacos. Decidieron que probar todos los tacos de los puestos de venta ambulante de Austin sería un objetivo adecuado para el equipo.

El estómago de Caitlin rugía de forma audible. Sacó un taco de la bolsa y le dio un mordisco.

—Qué bueno... Podría dedicarme a asaltar supermercados para tener un suministro de esto todo el tiempo.

—Yo ya me he comido las patatas y el guacamole —dijo Rainey—. ¿Situación?

—Está tan cabreado conmigo que ni siquiera mira el vehículo. Podría llevar una máscara de lobo y cuernos y fingiría no verme.

—Un tanto para ti, chica. Le estás volviendo loco. Bien. Las próximas dieciocho horas serán críticas. ¿Estás preparada?

—Tengo el depósito lleno, la cámara, esposas y munición extra. —Y suficiente adrenalina para superar la fatiga. Y, si eso fallaba, pastillas de cafeína.

Se volvieron hacia la casa. La cocina daba a la calle. Las luces estaban apagadas.

—Está ahí de pie en la oscuridad, mirándonos —dijo Caitlin.

—Si es un psicópata, su respuesta defensiva será hacer una representación para recuperar el control. Intentará engañarte con algo.

—Si intenta saltar por la verja trasera...

—Yo estaré aparcada allí, esperando.

Rainey se metió en su vehículo y se alejó.

Pero fue once horas después, con el sol de la mañana apuñalándole los ojos, cuando Detrick salió por la puerta principal, cogió el periódico dominical y se subió al monovolumen, dando vueltas a las llaves en torno al dedo índice.

Caitlin se puso tensa, súbitamente despierta.

—Ostentosa exhibición, capullo. —Puso en marcha el motor y llamó a Rainey—. Se está moviendo. Y enseñándome con toda ostentación que ha dormido bien y cómodamente en su cama esta noche.

—Pues ya hemos terminado por hoy.

—No, yo no.

—Te vas a quedar sin fuerzas.

—¿Algún informe de...?

—No.

No se había informado de la desaparición de ninguna mujer por la noche. Esa era una buena noticia. Posiblemente probatoria. Detrick puso en marcha su Envision, retrocedió y pasó rugiendo junto a Caitlin.

—Tus setenta y dos horas casi están agotadas —dijo Rainey.

—Todavía no he terminado.

Caitlin colgó, puso en marcha el motor del Suburban y siguió a Detrick. En parte pensaba: «Está a punto de estallar». En parte también, pensaba: «¿Y si me equivoco? He desperdiciado tres días, cuando podría haber estado persiguiendo al auténtico sospechoso...».

Veinte minutos más tarde se detenía ante la puerta de un complejo de apartamentos boscoso en el montañoso extremo occidental de la ciudad. Caitlin notaba los ojos arenosos, la ropa pegada al cuerpo, la boca seca. Necesitaba un café. Y una ducha. Y ocho horas de sueño. La fatiga la invadía y se retiraba detrás de sus ojos. Pero sus reservas de adrenalina todavía no se habían agotado.

«Da un tropezón, venga, hijo de puta».

Si era el sospechoso, si era el que atacaba los sábados por la noche, tenía que estar rabioso. Tenía que estar hirviendo de rabia por haberse visto frustrado.

«Vamos. Muéstrate ante mí».

Detrick apenas acababa de salir de su monovolumen cuando una mujer de unos treinta años salió del edificio de apartamentos y le saludó. A su lado se veía una niñita, rubia y con las piernas delgadas, que saltaba hacia él. Caitlin la reconoció de la foto que había en la oficina de Detrick. «Una amiga».

La mujer era delgada y llevaba un vestido azul muy discreto. La niña saltó hacia Detrick, arriba y abajo, y se rio cuando él le dijo algo. Él sonrió para sus adentros. La mujer sonrió mansamente y se quedó de pie, con las manos juntas. Detrick pasó un brazo en torno a sus hombros, cogió la mano de la niña y las acompañó hasta el Envision. Señor de todo lo que contempla, amado de los niños y de los animalitos y de los pajaritos del cielo.

Las llevó a una iglesia enorme, situada en un terreno salpicado de robles.

Después de dos horas de cánticos y sermones, Detrick volvió a conducir hacia el sur con la mujer y la niña por la I-35. En San Marcos, a setenta kilómetros siguiendo la misma carretera, salió para ir a un gigantesco centro comercial. Aparcó, ayudó a salir a la niñita y cogió de la mano a su novia. Todos fueron andando hacia un patio de comida rápida.

Caitlin los siguió y llamó a Emmerich.

—Está intentando agotarme.

«O bien está siendo exactamente el manso papaíto que nos negamos a creer que es».

—Ha hecho guardia todo el sábado noche. Eso ha sido estupendo... y vital. Pero ahora parece exhausta —dijo Emmerich—. No va a pasar nada el domingo por la mañana. Vuelva a la oficina del sheriff.

La fatiga murmuraba: «Me rindo». Su instinto de cazadora en cambio susurraba: «No puedo dejarlo escapar».

—Pronto. —Colgó y siguió a Detrick hacia lo más profundo del centro comercial.

Caminaron por la avenida, pasaron junto a un bar de zumos y una tienda de golosinas, hacia el patio de comida rápida. Parecía que se encaminaban a un Olive Garden. Detrick soltó la mano de la niña y le dijo que podía correr un poco por delante. La mujer sumisa que iba a su lado parloteaba, pero mantenía las manos juntas delante de ella. Caitlin iba cincuenta metros por detrás.

Pasaron por delante de una cafetería que estaba en un rincón. Detrick le echó un vistazo. Un relámpago de luz iluminó sus cristaleras: eran los faros de una furgoneta que pasaba. Abruptamente los frenos de la furgoneta chillaron y se detuvo en seco, evitando a otro coche. Detrick y su novia se volvieron al oír el sonido y luego siguieron andando. Dentro de la cafetería, una camarera se incorporó, atraída por la conmoción.

Al volverse hacia una tina de goma llena de platos sucios, la espalda de su camisa negra de uniforme se levantó un poco. Metida en la cinturilla de los vaqueros llevaba una pistola del calibre 40.

Texas. Allí era legal llevar armas abiertamente. Deje una propina.

La chica tenía menos de veinte años, era menuda y atlética. Y rubia. Le llamó la atención a Caitlin por tener una figura y unos rasgos notablemente similares a los de Shana Kerber.

Caitlin se detuvo en seco. Había visto antes a aquella chica.

La adolescente había acudido a la comisaría del sheriff de Solace para informar de algo. Caitlin la había visto en el mostrador de recepción, hablando a toda velocidad, indicando la altura de un hombre que estaba entre las sombras y que la había asustado.

Detrick y su novia fueron al restaurante y se sentaron a una mesa junto a la ventana.

Caitlin retrocedió y entró en la cafetería. Enseñó sus credenciales.

Sonaba música contemporánea cristiana por los altavoces. Los niños comían magdalenas y se tiraban lápices de colores. Los ojos de la chica eran redondos como platos.

—Madison Mays —dijo, cuando Caitlin se lo preguntó. Rainey había mencionado una pista de una chica llamada Madison.

—Sí, se lo conté a los de la oficina del sheriff. El hombre que vi iba vestido como un banquero: americana, camisa de etiqueta, sin corbata. Pero no le vi bien la cara.

El corazón de Caitlin latía con fuerza. Su agotamiento y sus dudas se evaporaron.

Detrick acababa de pasar junto a una cafetería donde trabajaba una posible testigo. Quizá fuera una coincidencia. El centro comercial estaba lleno de gente. O quizá estuviese acechando a aquella chica.

Desde la cafetería no había visión directa del patio de comida rápida y del Olive Garden. Caitlin no podía arrastrar a Madison afuera para que Detrick la viera. No podía contaminar una identificación que podía ser vital enseñándole a esa chica su foto.

Caitlin escribió algo en la parte posterior de su tarjeta de visita y se la tendió a Madison.

—Aquí está el número de la Unidad de Investigación de la oficina del sheriff. Voy a hacer que te llamen. El detective Berg arreglará una cita para que mires unas fotos, para ver si puedes identificar a ese hombre.

Madison cogió la tarjeta.

—De acuerdo.

—¿Cuál es tu número de teléfono?

Madison se lo dio. Caitlin envió un texto a Berg, Emmerich y el jefe Morales. «Preparen rueda de reconocimiento para una testigo. Puede ser algo bueno».

Madison se puso la mano en el estómago, nerviosa.

—Hiciste lo correcto y vas a hacer una cosa mucho mejor todavía. —Caitlin le tendió la mano. Madison la cogió con dedos temblorosos—. Ten muchísimo cuidado con tu seguridad. Y me alegro de que hayas pensado cómo defenderte. Pero un arma de mano debe ir en una pistolera, y para obtener la licencia para llevarla debes tener veintiún años.

Los ojos de Madison se abrieron mucho.

—¿Sabes usar ese revólver?

La chica se sonrojó.

—Yo...

—Ve a aprender. Esta misma semana. Hay un hombre en Solace que ofrece cursos de autodefensa y enseña a disparar armas de fuego. Lo vi en las noticias locales. Parece Wyatt Earp. Llámale.

Caitlin se alejó. Le picaba la piel.

Detrick había intentado jugársela. Había intentado recuperar el control cediendo a su ansiedad predatoria a plena vista. Pero no sabía la información que tenía Caitlin, ni los recursos a los que podía acceder. Tenía un punto ciego.

Dobló la esquina del patio de comida rápida. Dentro del restaurante, él estaba sentado con su buena amiga y su hija. Caitlin hizo una pausa, de pie al sol, hasta que él la vio. El rostro de Detrick se puso blanco como la cera: un muñeco G. I. Joe que podía estar ardiendo por dentro sin perder ni por un momento su vaga sonrisa.

32

Caitlin se metió en la calle de Detrick a las nueve de la noche del domingo. Aceleró el motor para que él supiera que estaba allí. Dio la vuelta en redondo y aparcó detrás de Rainey. A través de la ventanilla trasera del Suburban que conducía Rainey, la luz de su portátil iluminaba el interior del monovolumen con un color azul eléctrico.

Caitlin salió y se acercó al otro coche. Rainey bajó la ventanilla.

—Está encerrado, bien seguro. Él, la novia y la niña.

—Gracias —dijo Caitlin.

—Emmerich te ha dado setenta y dos horas.

—Estoy en mi tiempo libre.

—Una forma terrible de gastarlo. Normalmente, claro.

—Un pequeño riesgo a cambio de una posible recompensa astronómica.

—Maratón de *Black Mirror* en mi tableta esta noche, si necesitas un descanso y mirarlo conmigo.

—Sabes cómo montar una fiesta...

—¿No encuentras relajantes las sátiras distópicas?

—Que te diviertas.

Rainey puso en marcha el motor y arrancó. Caitlin se quedó de pie en la calle un minuto, con las manos en los bolsillos traseros del pantalón, frente a la casa de Detrick.

«No me equivoco».

Lo afirmó con énfasis, de manera deliberada, aunque en silencio. Pero muy por debajo de la superficie, donde nadaban los antiguos susurros, las dudas, los temores y las incertidumbres, una vocecilla decía: «A lo mejor sí. A lo mejor el auténtico sospechoso está por ahí fuera, ahora mismo, cazando».

Se volvió a subir al Suburban y esperó.

El amanecer resultaba cegador a lo largo de la línea del horizonte, de un dorado resplandeciente, cuando la novia de Detrick salió por la puerta y empezó a amontonar cosas en su Envision. Caitlin ya sabía su nombre: Emma Lane. Su niña, Ashley, la siguió al momento.

Caitlin se frotó los ojos y movió el cuello.

Detrick salió con unos vaqueros y una chaqueta de esquí. Llevaba colgando del hombro una funda de portátil. Y empujaba una maleta con ruedas negra.

Caitlin se irguió.

—Bien, bien.

Detrick la ignoró de manera deliberada, mientras ayudaba a la niña a subir al monovolumen. Metió la maleta en la parte trasera del Envision con un movimiento exagerado. Cuando se alejó, Caitlin se le pegó justo detrás. No le costó mucho averiguar cuál era su destino.

Marcó el número de Emmerich.

Este cogió el teléfono al primer timbrazo.

—Es hora de ponerse manos a la obra. ¿Qué tiene?

—Detrick se dirige al aeropuerto.

—Qué interesante...

—Le mantendré informado.

El aeropuerto de Austin estaba a dieciséis kilómetros al este del centro, en un prado muy extenso y verde junto al Circuito de carreras de las Américas, donde se celebraba el Gran Premio de Estados Unidos de Fórmula 1. La terminal principal del aeropuerto estaba llena de gente y de tráfico, y los viajeros hacían cola en el mostrador de facturación.

Detrick se metió en los aparcamientos de larga estancia. Caitlin lo comprobó bien para asegurarse de que no sacaba un recibo de entrada rápida y se dirigía directamente a la salida. Estaba de pie en la acera, junto a la salida de líneas aéreas estadounidenses, cuando el transbordador del aparcamiento llegó y expulsó a Detrick, Emma y Ashley. Él le lanzó una mirada de estudiado disgusto, y luego la ignoró.

—Esto parece inusualmente espontáneo —dijo Caitlin.

Detrick pasó junto a ella. Emma le siguió, con los hombros caídos, cabizbaja, mirando a Caitlin desde detrás de su flequillo.

—¿Adónde van? —preguntó Caitlin.

Detrick siguió andando. Las puertas automáticas se abrieron.

—¿Qué están celebrando?

La niña, Ashley, llevaba una maleta de ruedas de tamaño infantil, de un rosa vivo, cubierta de arcoíris y hadas. A Sadie Rawlins le habría encantado. La niña levantó la vista hacia Caitlin y fue girando la cabeza a medida que pasaban.

—¿Quién es ésa señora? —preguntó.

Emma cogió la mano de su hija.

—Nadie.

Atrajo a Ashley hacia sí, pero con eso no consiguió sino que la niña mirase a Caitlin con mayor curiosidad aún.

—Estaba también en casa de Kyle —dijo Ashley.

—No es una buena persona —dijo Detrick—. Ignórala.

Eso sí que era interesante, de verdad. Caitlin los siguió al entrar en la terminal, sintiéndose como un avispón al que acaban de dar un manotazo. El ruido rebotaba en el techo alto. Detrick fue directamente a seguridad, donde la cola serpenteaba como ante el Matterhorn de Disneylandia.

Caitlin le dejó que se pusiera en la cola y se acercó a la barrera de control de la multitud.

—¿Me abandona, Kyle?

Él suspiró con evidente exasperación y se detuvo. En su expresión se mezclaban desdén, cansancio e indignación.

—Estoy llevando de vacaciones a las personas más importantes para mí. —Tenía los ojos vacuos—. Para escapar del acoso del FBI.

La cola se iba moviendo. Detrick llevaba la tarjeta de embarque en la mano. Caitlin retrocedió y el hombre pasó un brazo por encima de los hombros de Emma y la empujó hacia delante.

—Que lo disfruten —dijo Caitlin.

Retrocedió hasta los ventanales delanteros de la terminal. Unos minutos más tarde, Detrick pasaba por el control de seguridad. Justo antes de desaparecer con Emma y Ashley en la zona de embarque de la terminal, se volvió y la miró directamente. Se tomó su tiempo. Levantó la mano, sonrió y le dijo adiós.

El pulso de Caitlin era lento.

—Nos vemos, Kyle.

33

La vista fuera de la habitación del motel era tranquila. Flagstaff, Arizona, tenía una vida nocturna patéticamente anémica. Se encontraba en la intersección entre la I-40 y la I-17, en el norte montañoso de ese estado en su mayoría vacío. Tenía bosques de pinos, una universidad y autopistas que conducían al Gran Cañón, ciento treinta kilómetros más al norte. Eso significaba que había unos pocos turistas de invierno dispersos, bares turísticos medio vacíos y moteles baratos. Como aquel donde se había instalado después de una semana visitando lugares con Emma y Ashley. Cinco días conduciendo por ahí, recogiendo rocas de colores curiosos y mirando enormes agujeros en el suelo.

Era sábado por la noche.

Detrick estaba de pie, mirando por la ventana. En la habitación había una lámpara de mesa encendida, arrojando sombras. La calle, fuera, estaba muy tranquila. La nieve se arremolinaba más allá de las farolas.

Detrás de él, Emma estaba comprobando que su hija se hubiese dormido. Ashley parecía un monito en coma. Al parecer, los niños pueden estar prestándote atención en un momento dado y, al siguiente, estar dormidos como un tronco. Apagó las luces. La niña no se movería ya durante el resto de la noche.

Emma se acercó a su lado.

—¿Vemos algo en la tele? —susurró.

Detrick observó la calle. No vio ningún coche de la policía

patrullando. Ni tampoco peatones sospechosos, ni furgonetas del FBI disfrazadas como si fueran de algún servicio público. Se habían registrado en aquel motel con el nombre de Emma.

Esta se acercó aún más a él.

—Ha sido un día precioso, Kyle.

Ella cruzó las manos. Sabía que no debía tocarle a menos que él se lo pidiera. Pero estaba muy cerca. Apremiándole.

—Este problema desaparecerá —dijo ella—. Todo irá bien.

En el extremo más alejado de la calle había un bar. Sus luces de neón parpadeaban de color rojo a través de la nieve que caía. Salían y entraban mujeres.

Él notó que Emma respiraba junto a él. Todo le impulsaba. Su necesidad era muy fuerte.

Se humedeció los labios.

—Voy a tomar una copa.

—Pero...

Él se volvió y la miró. Ella retrocedió un paso.

Detrick se concentró. Emma era tan dócil... Cariñosa, agradecida e incondicional. Confiaba plenamente en él. Era normal. Eso era lo que hacían las mujeres normales: confiar. Se alegraba siempre muchísimo de tenerla a su lado. Ella no era una mujer de bandera, pero su devoción completa era lo que las mujeres de la iglesia llamaban «una bendición». Una bendición para él.

Cerró las cortinas y suavizó la voz.

—Solo una copa.

Durante un segundo ella se agarró a algo... Resentimiento quizá. Aquello era inaceptable.

—He pasado una temporada horrible desde que empezó esa mierda con el FBI. Es ridículo. Alguien ha hecho correr rumores sobre mí. Alguien que intenta destrozarme la vida. Y voy a llegar al fondo de todo esto. Pero ahora mismo necesito unos minutos para descargar un poco de tensión.

Emma se quedó alicaída, pero se ablandó.

—Ya lo sé.

—Te traeré algo si quieres. Un pastel.

La sonrisa de ella ya era menos reacia.

—De cerezas.

—Así me gusta. —Él cogió su parka de esquí—. No me esperes levantada.

Salió por la puerta delantera del motel. Se llamaba El Rodeo. Con un vaquero gigante en el cartel de la entrada, haciendo girar un lazo por encima de la cabeza. Les hacía señas: «Bienvenidos, pueblerinos».

Salió a la calle. El tráfico irregular de última hora de la noche se iba abriendo paso por la nieve que caía. Se dirigió por el centro de la calle a la señal de neón rojo que había en el exterior del bar y empujó una rústica puerta de madera.

Dentro había humedad y calor por los cuerpos, olía a cerveza y se oía rock clásico a todo volumen que tocaba una banda en un rincón. Detrick se abrió paso por la estancia llena de gente, observando a las mujeres. En la barra pidió una Coors y se la bebió, espiando a la multitud por el espejo. Cuando hubo desaparecido la cerveza, se dirigió por un pasillo al lavabo de hombres. El discurso sin sentido de un solo de guitarra desafinado fue desvaneciéndose.

El pasillo estaba vacío. Pasó junto al lavabo de hombres y sacó la cabeza por la puerta de atrás hacia un callejón.

El frío le mordió con fuerza, tenso, vigorizante. Pasando por callejuelas oscuras laterales, se dirigió hacia el aparcamiento de El Rodeo.

Un minuto más tarde iba subiendo por la autopista hacia las montañas.

La localidad rural de Crying Call estaba treinta kilómetros al norte. Allí era donde se alojaban los viajeros con poco presupuesto: mochileros, ciclistas de montaña, estudiantes universitarios que hacían escapadas de fin de semana. Estaban a una altura sobre el nivel del mar de dos mil doscientos metros, lo suficiente para hacer que hasta los atletas que estaban más en forma perdieran el aliento nada más llegar. Pero él llevaba toda la semana a aquella altura. Su corriente sanguínea estaba llena de oxígeno en ese momento. Corría con fuerza.

Detrick aparcó en un solar sin iluminación, con vistas a una taberna muy concurrida. En su interior sonaba música amortiguada.

La nieve era mucho más espesa allí, gruesa y lenta, suavizando la calle. La imagen era blanca. Virgen. Apagó el motor y los faros, y se quedó sentado en la oscuridad, respirando fuerte.

Se quedó allí media hora, observando en todas las direcciones. No vio señal alguna de que lo estuvieran siguiendo. Se quedó sin hacer nada otros veinte minutos más.

Salió una joven por la puerta de la taberna al exterior helado.

Era delgada, etérea, tenía un bonito cabello largo y rubio. E iba sola.

Hizo una pausa en la acera y hurgó en su bolso, balanceándose un poco, como si estuviera borracha. Detrick se abrochó la cremallera de la parka. En el asiento del pasajero había un sombrero vaquero que había comprado aquella mañana en una tienda para turistas en Flagstaff. Se lo puso y salió.

La nieve le picoteó el rostro. La calle estaba desierta. Nadie le estaba siguiendo. Nadie le impedía hacer nada ni estropeaba sus oportunidades, apartándole de Madison Mays, arruinándolo todo.

El sombrero era negro, y hacía juego con su parka, en contraste con la nieve. Cruzó la calle hacia la taberna. Por delante de él, la rubia inclinó la cabeza y fue dando saltitos por la acera en su dirección.

Detrick se encajó más el sombrero y miró hacia las sombras. En una calle lateral oyó ladrar a un perro y vio una furgoneta aparcada. Todo estaba oscuro.

No había tráfico ni ojos que escudriñaran. «Ahora».

Gritó y cayó de rodillas.

La mujer se puso una mano sobre los ojos.

—¿Está usted bien?

Él hacía esfuerzos para levantarse.

—Bien... —Resbaló en la acera.

La mujer corrió hacia él. No era tan joven como había pensado en un principio, pero tenía menos de treinta, seguro. Tenía las mejillas rojas por el frío. Los vaqueros muy apretados. Cuerpo de animadora de fútbol americano. La nieve se quedaba enganchada en su melena rubia, creando un halo.

Él levantó la vista hacia ella, con los ojos muy abiertos.

—Discúlpeme. Tengo una pierna ortopédica. No va muy bien para las aceras heladas.

—Ay, Dios mío... Déjeme ayudarle. —Ella se agachó a su lado. Le puso la mano en el codo. Estabilizándolo, intentó ayudarlo a soportar su propio peso.

Él le ofreció una sonrisa compungida, apoyándose lentamente en una rodilla y procurando sujetar con la mano libre la pierna que al parecer le había fallado.

—Casi estamos...

Los ojos de ella estaban muy abiertos, llenos de preocupación y curiosidad.

—¿Fue un accidente?

Él no tenía excusa alguna para llevarse las muletas de vacaciones. No era lo mismo que en Dallas, o en el patio de la universidad, donde aquella chica salió de su residencia. Así que aquella noche tenía que incrementar el ángulo de la compasión.

Poniéndose de pie torpemente, se agarró al hombro de ella, sujetándose como si pudiera volver a caerse.

—Afganistán.

—Oh. —En la cara de ella asomó la tristeza—. Gracias por su servicio.

Ella le puso una mano en el pecho para ayudarle a mantener el equilibrio, y luego le dejó que le pasara un brazo por encima de los hombros. Apoyándose pesadamente en ella, cojeando, él hizo una seña hacia el oscuro aparcamiento.

—Voy allí.

La altura y el esfuerzo que había costado a un veterano de guerra discapacitado ponerse de pie podían explicar fácilmente que respirase fuerte. La nieve, la calle, la noche, todo latía ante sus ojos. La sangre espesa y hambrienta le resonaba en el corazón, en las sienes, en las manos, ya dispuestas, enfundadas en los guantes. Aun a través de los gruesos abrigos, notaba la blandura de la chica bajo su brazo. Ella le estabilizó, mientras cruzaban la calle.

«Ahora —pensó él—. Ahora, ahora, ahora, por fin, ah, sí, menos mal, ahora».

Se acercaron al coche. Él se desabrochó la chaqueta de esquí y buscó dentro.

En la calle que cruzaba, se abrió la puerta de una furgoneta.

—Quieto.

Detrick se dio la vuelta, pasmado. De la oscuridad nevada saltó de repente una figura que había salido de la furgoneta aparcada y cargó hacia él, con la gorra muy metida en la cabeza, la parka medio desabrochada.

Un arma en la mano.

—FBI. No se mueva.

Caitlin se materializó, con la cara feroz bajo la luz de neón de la taberna, el arma levantada.

Detrick no se movió. No podía. No podía ni pensar ni respirar. Le lanzó una mirada de odio. «Esa maldita perra».

Se le soltó la lengua.

—¿Está de broma, joder?

Caitlin caminó hacia él, de lado, con el arma en la mano dispuesta y nivelada. Era una imagen enloquecedoramente excitante.

«Zorra inaguantable».

—No puede hablar en serio —dijo, en voz alta—. ¿Salgo a tomar una copa y así es como me responde?

—Las dos manos detrás de la cabeza —ordenó Caitlin.

Él negó con la cabeza. Entonces. Entonces...

La rubia se dio la vuelta y se apartó de debajo de su brazo y le retorció la mano a la espalda.

34

Caitlin se dirigió hacia Detrick atravesando el aparcamiento, con la Glock bien nivelada, poniendo el cuerpo de perfil para reducir el blanco. Bajo el letrero de la taberna, la nieve que caía se deshacía en jirones de luz. Detrick se había quedado inmóvil, medio retorcido, con los hombros inclinados, como una gárgola. Tenía los ojos en sombras, bajo el ala de un sombrero vaquero, pero su boca, que luchaba por formar una sonrisa, parecía más bien que había adoptado un rictus.

A su lado, la agente especial Arinda Sayers se libró limpiamente de su abrazo. Con la mano en la muñeca derecha de él, le retorció el brazo hacia atrás y lo empujó contra el costado de su coche de alquiler moteado por la nieve.

Él golpeó el chasis con un ruido metálico. Sin aliento, murmuró:

—Mierda.

Sayers, agente del FBI de la Agencia Residente de Flagstaff, separó de una patada los pies de Detrick a la distancia de los hombros.

—¿Me han puesto vigilancia doble? —preguntó él.

Una maldición escapó de su boca. Lo estaba entendiendo.

—¿Qué hizo, poner un localizador por GPS en mi coche de alquiler, antes de que lo recogiera en el aeropuerto? —dijo.

Sus ojos grises brillaban, llenos de asombro. Eso era precisamente lo que ella había hecho, dos veces. Porque él se había imaginado que el FBI lo haría y había intentado ser más listo que ellos solicitando un coche mejor en el último momento, en el mostrador de alquiler del aeropuerto. Pero ella había advertido a la empresa de esa posible treta, y consiguió que colocaran el localizador en el coche de sustitución.

Estiró el cuello para mirar a la agente Sayers. Llevaba la peluca rubia torcida, cayéndole encima de un ojo. Se la quitó. Detrick escupió: «Joder».

El pulso de Caitlin latía con fuerza. A pesar de la nieve y del frío intenso, se sentía acalorada, hasta las puntas de los dedos. Sacó unas esposas de detrás de su parka y se las puso en torno a las muñecas.

Sayers levantó la muñeca hasta la cara y habló a una radio.

—El sospechoso está en custodia.

—¿Qué demonios...? —dijo Detrick.

Respiraba muy fuerte, como si estuviera cerrando una compuerta, exhaló el aire y dio la sensación de que se desinflaba. La rabia abandonó su voz.

—Es un malentendido. Me he hecho daño. Usted... —le dijo a Sayers— usted me ha mentido.

—Ah, ¿sí? —Sayers le apretó el antebrazo contra la parte de atrás del cuello, sujetándolo contra el coche.

—Ha fingido que estaba borracha. Ha fingido...

Su voz se apagó y Sayers no se molestó en decir lo que faltaba. «Ha fingido que me creía».

Por la calle venían dos coches de policía, con las luces relampagueantes.

—¿Qué pierna es la ortopédica? —le preguntó Sayers.

—Bueno, ¿no se puede exagerar un poco para hacerlo más romántico? —se burló él.

—¿En qué cuerpo del ejército sirvió? ¿Cuál era su unidad en Afganistán?

—Nadie podía tomarse eso en serio...

Caitlin se guardó el arma en la funda. Su adrenalina estaba a tope. Todo parecía muy nítido y brillante.

Detrick no solo había sido pillado con las manos en la masa, sino que estaba confesando cuál era su ardid. Ella no podía evitar pensar en Aaron Gage, un auténtico veterano combatiente, y su fortaleza después de haber sufrido unas heridas terribles. Se tragó el sabor ácido que notaba en la boca y buscó en los bolsillos de los pantalones vaqueros de Detrick. Le bajó la cremallera de la chaqueta de esquí y la abrió.

—Ah —exclamó ella.

En un bolsillo interior estaba el artículo que había provocado el ruido metálico cuando Sayers lo empujó contra el coche. Era una llave para desmontar ruedas.

Las esposas que llevaba Detrick estaban en un bolsillo exterior. Caitlin las levantó. Reflejaron las luces giratorias de los coches patrulla. Dos oficiales salieron y se acercaron.

Detrick escupió:

—No saben lo que están haciendo.

Caitlin levantó las esposas.

—Le arresto por intento de secuestro.

Ya le tenía.

35

Con las luces rojas y azules parpadeando al otro lado de la carretera, Crying Call parecía iluminada por un arco y en sombras. Desde el aparcamiento de la taberna, la carretera conducía a la plaza de la ciudad. A un lado había un edificio de juzgados de piedra roja y, junto a este, la comisaría de policía y el calabozo de la ciudad. Caitlin siguió a los coches de policía de Crying Call. A la luz de los faros de la furgoneta alquilada, la parte de atrás de la cabeza de Detrick quedaba intensamente iluminada en el asiento posterior enjaulado del coche patrulla, detrás de la separación de policarbonato.

Se sentía triunfante y aliviada... y horrorizada. El coche de alquiler de Detrick estaba siendo cargado en ese momento en un camión con tráiler de plataforma para transportarlo al depósito. Dentro, ella había encontrado una placa de discapacitado colgando del espejo de atrás. Sería el artículo de atrezo que acabaría de convencer a una víctima real de que era un veterano herido: una señal que haría que las mujeres bajasen la guardia y se aproximasen al vehículo que se las llevaría a la muerte. En el coche de alquiler estaban puestas las cerraduras de seguridad para niños. Una vez dentro, la víctima ya no podría abrir la puerta.

Todo un golpe de gracia.

Pero la placa de discapacitado y el cierre de seguridad no era todo. También había encontrado una linterna de mano y una cartera con una insignia de detective de juguete. Detrick tenía preparada otra treta para usarla en el momento adecuado.

Ahora entendía cómo debió de sacar a Phoebe Canova de su coche en el paso a nivel del ferrocarril, en Solace. Esperó a que bajara la barrera. Aparcó detrás del coche de Phoebe mientras pasaba un tren de carga, bloqueando así el posible camino de escape. Dirigió hacia ella su linterna y se acercó al asiento del conductor enseñando de manera exagerada la placa falsa. Cuando Phoebe bajó la ventanilla, le pidió que saliera del coche. Y se la llevó.

La agente especial Sayers se había quedado en el aparcamiento de la taberna supervisando la retirada del coche al depósito municipal. La agente residente de Flagstaff estaba contactando con un juez que emitiera una orden de registro para la habitación de Detrick en el motel Rodeo.

A Caitlin le picaban los dedos, congelados. Por delante, en el coche patrulla, Detrick se volvía y le guiñaba los ojos por encima del hombro. Los faros volvían sus rasgos fríos.

En el calabozo, el oficial de Crying Call salió del coche y abrió la portezuela posterior del coche patrulla. Caitlin corrió hacia él, con el aliento en forma de nube en el aire helado.

—¿Puedo? —le preguntó.

El oficial se echó atrás y le tendió una mano. Su expresión era graciosa.

—Todo suyo, señora.

Caitlin hizo señas a Detrick con un gesto pequeño, despectivo. Él salió, con esfuerzo. Ella le condujo por el codo a la comisaría de policía, con los oficiales locales siguiéndola como si fueran sus caballeros de armas. Detrick estaba encorvado en la parka, captando la atmósfera: la fría luz, el baqueteado mostrador de la recepción, el linóleo barato, las paredes de ladrillo. La comisaría se había construido cuando aquella era una ciudad fronteriza.

Y ahora seguía sin ser poco más que una ciudad fronteriza.

El empleado que estaba ante el mostrador señaló hacia un pasillo. Caitlin condujo a Detrick hacia el ala de las celdas a través de una puerta con cerradura electrónica. El sargento de guardia esperaba al otro lado.

—Procéselo —dijo ella.

El equipo del FBI llegó a Crying Call cuatro horas más tarde, después de volar a Flagstaff en un avión de la agencia federal. Eran las dos de la madrugada cuando Emmerich entró por la puerta de la comisaría de policía con Rainey. El jefe de policía de Crying Call se reunió con él en el vestíbulo, alerta y serio. El intento de secuestro era un crimen estatal, no federal, de modo que su departamento estaba a cargo. Pero él ya había invitado formalmente a la UAC para que asistiera en el caso contra Detrick. Estrechó la mano de Emmerich e hizo un gesto hacia la parte trasera de la comisaría, que estaba a seis metros de la parte delantera.

Caitlin les esperaba. Emmerich se dirigió a ella. Detrás de su semblante serio, sus ojos se veían animados.

—Bien hecho.

—La agente Sayers ha sido la estrella —respondió ella—. Se merece muchas felicitaciones.

Tenía el traje arrugado, la camisa blanca algo sudada, pero su mirada era aguda.

—Anotado.

Ella asintió. Se quedó de pie un segundo más, y su expresión pareció llenarse de satisfacción. Puede que de orgullo. Él asintió a su vez.

La energía fluía por todo el organismo de Caitlin. Y el alivio.

El jefe de policía, Hank Silver, les condujo a la sección de Investigación de la comisaría. Era del tamaño de un módulo prefabricado normal. Habían trasladado a Detrick a la sala de interrogatorio. El jefe les enseñó un vídeo de una cámara de seguridad.

Esposado y aislado, Detrick parecía inquieto. Estaba sentado con los pies esposados a un aro que había en el suelo, retorciéndose en su asiento.

—¿Cómo ha reaccionado al tomarle los datos? —preguntó Emmerich.

—Como si fuera un insulto —respondió Silver.

—Bien.

—Al principio se hacía el interesante. No podía creer que a él le trataran de esa manera —explicó el comisario—. Luego se ha puesto furioso. No ha dicho nada, pero parecía que estaba a punto de estallar. Ha estado intentando contenerse ahí desde las diez.

—¿Ha dicho algo? ¿Ha pedido un abogado?

—No.

Emmerich vio el vídeo.

—Lo hará. Más pronto que tarde. Necesitamos hablar con él antes de que se recomponga y decida que ese es el camino que quiere tomar. —Su tono se volvió diplomático—. Nos gustaría llevar la voz cantante en el interrogatorio.

—Por mí bien —accedió Silver—. Ustedes iban detrás de este tipo, así que es suyo.

—Gracias.

Emmerich se volvió al equipo.

—Ya se ha cocido el tiempo suficiente. Ahora deberíamos llevar a cabo el interrogatorio.

Rainey miraba con intención la pantalla.

—Teri Drinkall.

El jefe Silver dijo:

—¿Perdón?

—Es la mujer que desapareció del aparcamiento de Dallas. Hace dos semanas que desapareció, pero sabemos que al menos a una de las víctimas la mantuvo con vida todo ese tiempo. Tenemos que averiguar si Teri sigue viva.

—¿Cree que él se lo dirá?

—Podemos intentarlo. La policía ha registrado su casa de Austin esta noche, pero está limpia.

Emmerich adoptó un aire serio.

—Las probabilidades son escasas, pero no inexistentes. Si queremos tener la oportunidad de salvar a la señora Drinkall, necesitamos que Detrick hable.

La oficina de investigación estaba helada; los muebles, rayados y baratos. Emmerich se cruzó de brazos y preguntó:

—¿Estrategia? ¿Sugerencias de cómo podemos enfocarlo?

Rainey tenía unas buenas ojeras, pero seguía con la espalda recta y llena de energía.

—Usted debe dirigir el interrogatorio.

—¿Por qué?

—Porque Detrick es un narcisista que quiere impresionar al tipo que dirige todo el cotarro. Su personalidad está organizada en torno a ganar y mantener el poder. El control omnipotente es la fuente de todo su placer y dolor. Querrá que el agente especial a cargo Emmerich admire su audacia.

—De acuerdo. —Emmerich lo pensó—. Él se ve a sí mismo como el amo de todos los juegos. Va a querer hablar con figuras de autoridad, como si estuviera al mismo nivel. Si puedo convencerle de que estamos llevando esta investigación con él, colegialmente..., todos juntos, aunque no exactamente desde la misma perspectiva, quizá hable conmigo como un colega.

El jefe sacudió la cabeza.

—Estará bromeando...

—He visto que pasa muchas veces. Le damos el tiempo suficiente y le convencemos de que estamos tan fascinados por esos crímenes como él, y quizá acabe rompiéndose y discutiendo el caso con todo detalle.

—Como Rader —dijo Rainey. Y a Silver le explicó—: Dennis Rader, el asesino ATM, esto es, que ataba, torturaba y mataba..., cuando finalmente lo capturaron, confesó largo y tendido a los oficiales que le arrestaron. Dijo que siempre había pensado que, cuando le capturasen, él se sentaría con el detective jefe, con una taza de café, y discutirían el caso.

—Supongo que estaba equivocado —dijo Silver.

—Como descubrió después de confesar diez asesinatos.

Caitlin tenía las manos metidas en los bolsillos. Detrick no era Rader. Detrick sabía que había sido sospechoso y pensaba que había sido más listo que ellos. La idea de Emmerich era buena, pero Detrick sería duro de pelar.

Emmerich se volvió hacia el vídeo.

—Detrick cree de manera implícita en su habilidad para manipular a las mujeres. Quiero volver eso mismo contra él. —Levantó la vista—. Hendrix. Usted vendrá conmigo.

Caitlin no pudo ocultar su sorpresa. Era su oportunidad. Algo que quería. Y quería oír los razonamientos de Emmerich.

—¿Señor?

—Rainey es mayor que Detrick.

Rainey levantó una ceja, queriendo ver adónde iba a parar.

Se volvió hacia ella y extendió las manos, suavizando su tono.

—Y no sabemos lo suficiente de su relación con su madre para saber si la contemplaría como una Madonna o como a *Queridísima mamá*.

—Bien pensado —dijo Rainey.

—Pero se siente atraído por Caitlin. —Emmerich hizo una pausa, mirándola con franqueza.

Todos la miraron. Extrañamente, no se sintió rara.

—Puede usar eso para volver las tornas contra él —explicó Emmerich.

Caitlin se quedó pensativa.

—Así que, para él, ¿qué soy?, ¿una virgen o una puta?

—Quizá la Bella Durmiente. Veremos hacia dónde tira, y nosotros le pondremos la zancadilla.

Salieron al pasillo. La sala de interrogatorios tenía un letrero laminado que decía: SIN ARMAS. El jefe Silver miró por una mirilla y abrió la puerta con el llavero que llevaba colgando.

Dirigió un sobrio movimiento de cabeza a Emmerich y abrió.

Caitlin y Emmerich entraron. El jefe les siguió.

Ante una mesa de conglomerado, Kyle Detrick estaba sentado en una silla de plástico muy desgastada. Tenía los ojos rojos por la fatiga. Su elegante chaqueta de esquí de forro polar olía a sudor. Bajo las sibilantes luces fluorescentes, su tez parecía oscura, con los ángulos muy agudos.

Emmerich dejó un expediente marrón del FBI en la mesa. Las paredes de la pequeña sala amortiguaron el sonido.

Se volvió a Silver.

—No creo que necesitemos las esposas.

El jefe se pasó la lengua por el interior de la mejilla.

Al otro lado de la descascarillada mesa, Detrick levantó la barbilla. Parecía seguro y satisfecho de sí mismo.

Parecía que Silver lo que quería de verdad era darle una patada en los huevos.

—No, le superamos mucho en número. Levante las manos.

Detrick levantó las muñecas y el jefe le quitó las esposas.

—Llamen cuando hayan terminado. —Silver salió y cerró la puerta, que se bloqueó con un duro chasquido.

Detrick estiró los dedos y se frotó las muñecas. Emmerich se quitó la chaqueta del traje, la puso en torno al respaldo de una de las sillas y se remangó la camisa.

—Traer a un equipo del FBI a una ciudad de montaña en medio de la noche... Ha conseguido una gran hazaña, señor Detrick.

Emmerich se sentó. Caitlin cogió la silla que tenía al lado. Detrick se negó a mirarla.

Emmerich descansó las manos encima del expediente. El sello del FBI era muy aparente.

—¿Sabe por qué está aquí?

Detrick se echó atrás en la silla. No podía moverse más: aunque tenía las manos libres, los pies seguían esposados al aro del suelo.

—A alguien se le pone dura conmigo.

Sonrió e inclinó la cabeza hacia Caitlin, modestamente.

—¿Por qué cree usted eso? —dijo Emmerich.

—Me siento insultado, y no poco sorprendido, por la forma en que se me ha tratado. Ellos lo han llamado «procesar». Como un toro al que llevan al matadero. Me han hecho fotos, me han tomado las huellas digitales... y me han pasado un algodón por el interior de la boca.

Emmerich seguía impasible.

—Es para recoger saliva y células epiteliales, para tener una muestra de ADN.

—Todos hemos visto CSI —dijo Detrick.

Pero oír que iban a analizar su ADN parecía ponerle muy nervioso. Sus ojos adquirieron un tono cauteloso. Caitlin pensó: «Sabe con toda seguridad que ha dejado ADN en alguna de las escenas de los crímenes».

Emmerich sacó una hoja de papel del expediente. El informe del arresto.

—Un desmontador de ruedas, unas esposas...

Detrick se movió. Volvió su sonrisa boba.

—Era tarde. Vinimos en avión, así que no podía llevar un arma de fuego de manera legal.

—¿Normalmente lleva un arma de fuego? —preguntó Emmerich.

—No. Lo que quiero decir es que no sé si me siento más divertido u ofendido de que realmente me arrestaran por hacer una broma.

—¿Lo del veterano herido?

—¿Eso es lo que le dijo su agente cebo?

—¿Cebo?

—La falsa rubia. El cebo. Ya sabe... Lo que usan los predadores para atrapar a alguien.

—Usted tenía un arma en su posesión y esposas. Llevaba todo un equipo de secuestro.

Detrick negó con la cabeza, con aire indignado.

—Es un juego.

—¿Y la placa de discapacitado?

Detrick se encogió de hombros.

—A las chicas les gustan los tíos que cojean. No hay leyes contra el cuento del pajarito herido.

—¿Es usted un pavo real? —preguntó Emmerich.

—¿Qué quiere que le diga?

—Las cerraduras para niños en el coche estaban activadas.

—He venido de vacaciones con una niña de seis años. —Extendió las manos como si fuera obvio.

—Hablaremos con Emma —dijo Emmerich—. ¿Qué pensaba hacer con la joven a quien se estaba llevando hacia su coche?

—No me la llevaba a ningún sitio. Nos íbamos de fiesta.

Emmerich asintió, como si estuviera haciéndose cargo de aquello.

—¿Por qué cree que nos hemos interesado por usted desde un principio?

—Ni idea.

La expresión de Emmerich era de preocupación y curiosidad.

—¿De verdad?

Detrick hizo una pausa, calibrando la sinceridad de Emmerich.

—Hay alguien que no me quiere bien. Eso es lo único que sé. Envidia profesional, quizá alguien a quien me haya adelantado en un trato.

—¿Y quién podría ser?

—Podría ser cualquiera.

Miró a Caitlin. Ella le devolvió la mirada.

Detrick se volvió hacia Emmerich.

—Ustedes, chicos, son realmente unos exagerados, ¿saben?

—Somos el FBI —dijo Emmerich.

—No he hecho nada ilegal —protestó Detrick—. Tienen que darse cuenta. He venido aquí para salir de casa unos días, he traído a mi novia y a su hija, pero la verdad es que, después de una semana, lo único que quiere hacer la niña es ver películas de Disney y beber limonada. Me sentía enclaustrado. Solamente quería desahogarme un poco. —Volvió su sonrisa—. Lo entienden, ¿verdad?

Haciéndose el amiguete de Emmerich: Caitlin tenía que admitir que le sorprendía que el perfil encajase tan bien en Detrick.

—Usted quería correrse una buena juerga —dijo Emmerich.

Detrick se encogió de hombros y esbozó una sonrisa infantil.

—Sábado por la noche. No se puede culpar a un tipo por intentarlo.

Caitlin se echó hacia atrás, pensando: «¿Es esto lo que le dijiste a Teri Drinkall justo antes de darle un golpe en la cabeza?».

Detrick suspiró y al final la miró.

—No quiero que parezca que me burlo, pero venga...

Ella inclinó la cabeza, como si estuviera perpleja, e incluso apenada.

—¿Cree que he sido demasiado dura con usted?

—Es como una gata salvaje.

Caitlin no reaccionó.

Detrick lo tomó como un estímulo.

—Es usted una jugadora, eso lo reconozco. Quienquiera que la puso a seguirme debía de tener algún motivo más allá. E incluso creo que estaba éticamente obligada a hacer este seguimiento. Pero, Dios mío, debajo de esa pistolera se esconde un demonio...

El calor inundó el pecho de Caitlin. Era una mezcla de sorpresa y emoción. Él pensaba que podía ponerla nerviosa con insultos que tenían un trasfondo de insinuación sexual.

—Esas acusaciones son absurdas —dijo Detrick—. Y usted lo sabe. Veo que quiere que esté aquí sentado y sude, pero ambos sabemos que estamos bailando. ¿Verdad?

—¿Qué clase de baile cree usted que está haciendo?

Caitlin dejó que una leve curiosidad tiñera su expresión. Él estaba intentando seducirla para que abandonara las acusaciones. Realmente pensaba que podía arreglárselas y conseguir atraerla.

Había visto a algunos hombres intentar antes aquella estrategia: chicos de fraternidades a los que había parado por correr demasiado; borrachos en un banco del parque, que pensaban que balbuciendo un «Eh, nena» la convencerían a ella y a otras corredoras de que les dieran un beso. Pero nunca había visto nada semejante en un hombre que se enfrentaba a acusaciones de un delito grave.

Detrick le estaba dedicando su sonrisa de donjuán.

La atracción sexual que sentía hacia ella era tan descarada, y su sonrisa era tan confiada y hambrienta, que una fría sensación de fatalidad la invadió. Veía el instinto que tenía él para manipular y jugar con la gente. Veía cómo lo había usado en la línea de crisis, en la llamada que ella le hizo. Se le hizo un nudo en el estómago.

Emmerich repasó el expediente.

—Usted sabe que esto es algo más que un simple intento de secuestro.

Detrick se echó atrás y se pasó una mano por el pelo oscuro.

—Ya sé lo que ustedes piensan.

Emmerich leyó una nota del expediente.

—Teri Drinkall. ¿Dónde está?

—Ni idea, no sé quién es.

Emmerich levantó la mirada.

—Por favor.

Kyle levantó las manos como diciendo: «Vale, me ha cogido».

—No voy a confesar nada. Lo sabe perfectamente.

—Seis mujeres, seis desapariciones. Tan hábil, tan pulido todo. Requirió una planificación exquisita. —Emmerich lo valoró—. Debo admitirlo, esos crímenes requerían mucho atrevimiento.

Los ojos de Detrick relampaguearon.

—Quienquiera que lo hizo es un prodigio.

Emmerich asintió, pensativo. Su larga pausa significaba que le cedía la iniciativa a Caitlin.

Ella esperó un momento. Necesitaba que Detrick creyera que estaba por encima de ella. Quería que se viera como un igual de Emmerich, pero que quisiera aplastarla... delante de su jefe.

En voz baja, pensativa, le preguntó:

—¿Y quién cree que lo hizo?

Detrick se burló.

—¿Quiere mi opinión?

—Sí.

—Ha jugado sucio conmigo desde el principio. ¿Y ahora quiere mi ayuda?

—Usted estudió psicología. Está entrenado para hablar con las personas en sus momentos más extremos y oscuros..., incluyendo personas que amenazan con actos violentos. Sí, creo que puede proporcionar ayuda para comprender la mente del asesino.

Él la miró escéptico.

Caitlin continuó:

—Los camisones blancos. ¿Qué cree que simbolizan?

Detrick no se movió, pero su atención se centró en ella. Su voz sonó baja, como la de ella.

—¿Quiere que yo le diga que simboliza la pureza?

Ella le sostuvo la mirada. Él respiró, una y otra vez, y dijo:

—Ese tipo no va de eso.

El pulso de ella se aceleró.

—Estudie la psicología de los cuentos de hadas —dijo Detrick—. La doncella representa la inocencia, sí..., pero también la ingenuidad. Y eso la pone en aprietos.

—Blancanieves comiéndose la manzana envenenada...

—Se lo tragan cada vez.

Caitlin oyó: «Se lo han ganado ellas mismas».

—Pero la doncella también representa el deseo. Y por eso el héroe sale a rescatarla. —Ella se inclinó hacia él—. Hábleme del teléfono de los suicidas.

Él la miró de arriba abajo. La calidez volvió a su voz. Más que seductora, esta empezaba a ser conmovedora.

—Usted estuvo muy cerca, ¿verdad? —dijo él.

Durante un terrible segundo, ella pensó que sabía que le había llamado por la línea de crisis. Luchó para mantener la cara impasible. Pero sabía que las microexpresiones no se pueden ocultar.

Entonces se dio cuenta de algo peor: Detrick no sabía que ella le había llamado por la línea de crisis. No tenía ni idea. No reconocía su voz de la llamada; no estaba poniéndole un cebo para que ella confesara.

Intuitivamente, Detrick había encontrado su debilidad.

Ella no podía exponer sus partes más sensibles ante Detrick. Él ya había tenido un atisbo. Debía mantener la opacidad. Intentó cerrarse. Temía que, si hablaba, el mínimo temblor de su voz le daría a él otra oportunidad. Pero no podía quedarse allí sentada como si fuera de cera. Y tampoco podía dejar que Emmerich pensara que tenía algo que ocultar, cosa que en realidad era cierta.

—¿Quiere decir que estuve cerca de representar a la doncella?

—No. Usted está obsesionada con mi trabajo voluntario desde que se lo mencioné. Como si ofrecer una mano a la gente que se está ahogando fuera algo sospechoso —dijo Detrick—. Eso me fascina.

—Ah, ¿sí?

Ella quería soltar sedal, dejar que mordiera el anzuelo. Pero veía exactamente lo diestro que era él al introducirse sigilosamente más allá de las defensas emocionales. Él iba pinchando, intentando sacarle a ella su historia, buscando puntos débiles, tratando, por el contrario, de hundir el anzuelo en ella.

—Mi pastor es de los que insta a la congregación a ofrecerse como voluntarios con los necesitados. Es una suerte que mis conocimientos de psicología me convirtieran en la persona ideal para el trabajo en la línea de crisis.

—La ideación suicida de los crímenes de Solace tiene ecos muy inquietantes para mí —dijo ella.

—¿Qué cree?

—Las polaroids de las otras víctimas del asesino indican que está poseído por fantasías de suicidio. ¿Qué le parece eso?

—Tiene usted las mejillas rojas —le soltó él.

—¿Cree que las personas que llaman al teléfono de crisis son ingenuas?

—No habría usado un arma de fuego. Es usted una chica dura, pero es un sistema demasiado sucio, incluso para usted —le respondió él.

—¿Qué les dice a las mujeres que sufren?

—Pastillas, quizá.

Poder. Eso era. Eso era lo que le encantaba. Caitlin lo veía: el brillo en sus ojos grises, la forma en que se humedecía los labios, el color de su bello rostro... Un poder que le hiciera sentir. Podía sacar a las personas hasta un lugar seguro, o darles una patada y mandarlas al abismo con una respuesta pronunciada con crueldad. Las tenía en sus manos. Euforia y rabia. Héroe y destructor. Era ambas cosas. Era Dios.

Detrick se inclinó hacia delante, apoyado en los codos.

—Lo pasó mal, ¿verdad?

—¿Así es como trata a las personas que llaman a la línea de crisis...? ¿Les lanza acusaciones? ¿Sabe usted realmente algo sobre las vidas emocionales de las mujeres jóvenes? —Ella parecía pensativa—. Como voluntario en una línea de crisis, se supone que se le da bien escuchar. Pero ¿tiene usted alguna idea de cómo distinguir la desesperación real de un brote pasajero de tristeza? ¿Cree usted que puede descifrar mis secretos más oscuros? ¿Quiere que diga que intenté quitarme la vida? ¿Hace mucho tiempo, después de una ruptura, llorando en la habitación de mi residencia de estudiantes, escuchando a Death Cab for Cutie? —Consiguió sonreír—. Hace mucho tiempo estuve triste. Y se me pasó.

Él juntó los dedos.

—La pulsión nunca desaparece. Nunca.

Caitlin puso cara de póquer. El calor de su pecho se había vuelto cáustico.

Detrick no quería ayudar a la gente angustiada que llamaba a la línea de crisis. Lo que quería era controlarla.

—No sé nada de las víctimas del asesino. Pero, por la forma en que está hablando, ellas nunca lo vieron venir —dijo en voz baja.

«Mentiroso». Ella quería gritárselo.

Detrick lo sabía. Todas lo habían visto venir, aunque solo fuera durante una fracción de segundo. Eso era lo que él quería, por encima de todo.

—No —replicó Caitlin—. Ellas se vieron traicionadas. Usted les robó la vida.

—Eso es un cuento que se ha inventado usted. —Detrick se echó atrás, sonriendo con satisfacción—. Quiero un abogado.

Aquello era el punto final. Un momento después, Emmerich y Caitlin se pusieron de pie.

Detrick se inclinó de nuevo hacia ella, sonriendo con truculencia.

—Me voy a ir de aquí completamente libre. Voy a salir de aquí bailando, con una sonrisa y un gesto de adiós, y usted se lo tendrá que tragar.

36

Crying Call era la capital del condado; el lunes por la mañana, el tribunal del condado de la ciudad amaneció dominante bajo un cielo de un azul intenso, con sus ladrillos rojos contra la nieve de un blanco cegador de las montañas de alrededor. Caitlin y sus colegas entraron a las once menos cuarto para la comparecencia de Detrick ante el juez.

Caitlin estaba en plena resaca de adrenalina por el arresto e interrogatorio del hombre. Subió a saltos los escalones del tribunal, por delante de Emmerich y Rainey, y abrió la puerta como si quisiera arrancarla de sus goznes al estilo de Hulk.

—Ya sé que estás furiosa por la forma que tuvo Detrick de terminar la entrevista —dijo Rainey—, pero tranquilízate...

Entraron. Caitlin le lanzó una mirada.

—Jugó con nosotros.

—Está en la cárcel y estamos a punto de ver cómo se declara, y luego lo llevarán de vuelta a la celda de inmediato. Y eso ya es una victoria.

—Cierto —dijo Caitlin menos furiosa.

Caminaron deprisa a lo largo del pasillo hacia la sala del tribunal. Sus tacones iban resonando en el pulido suelo de baldosas.

—Sería estupendo ver que lo llevan a su celda con un pincho para el ganado metido por el culo. —Al momento, Caitlin levantó una mano—. Es broma.

—No, no es broma. —Pero la mirada de Rainey era divertida—. Lo hiciste muy bien, lo del interrogatorio.

—No confesó nada.

—Ah, ¿no? —dijo Emmerich.

Cuando Detrick pidió un abogado, salieron de la sala de interrogatorios. Emmerich mantenía una calma muy zen.

«Primer movimiento de un juego largo —le dijo—. Buen trabajo».

Pero Caitlin estaba indignada. Más de un día después, seguía estándolo. La impaciencia era uno de sus defectos.

«Tranquila», pensó.

Sabía intelectualmente que el interrogatorio había sido productivo. Pero no era eso lo que la estaba devorando.

La sonrisa de Detrick parecía seguirla a todas partes, incluso cuando cerraba los ojos. Y él lo sabía. Tenía la intuición de que ella había intentado suicidarse hacía muchos años. Tenía la sensación de que ese era su mayor temor. Esperaba que ella volviese a él, que pudieran discutirlo, atraerla hacia el anhelo, el deseo, el manto espeso de la depresión y las ganas de «acabar con todo».

Caitlin habló con los dientes apretados.

—Obliga a chicas jóvenes a morir contemplando cómo les sale la sangre de las venas. Las usa como sustitutos para lo que sea que le jodió en un principio. Me repugna.

Rainey dijo:

—Concéntrate en el cómo. No intentes imaginar el porqué. No le curarás, ni evitarás que otros se conviertan en él.

—Ya lo sé.

Emmerich se alisó la corbata.

—Estamos aquí para procurar que permanezca entre rejas. Queremos que nuestra presencia añada peso a la petición del fiscal de una fianza máxima.

Doblaron una esquina. La luz de la mañana caía a través de

una alta ventana al final del pasillo, y les daba en los ojos. La puerta de la sala del tribunal estaba delante.

Emmerich bajó el ritmo.

—¿Caitlin? Un minuto, por favor —le dijo a Rainey—. Enseguida entramos.

Rainey saludó brevemente y siguió por el pasillo. Emmerich se acercó a la ventana. Caitlin pensó: «Ay, ay».

Él mantenía la expresión completamente neutra.

—Será mejor que me lo cuente todo.

La cara de póquer no funcionaba con Emmerich. Ella sabía que se había puesto roja como un tomate.

—Es una historia antigua. No tiene importancia. Yo...

—No en este preciso momento. Pero Detrick ha conseguido metérsele dentro. Cuando tengamos más tiempo, quiero saber qué es lo que le afecta. Para que pueda idear una estrategia para desviarlo.

—Sí, señor.

Él le mantuvo la mirada un segundo. Caitlin asintió, tensa. Después de una pausa muy cargada, Emmerich se dirigió hacia la sala del tribunal.

Sujetó la puerta pesada de madera para que ella pasara. Dentro, la sala estaba llena. Tomaron asiento en unos bancos como los de una iglesia, junto a Rainey y la agente especial Arinda Sayers, que había ido en coche desde Flagstaff.

Los periodistas llenaban la mitad trasera de la galería destinada a los espectadores. Un defensor público estaba sentado a la mesa de la defensa, con una pila de expedientes de un palmo de alto. El fiscal del condado, que ejercía la acusación, entró con un pesado maletín en la mano. Estaba bronceado y parecía que le gustaba pasar las horas al aire libre, arrojando pacas de heno desde la parte trasera de una camioneta abierta. Estrechó la mano de los oficiales de policía de la sala y luego del grupo del FBI. Entró el relator del tribunal.

El ujier entró desde el despacho del juez y dijo:

—Pónganse de pie.

Todos se levantaron y entró el juez, con la toga aleteante, y supervisó la sala repleta con cara pétrea. Se sentaron.

Las puertas se abrieron y trajeron a los presos de aquella mañana. La multitud se agitó. Los presos iban esposados juntos, vestidos con trajes de color naranja holgados. Pasaron arrastrando los pies por el pasillo, escoltados por unos ayudantes uniformados del sheriff.

La gente se levantó de sus asientos. Los periodistas escribían. Un artista empezó a hacer frenéticos esbozos.

Kyle Detrick iba en el centro de la línea andando a saltitos, como un príncipe playboy atrapado en la clase turista en un vuelo de largo recorrido. Tenía los hombros caídos, las manos esposadas juntas y delante. Parecía muy hastiado y como si estuviera por encima de todo aquello.

Las mujeres de la galería, y unos cuantos hombres, juntaron las cabezas murmurando con emoción. Caitlin oyó susurrar a alguien: «Dios mío, es guapísimo».

El juez dio un golpe con su maza.

—Silencio en la sala. No permitiré irrupciones, ni comentarios, ni charlas en la galería, o si no, los expulsaré a todos.

Las mujeres que estaban detrás de Caitlin callaron, pero las oía removerse en el banco, estirándose para ver mejor a Detrick.

Aquello iba a ser un circo.

El momento de Detrick bajo los focos duró dos minutos. Pronunciaron su nombre. El alguacil le quitó las esposas de la cadena de presos. Él fue saltando a través de la puerta, con una desdeñosa mirada a su joven defensor público, y se quedó de pie ante la mesa de la defensa como un profeta asediado por unos idiotas insignificantes.

El actuario leyó el número de caso. El juez preguntó cómo se declaraba. Detrick levantó la barbilla y dijo, con lentitud y firmeza:

—Completa y absolutamente no culpable.

Risitas ahogadas y alboroto. Rainey murmuró:

—Dios, ten piedad de nosotros, se cree que es O. J. Simpson.

El juez golpeó de nuevo con su mazo.

El fiscal pidió el máximo de fianza. El defensor nombrado por el tribunal no consiguió ir a ninguna parte argumentando en contra. Detrick bajó la cabeza y la meneó tristemente. Caitlin se preguntó por qué no habría contratado a un abogado propio. ¿No tenía suficiente dinero? ¿O pensaba que todo aquello era un juego y que el abogado no importaba?

Miró a su alrededor. No vio a Emma Lane en la galería. Pero sí que vio claramente a las demás mujeres del público, con los ojos muy abiertos. Vio su fascinación y su emoción, y cambió de opinión. El arresto de Detrick no iba a ser un circo. Iba a ser un espectáculo.

El juez lo citó para una audiencia preliminar.

El alguacil se acercó, le cogió el codo, lo sacó de la mesa de defensa y lo devolvió a la cadena de presos. En ese momento, Detrick tuvo una visión panorámica de la multitud. Las mujeres, los periodistas, el calor, el frenesí apenas contenido.

Consiguió mantener la cara neutra, pero su postura pareció cambiar. Desde el asiento de Caitlin parecía que realmente había crecido.

Su mirada aterrizó sobre ella. No pudo interpretarla, pero notó la frialdad que emanaba de él como si la hubieran arrojado a un ventisquero.

El alguacil le obligó a sentarse y lo esposó. Emmerich se quedó de pie. Sacó a los otros agentes de la sala del tribunal.

Un equipo de televisión esperaba en el pasillo. Caitlin vaciló un momento, cogida con la guardia baja, pero Emmerich siguió adelante. Cuando un corresponsal nacional le puso un micrófono ante la cara, Emmerich dijo:

—El Departamento de Policía de Crying Call hará una declaración pronto.

Caitlin le siguió fuera del juzgado y se dirigieron a un monovolumen del FBI. Cuando entraron, ella dejó escapar un suspiro audible.

Emmerich dijo:

—Abróchese el cinturón. Esto no ha hecho más que empezar.

37

Emmerich y Rainey volaron de vuelta a Virginia el lunes por la tarde mientras que Caitlin se quedó un día más para hablar con la policía de Crying Call y la oficina del fiscal. En Flagstaff, la agente especial Sayers había ejecutado una orden de registro de la habitación del motel de Detrick e intentó entrevistar a Emma Lane. No encontró nada probatorio en la habitación. Emma se negó a hablar.

El martes por la mañana, Caitlin fue a Phoenix a coger su vuelo a Washington. Planeaba volver a Arizona al cabo de un par de semanas para la audiencia preliminar de Detrick.

El día era cristalino. De camino al aeropuerto de Phoenix dio un rodeo y se presentó en las oficinas de Crandall McGill.

Encontró a Lia Fox detrás del mostrador de recepción, con su pelo negro, del color de una pantalla de televisión estropeada, de un par de centímetros de largo.

Lia casi se cae de la silla.

—Le he dejado mensajes. Ha estado en Crying Call. Dios mío. ¿Qué narices está pasando?

—Quería hablar con usted en persona —dijo Caitlin.

Lia miró por encima del hombro de Caitlin al aparcamiento de fuera.

—¿Ha venido sola? ¿La han seguido?

—¿Quién?

—Alguien. Sus amigos. Los medios de comunicación.

Caitlin no podía creer que Lia estuviese siempre tan aturdida y nerviosa. Ni siquiera en los parqués de Wall Street, donde los corredores de bolsa funcionan a base de cocaína, la gente está tan aturdida y nerviosa.

—Nadie me ha seguido. He venido a darle las gracias.

—¿Las gracias? —Lia hablaba con un susurro teatral—. Yo le pedí que mantuviera mi identidad en secreto.

—Y eso he hecho.

Lia guiñó los ojos.

La primera vez que habló con ella, Caitlin tuvo la certeza de que Lia estaba ocultando algo. Eso no la disuadía.

Suavizó su expresión. Dulcemente dijo:

—Estoy aquí para expresarle mi agradecimiento. Su información ha sido vital para conducirnos al arresto de Kyle Detrick. Pero estoy preocupada... Algo la inquieta. Detrick está entre rejas. Eso debería tranquilizarla, pero no es así. Por favor, cuénteme...

Lia apretó los labios con mucha fuerza. Sus ojos eran tan oscuros como el pelo, y las pupilas estaban dilatadas. Mirarlas era como mirar a la nada. Volvió a echar un vistazo al aparcamiento y con una seña indicó a Caitlin una sala de recreo.

Cerró la puerta tras ella y cruzó los brazos.

—¿Qué demonios ocurrió después de que la telefoneara en Texas? Le di el nombre de Aaron, pero el que está encerrado en Crying Call es Kyle...

Caitlin se sentó a una mesa y sacó una silla para Lia.

—Siéntese.

Lia cayó en la silla.

—Está usted segura de que es Kyle Detrick. No Aaron.

—Al cien por cien. No puede ser Aaron.

Caitlin le contó lo que le había ocurrido a Gage en Afganistán. Lia se tapó la boca con la mano.

—Pero Kyle...

—Le he arrestado —dijo Caitlin— cuando estaba intentando secuestrar a una mujer.

—Ay, Dios mío...

Caitlin le contó los detalles. Lia escuchó con los labios entreabiertos, meneando la cabeza.

—No le dijo a Aaron el nombre que uso ahora. Dígame que no se lo dijo. Ni a Kyle.

—No. Detrick no sabe ni siquiera que usted ha estado en contacto con el FBI —dijo Caitlin—. ¿Puedo preguntarle por qué no llamó a la policía cuando lo del acoso? El motivo real, quiero decir. No me importa lo que hiciera. Simplemente, quiero rellenar los huecos.

Lia se quedó callada unos segundos, con los hombros abatidos. Luego pareció decidirse. «Que se jodan».

—Vivía con otros estudiantes mayores. Teníamos un dispensario en nuestro apartamento.

Caitlin asintió, despacio.

—¿Marihuana? ¿Adderall?

—Y Xanax.

Farmacia recreativa... Sí, ese sería un buen motivo para evitar que la policía fuera a husmear.

—¿Cuándo se cambió el nombre?

—Después del incendio y de la ruptura, me fui de Rampart y de Houston. Toda mi experiencia universitaria fue horrible. Quería empezar de nuevo. Y quería alejarme lo más posible de Aaron.

Caitlin asintió, animándola.

—Dejé de responder por Dahlia. O Dahli. Me parecía un apodo enfermizo. No quería volver a oírlo nunca más. El apellido Fox lo adopté años más tarde, cuando me casé.

Caitlin miró el dedo anular de la mujer.

—Solo duró dieciocho meses. Pero me quedé el nombre. —Se encogió de hombros.

Caitlin le hizo señas de que siguiera hablando.

—Hay algo más que la preocupa.

El pie de Lia empezó a temblar. Cerró los ojos y sacudió la cabeza con fuerza. Desde el pasillo se aproximaban unas voces. Lia dio un salto y cerró la puerta. El pomo traqueteó.

Ella dijo:

—Limpieza. Vuelvan más tarde.

Caitlin se puso de pie y se acercó a ella.

—¿Qué ocurre?

Lia meneó la cabeza.

—Si está asustada, déjeme ayudarla —dijo Caitlin.

Lia volvió a la mesa y se dejó caer de nuevo en la silla. Caitlin se sentó a su lado, le cogió la mano y la apretó.

Lia asintió.

—Es que... todo está del revés.

Caitlin le apretó la mano con fuerza.

—Por favor, dígamelo.

—Extraoficialmente. No puede incluir nada de esto en su informe. Bien. Engañé a Aaron con Kyle.

Caitlin mantuvo la expresión compasiva. Pensó: «Bueno, qué desagradable sorpresa por parte de Lia, en este momento».

—Estoy volviendo a pensar en todo aquello. En aquella noche. —Los ojos negros de Lia miraron a Caitlin—. No creo que fuera Aaron el que causó el fuego. Creo que él se desmayó. Creo que fue Kyle.

—¿Por qué?

Era una pieza del rompecabezas que encajaba perfectamente en el perfil de un sádico sexual psicópata, y a Caitlin intuitivamente le parecía que era correcto, pero necesitaba escuchar la explicación de Lia.

—Kyle fue el que me despertó y me sacó del apartamento. —Su expresión era de horror—. Creo que intentó matar a Aaron y rescatarme a mí.

Héroe y destructor.

Caitlin se agarró a la mano de Lia. Lia miraba al suelo.

—Lo hizo para recuperarme —dijo.

—¿El fuego ocurrió después de que usted se acostara con Detrick?

Lia echó la cabeza atrás.

—Estúpida. Acostarme con él fue una estupidez.

—Después de que se quemara el apartamento, usted rompió con Aaron pero no volvió a aceptar los coqueteos de Kyle.

Lia la miró.

—Exactamente.

Una imagen más clara del desastre de la universidad tomó forma en la mente de Caitlin. Lia había engañado a Aaron Gage con su guapo y cuidado compañero de habitación, Kyle Detrick. Pero luego había roto con él.

De modo que Detrick provocó un incendio y condujo a Lia a la seguridad. Aaron Gage tuvo suerte de poder despertarse y levantarse, en lugar de morir en el fuego. Aaron habría sido un daño colateral, no el objetivo, aunque habría estado igual de muerto. Pero ser rescatada por sir Kyle no había vuelto a inflamar el deseo de Lia por Detrick. Al contrario, él sufrió su rechazo.

Lia se rascó los brazos.

—Creo que pudo ser Kyle el que me acosó después.

—Supongo que es una deducción legítima.

—Mató a mi gato. —Ella se incorporó—. Luego se fue y empezó a matar a mujeres.

—Sí.

—Dios mío.

Alguien llamó a la puerta.

—¿Todo bien ahí dentro?

—Un minuto. Solo un minuto. —Lia casi gritó.

Caitlin se puso de pie.

—Esto podría ser importante. ¿Habló alguna vez Kyle de suicidio?

El pecho de Lia subió y bajó.

—¿El juego, quiere decir?

—¿Qué juego?

—A él le gustaba que yo me tumbara y me quedara quieta, y que fingiera que había intentado matarme. Que fingiera que me había metido una sobredosis, o me había pegado un tiro, o me había cortado las muñecas. —La cara de Lia estaba pálida—. Entonces él venía y me encontraba. Y me devolvía a la vida.

—¿Y a él le gustaba eso? —preguntó Caitlin.

—Sí. En realidad, no parecía disfrutar del sexo, en absoluto. Siempre parecía frustrarle.

Volvieron a llamar a la puerta. Lia miró hacia allí, ansiosa.

—Es todo. No puedo decirle más.

Caitlin le tendió su tarjeta a Lia.

—Si cambia de idea..., acerca de cualquier cosa, por pequeña que sea, o si quiere hablar..., por favor, llámeme.

Lia asintió, frunció los labios, evitó sus ojos. Abrió la puerta de la sala de descanso y acompañó a Caitlin al exterior.

Fuera, en la acera, Caitlin se puso las Ray-Ban. «Paciencia». La voz de Emmerich, la voz de su padre, sonaban al mismo tiempo: el interrogatorio no es un proceso de un solo paso. Hay que darle tiempo.

Y Detrick estaba encerrado.

Por ahora.

38

La sala de llegadas en Dulles estaba atestada, hacía calor y había mucho ruido. El techo bajo y el flujo constante de gente creaban una escena abigarrada. Caitlin se puso de pie junto a una columna, con el chaquetón abrochado hasta el cuello, los labios secos, los nervios a flor de piel. A su lado estaba Shadow, con las grandes orejas levantadas, moviendo la cabeza de un lado a otro ante la maravilla de tantos cuerpos poco familiares, tanta conmoción, tantos olores locos y nuevos. La perra se levantó sobre las patas traseras, delgadas y negras, y las garras blancas, deseando echar a correr. Caitlin tensó la correa.

—Siéntate, chica.

Shadow bajó el rabo hasta el suelo de baldosas, pero parecía una corredora dispuesta para salir corriendo desde los tacos. Caitlin tenía la misma sensación. En las pantallas que tenía encima de ella, veía que el vuelo de San Francisco estaba desembarcando.

Había vuelto cuatro días, y apenas se había puesto al día con el trabajo, y ya había reservado el vuelo de vuelta a Arizona para la audiencia preliminar de Detrick. Pero ese fin de semana entero, los dos días siguientes, eran suyos.

Y de Sean.

Casi saltó al verlo pasar por las puertas y dirigirse hacia ella. Sonreía tanto que le dolía la cara. Shadow captó su emoción y abandonó todo fingimiento de obediencia. Se puso de pie, con la cabeza inclinada hacia Caitlin, y entonces lo vio también. Empezó a mover el rabo como un espantamoscas.

Andaba con ese paso lento típico suyo y llevaba una bolsa de deporte al hombro. El pelo recién cortado, los ojos castaños examinando a la multitud como si buscara alguna amenaza, hasta que la vio, y todas sus defensas, su reticencia, cedieron a la sonrisa que podía desarmarla en un abrir y cerrar de ojos. Ella quería hacerse la coqueta, actuar deliberadamente como si siempre anduviera paseando entre cintas transportadoras de equipajes en borrascosos días invernales, pero lo que hizo fue echarse a reír, y le apretó a él los brazos en torno al cuello con tanta fuerza que no se dio cuenta de que él la había levantado del suelo y ya la estaba besando. Y eso a pesar de que las familias y los manipuladores de equipajes y las tripulaciones de los vuelos pasaban en torno a ellos, y Shadow ladraba y saltaba y gimoteaba a sus pies.

Caitlin se apartó del beso y se echó atrás para mirarle.

—Ya era hora, joder.

—¿A cuántos tíos les has saltado al cuello antes de que yo viniera?

—A ninguno. Bueno, quizá a un capitán de la Air France. Y a la línea de defensa de los Redskins, cuando han llegado. —Ella le volvió a besar—. Te he echado de menos.

—Y yo a ti también. No veas cómo.

Sean le pasó un brazo por encima de los hombros y salieron andando con un tiempo glacial y ventoso. La expresión claramente emocionada de él, sin broma alguna, era algo nuevo. Siempre había sido muy extrovertido y se expresaba con mucha más facilidad, tanto verbal como físicamente, que ella. Pero, desde que estuvo a punto de morir, había abandonado muchos esfuerzos para envolverse a sí mismo en una calma artificial. Al menos, con ella. En el trabajo, por lo que ella sabía, seguía siendo el mismo agente federal frío y firme que siempre había sido.

Pero eso..., esa relajación casi instantánea, esa disposición, esa transparencia, le resultaban adorables.

—¿El vuelo ha sido bueno?

—Es mucho mejor ahora. —Él le apretó el hombro. Shadow ladró.

Sean le cogió la correa a Caitlin y se dirigieron al aparcamiento, hablando animadamente. Caitlin le contó todos los detalles del caso Detrick. Él había visto las noticias y había oído la versión corta de la historia, pero, cuando llegaron al Highlander, ella hablaba a toda velocidad del arresto.

—Él estaba convencido de que iba a ser más listo que nosotros. Tuvo mucho cuidado..., pero tiene un nivel de contravigilancia de civil sin entrenar. No tenía ni idea de que seguíamos sus coches de alquiler con GPS todo el tiempo. Eso permitió a la agente de Flagstaff sortearle y llegar a la taberna local antes de que él saliera del coche —dijo ella—. La agente Sayers. Joven, muy despierta, servicial. Llegará lejos.

—Emmerich confió en ti.

—Sí, lo hizo. Y valió la pena.

La mirada que le dirigió él decía: «Gracias a Dios». Ella podía expresar su alivio con él. Sabía que seguir a Detrick hasta Arizona había sido un riesgo. Si ella hubiese estado equivocada, su momento y todo el caso podrían haber dado un giro fatal.

Sean la miró por encima del Highlander cuando se subieron.

—Lo has cogido.

Ella hizo una pausa y puso las manos en el techo.

—Sí, joder.

Él sonrió. Shadow saltó a la parte de atrás y arrancaron.

El trayecto al apartamento de ella junto a Quantico les obligaba a coger la I-95. Pusieron en marcha la calefacción y la música, y Sean silbó a Shadow, que trepó entre los asientos y se le acurrucó en el regazo. La perra le lamió la cara y se enroscó formando un ovillo, feliz.

—Dejas tus cosas, cenamos en Georgetown, visita a los restos de la democracia y una noche de desenfreno —dijo Caitlin—. ¿Te suena bien?

—Pero Shadow se queda en casa.

Ella se echó a reír. Shadow ladró bajito y movió el rabo contra la pierna de Sean. Él levantó la mano y Caitlin se la cogió. Él miraba la hierba marrón de invierno y las ramas desnudas y extendidas de los árboles que pasaban por la interestatal.

—Gracias por venir —dijo ella—. Necesito esto.

Él le apretó la mano.

—No eres la única.

El calor inundó el pecho de Caitlin. Era alivio, gratitud y añoranza pura. Y a pesar de la presencia de Sean —su propio calor, risas y la promesa de lo que iba a venir—, sintió un pinchazo de melancolía por debajo. Él estaba allí, pero pronto se volvería a ir.

—¿Tienes mucho trabajo? —le preguntó ella.

—Es difícil. Esas bombas en Monterrey... No es terrorismo con base en el extranjero, por lo que ha podido determinar la ATF. Nadie ha reivindicado la responsabilidad. No se ha hecho ninguna demanda, ni se ha publicado ningún manifiesto, ni se ha intentado extorsión alguna.

Ella calibró el tono de su voz.

—¿Crees que volverá a atacar?

—La bomba estaba llena de destornilladores y hojas de afeitar. Quería maximizar la carnicería —dijo Sean—. Y él..., o ella, o ellos..., tuvieron mucho cuidado de no dejar huellas dactilares en ninguno de los componentes.

—¿El que puso la bomba sabía que las huellas pueden sobrevivir a una explosión? —Eso significaba que el criminal era muy sofisticado y meticuloso.

—El dispositivo tenía un disparador muy sencillo, usó tubería de acero enroscada externamente, o sea, suministros corrientes. Pero quería poner un sello personal en la explosión. La bomba estaba envuelta en alambre de espino.

Ella le miró.

—Alambre de espino...

—Una especie de firma.

Una intensidad fría llenó la voz de Sean. Caitlin intentó averiguar cuáles eran sus preocupaciones más profundas. Dijo:

—Crees que...

Sonó el teléfono de Sean. Lo sacó del bolsillo de sus vaqueros. Una mirada pétrea le cubrió el rostro.

—Jefe —respondió.

Caitlin siguió conduciendo, los neumáticos zumbaban y ella escuchaba, medio emocionada, medio ansiosa.

—¿Cuándo? —Sean se quedó callado—. Policía de San Francisco... Vale. De acuerdo. En cuanto pueda.

Cortó la llamada. Miró por el parabrisas y se volvió hacia ella, preocupado. Caitlin notó que se le formaba un nudo en el estómago.

—¿Otra bomba? —preguntó.

—En el Distrito Financiero. Hace dos horas.

En el centro de San Francisco. Y a la hora de comer.

—¿Víctimas?

—Un muerto confirmado. Siete heridos.

—Mierda...

En el regazo de Sean, Shadow levantó la cabeza, con los ojos llenos de una preocupación que solo un perro es capaz de expresar.

—La bomba estaba colocada en el vestíbulo de una empresa de biotecnología. Han explotado las cristaleras y los trozos han caído sobre la gente que estaba en la calle. Han matado a un guardia de seguridad. —Miró su teléfono—. Peretta me manda todo lo que tienen. Videoconferencia dentro de cuarenta y cinco minutos.

La mandíbula de Caitlin se tensó, pero mantuvo las manos fijas en el volante.

—¿Qué necesitas?

—Acceso a un CICC.

CICC: Centro de Información Compartimentada y Confidencial. En terminología de seguridad, defensa e inteligencia, era una habitación segura que protegía contra la vigilancia electrónica y la filtración de datos. Ella estaba asustada. Si se requería un CICC, eso significaba que aquello había llegado a convertirse en un caso con implicaciones de seguridad nacional.

—Hay uno en Quantico —dijo ella.

—¿Tenemos tiempo de dejar a Shadow?

—Puede venir.

Sean miró por el parabrisas, una mirada a mil metros de distancia. El sol de la tarde era una raya detrás de su cabeza, realzando su silueta. Ya casi se había puesto.

Dos horas más tarde, Caitlin estaba sentada a su escritorio, con Shadow acurrucada y dormida debajo, rompiendo un montón de normas, pero no importaba porque era sábado, cuando Sean salió del CICC y la encontró en la parte de la UAC-4 de la planta. Ella estaba muy cansada y se había puesto al día solo de la mitad de sus correos, informes y lecturas. El sol había caído hasta el borde del horizonte occidental, con un rabioso color naranja entre las ramas de los árboles, como espantapájaros.

Sean entró, resuelto. Cuando se acercó, Caitlin sabía que había malas noticias.

—¿Esta noche? —preguntó.

Él asintió.

—Lo siento. Me necesitan para trabajar la escena del crimen y las pruebas.

«¿Dos federales? Ya nos arreglaremos».

Pero a ella no le salía la sonrisa.

Entonces la mirada que él le dedicó sobrepasó la decepción

que sentía al perder su fin de semana. No sabía lo que estaba ocurriendo con aquellas bombas, pero era algo malo.

Caitlin silbó a Shadow.

—Te llevo de vuelta a Dulles.

Se dirigieron hacia la puerta. Unos minutos despúes, ella conducía por la interestatal.

—¿Tenemos tiempo para parar en tu apartamento? —preguntó Sean.

La mirada de ella era añorante, dolorida y enloquecida. Él le devolvió la mirada.

En una salida de un parque nacional, ella salió de la autopista. Se metió en lo más hondo de los bosques, con una fina sábana de polvo arremolinado detrás del Highlander. Siguió avanzando hasta un sitio con hierba y unos árboles. Se detuvo.

Paró el motor. Su mano permaneció apoyada en el contacto.

—Hace frío ahí fuera.

—Es lo que hay.

Salieron. Cerraron las puertas.

Detrás de un grueso castaño, se abrazaron. Se desabrocharon los abrigos, lucharon con las cremalleras. La piel desnuda de Sean, cuando ella la encontró, estaba suave y caliente, y ella notó un escalofrío que le recorría los dedos, pasaba a los brazos y le bajaba por la columna vertebral. Las manos de él se deslizaron por debajo de su jersey y por la parte trasera de sus vaqueros. Ella apretó la boca contra la de él. Su aliento salía rápido. Sean la miró a los ojos, con los suyos bien abiertos (nunca cerraba los ojos al hacer el amor), y se inclinó hacia el tronco del árbol y la levantó en vilo. Ella envolvió los brazos en torno a su cuello y su aliento salió, escarchado, al aire cosquilleante, y jadeó como una loca, clavándole las uñas, necesitándolo, necesitándolo todo.

39

Caitlin llegó a Crying Call un día antes de la audiencia preliminar de Kyle Detrick y vio cuatro equipos de televisión aparcados
frente al juzgado, un edificio de ladrillos de estilo gótico. Uno de
Phoenix, otro de Flagstaff y dos de emisoras nacionales por cable. Recorrió la plaza de la pequeña ciudad para hacerse una idea
del ambiente. Una reportera estaba de pie en la escalinata de entrada al juzgado, hablando con el cámara y haciéndole gestos
con las notas que llevaba para poner más énfasis. Gente muy
abrigada iba caminando por la plaza. La cafetería que estaba enfrente del juzgado estaba llena de gente. Montañas de nieve sucia se acumulaban junto a las alcantarillas.

Aparcó detrás de la comisaría. El aire era limpio y punzante, y el sol pasaba inclinado entre los picos de una cordillera
montañosa cubierta de pinos, al este. Había anunciada una serie de tormentas en todo el oeste de Estados Unidos la semana
siguiente, pero aquel día era claro y bello. Se abrochó el chaquetón para el corto paseo que había hasta la puerta de la comisaría.

Dentro, el amable sol de invierno se reflejaba en el linóleo
gastado. Sonaban los teléfonos y se oían chasquear las teclas de
los ordenadores, pero, aparte de eso, todo estaba tranquilo. Una
oficial de uniforme que atendía el mostrador de recepción levantó la vista.

—¿Qué ha pasado? —preguntó Caitlin.

—Lo mismo de siempre. Aburrimiento, ansiedad, crimen. Nuestro famoso se ha portado bien.

En la etiqueta de la oficial ponía VILLAREAL. Ella señaló hacia la parte trasera del edificio de ladrillos, donde las seis celdas de la prisión de Crying Call ocupaban un bloque aislado del edificio. Sin ventanas, no había medio alguno de hacer pasar un mensaje, a menos que los carceleros lo permitieran.

—Ha sido un espectáculo —dijo Villareal.

—Cuénteme.

—Pues cualquiera diría que es una estrella de cine. ¿Recuerda aquel criminal tan guapo que salió hace unos años, que aparecía en su foto de archivo con unos labios cautivadores y los ojos muy claros y penetrantes...? Se hizo viral, la gente le llamaba «el delincuente más guapo del mundo».

—Un chico malo con una mirada enternecedora.

—Nuestro invitado es una nueva versión de lo mismo. —Villareal señaló con la mano en dirección a las celdas—. Un seductor total. Aunque a mí no me engaña. Pero al menos no se ha meado a través de los barrotes, ni me ha insultado. Le encanta la comida basura que le traemos.

—No es el prisionero habitual.

—Es lo contrario de un problema.

Caitlin asintió, preguntándose hasta qué punto Detrick habría conseguido congraciarse con sus carceleros.

Villareal suspiró.

—El problema no es que se dedique a conversar de tonterías con los guardias. Esos sí que son un problema. —Señaló de manera intencionada hacia fuera por el ventanal delantero.

—¿Los medios de comunicación? —preguntó Caitlin.

—Ellos y las otras. Las admiradoras.

Caitlin hizo una mueca.

—*Groupies* de asesinos en serie. Una barbaridad.

—Antes de que las cosas se desmandaran y decidiéramos cortarlo, un par de reporteros nacionales visitaron la cárcel y le entrevistaron. Eso hizo que las fans se pusieran como locas, de verdad.

Fuera, las mujeres estaban en la acera frente al juzgado, haciendo fotos, haciéndose selfies, saliendo detrás de los reporteros de televisión.

—Están esperando a ver si lo llevan a la puerta de al lado para su aparición ante el tribunal. Hoy no hay nada programado, pero eso no las para. Yo sí.

—¿Entran aquí?

—Quieren visitarlo. Y algo más.

Caitlin no se sentía sorprendida de que multitud de carroñeros de todas las variedades hubieran aparecido en Crying Call. Había visto los grupos de Facebook que se habían generado, protestando a favor de la inocencia de Detrick.

—Apuesto a que sí. Hibristofilia... Atracción sexual hacia los criminales. La excitación de lo morboso —dijo Caitlin—. Y supongo que se pelearán por visitas conyugales.

—Al menos Detrick no nos grita cuando nos las llevamos a rastras.

«Ya», pensó Caitlin. Detrick era la perfección en persona. Don Blanquito Bueno, simpático y dócil.

El jefe de policía salió a recepción y tendió la mano a Caitlin.

—¿Ha oído lo último?

—Infórmeme. Pero déjeme que lo adivine: a Detrick le encanta este circo.

—Uf, eso no es ni la mitad de lo que sucede. Venga a mi despacho.

Él podía oírlas.

Desde su camastro en la celda, entre los fríos barrotes de acero, sus voces hacían eco. Ahogadas, indistintas, pero su tono sí que se transmitía.

Caitlin Hendrix había vuelto. Había venido desde Virginia, tres mil doscientos kilómetros hasta esa mierda de ciudad. Solo por él.

No podían alejarse de él, las mujeres... Simple y llanamente, no podían.

Esas zorras.

Su novia, Emma, se había ido. Le había dejado después de una sola visita a la cárcel. Vino y parecía que estaba sentada encima de un rallador de queso, con la cara torcida, no podía sostenerle la mirada por muchas veces que la llamara él por su nombre. Ella le había besado pero como obligada, subiéndose las gafas oscuras en la nariz y hablando de lo «espantoso» que había sido que la policía y el FBI hubiesen registrado la habitación del motel, de lo «intrusivo» y «perturbador» que había sido para Ashley.

«Pero no encontraron nada, ¿verdad? —le dijo él—. ¿Verdad?».

Emma le miró entonces. Le miró y dijo: «Me vuelvo a casa».

No le importaba. En los medios de comunicación, nadie había conseguido el nombre de Emma. Nadie iba a perseguirla e intentar sacarle información. Aunque, claro, ella tampoco tenía nada malo que contar de él. Eran sus propios temores los que la habían alejado de él.

No importaba. Emma se había ido, pero se habían acumulado un montón de lanzabragas para sustituirla.

Extrañamente eso hacía que la cárcel le resultase tolerable.

Al principio se sentía descontrolado. Furioso. Enjaulado. Nunca le habían arrestado. Quería arremeter contra todos. Solo su increíble intelecto y su disciplina le habían permitido evitar machacar verbalmente a esos pueblerinos... Y a esa zorra que acababa de entrar, Hendrix, físicamente.

Pero después de hablar con el FBI y ver la cara que ponían cuando él pidió un abogado (se imaginó que ahora era el tipo de tío que podía pedir un abogado), encontró extrañamente profunda la experiencia de estar en custodia.

Era el león en el zoo. Y, como el león, podía rugir.

Así que, ahora que las lanzabragas ya no conseguían verle (porque, después de aquella primera que se levantó la camiseta para enseñarle las tetas, los carceleros espabilaron), había enviado un mensaje a través de su defensor público requiriendo visitas de personas que fueran de organizaciones legales y benéficas, medios de comunicación públicos y grupos de justicia social. Y vinieron todos.

Llegaron tantas personas que la cárcel tuvo que crear un enlace para él, además de su abogado. Un asistente de una organización benéfica de ayuda legal de Arizona. Tenía un vínculo con el mundo exterior. Un portavoz, si quería: un conducto por si acaso necesitaba hacer peticiones o hablar con gente de fuera de la cárcel.

Mientras tanto, usó a todas las mujeres que contactaron con él: para recaudar dinero, para dar entrevistas y para recoger información. Algunas de sus fans tenían acceso a bases de datos confidenciales. Le proporcionaron nombres, direcciones e historial de personas en las que estaba interesado. No tenía ordenador, pero sí que tenía una libreta que sus carceleros le habían dejado. Y su memoria perfecta.

Era el centro de atención, eso lo reconocía. No era lo que había querido, pero todo aquello era suyo, y necesitaba usarlo para su ventaja, para conseguir ser el ganador.

Su voz, la de Hendrix, era demasiado viva e imposible de descifrar. Ella hablaba con la empleada de recepción, y luego, con el jefe de policía.

Si Hendrix estaba ahí significaba que solo faltaba un día para su comparecencia ante el tribunal. Detrick juntó las manos delante del pecho y miró al techo. Sabía que exteriormente parecía estar sereno. Sorprendía mucho a los policías de la ciudad que le llevaban la comida y hablaban con él, mientras metían y sacaban borrachos de las celdas vecinas.

Un día para la audiencia preliminar. Se incorporó y abrió los textos legales que tenía al pie de la cama. Tenía que trabajar.

El jefe cerró la puerta de su oficina.

—Ayer Detrick rechazó a su abogado nombrado por el tribunal y pidió representarse él mismo en el juicio.

—¿Y el juez lo permitió? —dijo Caitlin.

—Sí, lo hizo. Yo insistí mucho en contra de ello y el defensor público de Detrick hizo que constara en acta que se hacía a pesar de todas sus objeciones. Detrick insistió. Va a presentarse en la audiencia de mañana *in pro se*.

—Añadiendo abogado carcelario a su currículum. —Ella se quedó pensativa—. Sorprendente, pero al mismo tiempo, no. Su motivo fundamental, su necesidad básica, es el control. No puede cedérselo a nadie.

—Sí, eso ya lo veo —replicó el jefe—. Podría ser un auténtico marrón. ¿Qué pasa si es condenado y pide un nuevo juicio basado en la incompetencia de su consejero legal?

—Cruzaremos ese puente cuando llegue el momento.

Silver se sentó pesadamente en la silla de su escritorio.

—Tiene que ser consciente de una cosa. Como Detrick es ahora su nuevo abogado, puede revisar todas las pruebas que se descubrieron contra él.

—Ese derecho ya lo tenía como acusado.

—Pero los acusados nunca se molestan en revisar las pruebas. Hágame caso. Ese tipo es muy distinto. —Levantó la vista desde sus cejas gruesas, con expresión solemne—. Lo revisará todo con un peine muy fino, incluso la declaración jurada que usted escribió apoyando su detención por delito grave.

—Ah, ¿sí?

—En el que se menciona a un informador confidencial.

Caitlin frunció el ceño.

—Eso no es inusual.

—¿Alguna idea de que pueda saber de quién se trata?

Ella negó con la cabeza con precaución.

—Pues no lo sé. Pero el informador confidencial ahora mismo es confidencial.

—Bien.

Sonó el teléfono del jefe. Cuando respondió, sus hombros cayeron un poco, como si hubiera recibido una carga repentina.

—Ya voy. —Colgó—. Recibimos llamadas de todas partes. Gente que ve las noticias, oye hablar de las mujeres que usted encontró en el bosque, allá en Texas. Han visto las polaroids. —Suspiró—. Familiares de jóvenes que desaparecieron. Nos llaman de todo el país, esperando que les podamos decir si Detrick mató a sus hijas. El número... es inquietante.

—Sí, muchísimo. ¿Ha sido...?

—No, una llamada no. Un aviso. Otra familia ha llegado a la comisaría. ¿Quiere ser usted la que les diga que no podemos ayudarles?

40

En un escritorio libre, en un rincón desocupado de la atestada comisaría de policía, Caitlin escuchó la historia. Los padres atribulados estaban sentados frente a ella, envueltos en sus abrigos, rubicundos y tensos. Turk y Mary Jane White habían volado de San Antonio a Phoenix, y después habían ido en coche hasta Crying Call, con la esperanza de encontrar alguna respuesta. Mary Jane llevaba un pañuelo de papel húmedo y hecho una bola en la mano. Sacó una foto de su bolso.

—Es ella. La foto más reciente que tenemos. Esta es Sonnet.

Caitlin cogió la instantánea. Sonnet White le resultaba inquietantemente familiar. Tenía el pelo rubio y ondulado que tenían muchas de las víctimas de Detrick. Pero Caitlin no la reconoció.

—¿Cuándo se la tomaron? —les preguntó Caitlin.

—El año pasado. —Mary Jane se secó los ojos.

—Hace diez meses —puntualizó Turk—. No habrá cambiado mucho.

Caitlin, por respeto, miró largo rato la foto, pero estaba segura de no haber visto nunca la cara de Sonnet. Aquella joven no estaba entre la galería de truculentas fotos de Detrick.

Caitlin levantó la foto. Con amabilidad y claridad, para asegurarse de que el señor y la señora White oían la información y la procesaban, dijo:

—Su hija no está en ninguna de las fotos que recuperamos en las escenas del crimen.

Mary Jane se abatió y apretó el pañuelo contra sus ojos, llena de alivio, pero los ojos de Turk siguieron acerados. Dijo:

—Pero todavía no saben con seguridad si la tiene o no.

Caitlin examinó la foto y los rasgos de Sonnet. Era guapa, aunque con un aire duro, y su mirada era distante. Llevaba unos tatuajes extravagantes. Parecía tener veintipocos años.

—No tengo prueba alguna de que el criminal se haya cruzado en su camino —dijo Caitlin—. ¿Tienen motivos para creer que ella conoce a Kyle Detrick? ¿Ha estado ella acaso en el condado de Gideon, Austin o San Marcos?

—Nosotros... —Él dejó la frase sin terminar, dubitativo.

Mary Jane levantó la vista, con los ojos llenos de lágrimas.

—No sabemos dónde ha estado. Denunciamos que Sonnet se escapó.

Turk dijo:

—Mary Jane...

Ella le dirigió una mirada dura.

—No tiene sentido ocultarlo ahora. Ya hemos pasado por mucho. Deberíamos explicarlo todo. —Se irguió—. Admito que tiene problemas. Sonnet. Tiene problemas con... las drogas, y con hombres poco adecuados, y con la ley...

Turk desvió la mirada.

—Pero después de ver esas fotos que encontró el FBI... Todas esas chicas que se parecían tanto a ella... Empezamos a temer que quizá no hubiese huido, después de todo...

Mary Jane se derrumbó y se apoyó en los brazos de Turk. Tiesa al principio, luego con dolor, se agarró a él. La mirada que dirigió a Caitlin era atormentada.

Su voz era ronca.

—Guárdese la foto. He anotado su número de móvil por detrás. No responderá a una llamada nuestra, pero quizá si usted lo intenta... Por favor, guárdeselo. Por... —Su voz se rompió—. Por si acaso...

Se fueron, Turk con un brazo sobre los hombros de Mary Jane. Caitlin se frotó los ojos. No podía aliviar la angustia de aquella gente. Ni de las demás familias que habían llamado a la comisaría de Crying Call pidiendo ayuda.

Tantas personas perdidas.

A través del ventanal delantero vio que Turk sujetaba la portezuela del coche mientras Mary Jane entraba, abatida.

Mientras se guardaba la foto en el bolsillo trasero, Caitlin se dirigió hacia el mostrador de recepción.

—Quiero ver al preso.

Villareal frunció los labios torciéndolos hacia un lado.

—No puede interrogarle. Ha pedido un abogado.

—Sí, ya lo sé, yo estaba allí. Pero ahora él es su propio abogado. Que puede dar permiso para hablar.

Encogiéndose de hombros, la policía de recepción cogió el teléfono, habló brevemente y señaló por encima de su hombro.

—La dejarán pasar.

En la parte trasera de la comisaría, Caitlin esperó a que la puerta del calabozo zumbara y se abriera. Un oficial joven esperaba al otro lado.

Tenía los pulgares metidos debajo de la hebilla del cinturón.

—Señora.

—¿Qué tal se porta el prisionero?

—Es un trozo de pan.

No había dobles puertas automáticas. El oficial sacó un llavero, abrió una taquilla y le hizo dejar su Glock y su cuchillo de caza en el interior. Cerró y luego la acompañó doblando la esquina. El calabozo tenía seis celdas; tres a cada lado de un pasillo central.

Detrick la estaba mirando.

Estaba sentado en el catre de la celda, con las piernas estiradas y la espalda apoyada en la pared de la celda, hecha de bloques de hormigón. Había oído las voces que se aproximaban y había adoptado una pose.

El joven oficial dijo:

—La veo dentro de un momento.

La dejó sola. Solo estaba ocupada otra celda, junto a Detrick, por un hombre de cara gris desmayado y que apestaba a whisky. Caitlin se detuvo, se apoyó en los barrotes de la celda vacía frente a la de Detrick y le dirigió a este una estudiada mirada.

Dos semanas en la cárcel le habían hecho perder su bronceado invernal. Tenía la cara pálida y estaba más delgado. Así se marcaban más las líneas de su mandíbula. Le había crecido el pelo justo lo suficiente para caer encima de la frente, con un rizo a lo Superman. La barba que le cubría las mejillas evitaba que pareciese demasiado joven. La camisa y los anchos pantalones naranja le quedaban como si fuera un modelo.

Se veía en el suelo una caja vacía de KFC, que olía a grasa y a sal. Detrick tenía un libro de leyes abierto en el catre a su lado. Pasaba un dedo por la página como si estuviera acariciando la espalda de una mujer.

—¿Está aquí para su sesión? —le preguntó él.

—Me he perdido cuando le dan de comer, pero aun así he pensado que podría echarle un vistazo aquí en su nuevo hábitat. —Caitlin hablaba con aire despreocupado, pero el corazón le había empezado a latir con fuerza.

—Ya sabía que no podría estar alejada.

—Como usted ahora se representa a sí mismo, supongo que habrá visto la lista de testigos a los que va a llamar el fiscal en su audiencia de mañana. Estoy deseando testificar.

Él cerró el libro de leyes. Sus ojos grises parecían especialmente penetrantes. Quizá fuese la luz.

—No finja que ha venido a restregármelo. No es por eso por lo que está aquí, observándome.

—Estoy aquí, abogado…, para poner énfasis en el desastre al que se enfrenta. Las pruebas contra usted son abrumadoras.

—Usted quiere que yo la escuche. Quiere que le diga que deje de bajar por ese camino oscuro. El que acaba con usted volándose la cabeza. Quiere que la salve.

Ella sonrió. Intentó reír. El corazón le latía con fuerza.

Él se inclinó hacia delante. Tenía una energía ondulante, suave.

—Tendría que verse usted ahora mismo...

Detrick se levantó de la cama como se levanta una serpiente de cascabel para atacar. Saltó hacia los barrotes de la celda y apoyó las manos en un travesaño horizontal. Las sombras de las bombillas que tenía por encima le rayaban el rostro.

—Pero no es un arma, ¿verdad? —dijo—. Porque el arma es su amante. Se siente desnuda sin ella en la cadera, ahora mismo, supongo. No querría nunca tenerla en el cerebro. —Parecía pensativo—. ¿A que no?

Ella se lo quedó mirando.

—Dígame dónde está Teri Drinkall.

La mirada de él pasó más allá de ella. Un escalofrío cayó sobre los hombros de Caitlin.

—¿Es la mujer de Dallas?

«Cabrón».

—Si está viva todavía y me lo dice, se abrirá un nuevo mundo de posibilidades para usted. Si no lo está..., aun así, decírmelo seguirá marcando una diferencia en su historia.

—¿Mi historia? La única historia que va a aparecer aquí es la del superventas que voy a escribir, mis memorias sobre mi falso encarcelamiento y mi exoneración.

—Dígamelo hoy y podré hacer algo por usted. Si va a juicio, caerá sobre usted todo el peso de la ley de Arizona. Que, debería saberlo ya, es mucho más dura incluso que la ley de Texas.

—Quiere que le hable de mujeres muertas, ¿no? De que tenían las muñecas rajadas...

Algo en la manera que tuvo él de pronunciar la palabra «rajadas» hizo que a Caitlin el aliento se le atragantase en los pulmones.

Ella vio los cortes en las muñecas de Phoebe Canova. En ángulo, hondos, de diez centímetros de largo. No eran simples arañazos. Eran boquetes. Cuchilladas. Rajas. Y el cuchillo que las hizo estaba afilado como una hoja de afeitar.

Esa era la enloquecida metáfora del sexo de Detrick. Cortarles las muñecas era un sustitutivo de la penetración sexual. Así era como se excitaba él. Los cortes de las muñecas de Phoebe parecían anchos, como los bordes de una grieta en un glaciar. Como los pétalos abiertos. Había hurgado en ellos, al menos con un cuchillo.

«Dios mío...». ¿Cómo podía ser tan retorcido? ¿Por qué?

«No te preguntes por qué. Te volverás loca». Ella se lo quedó mirando, intentando no dejar que su corazón palpitante la traicionara.

—Nunca va a controlarlo. No podrá —dijo él.

—El control es cosa suya, ¿verdad?

Caitlin tenía las manos cogidas a la espalda. Se clavó las uñas en las palmas para obligarse a concentrarse. Y para desahogar toda su ansiedad y su furia.

La expresión de Detrick, a pesar de todo, parecía igual de seductora y preocupada que el día que le conoció en su despacho de la inmobiliaria de Austin. Llevaba puesta la máscara. Esa cara de cordura, de atractivo, de razonamiento y de esperanza. Era algo asombroso.

Pensó en los padres que colapsaban la centralita del Departamento de Policía. En Turk y Mary Jane White, aplastados por el hecho de no saber nada, obsesionados por el miedo de que aquel hombre les hubiera quitado a su hija, Sonnet. Pensó en las caras de las polaroids. En el terror. Eran el reflejo de su auténtico ser. Eran su auténtico ser, proyectado y capturado en los momentos anteriores a que él las matara.

Caitlin sacó la foto que llevaba de Sonnet White de su bolsillo trasero.

—¿Dónde está esta chica?

Él la miró, casi con displicencia.

—¿Quién es esa?

Sujetando en alto la foto, dio un paso hacia él. Él suspiró, aburrido. Pero se tomó un rato para juzgar la foto. Algo brilló en su mirada y luego desapareció. Una reacción pasajera. Familiaridad, o quizá deseo. O simplemente el reconocimiento de un modelo. Caitlin dio otro paso hacia él. Le habría metido la foto por la garganta, si hubiera podido.

—Guapa. Me gusta. ¿Cómo se llama? ¿Tiene su número de teléfono? —dijo él.

—Dígame qué le hizo.

La mirada de Detrick se desplazó desde la foto. Observó a Caitlin de arriba abajo.

—¿Ha pensado alguna vez en teñirse de rubio?

El escalofrío de repugnancia le recorrió la espina dorsal.

—Le veré en los tribunales.

Él sonrió.

—Me encantará hablar sin estos barrotes entre nosotros.

Cogió los barrotes con ambas manos y se echó hacia atrás, estirándose. Sus ojos grises parecieron devorarla.

Ella salió.

41

Todavía estaba agobiada cuando se registró en el motel. La sangre le retumbaba en los oídos.

La mirada de Detrick, su insidiosa compostura, su pose de modelo masculino, su... «¿Dispuesta para la siguiente sesión?».

Se quitó la chaqueta del traje. Esta se enganchó con el puño de la blusa. Un botón se soltó y rebotó en la pared con un clic.

Revisó su correo. La agente especial Sayers llegaría en coche a última hora de la tarde. Se reunirían con el fiscal de Crying Call para preparar el testimonio en la vista de Detrick. Rainey iba a llegar por la mañana para trabajar con la oficina criminal del fiscal del condado, para desarrollar el caso de lo que presumían que sería un juicio muy largo.

Caitlin hizo copias de la foto de Sonnet White por delante y por detrás y se las envió a Nicholas Keyes en Quantico. «Se la vio por última vez en agosto, en San Antonio. Si hay alguna información que pueda darles a sus padres, ayudaría mucho».

Se quitó las botas, luego abrió la cremallera de su maleta con ruedas y sacó sus zapatillas deportivas. Probó a relajar la mandíbula.

Cogió el teléfono y llamó a Sean. Él respondió:

—Cariño. Tengo tres minutos.

En su voz se notaba que vivía con una tensión mucho mayor aún que la de ella. Ella le había llamado en el calor del momento, sin pensar en el trabajo que estaba haciendo. No pensaba con claridad. Se dirigió hacia la ventana. Fuera se veían unas montañas rojas y escarpadas salpicadas de pinos.

—¿Qué ocurre? —preguntó ella—. ¿El caso de las bombas?

—Es mucho más grave y más raro de lo que parecía al principio. —Sean exhaló aire con fuerza—. ¿Todo va bien por ahí?

—Cuéntame qué está pasando...

—El segundo dispositivo, el que explotó en el Distrito Financiero..., era mucho más sofisticado que el primero. También llevaba destornilladores y hojas de afeitar, pero lo detonaron remotamente con un teléfono móvil. Y utilizaron PENT y TNT potenciado. El tío tiene acceso a explosivos potentes y está mejorando su técnica.

Aquello sonaba muy mal. Ella paseó junto a la ventana.

—¿Y no hay ninguna indicación del motivo todavía?

—El dispositivo de Monterrey estaba destinado a unas instalaciones del Departamento de Defensa. En San Francisco, la firma de biotecnología que quedó afectada tiene vínculos con la industria de la defensa.

—¿Crees que es algo político?

—Podría ser. —Hizo una pausa—. El año pasado encontraron un dispositivo muy primitivo en la basura, en el Centro Médico de la Universidad de Columbia. La Policía de Nueva York lo desactivó. Pudo ser el primer intento de este terrorista.

—¿Un hospital? Dios mío...

—Ahora mismo todo es aire y sospechas. Nada sólido.

El estrés que se percibía en su voz le dijo que el caso era más que grave. Era alarmante. Y recaía en los hombros de Sean.

—¿Crees que es un solo criminal? —le preguntó.

—Vídeos de seguridad tanto del Instituto de Idiomas de Defensa como de la empresa de biotecnología muestran a un solo sospechoso colocando el dispositivo. Mide metro ochenta, sudadera con capucha y lleva un guardapolvo largo por encima, gafas de sol, guantes... Quizá caucásico. No podemos determinar el sexo.

Pero la mayoría de los terroristas que ponían bombas eran hombres. Ella siguió paseando.

—Y te preocupa que vaya a atacar pronto otra vez...

—¿Dos bombas en dos semanas? Sí. —Hizo una pausa y luego bajó la voz—. El vídeo... No sé, hay algo. Es difícil de explicar. Pero, cuando lo miro, tengo una sensación de *déjà vu*.

Ella se quedó parada.

—¿Y eso?

—Es como si tuviera un eco visual. Como si viera una sombra que en realidad no existe. Se me eriza el vello de la nuca.

Caitlin hizo una pausa

—¿Sean?

—No lo sé... —Suspiró—. No importa. Veo cosas raras.

—No, no ves cosas raras, Rawlins... A menos que existan.

—Antes no me pasaba. Olvídalo... Tengo que dejarte. —Disculpándose, añadió—: ¿Todo va bien con lo tuyo?

—Sí, muy bien. Te quiero.

—Yo también. —Un pitido le indicó que él había colgado.

Ella se cruzó de brazos, sujetando con fuerza el teléfono. Estaba incluso más despierta que antes de llamarle. Se cambió y se preparó para hacer una larga carrera.

La tarde era soleada, la temperatura se mantenía en torno a los cuatro grados. Por encima de las montañas, una nube blanca y brillante venía empujando desde el noroeste. Añadía una grandeza espectacular al día. Calentó durante un kilómetro y medio, ciñéndose al arcén de una carretera de dos carriles que conducía a un parque nacional. El aire le aguijoneaba los pulmones. Notaba las piernas lentas por el frío y la altura.

Sean parecía muy inquieto. Un *déjà vu*... Un eco... Una sombra... «No me pasaba antes». Estaba hablando del ataque que casi lo mata. Hablaba del Fantasma.

Odiaba oír esas dudas en la voz de Sean. Odiaba que el Fantasma se le hubiese metido en la cabeza. Odiaba, por encima de todo, la idea de que el Fantasma pudiera tener alguna conexión con esas bombas. Luchó por contener un escalofrío.

Deseó poder proporcionar alguna ayuda sobre los motivos del terrorista de las bombas. Necesitaba ayudar a alguien.

El aire olía a nieve. La carretera iba ascendiendo gradualmente y, mientras calentaba, el tirón de la altura se convirtió en un desafío que le apetecía mucho. Consiguió subir el ritmo.

«Me encantará hablar sin estos barrotes entre nosotros».

Las palabras de Detrick se le clavaban en el cerebro. Ojos fríos, una sinuosidad de cobra. Sin corazón, predador. Aceleró. Al cabo de tres kilómetros, respirando con fuerza, llegó a un lugar con unas vistas panorámicas.

Crying Call estaba alojado en la garganta de un río, con picos elevados a ambos lados. La piedra roja, el verde oscuro de los pinos, el blanco resplandeciente de la nieve y el cielo abovedado y reluciente la rodeaban por todas partes. Se detuvo ante el paisaje y lo inhaló todo. El corazón le latía fuerte, pero muy vivo. Pasó un halcón por encima, chillando. Ella sonrió y sacó su teléfono.

El selfie era cutre, pero captaba el esplendor de las vistas. Se limpió la mano sudorosa en el forro polar y le envió la foto a Michele con un mensaje: «No es un mal día en la oficina».

Se quedó un minuto más para saborear el paisaje y empezó a bajar otra vez la montaña. El subidón de las endorfinas la llevó a hacer un trote compacto, rápido. Cuando le sonó el teléfono en el bolsillo siguió corriendo: el motel estaba ya a la vista. Un camión grande pasó traqueteando, azotando los mechones de pelo en torno a su rostro. Corrió más y se dirigió al césped que rodeaba el motel como un corredor que cruza la línea de meta.

Se inclinó y apoyó las manos en las rodillas. Al cabo de un minuto se enderezó y sacó su teléfono.

Era una respuesta al mensaje que había mandado en la cima de la colina: «No tan bueno como el mío». La foto mostraba a Michele entrando por las puertas de urgencias y dedicándole un pulgar levantado con exageración. Fuera llovía a cántaros. Tenía el pelo y el uniforme de trabajo empapados.

Caitlin se echó a reír.

La brisa aumentó su intensidad. El halcón volaba en círculos por encima de su cabeza, como si fuera una silueta, suspendido en el aire.

42

El viento despertó a Caitlin a las seis de la mañana. Avanzó de puntillas por la fría habitación del motel y levantó una esquina de la cortina. El oscuro amanecer era espeso, con la nieve que caía. Unos copos gruesos golpeaban la ventana.

—Ay, madre...

No se le daba bien conducir con nieve. Con la lluvia se las arreglaba muy bien, como una profesional, porque se había criado en la Zona de la Bahía, pero la nieve para ella era una cosa ajena. Las dos manzanas hasta el juzgado de Crying Call eran un terreno árido, resbaloso. Sentía como si estuviera conduciendo un auto de choque.

La plaza principal estaba llena de camionetas de los medios informativos recién llegadas, pero eran apenas siluetas vagas a través de la copiosa nevada. Apenas veía al otro lado de la calle el aparcamiento que había en el centro de la plaza. Las tiendas de enfrente eran invisibles. Aparcó el Suburban, metió la cabeza bajo el cuello del chaquetón y corrió hacia los escalones del juzgado. Sus botas resbalaban en el granito.

A la entrada del juzgado se oía el zumbido de la calefacción, que funcionaba a tope. El suelo estaba húmedo, y el vestíbulo, repleto de gente local, curiosos, reporteros y técnicos de las cámaras. Los focos resplandecían encima de las cámaras de televisión montadas al hombro. Se había establecido un nuevo control de seguridad, que llevaban a cabo ayudantes del sheriff del condado.

La multitud esperaba para pasar por el detector de metales. Caitlin se acercó, sacó sus credenciales y entregó su arma a un ayudante. Puso su bolso en una bandeja de plástico y esta encima de la cinta transportadora de los rayos X.

Comprobó su reloj. Tenía veinte minutos. Detrás de ella se abrió la puerta y en medio de una ráfaga de aire helado llegó el fiscal, con un maletín muy grueso y vestido con una parka de esquí con capucha. Levantó una mano para saludarlo. En la cola de seguridad la gente estaba emocionada, murmurando, cotilleando, esperando verle a él.

—Está tan bueno... —dijo una joven.

—Si me pusiera las manos encima, yo no me resistiría... —añadió otra.

«Sí, sí que lo harías. Y gritarías».

Caitlin respiró con fuerza y se dijo que debía permanecer tranquila. Pero no podía evitar contar las muchas rubias que había en la cola. Parecían llenar todo el vestíbulo, a cada lado del detector de metales, como si surgieran de *El pueblo de los malditos*.

Su teléfono sonó en su bolso. Cogió el bolso de la cinta transportadora de rayos X y sacó el móvil.

Nicholas Keyes.

—Caitlin. —La voz de Keyes sonaba apremiante—. La joven de la foto que mandaste..., la que huyó de San Antonio, Sonnet White. No te lo vas a creer.

Caitlin se inclinó hacia delante en la fila.

—¿Qué?

—Llamó a la línea de crisis Westside.

Caitlin se detuvo en seco.

—¿Cuándo?

—El pasado agosto. Tres semanas antes de que empezaran los asesinatos de Texas.

—Keyes —consiguió decir Caitlin en lugar de «Me cago en la puta».

—No hay registros suyos en la lista de criminales violentos. No hay arrestos en Texas ni en los estados vecinos, ni tampoco muertes con el nombre de Sonnet White, o desconocidas que coincidan con la descripción física de la chica. Pensaba que la encontraría cuando he escaneado su foto... Tiene un tatuaje muy característico.

Caitlin asintió.

—El gato encima del pecho izquierdo.

—Pero nada. Luego he buscado sus registros de llamadas. Llamó a la línea de crisis el miércoles, 1 de agosto, a las once y veintidós de la noche.

Caitlin se quedó electrizada.

—¿Cuánto duró la llamada?

—Veintidós minutos.

—¿Sigue usando todavía el mismo móvil?

—No. Después de llamar a la línea de crisis, hay actividad una semana más. La última entrada registrada es un uso de datos justo después de medianoche del 8 de agosto.

El miércoles siguiente.

—Detrick trabajaba en el teléfono los miércoles, de las seis a medianoche.

A Caitlin el estómago le dio un vuelco. Su asombro se mezclaba con la comprensión repentina de que la hija de Turk y Mary Jane White era muy probable que se hubiese cruzado con Detrick.

Delante de ella, la cola se agitó, como si un escalofrío recorriese toda la fila.

—Mándamelo todo —dijo—. Copia a Emmerich y al equipo, y al detective Berg en Solace. Es increíble, Keyes. Muchísimas gracias, de verdad.

—Código recibido. De nada, mujer. —Keyes colgó.

En el vestíbulo del juzgado, las cabezas se giraron. El barullo se convirtió en tumulto. A Caitlin le retumbaba la cabeza.

Más allá del detector de metales, donde la entrada al vestíbulo acababa en una T, las puertas del ascensor estaban abiertas. Detrick estaba dentro, flanqueado por los oficiales de la prisión de Crying Call.

Le sujetaron la puerta y él salió. Sus ojos se fijaron en la multitud que tenía delante. Por un segundo pareció crecerse, como una llama alimentada por el oxígeno.

Se había afeitado y lavado el pelo, e iba vestido con su propia ropa: la chaqueta de tweed y la camisa de vestir que le había visto llevar mientras enseñaba casas en Austin. No sonreía, pero su paso tenía cierto garbo.

La mujer que estaba delante de Caitlin exclamó:

—Ay, Dios mío...

Los reporteros gritaron preguntas. Detrick levantó una mano y les hizo señas.

Caitlin se detuvo en seco de nuevo. Detrick no llevaba esposas.

Fue andando por el vestíbulo entre los dos oficiales, uno de los cuales era el joven patrullero que dejó entrar en la cárcel a Caitlin el día anterior. Ella notaba que se mareaba. El Señor Simpático había convencido a sus carceleros de que le ahorrasen la indignidad de llegar esposado.

Él la vio. Le sonrió y le guiñó un ojo.

Los oficiales se lo llevaron fuera de la vista. Intranquila, ella hizo señas a uno de los ayudantes que se ocupaban del punto de seguridad. Él le dijo:

—¿Señora?

—El acusado que acaba de pasar..., Kyle Detrick. No iba esposado.

Las mujeres que tenía a cada lado se volvieron al oír «Kyle».

El ayudante dijo:

—Es opcional cuando los prisioneros están bajo custodia.

Ella levantó de nuevo sus credenciales.

—Tengo que pasar.

La mujer que tenía delante le dijo:

—Yo estaba primero.

Caitlin miró por encima del hombro al fiscal. Estaba al teléfono y simultáneamente hablando con otro abogado. Ella le silbó para atraer su atención.

Cuando él levantó la vista, sobresaltado, ella le llamó.

—¡Aquí! Detrick va sin esposas.

Él frunció el ceño. El alguacil dijo:

—De acuerdo, señora.

Ella rodeó a las *groupies* quejosas, dejó caer su bolso en la cinta transportadora de rayos X y pasó por el detector de metales. El vestíbulo al otro lado estaba atestado y era ruidoso. Se dirigió hacia la sala del tribunal. Avanzó quince pasos y se desató el tumulto.

Sonó una alarma de incendios. La gente gritaba. Caitlin echó a correr.

Se abrió paso a empujones a través de la multitud.

—¡FBI!

Dobló la esquina. El vestíbulo fuera de la sala del tribunal era un caos.

La alarma de incendios chillaba. Alguaciles y oficiales de policía de camisa azul corrieron hacia la sala del tribunal y salieron de inmediato. Los espectadores corrieron hacia la alta ventana que estaba en un extremo del vestíbulo y que daba a la plaza que estaba fuera.

Ella cogió la manga de un alguacil que corría.

—¿Qué ha ocurrido?

La radio que llevaba el alguacil al hombro atronaba con voces ininteligibles. Tenía la cara tensa.

—Cuando Detrick se acercaba a la sala del tribunal, la multitud ha empezado a empujar para verlo mejor. Los policías que lo escoltaban se han adelantado para separarlos y entonces ha empezado a sonar la alarma de incendios.

—¿La ha disparado Detrick?

—El hijo de puta es rápido.

La alarma estaba en la pared, a metro y medio por encima de sus cabezas, chillando.

—¿Por dónde se ha ido? —chilló Caitlin.

El alguacil miró a su alrededor, indeciso. Al final del vestíbulo había una puerta que daba a las escaleras de incendios.

Señaló hacia allí.

—¿El hueco de la escalera?

—¡Vaya! —gritó ella.

Caitlin echó a correr entre la multitud del control de seguridad. Cogió de nuevo su Glock. Se dirigió a toda prisa hacia la puerta delantera del juzgado, a la tormenta de nieve.

43

Caitlin bajó corriendo los escalones del juzgado y se adentró en la tormenta. Con el chaquetón abierto y los tacones de las botas resbalando en la escalera. El arma en la mano. La nieve caía casi horizontal y la iba pinchando. Le picoteaba la cara y se le metía en los ojos. Corrió por el lado del edificio hacia la salida de incendios. Detrás de ella oían voces apagadas, gente que venía corriendo desde el juzgado. Patinó en la acera resbaladiza. Junto a la puerta de incendios, dos ayudantes del sheriff examinaban el pavimento. La nieve tenía diez centímetros de grosor. Había huellas que corrían en múltiples direcciones.

Uno de los ayudantes señaló hacia la plaza de la ciudad.

—Por ahí.

Corrieron junto a Caitlin hacia la plaza, con las armas empuñadas. La tormenta los borró en cuestión de segundos, convirtiéndolos en simples siluetas grises.

Caitlin intentó seguirlos, con los nervios a flor de piel, pero enseguida se detuvo. Examinó las huellas de pisadas enloquecidas que salían de la puerta de incendios. Múltiples huellas de zapatos en la nieve.

«Mira. Piensa».

Las huellas de los policías eran las más claras. Pesadas botas con suela de goma, dirigiéndose en pareja hacia la plaza. Detrás de ellas se veía un juego de huellas mucho menos definido y más pequeño. Zapatillas deportivas.

Detrick había acudido al tribunal vestido con la ropa que se había traído a Arizona. Chaqueta de tweed, camisa de vestir, vaqueros.

Botas camperas.

El hijo de puta llevaba botas camperas. Es lo que llevaba puesto la noche que le arrestaron.

Se llevó los dedos congelados a la cara para evitar que la nieve se le metiera en los ojos. Y entonces vio las huellas. La suela y el tacón de unas botas camperas, con toda claridad.

Se alejaban de la plaza de la ciudad y se metían entre los edificios hacia el oeste.

Chilló a los policías, pero el viento se tragó sus palabras. Así que corrió, pero despacio, sujetando su Glock muy baja al costado, intentando seguir las huellas, aunque el vendaval las estaba borrando ya.

Dobló por una calleja. Las agujas de nieve se encauzaban entre los muros de ladrillo de los edificios que había a ambos lados del pasaje. No veía nada a más de dos metros por delante.

El viento subió de intensidad hasta convertirse en un aullido. Entre el viento oyó una voz.

—Tendría que haberse matado.

Levantó el arma, se apoyó de espaldas en una pared y fue desplazando la mirada en forma de arco, buscándole. La voz era poco clara, desgarrada por la tormenta. No podía localizarla con exactitud. Ella, entretanto, respiraba como un caballo exhausto.

—Va a desear haberlo hecho. —La voz se deslizó hacia ella otra vez, ahora más distante—. Ya lo verá.

«Oeste».

Ella se alejó corriendo del callejón. Sus pies se hundían en la nieve, de quince centímetros de espesor. La tormenta la engulló por completo. El aire aullaba. Estaba a cielo abierto, en la parte más alejada de la plaza. El suelo bajo la nieve se volvía arenoso, y atravesó un borde de grava.

Llegó a la carretera. Se detuvo en el arcén, mirando al norte y al sur..., y no vio nada. Solo blancura. Apenas podía oír el rugido de los motores y el susurro de los neumáticos.

Entonces oyó unos frenos que rechinaban.

Se le puso carne de gallina, temblando y castañeteando los dientes. Se dio la vuelta hacia el sonido e instintivamente retrocedió un paso.

Percibió el choque como un golpe fuerte. El metal chirrió. Rugió un motor y bajó de revoluciones.

Un tráiler doblado en dos se materializó a medias entre la tormenta de nieve.

Apareció en medio de la carretera como una montaña de metal, inclinado, con los faros esparciendo la nieve. El tráiler daba la vuelta sin parar y se deslizaba hacia ella al salir de la tormenta.

—Dios mío... —Se tiró a un lado para protegerse.

Cayó de bruces en la grava, como si fuera el beisbolista Pete Rose que se arrojara hacia la base, y luego rodó. El enorme camión pasó junto a ella, enorme y fantasmal. Salieron chispas de debajo del tráiler, formando un surtidor naranja y arrastrando un objeto a lo largo del asfalto. El camión volvió a sumergirse en la tormenta, como una bestia caída que se derrumba a una velocidad excesiva.

El tráiler quedó atrapado en algo y perdió el control.

Detrás de Caitlin, un poste telefónico se agrietó y acabó arrancado del borde de grava. Lo mismo pasó con el siguiente poste de la fila. Los cables cayeron al suelo alrededor de ella con un chasquido húmedo. Se incorporó como pudo y salió del camino. Una hilera de postes acabó arrancada del suelo como si fueran simples piezas de un juego de construcción y cayeron con estruendo.

El camión de dieciocho ruedas continuó derrapando por la carretera, de costado, arrastrando a otros vehículos en su camino. No se oían cláxones, solo frenos y el continuo crujido de metal.

Consiguió ponerse de pie. Jadeando, corrió hacia allí.

A cien metros de distancia por la carretera, el tráiler se detuvo por fin. Un enorme choque múltiple bloqueaba por completo la carretera.

La única que podía llevar fuera de la ciudad.

Dos cubos de basura estaban retorcidos y aplastados entre los parachoques y las ruedas delanteras de la cabina del camión. Eso era lo que había quedado atrapado debajo del gran camión, lo que había soltado una lluvia de chispas naranja a lo largo del camino mientras el camión pasaba a su lado.

Cubos de basura en medio de una carretera. Era Detrick el que había montado el accidente.

Seguía teniendo la Glock en la mano, con el índice medio congelado, al sujetarlo fuera del gatillo y junto a la guarda. Se volvió en redondo, buscándole, pero no vio nada.

Con el viento, cada vez más desagradable, llegó el hedor de gasolina y goma quemada, y los sonidos de disparos y quejidos. Un chillido extraño, animal. Con un nudo en el estómago, ella corrió hacia el accidente.

Detrick había desaparecido.

44

El café estaba tibio. Caitlin tenía el pelo aplastado contra la cabeza y salpicado de cristales de hielo; llevaba el chaquetón empapado en los hombros y las mangas. Sus guantes de cuero no evitaban el entumecimiento de sus dedos. A través de la nieve que volaba, las luces azules y rojas de los camiones de bomberos y ambulancias quedaban amortiguadas hasta un color suave, pastel. Las grúas estaban enganchando cabrestantes a los vehículos aplastados en el choque en cadena.

Un patrullero de Arizona se acercó, con la cremallera de la gruesa chaqueta cerrada y la nieve acumulada en el ala ancha de su sombrero de campaña, de color marrón.

—Están transportando a las últimas víctimas ya. Huesos rotos. —Miró el espacio de cien metros que ocupaba el accidente—. No ha habido víctimas mortales. Nos hemos librado de una buena.

—Desde luego. —Caitlin miró la cabina del camión de dieciocho ruedas, aplastada—. ¿Ha dicho algo el conductor?

—Dice que no ha visto los cubos de basura en la carretera hasta que estaba casi encima. Con la nieve, no sabía lo que eran. Ha girado y ha perdido el control. —El policía meneó la cabeza—. No cabe duda de que alguien los puso en la carretera. Vaya cabrón.

Caitlin asintió. Tenía la cara agrietada y le moqueaba la nariz. El patrullero dijo:

—Gracias por su ayuda. Vaya dentro y caliéntese un poco.

Ella asintió. Aquel era el terreno de él, y trabajar en aquellas condiciones era infernal. Y lo hacía todos los días.

Una voz la llamó.

—Caitlin.

A través de una capa de nieve de treinta centímetros de espesor, Brianne Rainey fue avanzando como pudo hacia ella a lo largo del arcén de la carretera. Llevaba la parka negra abrochada hasta la barbilla y pantalones de combate metidos en unas botas L. L. Bean. Las luces giratorias iluminaban las letras FBI de un amarillo intenso que llevaba en la gorra. Tenía los ojos entrecerrados en una mueca fría, pero Caitlin notó calidez y una gran tranquilidad al verla.

Rainey le puso una mano a Caitlin en la espalda.

—No ha habido muertos.

—Una suerte increíble.

El choque múltiple era un desastre retorcido y apestoso. El camión grande llevaba pollos vivos. El tráiler destrozado, con las puertas traseras abiertas, hacía eco con los frenéticos gritos de aves asustadas y moribundas.

Caitlin inhaló entre los dientes castañeteantes.

—Detrick ha usado la tormenta a su favor. Ha causado el accidente para entorpecernos como mínimo. Para evitar que le sigamos por su ruta de huida fuera de la ciudad en el peor de los casos.

La carretera era la única vía importante para salir de Crying Call y entrar. Para llegar a la localidad, los vehículos de emergencia se habían visto obligados a coger una serpenteante pista forestal a través de las montañas.

Yendo por el borde de la carretera, fueron caminando en torno al accidente. Más allá de este se extendía un vasto territorio de tierras salvajes. Los picos cubiertos de pinos eran invisibles. Más allá de quince metros todo era invisible.

—¿Quién está respondiendo? —preguntó Caitlin.

—La ciudad, el condado, los agentes estatales. El servicio forestal, en las montañas. Apoyo aéreo, si mejora el tiempo.

—¿Y cuándo será eso?

Rainey negó con la cabeza.

—La tormenta se extiende por cuatro estados.

Por delante de ellos la carretera estaba desolada, la nieve soplaba en ventisqueros que se iban haciendo cada vez más espesos. Encontrar a Detrick sería una empresa imposible. La tormenta habría borrado sus huellas. Impediría que los perros le siguieran el rastro por el olor.

A pesar de los picotazos de la nieve, la ira calentaba el pecho de Caitlin. Cada minuto que Detrick estaba suelto por ahí hacía exponencialmente peor aquel desastre.

—¿Crees que irá a pie? —preguntó Rainey.

—Lleva una chaqueta de tweed y botas de vaquero —gruñó Caitlin. Su voz había desaparecido a medias—. Si intenta ir caminando se congelará.

Rainey la miró con expresión rara.

—Vamos...

—¿Qué?

Ella puso una mano en la espalda de Caitlin y la dirigió hacia la plaza de la ciudad.

—Has dejado de tiritar. Estás entrando en hipotermia. Adentro ahora mismo.

En la comisaría de policía encontraron ruido, agitación, urgencia y ansiedad. Oficiales uniformados corrían de aquí para allá. Los dos oficiales de prisiones que habían escoltado a Detrick al juzgado sin esposas estaban sentados en el despacho del jefe Silver, derrumbados como una masa informe. Silver iba y venía por detrás de su escritorio, con el teléfono pegado al oído, intentando coordinar la caza de Detrick. En el mostrador de recepción, a la oficial Villareal parecía que le había picado una anguila eléctrica y la había dejado atontada. Pero cuando vio a Caitlin y a Rainey volvió a la vida de repente.

—Cuelguen sus abrigos. El radiador de ahí está bien caliente. Tómense un café.

Caitlin no podía desabrocharse el abrigo. Rainey se ofreció a ayudarla, pero Caitlin murmuró:

—Ya lo tengo.

Pero no era cierto. Fue andando hasta el radiador, se quitó los guantes con los dientes y apretó las manos encima del metal caliente. Sintió un alivio muy doloroso y punzante.

Villareal le llevó una toalla de gimnasio.

—Dentro de un momento se le derretirá el hielo del pelo.

—Gracias.

Caitlin se la envolvió en torno a los hombros, por encima de la masa congelada de cabello rojizo. Apretó las piernas contra el radiador.

Rainey, con la gorra llena de hielo, se inclinó junto al radiador, a su lado.

—Dudo que esta huida haya sido espontánea.

—No. Detrick...

El calor, paradójicamente, hacía que le castañetearan los dientes. Apretó la mandíbula.

Al cabo de un minuto volvió a empezar.

—Él lo planeó todo. Conocía la disposición del juzgado. Pasó dos semanas haciendo la pelota a sus carceleros. Hoy los ha camelado para que le dejaran libres las manos y los pies. Ha creado la oportunidad y la ha aprovechado —dijo—. Incluso me ha saludado con la mano, Rainey. Y estaba sonriendo.

Las manos de Caitlin ya se habían calentado lo suficiente para poder desabrocharse el abrigo. Lo abrió y se apretó todo lo que pudo contra el radiador.

—Su vida, tal y como la tenía montada, ha terminado —dijo

ella—. Pero no piensa retroceder ni fingir que es inocente. Esta huida le hace tristemente famoso. De modo que ¿cuáles serán ahora sus planes? ¿Meterse bajo tierra? ¿Cruzar la frontera?, ¿cambiar de nombre?, ¿intentar desvanecerse? —Ella negó con la cabeza—. Ni hablar.

—No —dijo Rainey—. Tiene una urgencia brutal de matar.

Caitlin le dirigió una mirada angustiada.

—Está libre. Cuando surge esa necesidad, nada consigue detenerlo.

Rainey se quitó la gorra. Dijo:

—Algo puso en marcha a Detrick el verano pasado, y empezó a secuestrar y matar a mujeres en Solace. Con cada nueva víctima que ha cogido, sus inhibiciones han ido desapareciendo.

—Psicopatología a la vista.

Rainey asintió.

—Tiene un umbral muy elevado de excitación fisiológica. Matar se ha convertido en el acto que le satisface. Y una vez un psicópata encuentra el botón de premio, sigue apretándolo sin parar. Su sistema de recompensas para el sexo, las drogas o el crimen se pone a trabajar a toda mecha y no se apaga nunca. No es capaz de cortar por lo sano. No tiene interruptor de cierre.

—Se ha regodeado en su ira y sus impulsos. Demonios..., intentó secuestrar a una mujer aquí, en Crying Call, cuando sabía que el FBI andaba detrás de él. Estaba convencido de que podía actuar con total impunidad.

—Está embriagado por la excitación. Pedaleando cuesta abajo y con los cables del freno cortados.

En la oficina del sheriff, Silver dejó el teléfono con un golpe. Se volvió hacia los oficiales de prisiones que habían dejado a Detrick sin esposas.

—Vosotros dos. —Caitlin captó un atisbo de sus caras justo antes de que Silver cerrara de un portazo. Estaban preparados para sufrir una regañina.

La mirada de Rainey se prolongó.

—Lo único que puede detener sus acciones es el miedo o la captura. Y acaba de dar un impulso enorme a su sensación de poder y control omnipotente.

Se apoderó de Caitlin un temblor que le sacudía todo el cuerpo, y el calor del radiador la inundó. Sus hombros estaban levantados y muy tensos. Se concentró y consiguió soltarlos unos centímetros.

—Detrick es un experto manipulando a mujeres —dijo—. Lo ha convertido en un auténtico arte. Se cree infinitamente superior a nosotras. Pero se siente inadecuado junto a hombres que son muy hábiles y confiados. Ese es el motivo por el que se hace pasar por policía o soldado.

—Quiere que los hombres con autoridad aprecien su astucia —añadió Rainey.

—Y anhela ser reconocido por ellos. Si no puede tener su admiración...

—Se conformará con el miedo y la desaprobación.

—Va a querer restregarles por la cara su éxito a los agentes del orden.

Los ojos castaños de Rainey tenían un aire grave.

—¿Cuál es su juego, al final?

—Seguir libre. Matar cuando quiera. Vengarse del mundo por atreverse a poner su vida patas arriba —respondió Caitlin—. Va a querer cometer un crimen para reafirmarse.

En el mostrador de recepción sonó un teléfono. La oficial lo respondió y le tendió el auricular a ella.

—Agente Hendrix.

Caitlin frunció el ceño, sorprendida. Con los dedos todavía medio entumecidos sacó su móvil del bolsillo mientras se dirigía al escritorio. No había señal.

Villareal le tendió el teléfono de recepción.

—Las antenas de telefonía móvil no funcionan desde aquí hasta Flagstaff.

Caitlin le dio las gracias.

—Agente Hendrix al habla.

—¿Se ha escapado? —preguntó Lia Fox—. ¿Ha activado una alarma contra incendios y ha salido del juzgado como si fuera Fred Astaire? ¿Qué mierda...?

Caitlin cogió aliento.

—Todos los agentes de la ley del norte de Arizona le están buscando.

—Pero ¿qué especie de policías de pacotilla tienen ahí en Crying Call?

La voz frenética de Lia resonaba más allá del oído de Caitlin. Villareal se volvió hacia ella.

—¿Y si viene a por mí?

—No conoce su nombre. No sabe dónde vive. Su número no figura en el listín telefónico. Su identidad se ha mantenido en secreto.

La voz de Lia se quebró.

—Como si eso fuera a cambiar las cosas...

Caitlin pensó en Detrick en medio de la tormenta. Si iba a pie, quizá se quedara congelado y muriese. Si había robado un coche o hecho autostop, podía estar calentito, a salvo y dirigiéndose hacia el sur.

—No es una persona normal —dijo Lia con pánico en la voz—. Si me localiza...

—Contactaré con el Departamento de Policía de Phoenix y les pediré que manden una patrulla a su barrio.

—¿Y por qué no me envían una tarjeta de felicitación?

Caitlin dejó que el silencio se hiciera más denso. Comprendía los miedos de Lia, pero percibía que ahí pasaba algo más.

—¿Qué más la asusta?

—¿Es que no basta con eso?

—Por favor. —Deseó que aquello fuera una videoconferencia. Deseó estar en la misma habitación que Lia. Le faltaba mucho contexto y la voz de la mujer solo era reveladora hasta cierto punto—. Cuéntemelo.

Lia parecía luchar por contener las lágrimas.

—Nada.

—Si está intentando proteger a alguien, no tendría que hacerlo sola. —Miró a Rainey—. Tiene al FBI aquí para respaldarla.

—A partir de ahora, lo haré todo por mi cuenta —dijo Lia—. ¿Lo ha entendido? Él está suelto. Lo averiguará.

Y colgó.

Inquieta, Caitlin se apoyó en el mostrador y dejó el receptor. Rainey se acercó a ella. Caitlin le dijo:

—La noticia se ha propagado, y nuestra fuente está muy asustada.

Pensó en ello. Fuera, la nieve continuaba cayendo.

—¿Estás preocupada por ella? —le preguntó Rainey.

Otro escalofrío la recorrió. Todavía notaba los dedos congelados.

—Sí. Pero ella no es la única. —Se volvió hacia Rainey—. Estoy preocupada por la familia de Aaron Gage.

45

Rainey puso una cara muy seria.

—La familia de Aaron Gage. En Oklahoma.

Caitlin, que finalmente se había calentado ya, se quitó el abrigo.

—Detrick sabe que un informante dio su nombre al FBI. Si cree que es Gage, puede ir a por él. Son fáciles de encontrar.

Seguía sin tener cobertura en el móvil.

—¿Wifi?

La oficial del mostrador le dio una contraseña. Tras conectarse a la red, marcó una videoconferencia con Quantico.

Emmerich respondió mientras iba andando desde la oficina de la UAC hacia la salida. Llevaba una parka de esquí negra y el maletín del ordenador colgando del hombro.

—Voy de camino. Llegaré dentro de treinta minutos. El plan de vuelo era dirigirse a Flagstaff, pero, si la tormenta sigue, iré a Phoenix.

—Estupendo. —Ella se sintió reafirmada—. Me preocupa una cosa.

Le expresó sus preocupaciones por la familia de Aaron Gage.

Emmerich empujó las puertas del edificio y salió, dirigiéndose hacia su coche. El día era gris.

—Dudo que Detrick sea capaz de conectar al informante con Gage. Han pasado dieciocho años. Probablemente estará dándole vueltas a la identidad del informante, pero es más probable que piense que alguien de Austin le delató.

—Estoy de acuerdo en que probablemente ha pasado horas en su celda repasando todos sus contactos, intentando ver si alguien encajaba. Excepto en una cosa. Durante el interrogatorio de Detrick, yo me centré mucho en los camisones.

—Encontramos a las víctimas vestidas con ellos.

—Pero Gage es el único que encontró a Detrick olisqueando un camisón. Detrick puede llegar a la conclusión de que Gage nos puso sobre su pista.

Emmerich se detuvo ante la puerta de su Audi S5.

—Tiene razón. Alertarle no sería un exceso de precaución.

—De acuerdo —dijo ella.

—Nos vemos pronto.

Colgó. Rainey parecía preocupada. También tenía su teléfono conectado a la red wifi. Caitlin le preguntó:

—¿Qué pasa?

—Hay una serie de tormentas que vienen del Pacífico, y esta en concreto es monstruosa. Dudo que llegue a Flagstaff.

Le enseñó a Caitlin el mapa del radar. La tormenta cruzaba una amplia zona del sudoeste, desde Nuevo México y el norte de Texas hasta Oklahoma.

—No sé si esto es bueno o malo —dijo Caitlin.

En un escritorio libre, llamó al Departamento de Policía de Phoenix y les contó lo de Lia Fox. Luego llamó a la línea de teléfono fijo de Gage. Dio el tono de ocupado. Intentó llamar a su móvil. «No disponible». Repetidamente. En la pantalla del ordenador buscó el Servicio Nacional Meteorológico.

«La tormenta barre todo el este hasta Oklahoma, inutilizando los teléfonos y la electricidad».

Con el calor de la calefacción, en la comisaría, el hielo de su pelo se estaba derritiendo. Tenía toda la espalda de la blusa húmeda. Rainey fue a la sala de descanso de la comisaría y trajo unas tazas de café instantáneo muy malo. Caitlin cogió una, agradecida, calentándose las manos a su alrededor.

Rainey se bebió el suyo de un solo trago.

—Si esta tormenta se extiende por cuatro estados, nuestro equipo no será el único que lo pase mal para llegar a cualquier sitio. Lo mismo le pasará a Detrick.

—Ya lo sé.

Ese pensamiento tendría que haberla tranquilizado, pero, como dijo una vez su padre, «No dejes un aviso para luego. Nunca se sabe cuándo es demasiado tarde».

—No es Aaron lo que me preocupa —aclaró—. Son Ann y Maggie.

Se imaginó a la joven y sensata esposa de Gage y a su niñita, que habían entrado en la casa el día que Rainey habló con Gage. Llamó a Quantico y preguntó a Nicholas Keyes si podía encontrar un número de móvil de Ann Gage.

Ruidos de chasquidos.

—Te lo envío a tu móvil —le anunció Keyes—. Parece que tienes frío...

—Me estoy descongelando. Gracias por la información.

Caitlin llamó desde el teléfono fijo. Para su gran alivio, Ann Gage cogió el teléfono.

—Señora Gage. Soy la agente especial Caitlin Hendrix.

Hubo una breve pausa de sorpresa.

—¿Qué pasa, agente Hendrix?

—¿Está usted en casa?

—En Oklahoma City. ¿Por qué me llama?

Parecía apresurada. En la pantalla del ordenador, el mapa del tiempo mostraba Oklahoma City, a ciento noventa kilómetros al norte de Rincón, castigada por la tormenta.

—¿Están Aaron y Maggie con usted? —preguntó Caitlin.

—Están en casa. Estoy en casa de mi abuela... Ella no podía quedarse sola durante la tormenta. ¿Qué ha pasado?

Caitlin estaba segura de que Ann no sabía nada de la fuga de Detrick.

—Tengo que darle una noticia.

Cuando Ann se enteró, se quedó callada como muerta durante un minuto.

—¿Está en peligro Maggie?

—No tenemos indicación alguna de que Detrick planee hacer daño a su familia. Pero es peligroso y queremos que sea consciente de la situación.

—¿Se lo ha contado usted a la policía de Rincón?

—Será mi siguiente llamada.

—Dios mío... No puedo moverme de aquí. La ciudad está congelada —dijo Ann—. Alguien tiene que ir a casa a avisar a Aaron. No me importa si tiene que llamar a Fort Sill para que envíen a alguien allí con un tanque.

—Estoy en ello, señora Gage.

Caitlin consiguió comunicar con el Departamento de Policía de Rincón, pero se quedaron muy desconcertados por su llamada, abrumados por la cantidad de búsquedas y rescates de la tormenta.

—Es una presión en toda la cancha, hasta que aclare la tormenta —le dijo un teniente de policía.

—No puedo contactar con el sargento Gage —respondió ella—. Es invidente y está solo en casa con su bebé...

—Ya conozco a Aaron. Es bastante autosuficiente.

—No es eso lo que me preocupa.

Reiteró que un prisionero fugado podía tener resentimiento contra él, un hombre que se creía que iba armado y era extremadamente peligroso.

El teniente, Bill Pacheco, dijo:

—Sí. Ya he visto el boletín del FBI que acaba de llegar.

—Es urgente que avisen al sargento Gage de esa amenaza.

—Estoy de acuerdo en que Aaron debería saber que ese hijo

de puta anda suelto por ahí. Pero no tenemos electricidad y el teléfono no funciona.

—Ya sé que es terrible. Estoy viendo lo mismo por aquí, en Arizona.

—Todos nuestros oficiales están en las carreteras, sacando a motoristas de las zanjas. No puedo prometerle asistencia para una amenaza tan vaga.

—No creo que la amenaza sea vaga. —Ella notaba que le temblaban las manos. Todavía tenía más frío de lo que había pensado. Intentó mantener la voz calmada, pero insistente—. Por favor, teniente. Este hombre es mucho más que peligroso. Ya sé que las posibilidades son escasas, pero no podría vivir si no avisara al sargento Gage. Si una de sus patrullas que están por ahí...

—De acuerdo. —El hombre parecía agobiado—. Veré si algún oficial puede acercarse a su casa.

—Gracias.

—Y, si consigue hablar con él, hágamelo saber. De inmediato.

—Se lo prometo.

Aliviada, colgó. Intentó llamar de nuevo a Gage, pero no consiguió comunicar con él. Fuera, la nieve azotaba la plaza de Crying Call.

46

Al final, la negativa de la agente del FBI a que lo dejara correr fue lo que acabó por convencer al teniente Bill Pacheco. Eran las diez de la noche cuando finalmente cedió el azote de la nieve. En el cuartel general de la policía de Rincón, Pacheco dejó por un momento de dirigir la respuesta a las urgencias de la tormenta, pero la insistencia tozuda de la joven Caitlin Hendrix seguía atormentándole. Asomó la cabeza por la puerta del vestíbulo y señaló al empleado que estaba en el mostrador de recepción.

—Póngame con el número de Aaron Gage.

Llamó al número fijo: «Las líneas están ocupadas». Al móvil: «No disponible».

Se dirigió a la sala de operaciones y pidió a un oficial que sacara las localizaciones de GPS de todas las unidades de patrulla del departamento. Ninguna estaba a menos de treinta kilómetros de la casa de Gage.

Entonces fue cuando llegó una llamada de Oklahoma City. Era Ann Gage, una chica a la que conocía desde el instituto.

—Bill. La cosa está mal y no puedo localizar a Aaron.

Pacheco ya se estaba abrochando la cremallera de la chaqueta y se dirigía hacia la puerta.

—Ya lo sé, Ann. Voy de camino a vuestra casa.

—Otra vez, papá.

Abrigada debajo de un edredón, Maggie Gage se acurrucaba contra el costado de Aaron.

—Es hora de que te vayas a dormir, tigrecito.

—Una vez más, por favor...

Era tarde, pero Aaron no se pudo resistir a la voz dulce y suave de su hijita. La tormenta la había emocionado. La nieve, el hecho de que se fuera la luz... Todo era una aventura para Maggie. Ann y él habían encendido fuego en la chimenea del salón antes de que se fuera la luz, de modo que la casa estaba caliente. Y aquella noche planeaba mantener a Maggie bien acurrucada a su lado. La había metido en la cama de Ann y él.

El viento silbaba bajo los aleros. Lo único que deseaba era que funcionasen los teléfonos. No tener medio de comunicarse y el hecho de que Ann estuviera en Oklahoma City cuidando a su frágil abuela... le preocupaba.

—Una vez más —dijo.

Maggie se acurrucó más aún contra su brazo.

—Una mañana, en la granja de los cachorros, Chevy estaba jugando con sus hermanos y hermanas.

A sus pies, al oír su nombre, Chevy se agitó.

Maggie preguntó:

—¿Y cavaron por debajo de la verja?

—Claro que sí. Todos eran muy traviesos. Chevy era la que vigilaba.

Notó la alteración, más que oírla. Era como si subiera el volumen de la tormenta. Una ráfaga de aire frío que se arremolinaba a través de la puerta del dormitorio.

Junto a la cama, Chevy levantó la cabeza y sus chapas de identificación entrechocaron.

Más bajo, Aaron dijo:

—Los cachorros cavaron un túnel hasta los árboles y se escondieron allí.

La puerta delantera se había abierto.

Y no era Ann. No era nadie a quien conociera. No había sido tampoco el viento. Él había cerrado muy bien la puerta..., así que no se había podido soltar el cerrojo.

En el salón crujió una tabla del suelo. Un sonido gutural se alojó en la garganta de Chevy. Un gruñido. Aaron le tocó el lomo. Tenía el pelo erizado.

Bajó la voz hasta un murmullo.

—Maggie, tienes que ser buena y hacer exactamente lo que te voy a decir. Sin preguntas. Las preguntas me las puedes hacer después. Pero ahora mismo haz lo que te digo, ¿vale?

Hubo una diminuta pausa y la voz de la niña sonó tan baja y seria como la suya.

—Vale.

—Vamos a jugar a una cosa, como en el cuento de Chevy y sus hermanos y hermanas. Igual que con los cachorros, tienes que estar muy quieta. Sin hacer un solo ruido.

Ella susurró:

—¿Así?

—A partir de ahora, ni solo un ruido. Cógeme la mano y apriétala para decir que sí.

Ella lo hizo.

Él se puso de pie y la cogió entre sus brazos. En el suelo de madera, dio siete pasos silenciosos hacia la única habitación de la casa que no tenía ventana, la única habitación en la cual no podía irrumpir un intruso desde fuera. El baño principal.

El viento soplaba contra las paredes de la casa. Metió a Maggie en la bañera.

Susurró:

—Quédate aquí hasta que yo vuelva. Si alguien llama, no respondas. No hagas ruido. Debes estar callada y ser invisible.

Se volvió y emitió un silbido bajo y corto.

—Chevy, ven.

Las chapas de la perra tintinearon cuando se puso de pie y entró en el baño.

—Siéntate.

Chevy se sentó junto a la bañera. Aaron dio la orden que no habían enseñado a la perra labrador como parte de su entrenamiento de perro guía, pero que ella conocía muy bien.

—Guarda.

Levantó la mano y tocó la cara de Maggie. El aliento cálido de la niña le calentó la mano.

—Volveré. Quédate aquí con Chevy. Pase lo que pase.

Ella le apretó la mano para decir que sí. El corazón de él se encogió. Esta niña increíble...

Cerró la puerta del baño tras él. En el dormitorio, escuchó.

Aparte de los crujidos leves del fuego, no oyó sonido alguno en el interior de la casa, ni siquiera el ronroneo del frigorífico, ni el sordo ruido de la caldera. Todavía no había electricidad. Cosa que significaba que las luces estaban apagadas.

El intruso era silencioso. No estaba registrando la casa en busca de dinero, comida o drogas. Venían a por él. A por él y a por su hijita.

Ann se había llevado la pistola a Oklahoma City. Él había insistido. La Mossberg del calibre 12 estaba encerrada en la caja de seguridad, dentro del armario del dormitorio. Pero no podía usarla. Cualquier pequeño error de cálculo y el estampido del disparo podía atravesar las paredes de pladur y herir a Maggie.

Nadie iba a llegar hasta Maggie.

Con el corazón acelerado, Aaron se imaginó la casa, sintió sus distancias, repasó los obstáculos, los bordes y los puntos de embudo. Había seis pasos hasta la puerta del dormitorio. Desde allí, el pasillo corría cuatro metros hasta el salón.

El pasillo era el lugar que podía compensar sus desventajas tácticas. El lugar donde debía hacerlo.

El suelo de madera noble estaba resbaladizo. Se quitó los calcetines de lana para tener un agarre mejor. Silenciosamente se desabrochó el cinturón de cuero y se lo quitó.

Descalzo, fue hacia la puerta del dormitorio. Cogió los dos extremos del cinturón entre las manos y lo sujetó verticalmente frente a él, bien tenso. Paso a paso, silencioso, fue avanzando por el pasillo, moviendo el cinturón hacia delante y hacia atrás ante él como defensa.

El salón estaría oscuro. El pasillo, más oscuro aún. La luz del fuego impediría que los ojos del intruso se pudiesen acostumbrar del todo cuando entrase en el pasillo. La estrechez del corredor eliminaba la posibilidad de que el intruso le pudiese atacar desde detrás. Y quienquiera que fuese no tenía armas. Porque, si hubiese tenido una, habría entrado disparando.

Aaron fue avanzando hasta la mitad del pasillo.

El tío tenía un cuchillo y vendría derecho a por él.

El intruso no pensaría que tuviera que amagar. Le atacaría directamente con la hoja. Y había un noventa por ciento de posibilidades de que fuese diestro.

Aaron se situó en posición y desplazó el cinturón hacia su izquierda, a un par de centímetros de la pared. Lo mantuvo levantado.

Entonces lo oyó. A dos metros por delante de él, a su derecha, una mano rozó la pared. El intruso no veía una mierda y estaba intentando orientarse.

Aaron se quedó completamente inmóvil. Escuchó. «Aguanta, aguanta». Notaba que el aire se movía.

Desplazó el cinturón hacia la derecha y lo agitó con furia en torno al lugar donde notaba la alteración. A ojo. Tensó bien el cinturón.

Este dio en algo. Azotó carne y acero. Lo aseguró firmemente y tiró con fuerza.

Había cogido la muñeca del tipo.

Un dolor ardiente laceró el antebrazo de Aaron. El cuchillo

era grande. Quizá un Ka-Bar, y la hoja, atrapada por el cinturón, le había hecho un corte en la mano.

Oyó un susurro. Sorpresa. Dolor.

«Muévete». Tiró del intruso hacia él, desequilibrándolo por completo. Soltó el cinturón con su mano derecha. Cogió impulso y dio con fuerza con la mano en la cara del hombre.

El golpe le puso en contacto con la parte lateral de la cabeza del tipo. Un sonido gutural salió de su garganta. Aaron arrastró la pierna del intruso. El tipo agarró la camisa de Aaron mientras caían. Ambos dieron en el suelo. Aaron se puso de pie al instante, buscando el sonido del cuchillo en la madera.

Escuchó y luego se arrojó hacia delante.

El teniente Bill Pacheco iba dando saltos a lo largo del camino de grava. La nieve impactaba en el parabrisas de su coche patrulla. Los árboles, cubiertos de hielo, resplandecían a la luz de los faros. El granero apareció a la vista, con todos sus aperos de labranza colgando. La casa estaba oscura. Los faros incidieron en las ventanas delanteras. La puerta estaba abierta, era como un agujero negro.

Salió del coche con la funda de la pistola abierta y la mano en la culata del arma.

En el porche, Pacheco se colocó a un lado de la puerta.

—¿Aaron?

Dentro de la casa sonó el teléfono fijo de Aaron Gage. La compañía de teléfonos había restablecido el servicio. Pero nadie respondía.

El viento cantaba a través de los árboles vidriados. Por debajo, Pacheco oyó otro sonido. Una respiración jadeante.

Sacó el arma y cruzó la puerta, moviendo su linterna de manera sincronizada con el arma. La nieve había entrado a más de un metro de distancia en el interior de la casa. Era virgen, sin huellas. El teléfono seguía sonando. A Pacheco se le erizó el vello de la nuca.

En el suelo de la cocina yacía Aaron Gage.

Jadeaba, intentando respirar. La luz de la linterna iluminó una mancha de sangre oscura y pegajosa que rodeaba su cuerpo. Tenía la camisa agujereada con marcas de puñaladas.

—¡Aaron! —Pacheco dio a un interruptor, pero no había luz. Fue a la cocina—. Aaron, ¿está aquí todavía el hombre?

Gage no respondió. Su mano se crispó en el suelo, extendiendo la sangre como si fuera pintura de dedos.

—Maggie...

En alerta roja, Pacheco se arrodilló al lado de Gage.

Gage movió una mano y agarró a Pacheco por la chaqueta.

—Maggie. Mi hija.

Pacheco puso una mano en el costado de la cara de Gage. El hombre estaba frío como el hielo.

—Aaron. ¿Está aquí Maggie?

Con una mano temblorosa, Gage señaló hacia la parte trasera de la casa. Pacheco movió su linterna hacia allí. Y oyó ladrar a la perra.

—Aguante.

Pacheco se puso de pie sobre unas piernas temblorosas y recorrió el pasillo. Los ladridos se hicieron más fuertes. Oyó que el perro daba con las patas en una puerta. Al final del pasillo, entró en el dormitorio principal y luego fue a la puerta del baño. Estaba cerrada. Los ladridos se intensificaron.

—¿Maggie? —dijo Pacheco.

Solo oyó un sollozo diminuto, ahogado. Pacheco se sacó el cuchillo de su funda y abrió con él el cerrojo.

Cuando la puerta se abrió, los ojos castaños de Maggie Gage estaban muy abiertos y llenos de lágrimas.

Estaba acurrucada en la bañera, ilesa, con las manos encima de la boca para evitar que sus sollozos se escucharan fuera. La perra estaba junto a ella, con las orejas echadas hacia atrás y los dientes desnudos. Gruñía y cerraba la mandíbula, pero no le atacó. El sudor oscurecía su pelaje en torno al arnés guía. Pacheco notaba que el corazón le iba a mil por hora.

Desde la cocina llegó un silbido nítido. Y luego la débil voz de Aaron que decía:

—Suelta.

La perra entonces retrocedió. Pacheco le ordenó:

—Quieta.

Y la perra obedeció, jadeando.

—Espera aquí —dijo Pacheco a Maggie—. Todo se va a arreglar. Vengo a ayudaros.

Comprobó el resto de la casa, se inclinó hacia la radio que llevaba al hombro y llamó a urgencias. Al volver al baño, enfundó el arma y cogió a Maggie entre sus brazos.

—Ya te tengo.

La niña se acurrucó contra él, temblando. En el salón, Pacheco la dejó en el sofá, se quitó la chaqueta y la envolvió con ella.

—Papá... —gimió la niña.

—Está aquí. Voy a ocuparme de él.

Pacheco volvió corriendo a la cocina, puso su linterna en el mostrador para proporcionar un poco de visibilidad, y se arrodilló al lado de Gage. El teléfono al final había dejado de sonar.

Gage estaba tan pálido como la harina, y sus labios estaban azulados.

—Maggie... está...

—Está a salvo. Está bien.

Pacheco abrió los botones de la camisa de Gage. Contuvo el aliento. Tenía seis heridas de arma blanca, cada una de ellas de un par de centímetros de largo, extendidas por todo el pecho y sangrando. Pacheco cogió unos trapos de cocina de un cajón para presionar las heridas, pero había demasiadas. Cubrió una de ellas y apretó, y puso las propias manos de Aaron en otras dos.

—Aguante, compañero. —Oyó el temblor en su propia voz—. ¿Qué ha pasado?

En el salón resonaban en voz baja el llanto y los hipidos de Maggie.

—Papá...

Al oírla, a Gage dio la sensación de que algo se liberaba en su interior.

—Maggie... —Cogió aire y se puso a rezar. Parecía que todos sus deseos se habían hecho realidad—. Maggie... lo has hecho muy bien.

—¿Quién ha hecho esto? —dijo Pacheco.

—No... —jadeó Gage—. No lo sé.

—¿Cuántos?

Gage intentó tragar.

—Uno.

Pacheco cogió un vaso del mostrador y lo llenó en el grifo. Levantó la cabeza de Gage y le hizo beber un poco.

—Chevy... gruñía. Sabía que algo no iba bien —dijo Gage con mayor facilidad.

La perra, al oír su nombre, entró en la cocina. Con un quejido largo y desesperado, se puso a su lado y se echó. Sus ojos castaños estaban llenos de dolor, bajo el haz de la linterna.

—Yo... le he dicho a Maggie que se escondiera y que estuviera quieta. Le he ordenado a Chevy que se quedara con ella.

Pacheco apretó el trapo de cocina con las manos. Se había empapado de sangre por completo. Comprobó el tiempo. La ambulancia de urgencias estaría todavía a kilómetros de distancia. Pacheco le explicó:

—Chevy ha hecho exactamente lo que le dijo que hiciera. Lo ha hecho muy bien. Ha protegido a Maggie. No se ha movido de su lado.

Gage asintió. En voz baja dijo:

—Buena perra.

Los perros guía son animales de trabajo, no mascotas. Y Chevy acababa de llevar a cabo el servicio más importante de toda su vida. Pero, cuando Gage dijo «Buena perra», la labrador se adelantó un poco y le lamió la cara.

Pacheco preguntó:

—¿Puede decirme algo del atacante?

—Le he hecho algún corte y también le he dado algún golpe, pero... —Se detuvo, vencido por el dolor—. Había neutralizado el cuchillo, pero resulta que tenía otro.

—Aaron, le ha salvado la vida a Maggie.

La mano de Pacheco estaba húmeda y el trapo de cocina, empapado. No podía restañar el sangrado.

Se inclinó de nuevo hacia su radio:

—¿Dónde está la ambulancia? La necesitamos aquí ahora mismo.

La respiración de Gage se hizo irregular.

—Siga hablando, Aaron. Dígale cosas a Maggie —dijo Pacheco—. Ella se ha quedado callada. Ha sido muy valiente.

—La mejor... Esa niña guapísima y estupenda... Maggie...

Las manos de Pacheco estaban calientes, en la corriente heladora, húmedas de sangre.

—Quédese conmigo, sargento.

En el mostrador de la cocina, el teléfono volvió a sonar.

En la comisaría de Crying Call, bajo una fría luz fluorescente y con olor a café escaldado, Caitlin se apoyó sobre los codos, con los ojos cerrados y el teléfono apretado contra la oreja. El número iba sonando. «Vamos, contesta». Sonaba cada vez que ella llamaba, durante la última media hora, pero nadie lo cogía. Cansada, dejó el receptor. Estaba a punto de colgar cuando una voz de hombre irrumpió al otro lado y dijo:

—¿Quién es?

Ella se puso tensa de golpe.

—Soy Caitlin Hendrix. —Ella reconoció la voz. No era Aaron Gage. Era el teniente de policía de Rincón, Oklahoma, y su voz no sonaba bien—. ¿Teniente Pacheco?

Había ruido de fondo. Un crío llorando. Se le escapó el aire de los pulmones.

—Teniente...

Solo pasó un segundo antes de que él empezara a hablar, pero pareció eterno.

—Estoy aquí. —Hizo una pausa—. Pero he llegado tarde. Aaron ha muerto.

47

Caitlin se quedó mirando las oscuras ventanas de la comisaría. Bajo las luces fluorescentes, su rostro cansado se reflejaba en el cristal. Era medianoche. Sonó un teléfono en algún sitio. La comisaría estaba casi vacía, solo quedaba un oficial en el mostrador de recepción.

Se abrió la puerta. En medio de una ráfaga de aire helado, entró Emmerich y dijo:

—Ya me he enterado.

Caitlin se volvió, con las manos colgando a los costados.

—Hemos sido demasiado lentos.

—Ha hecho todo lo que ha podido.

Ella se apretó los ojos con los dedos.

—No ha sido suficiente.

La parka negra de Emmerich estaba espolvoreada de nieve. Su respuesta fue cruda.

—A veces es así.

«Levante el ánimo», oyó ella. Y asintió.

La voz de él se dulcificó.

—Ha sido un golpe terrible. Pero ahora lo que tenemos que hacer es encontrar a Detrick.

—Sí, señor. —Vacilante, añadió—: Hay algo raro en el *modus operandi* del ataque a Gage.

Rainey, que trabajaba en un escritorio en un rincón, levantó la vista de su ordenador.

—Caitlin. C. J.

Rainey dio la vuelta al ordenador.

—Tengo al Departamento de Policía de Rincón en vídeo.

Emmerich tocó el hombro de Caitlin.

—Luego hablamos de eso.

Dio con las botas de escalada en el suelo para desprender el hielo adherido y se desabrochó la parka. Se acercaron todos al escritorio donde estaba Rainey. En pantalla vieron el rostro solemne y exhausto del teniente Bill Pacheco.

—Teniente —dijo Emmerich—, ¿qué puede contarnos?

—No mucho todavía. La tormenta ha impedido que la unidad del forense llegue a la escena del crimen. Llegarán mañana, como muy temprano.

—Con su permiso, me gustaría que un miembro de nuestro equipo les acompañara.

—Están invitados. Es oficial.

Caitlin se aclaró la garganta.

—¿Qué sabe, teniente?

La mirada intensa de Pacheco se fijó en ella.

—Que Aaron Gage ha sido un héroe. Ha salvado la vida de su hija.

Caitlin quiso asentir con la cabeza para responder, pero tenía un nudo en la garganta.

Emmerich dijo:

—¿Cree que la niña era el objetivo principal?

—No estoy seguro. Pero Aaron luchó como un hijo de puta. Cayó haciendo daño.

—¿Cree que hirió al sospechoso?

Pacheco asintió.

—Me ha dicho que pinchó al tipo. Que le quitó el cuchillo. Pero el asesino tenía un segundo cuchillo, que Aaron no pudo ver. Le cortó el brazo y lo derribó.

Rainey y Caitlin intercambiaron una mirada.

Pacheco lo vio.

—Es su preso fugado. Su especialidad es cortar muñecas, ¿no?

—Con mujeres que ha inmovilizado y sometido —puntualizó Caitlin.

—Yo diría que ha usado esa misma técnica esta noche.

El estómago de Caitlin se tensó.

—Es posible.

—¿Acaso lo duda? —Pacheco frunció el ceño—. Detrick ya había hecho esto antes, en Solace, ¿verdad? Shana Kerber. Entró silenciosamente por la noche en una casa aislada.

Caitlin notaba que le picaban los ojos. No había cenado, ni comido tampoco. Se mantenía a base de café recalentado y adrenalina.

—Este ataque es similar, pero solo en apariencia —dijo—. Este asesinato no sigue el *modus operandi* de Detrick.

—Estoy de acuerdo. Pero esto era simplemente venganza, no un crimen sexual. La venganza no se ajusta a las normas.

Emmerich dio golpecitos con el pulgar en el escritorio.

—El arresto de Detrick fue un factor de tensión que ha podido hacer que la rabia estallara. —Se volvió hacia Caitlin—. Era usted la que pensaba que Detrick podía atacar a Gage... ¿Por qué lo descarta ahora?

—Temía que Detrick atacase a la mujer y la hija de Gage. Detrick mata a mujeres porque cree que son objetos inferiores y débiles.

Pacheco dijo:

—Estoy de acuerdo en que quizá vino en busca de Ann, y a lo mejor le habría hecho algo terrible a Maggie si Aaron no le hubiese reducido.

Caitlin se volvió de frente a la pantalla.

—Detrick no ha matado a Aaron. No tiene huevos para enfrentarse a un hombre.

Pacheco se echó atrás y miró al techo.

311

Caitlin insistió:

—Ya sé que ahora mismo todos los motivos y pruebas apuntan a Detrick. Pero le digo que no ha sido él. Ha tenido que ser alguna otra persona.

Emmerich dijo:

—Es extraordinariamente improbable que el crimen de Gage sea una simple coincidencia. Si no es Detrick, entonces ¿quién ha sido? Y ¿por qué?

—No lo sé.

Pacheco meneó la cabeza.

—Ya hablaré con ustedes cuando la unidad forense trabaje en la escena. —Pareció invadirle una fatiga aún mayor—. Ann Gage no puede venir de Oklahoma City hasta que aclare la tormenta. Tengo que ocuparme de la niña de Aaron.

Era el final más decepcionante que podía imaginar Caitlin.

Pacheco cerró la conexión. Caitlin continuó mirando la pantalla negra. Se sentía fatal. Había dado jaque mate a Detrick. Ahora, él había dado la vuelta al tablero.

—¿Quiere que vaya a Oklahoma? —preguntó.

Después de pensarlo un momento, Emmerich respondió:

—No, voy yo. Este crimen está conectado con las demás muertes de Detrick, pero de una forma que no comprendo. Tengo que hacerme cargo.

Ella asintió.

Emmerich las miró a ella y a Rainey de arriba abajo.

—Están hechas polvo, las dos. Seguiremos con todo esto mañana por la mañana.

Ellas recogieron sus cosas y salieron por la puerta de atrás a la fría noche. El único vehículo que quedaba en el aparcamiento era el Suburban en el que había llegado Caitlin.

—¿Cómo ha venido hasta aquí? —le preguntó a Emmerich.

—He hecho autostop en una quitanieves hasta el accidente múltiple. Y desde allí andando.

En el motel, Caitlin cerró la puerta de su habitación. Se sentó en el borde de la cama, con las manos colgando entre las rodillas. Le ardían los ojos del cansancio. Sabía que debía buscar algo que comer, pero no podía reunir las fuerzas suficientes para moverse. Se sentía exhausta.

Tenía que sobreponerse. Por la mañana debía estar lista para luchar.

Sus colegas estaban en habitaciones adyacentes, pero se sentía aislada. Una ira desatada la invadió, y la sensación también de estar a la deriva y sola. La imagen de Aaron Gage luchando para salvar la vida de su hija la apretaba como una garra.

Se puso de pie y caminó, pasándose los dedos por el pelo. Al cabo de un minuto sacó su teléfono del bolsillo. Llamó a Sean.

Él no lo cogió. Fuera, el viento silbaba. Ella siguió andando, pellizcándose el puente de la nariz.

Llamó a Michele.

Normalmente no echaría una carga semejante sobre los hombros de una amiga, pero necesitaba una voz cariñosa.

Tres timbrazos, cuatro.

—Hola.

Caitlin sintió un gran alivio.

—Hola.

—Chica. ¿Estás bien?

—Ha sido un día muy largo, en una ciudad muy solitaria.

—Espera un momento.

De fondo Caitlin oía música. Se preguntaba si habría cogido a Michele cenando fuera. Oyó que Michele recorría una habitación. La música bajó de volumen.

—Cariño, pareces hecha polvo —dijo Michele.

—Ha sido un mal día. Solo quería oír una voz amistosa.

—Pues ya la tienes. ¿Quieres hablar? ¿Quieres que te suelte unos tacos?

Caitlin fue hasta la ventana.

—De lo peor. Por favor.

—Tú primera.

La música aumentó de volumen al abrirse una puerta. Caitlin oyó la voz de Sadie, y Michele cubrió el teléfono para decir:

—Deberías volver a la cama, cariño.

La canción le sonaba familiar. Era Gary Clark Jr., *Numb.*

Michele volvió con ella.

—Perdona.

—¿He influido en tu gusto para la música? —quiso saber Caitlin.

—¿Cómo?

—Nada, que no sabía que te gustaba el hip-hop. Ni el blues.

Y entonces lo entendió todo.

De fondo oyó la voz de Sean.

—Sadie, deja hablar a mamá.

Una sacudida la recorrió. Se detuvo frente a la ventana. Al teléfono, oyó el entrechocar de una botella contra un vaso y algo que se vertía. Al cabo de un segundo oyó el claro tintineo de una copa de vino que se deja en un mostrador de granito.

Michele estaba en casa de Sean, tomando una copa con él.

—¿Estás ahí? —le preguntó su amiga.

—Sí.

«¿Estoy alguna vez?».

—Te estoy interrumpiendo —dijo Caitlin. Su voz sonaba incorpórea.

—No, en absoluto. Es que también he tenido un día muy largo, nada más —replicó Michele—. Necesitaba descansar un poco de ser mamá y papá estaba a mano. Ojalá estuvieras aquí para unirte a nosotros.

—Yo también lo deseo.

Michele hizo una pausa y volvió a hablar. Entonces Caitlin hizo una pausa también... ¿Había dicho aquello último con cierto retintín?

—Chica, es el final de una semana muy dura, y estamos viendo *Buscando a Dory*. Otra vez.

—No, si lo entiendo.

No es que Caitlin se sintiera celosa..., no era eso exactamente, pero aquello la estaba derribando. Mierda, la había tirado al suelo como un toro mecánico, prácticamente contra la pared. Se dio cuenta de que estaba mirando una mancha cualquiera en las cortinas marrones de la habitación del motel. Se dio la vuelta.

—Caitlin...

—Es que... Es uno de esos días...

—No estabas hablando de eso, ¿no? Vamos, mujer...

Las paredes también tenían manchas. Durante un horrible segundo, flotó fuera de sí misma y se imaginó la habitación procesada por una unidad de la policía científica con trajes de Tyvek. Espolvoreando luminol, poniendo la luz ultravioleta y examinando la colcha, el cabecero y el techo y viendo cómo se iluminaban con el azul eléctrico de los fluidos corporales.

—Si quieres saber cómo he pasado el día, pon las noticias —dijo Caitlin.

—¿Cómo? —exclamó Michele.

Caitlin cerró los ojos con fuerza. ¿Qué estaba haciendo? Confiaba en Sean. Y en Michele.

Pero sentía como si le estuvieran dando patadas en el estómago.

No quería respirar, no en aquella habitación rancia. El aire parecía lleno de malos humores.

Lo intentó una vez más.

—Estoy en Arizona. He venido aquí para testificar en la vista preliminar de Detrick, pero...

—Sí, estoy mirando las noticias ahora —dijo Michele—. Madre mía...

A lo lejos, Sean preguntó:

—¿Qué pasa? Chele, ¿estás bien?

Caitlin se apoyó en el escritorio. Aquella familiaridad de Sean y Michele... Tendría que haberle resultado obvio. Cuando vivía en California, las cosas eran distintas. Ella estaba con Sean todos los días y corría con Michele dos veces por semana. Los momentos difíciles se limitaban a recoger a Sadie o a dejarla de nuevo con su madre.

Pero ahora no vivía en California.

Había recogido todos sus bártulos y se había largado a la Costa Este. Era ella la que se había ido. Sí, a hacer el trabajo de su vida, claro. Pero era ella la que había abandonado la ciudad y se había alejado nada menos que hasta Virginia.

¿Y dónde estaba ahora? Pues no lo sabía. Pero quedaba dolorosamente claro que estaba fuera de una unidad familiar.

Michele dijo:

—Qué pesadilla. ¿Estás bien?

—Exhausta. —El frío helador de la tormenta seguía afectándola hasta el hueso—. Solo quería saludar. Ya hablaré contigo cuando no estés tan ocupada.

—Cait...

Caitlin colgó.

48

Las luces del aparcamiento del motel estaban encendidas toda la noche, como un resplandor de un amarillo enfermizo que se colaba por los huecos de las cortinas. A las tres, Caitlin yacía despierta, con la cabeza martilleando, y todas las ansiedades del mundo se le metían dentro como si fueran ciempiés.

Encendió la luz. Se incorporó. Se abrazó las rodillas.

No podía llamar por teléfono a nadie a aquella hora. No quería poner la televisión. Fuera soplaba el viento.

¿Estaría pasando la noche Michele en casa de Sean?

—Para ya. —Lo dijo en voz alta.

Ella sabía que no pasaba nada. Sabía que Michele había perdido el interés físico por Sean.

Por el maldito Sean Rawlins, con su metro ochenta y ocho, sus abdominales como una tabla de lavar y un apetito por el sexo que era tumultuoso y desenfadado.

Se levantó. La habitación estaba fría. Su camiseta de los Warriors y su pantalón de pijama eran muy finos para la noche en la montaña. Sacó su ordenador. Sabía que era un error, que la metería con más intensidad todavía en la obsesión nocturna y el miedo crónico, pero lo encendió.

Obligándose a concentrarse en el caso, pensó: «Lia Fox».

Si Kyle Detrick había ido a Oklahoma a matar a Aaron Gage, Lia estaba relativamente a salvo, porque eso indicaba que Detrick huía hacia el este, alejándose a gran velocidad de Phoenix.

Pero si no era Detrick..., si quien había matado a Gage era otra persona...

Se frotó los ojos.

Si Detrick no había matado a Aaron Gage, podía estar en cualquier parte.

El amanecer se coló por las cortinas demasiado pronto. En el motel de carretera, Kyle Detrick abrió los ojos.

Se estiró perezosamente, disfrutando del buen colchón y la almohada blanda. Las sábanas limpias y calientes, el edredón confortable, resultaban muy suaves sobre su piel desnuda. Al cabo de unos pocos minutos saltó de la cama. Ante la ventana, miró fuera. Un brillo debido al calor se elevaba desde el aparcamiento; el sol del desierto ya estaba haciendo su trabajo. Al otro lado de la carretera, los cactus saguaro se alzaban en el suelo rocoso y marrón, como el atrezo de un folleto turístico. El desierto infinito se extendía hasta las colinas manchadas de rojo y el horizonte que estaba más allá. Bienvenidos a Anthem, Arizona.

Sonrió.

Dejó caer la cortina de nuevo en su sitio, salió de la cama y puso las noticias de la mañana.

Mira eso.

Subió el volumen. «... Sigue sin haber ni rastro de Kyle Detrick, que huyó del juzgado de Crying Call el jueves por la mañana».

Era un reportaje en directo desde la escena. El reportero era un hombre latino con una chaqueta de esquí muy abultada y un sombrero con el logo de la cadena de televisión de Phoenix. Parecía serio y agresivo. Muy pagados de sí mismos estos donnadies locales. El hombre estaba con un micrófono ante el gran accidente de la carretera junto a Crying Call. Unos desguazadores estaban quitando los últimos vehículos de la carretera.

Había sido como hacer un pleno en la bolera, pensó Detrick. Todos cayeron como bolos.

El informe cambió entonces a un vídeo de archivo, en el juzgado, durante su comparecencia. En la cama de la habitación del motel, se apoyó sobre los codos y se miró a sí mismo. O más bien vio la versión de Kyle Detrick que existía antes de cortarse el pelo y ponerse una ropa que le hacía parecer un camionero. En la pantalla de televisión parecía muy sereno. Incluso de pie en el tribunal, con la asquerosa cadena de presos, él estaba por encima de los demás. Tenía la barbilla levantada. Parecía honrado. Les había demostrado que la injusticia que estaban cometiendo con él no duraría.

Y él no había dejado que durase. Su sonrisa se volvió a dibujar, más amplia esta vez.

Se sentía de maravilla. Era libre.

Las noticias trazaban su vía de fuga y el reportero señalaba la puerta lateral donde las escaleras de incendios salían fuera del juzgado. La nieve estaba pisoteada y las huellas eran imposibles de seguir. El equipo de noticias entrevistaba a la gente asombrada de la localidad de Crying Call, y a fans del tribunal llenas de júbilo por su fuga.

Intentó aguantar la risa. Era delicioso.

El reportaje llevaba luego a un bar de Main Street. Una banda local había escrito *La balada de Kyle Detrick*. El reportaje mostraba brevemente a la banda en el escenario, cantando el coro. El reportero cortó y volvieron al estudio.

En el decorado del estudio, bajo las luces, con su maquillaje y sus trajes baratos, los presentadores de la mañana meneaban la cabeza.

—Esto es una barbaridad —se quejaba una mujer con el pelo lleno de laca.

—Parece divertido, pero la verdad es que Detrick está enfermo —dijo un hombre.

—Qué momentos más terroríficos —decía otra persona. Decían que estaba enfermo. Que era peligroso. Fruncían los labios.

Él rechinó los dientes. Quería gritar desde los tejados que había ganado. Había escapado del tribunal. Había sido más listo que el mierdoso FBI.

El calor le ardía en el pecho. Una necesidad. Una ira.

Se puso de pie. La muerte de Aaron Gage todavía no había salido en las noticias. Cuando lo hiciera, les cerraría la boca a esos payasos. Apretó los puños y los soltó de nuevo. Quería coger un cuchillo. Una vida.

Fue paseando por la habitación de un lado a otro.

Alguien había enviado al FBI contra él. Él lo sabía, a causa de la declaración jurada de Caitlin Hendrix, apoyando su arresto por delito mayor, en la que había mencionado a un informante. Un chivato.

Desde que le metieron en la cárcel, intentaba pensar quién habría sido ese chivato. ¿Alguien del trabajo? ¿De la iglesia? No. Había tenido muchísimo cuidado. No podía ser nadie de Austin. Y eso significaba que tenía que ser alguien de su pasado.

¿Cuándo había fallado a la hora de tener cuidado? En la universidad. ¿Quién había vislumbrado un poco sus debilidades? Aaron Gage. Gage era la única persona que sabía lo suyo con los camisones blancos. Tenía que haber sido él. Ese idiota borracho no se preocupaba por él, ni por su vida o por sus necesidades. Nadie más podía haberles contado cosas de él con tanta facilidad al FBI.

Después de la invasión de la casa de Gage, se sentía seguro.

Porque ahora tenía más información. Tenía el historial de llamadas del móvil de Gage. Le cogió el teléfono del bolsillo a Gage, cuando él cayó, y este le contó una historia fascinante. Le dijo a Detrick que Dahlia tenía que estar implicada.

Detrick se detuvo, el calor le abrasaba todo el cuerpo, aunque tenía la piel totalmente desnuda. Apretó los puños, luego extendió los dedos, como si fueran garras. Se dirigió al baño y se miró en el espejo.

Dahlia.

En cierto sentido, ella no le importaba nada. Aunque Dahli estuviera destinada a él. Había visto esto último en la forma que tenía ella de reírse de sus ocurrencias. En la forma que tenía de clavar siempre los ojos en él. Y cómo había sucumbido a su seducción. Había sido perfecto. Pero luego ella le rechazó. Dijo que había sido un error. Que él era inmaduro y egoísta, y que tenía que dejarla en paz. Le miraba como si él fuera un perdedor.

¿Inmaduro, él?

Él fue quien quemó el apartamento y luego la rescató.

¿Egoísta, él? Pero si era un héroe.

Pero ella no quería tener ya nada que ver con él. De modo que él le envió postales y regalos sutiles y ominosos.

¿Perdedor, él, cuando la había localizado tan hábilmente que ella no supo nunca que era él? ¿Cuando en realidad era él quien tenía el poder? A la mierda. Dahlia no significaba una mierda para él.

«Dame un cuchillo».

En el dormitorio sonó su teléfono, uno de usar y tirar que le habían conseguido introducir de contrabando en la celda con el KFC. Llegó un mensaje de texto. Se apoyó en la encimera del baño, contemplándose.

Sí, los había superado en astucia a todos.

Había escapado de Crying Call con un buen montón de dinero. Lo había retirado de una caja de seguridad de su banco de Austin, antes de ir a Arizona. Después de su arresto, había conseguido convencer a Emma de que se lo pasara, diciendo que lo necesitaba como moneda de cambio en la cárcel. Ella lo hizo, aunque de mala gana, y pasó muchísimos nervios. Esa fue la gota que colmó el vaso y le abandonó.

Pero no le importaba. Emma era atenta y la pequeña Ashley le adoraba, pero estaba claro que Emma no pelearía más por él. Así que al final le resultaba inútil.

No era una gran pérdida. Tenía nueva ayuda por parte de una persona leal. Alguien que no soportaba la carga de una criatura, y que estaba deseando hacer lo que le pidiera. Una persona devota, que odiaba la ley tanto como él mismo, y que veía en él algo magnífico.

Alguien que le seguiría.

Volviéndose de lado, comprobó la definición de su torso y luego se dirigió hacia la mesita de noche y abrió el mensaje del teléfono. «Bueno —pensó—, fíjate tú».

Apagó la televisión. Se duchó y se vistió, y con la toalla limpió todas las superficies de la habitación. Recogió la llave que le habían pasado de contrabando en la cárcel, junto con el teléfono, y salió a su coche. En Crying Call estaba aparcado a varias manzanas del tribunal, dispuesto para él. Lo puso en marcha y se dirigió hacia el sur.

El mensaje de texto del mensaje decía: «Phoenix».

Estaba a sesenta y cuatro kilómetros de distancia.

49

Las noticias no callaban nunca. En el televisor de la cocina, en el dormitorio, en la radio del coche de Lia Fox, mientras corría de vuelta al 7-Eleven, adonde había ido cuando se quedó sin cigarrillos, a las seis y media de la mañana, estaba por todas partes. «Detrick. Detrick. Detrick».

Los tíos de aquella banda del bar de Crying Call pensaban que Kyle era Billy el Niño. Los grupos de Facebook se corrían de gusto. Algunas comentaristas pensaban que la fuga de la cárcel de Kyle era lo más emocionante que había pasado desde la persecución por la autopista de O. J. Simpson. Ponían fotos suyas, y dibujos de sí mismas con él, generalmente abrazados de forma seductora. También colgaban ficción *slash*. En algunas de esas historias aparecía Kyle secuestrando y tomando venganza de la agente del FBI que le había arrestado y que, al final de la historia, acababa teniendo el mejor orgasmo de toda su vida. La mayoría de las historias tenían como protagonistas a sus autoras, que huían con el fugitivo y llevaban con él una vida de sexo infinito en una playa. A cualquiera que expresase dudas sobre la inocencia de Kyle la insultaban llamándola «hereje» y «zorra».

¿Estaba loca la gente?

A las diez de la mañana, después de llamar al trabajo y decir que estaba enferma, Lia se acabó el segundo paquete de cigarrillos, apagó la colilla y cambió su parálisis temblequeante por una acción frenética. Sacó una maleta del armario de la entrada e hizo el equipaje a toda velocidad. Metió la ropa, el maquillaje y un estante entero de medicamentos, bragas para al menos dos semanas y una botella de Chablis, y luego arrastró la maleta al salón. Envió un mensaje de texto a su hermana, Emily. Miró a su alrededor. No sabía cuánto tiempo estaría fuera. Abrió la maleta de nuevo y quitó las fotos de la pared y de la mesita auxiliar, y se guardó todas las que pudo. La bolsa abultaba mucho cuando por fin cerró la cremallera.

Sacó el transportín de la gata del armario del vestíbulo y chasqueó la lengua hasta que Zipper maulló y salió corriendo de la habitación de invitados. Empujó a la gata adentro, bufando, y cargó el transportín en el coche, y luego volvió a buscar su ordenador y su maleta.

Pasó la maleta con ruedas por encima del umbral. De pie en el escalón delantero, miró a su alrededor. Otro día soleado en Phoenix, un día que parecía crudo, seco y yermo. Cerró la puerta del apartamento, trasteando con las llaves, y su teléfono sonó.

Zona de código 580. «Rincón. Ok».

Era Aaron. Con la mano todavía en las llaves, que colgaban de la cerradura, hizo una pausa, ansiosa y a la vez aliviada. Y, francamente, asombrada ante aquellos dos sentimientos.

Hasta hacía dos semanas no se habría imaginado jamás volver a hablar con Aaron. Había huido de la universidad porque pensaba que era un acosador psicótico. Se había mudado a Arizona, escondiéndose de él. Pero resultó que el acosador y el psicópata, el hombre a quien había temido durante años, no era Aaron. En absoluto.

Dos semanas antes, cuando arrestaron a Kyle Detrick, su mundo dio un vuelco. Todo lo que creía que era verdad en realidad era mentira. Sentía como si una guadaña enorme hubiera cortado en dos su pasado, mostrando un paisaje completamente distinto.

Así que llamó a Aaron. Aclaró las cosas. Llenó los huecos.

Saber cómo habían sido para él los últimos diecisiete años de su vida, oírle contar sus años en el ejército, la espantosa historia de cómo había perdido la vista, averiguar que tenía una esposa, todo aquello la había dejado confusa. Incluso tuvo que admitir que en parte sintió cierto dolor cuando él le dijo que estaba felizmente casado. Su voz era la misma, pero sobria, más profunda, más madura. Ella había intentado convencerse de que le complacía mucho lo que le había contado. Saber la verdad y decirle que sentía mucho haber sospechado de él por algo que no era culpa suya. Al hacerlo notó que una nube oscura se disipaba.

Pero ahora, Kyle había escapado de la cárcel. Aaron tenía que estar tan preocupado como ella. Tenía una hija pequeña... Notó el corazón oprimido.

Se llevó el teléfono al oído.

—Aaron.

Nada. La llamada estaba conectada; oía ruido al otro lado. Tráfico.

—¿Aaron? ¿Hola?

Se apartó el teléfono del oído y comprobó la pantalla. La llamada seguía su curso.

Al examinar la pantalla, el teléfono vibró y entró una segunda llamada. Un número 804, esta vez. Quantico, Virginia. El FBI.

—Aaron, espera... —dijo.

Una sombra le pasó por detrás de los hombros. El aire detrás de ella se enfrió. Se volvió y en una décima de segundo vio una silueta alta. Un hombre con los brazos abiertos, como si le ofreciera un abrazo. Pero en la mano derecha llevaba una barra de hierro para desmontar llantas y se dirigía con rapidez hacia ella. El golpe fue sordo y fuerte, en un lado de la cabeza, abatiéndola tras la puerta cerrada de su apartamento.

50

Caitlin colgó. De nuevo el buzón de voz. No conseguía contactar con Lia Fox. En el mostrador de la cafetería de la plaza de Crying Call, las tazas de café entrechocaban. La camarera le entregó una bolsa de papel marrón muy abultada.

—Aquí tiene, guapa.

Caitlin sacó algo de efectivo del bolsillo de sus pantalones. La bolsa estaba caliente: dos bocadillos de huevo frito, dos cafés grandes y las últimas manzanas que quedaban en el frutero junto a la caja registradora. Fuera, el cielo era de un azul casi doloroso, como si se estuviera disculpando por haber infligido una tormenta como la sufrida por la ciudad. La gente iba saliendo poco a poco.

La camarera se metió un lápiz en la coleta peinada hacia arriba.

—¿Se va ya de la ciudad?

Caitlin le tendió el dinero en efectivo. Murmuró algo no concluyente. No quería que la gente de la ciudad supiera nada de las idas y venidas del equipo. Detrick ya había estudiado demasiado bien los métodos de los representantes de la ley de la zona.

Le dedicó una sonrisa a la mujer. Necesitaba café. Le faltaban muchas horas de sueño. No quería pensar en Michele tomándose un vino con Sean.

La camarera abrió la caja registradora, que emitió un pitido, y sacó unos billetes del cajón.

—¿Van a encontrarle?

—Ese es el plan.

La camarera le tendió el cambio. Tenía la cara inexpresiva.

—Bien.

Caitlin cogió la bolsa.

—Quédese el cambio.

Salió por la puerta y se enfrentó al blanco cegador de la nieve, al mundo entero que ardía, azul y blanco. Su aliento formó una nubecilla. Rainey esperaba en su Suburban junto a la acera, manteniendo el coche caliente. Caitlin entró de un salto en el monovolumen y puso el desayuno en la consola central. Dijo:

—Sigue sin contestar. Lia ha llamado al trabajo diciendo que estaba enferma, pero en casa no lo coge. Tampoco ha respondido a mis mensajes de texto ni a mis correos.

—¿Crees que se ha retirado de manera deliberada?

—Es posible. Pero no me acaba de convencer la idea.

Por encima de sus cabezas, el helicóptero de la policía estatal pasó zumbando a través de la plaza hacia los picos que estaban al este. La policía de Crying Call y los agentes estatales peinaban las colinas. No habían encontrado señal alguna de Detrick. Ni se había informado de que hubiese ningún vehículo robado en la ciudad. Tampoco había habido allanamientos de morada, aunque algunas casas muy alejadas en las montañas eran casas de recreo, vacías durante la semana, y todavía había que comprobarlas.

Si Detrick había acampado al aire libre, durante una tormenta de dos días, vestido con una chaqueta de tweed y unos vaqueros, ya estaría muerto. Pero Caitlin no pensaba que hubiese hecho vivac.

Rainey puso en marcha el motor y la nieve crujió bajo los neumáticos. El lugar del choque múltiple había quedado despejado al fin, pero gran parte de la nieve todavía seguía ahí. Iban a la oficina de campo del FBI de Phoenix. Emmerich estaba en la comisaría de Crying Call, ayudando a coordinar la búsqueda de

Detrick. Planeaba reunirse con ella y con Rainey en Phoenix. Caitlin era consciente de que no carecía de recursos y que conseguiría salir de la ciudad, en motonieve o incluso aunque fuera montado en un alce.

—¿Tenemos una vía para salir? —preguntó.

Rainey subió por la calle, la parte trasera del monovolumen suelta en la superficie de la carretera. Señaló hacia la plaza.

—Ellos.

Por delante, las quitanieves les condujeron fuera de Crying Call a treinta kilómetros por hora, lanzando nieve en chorro a los arcenes de la carretera en forma de grandes arcos blancos. Después de veinte kilómetros de avance lento, Caitlin intentó volver a llamar a Lia Fox.

—Sigue sin contestar.

Rainey había decidido no empezar a comer hasta que mejorase el camino, pero al final cogió su bocadillo, que ya se estaba enfriando, de la bolsa marrón de papel.

—Llama al Departamento de Policía de Phoenix y pide un coche de apoyo.

Parecía una precaución excesiva, pero, claro, no lo era. La carretera bajaba por un declive largo, y finalmente llegaron a un tramo donde ya habían quitado la nieve. Haciendo relampaguear los faros en señal de agradecimiento, Rainey adelantó a las quitanieves y aceleró. Los pinos estaban muy cargados de nieve al pasar junto a ellos. Caitlin llamó por teléfono.

Veinte minutos después de haber hecho la petición, la policía de Phoenix la volvió a llamar. Escuchó, impasible. Colgó.

—La unidad de patrulla ha ido hasta el complejo de apartamentos de Lia, como les había pedido. Su coche está aparcado en su lugar asignado, junto a su casa. Han llamado a la puerta, pero no responde.

Rainey la miró.

—¿Han entrado?

—El gato estaba en un transportín en el asiento delantero del coche, quejándose y arañando. Han encontrado las llaves de Lia en un parterre. El encargado ha dejado entrar a los oficiales. Dentro no había nadie.

Phoenix estaba a trescientos veinte kilómetros al sur. Rainey metió los restos de su bocadillo en la bolsa marrón y pisó el acelerador hasta alcanzar los ciento treinta kilómetros por hora.

Cuando Caitlin y Rainey aparcaron en el complejo de apartamentos de Phoenix, la temperatura era de veinticuatro grados y el sol ardía en el cielo, dorado. Los policías iban en manga corta. Dos coches patrulla de la policía y un coche sin marcas de un detective estaban aparcados junto al piso de Lia Fox.

Caitlin y Rainey se quitaron los abrigos y bajaron a la acera. La casa de Lia daba lejos de la calle. Caitlin notaba el estómago revuelto por la ansiedad.

Rainey miró el complejo.

—Supongo que fue muy fácil cogerla por la mañana, un día entre semana, cuando ya ha pasado la hora de entrada de los colegios y la mayor parte de los vecinos están trabajando.

Enseñaron sus credenciales y los policías de uniforme las condujeron adentro.

Rainey se detuvo en la puerta del apartamento.

—Sí. Estaba a punto de salir corriendo.

El armario del pasillo estaba abierto y en el colgador se veían unas perchas vacías. Faltaban fotos en las paredes. Lo único que quedaban eran marcas de polvo y ganchos. Parecía indiscutible que Lia las había cogido, preparándose para salir de la ciudad.

Caitlin meneó la cabeza, frustrada.

—Detrick salió de Crying Call sobre ruedas. No salió andando.

—Hizo autostop, robó un vehículo de alguna casa de veraneo, algo.

Rainey fue a una mesa lateral. Quedaban unas pocas fotos boca abajo, como si Lia las hubiera tirado en sus prisas por salir corriendo. Caitlin dijo:

—¿Cómo demonios consiguió encontrarla?

Entró el detective de Phoenix.

Caitlin le preguntó:

—¿Testigos?

—Estamos peinando el complejo. Y sacaremos los vídeos de las cámaras de vigilancia en los barrios contiguos, a ver si podemos encontrar algo.

Rainey levantó las fotos de la mesa.

—Hendrix...

Cogió una de las fotos. Se veía en ella a Lia y a una adolescente muy vivaracha, estrechamente abrazadas, muy sonrientes.

El marco decía:

«Feliz Día de la Madre. Con amor, Emily».

—Tiene una hija... —dijo Rainey.

—Dios mío. —Los hombros de Caitlin se abatieron—. Yo sabía que ocultaba algo, pero no esto.

La frialdad de Rainey descendió hasta alcanzar el punto de congelación.

—Si Detrick lo averigua, se pondrá muy bruto. Tenemos problemas.

51

Los psicópatas exhiben una envidia primitiva. No se trata simplemente de que añoren el objeto de su deseo. No solo envidian a las personas que tienen las cosas que ellos anhelan. Si un psicópata no puede tener lo que quiere, lo destruye. Los psicópatas, Caitlin lo había aprendido bien, devalúan todo lo que aman. Los psicópatas violentos matan aquello que les atrae.

—A sangre fría —dijo Rainey, sobriamente, mientras se dirigían a la División de Phoenix del FBI—. Los asesinos mataron a tiros a cuatro personas básicamente porque las víctimas eran una familia feliz. No podían soportar la envidia que sentían, así que los aniquilaron.

Detrick había estado matando a sustitutas de Lia Fox, el objeto de su deseo inalcanzable. Durante años, ella fue el objetivo primario de su rabia. Pero ahora tenían que presumir que él había averiguado que tenía una hija.

—Su ansia de destruir no terminará con Lia —dijo Caitlin.

—Intentará matar todo lo que ella ama.

La División de Phoenix ocupaba un edificio moderno, de piedra y cristal azul, detrás de una valla de hierro. Caitlin ocupó un escritorio libre, con vistas a unos cactus saguaro, el tráfico reluciente y un horizonte con unas montañas marrones aserradas. Se coordinó con Nicholas Keyes en Quantico para encontrar a la hija de Lia Fox. Al otro lado de la oficina abierta, Rainey estaba al teléfono con la Policía Estatal de Arizona, reorientando la caza de Detrick. Los medios de esta habían aumentado significativamente.

«Un asesinato de afirmación». Esa idea atravesó a Caitlin como una cuchilla.

Emmerich llegó con sus botas de montaña. La luz del sol, que entraba oblicuamente por las ventanas, hacía brillar sus ojos.

—Acabamos de recibir dos informaciones sobre ataques anteriores que pudo haber llevado a cabo Detrick.

Rainey colgó el teléfono y se acercó. Emmerich abrió una pantalla.

—El ADN de Detrick le conecta con una agresión sexual en Louisiana, hace siete años. Y una desconocida encontrada muerta junto a Laredo, hace cinco años.

Sacó una foto de la morgue de la mujer asesinada. Joven, caucásica, desangrada. A Caitlin le picaron los dedos. Rainey dejó escapar un suspiro lento, audible.

—Está en las polaroids —dijo Caitlin.

Emmerich asintió.

—Publicaremos esa foto. Esperamos conseguir una identificación.

La confirmación, un vínculo procedente de una prueba física, tenía que haber sido emocionante. Pero con Detrick suelto, un silencio hueco se abatió sobre ellos.

Emmerich miró su reloj.

—Tengo dos horas antes de mi vuelo a Oklahoma. ¿Dónde estamos?

Caitlin cogió aire.

—Lia Fox vive sola. Ha alquilado su apartamento por cuatro años. El conserje dice que nunca ha tenido compañera de piso, y mucho menos una hija que viva en el apartamento.

Le tendió la foto de Lia con la adolescente.

—La encontraremos, pero...

Examinó la foto. Se veía una playa escarpada, barrida por el viento, con unos abetos en un acantilado de fondo.

—Esto lo tomaron mucho antes de Phoenix. Quizá durante unas vacaciones. O quizá esta chica viva fuera del estado.

Caitlin asintió, con los labios apretados.

Emmerich le devolvió la foto.

—Fox nos ocultó esto. Se esforzó mucho para lograrlo.

Caitlin notó que las mejillas le ardían. Pensaba: «Quizá tuviera buenos motivos».

—Lia estaba aterrorizada. Y yo le dije que él no la encontraría.

—Estamos trabajando para descubrir cómo averiguó su identidad. Su nombre no está en ningún documento al que Detrick pudiera haber tenido acceso cuando se preparaba para su comparecencia ante los tribunales. Nadie de nuestra unidad ha pronunciado nunca su nombre en Crying Call. No ha habido ninguna filtración de datos. Y, sin embargo, no sé cómo, ha conseguido no solo establecer la conexión, sino también descubrir su dirección.

—La policía estatal está informada —dijo Rainey—. Y yo acabo de hablar rápidamente con el Departamento de Policía de Phoenix. Uno de los vecinos de Lia ha visto un coche que no le resultaba familiar aparcado junto a la casa de Lia, esta mañana. Azul, «japonés». La policía está buscando vídeos de todas las cámaras de televisión de circuito cerrado en el radio de un par de kilómetros del complejo de apartamentos.

—Bien —respondió Emmerich.

Eso les tomaría algo de tiempo. Un tiempo muy minucioso. Caitlin se pasó los dedos por el cabello.

Emmerich se volvió hacia un gran mapa topográfico de Arizona del Servicio Geológico de Estados Unidos que estaba en la pared.

—Coger a Fox tan pronto, después de matar a Aaron Gage... Pero ¿a tres estados de distancia?

—Sí —respondió Rainey—. ¿Cómo ha conseguido Detrick hacer eso?

El ordenador de Caitlin sonó. Ella regresó a su escritorio. En la pantalla estaba Nicholas Keyes desde Quantico. Se inclinaba muy cerca de la pantalla. Se subió las gruesas gafas por la nariz.

—He encontrado a tu chica. La hija —le dijo.

La voz de Caitlin subió una octava.

—¿Dónde?

—Emily Erin Hart —dijo Keyes—. Diecisiete años. Es estudiante de primer curso en la Universidad de Greenspring, en Portland, Oregón. —Tecleó unas cuantas veces—. Te envío sus datos ahora mismo.

Caitlin abrió el archivo. Vio a la adolescente de la foto del Día de la Madre. Con el pelo castaño ondulado, los ojos muy vivos, con desparpajo. La foto de identidad de su facultad la mostraba sonriendo ampliamente.

—Gracias. Keyes, no sé cómo lo has hecho, pero gracias.

—Magia. —Keyes parpadeó—. Algo rápido, antes de que te vayas... ¿Recuerdas el vídeo del cine de Texas?

—Sí, *Madden NFL*.

—¿Te había dicho que el software estaba señalando unos datos extraños en el vídeo? No sé qué pensar de eso, pero he pasado la simulación noventa veces, y estoy seguro. Mientras el sospechoso cruzaba el vestíbulo de los multicines, disponiéndose a interceptar a la víctima, alguien de la multitud observaba al sospechoso.

—¿Cómo? —exclamó Caitlin.

—Hay otra figura en el vídeo, que solo se ve de manera intermitente... Más baja, parece una mujer, y el software indica que estaba situándose de tal modo que siempre pudiera ver al sospechoso.

—¿Tiene un círculo de colores debajo de los pies?

—Rojo. Veré cómo lo interpreto —dijo Keyes—. Vuélveme a llamar cuando necesites algo más. —Dio unos golpecitos en el teclado con la goma de un lápiz y cortó la conexión.

Desconcertada pero intrigada por las noticias de Keyes, Caitlin cogió el teléfono para llamar a Portland.

Emmerich dijo:

—Usted proporcionará a Emily un guion para que lo siga...

—Si Lia o Detrick contactan con ella. Desde luego.

Emmerich dio un golpecito en el escritorio con los nudillos y atravesó la habitación hacia Rainey. Caitlin encontró el número del Departamento de Policía de Portland.

Caitlin habló con la policía de Portland y luego llamó a Emily Hart. La chica no lo cogió hasta que sonó varias veces.

—Sí —dijo una voz de adolescente sin aliento.

Caitlin puso el altavoz.

—¿Emily Hart?

—¿Quién es?

—La agente especial Caitlin Hendrix, FBI.

El silencio conmocionado de Emily permitió a Caitlin oír sonidos relacionados con el deporte de fondo. Algo al aire libre. Sonó un silbato.

—¿Cómo? ¿El FBI? ¿Cómo?

Caitlin había aprendido a dar las malas noticias de la manera más sencilla posible. Especialmente por teléfono, cuando no se tiene la oportunidad de mantener la atención de alguien físicamente. Hay que decirlo de forma directa, y luego callar. Asegurarse de que la otra persona lo entiende. Escuchar sus respuestas.

—Su madre ha desaparecido, Emily. Creemos que la han secuestrado.

La voz de Emily se volvió más aguda.

—Ay, Dios mío...

Gritos de fondo. Un hurra y el sonido de unos pies que salían corriendo.

—¿Está segura? —preguntó Emily.

—Pues sí —replicó Caitlin.

Emily estaba sin aliento.

—Lia me mandó un mensaje de texto diciendo que se iba de la ciudad. Que me lo explicaría cuando estuviera de camino. Parecía tan... Ay, Dios mío... Tenía miedo.

Otra voz, una voz aguda y joven de soprano de fondo, dijo:

—¿Eh? ¿Qué pasa?

Emily tapó el receptor.

—Dile al entrenador que voy a... Ay, Dios.

Caitlin dijo:

—¿Emily?

—Esto es horrible. Dios mío...

—¿Llama a su madre Lia? —le preguntó Caitlin.

—¿Cómo? Lia. Sí, eso es... Ay, narices. —Pareció coger aliento—. Lo siento... Sí. Lia es mi madre biológica, o sea, es mi madre, sí, pero fui adoptada y criada por mis abuelos. Los padres de Lia. Yo pensaba que era mi hermana mayor. Averigüé que en realidad es mi madre biológica hace solo un par de años. En el instituto.

Eso explicaba para Caitlin por qué Lia había conseguido ocultar al FBI que tenía una hija.

Emily dijo:

—Era muy joven, no estaba preparada para tener un hijo. Lo pasó muy mal, su novio era... —Jadeó—. Ay, Dios mío... ¿Ha sido él? ¿Ese tipo?

Emmerich se acercó.

La voz de Emily se quebró.

—Voy a Phoenix para ayudarles. Puedo llegar mañana.

Emmerich negó con la cabeza. En un bloc de notas escribió: «Puede que Detrick cuente con esto. Que la esté esperando».

Habló en voz alta.

—Emily, soy el agente especial a cargo, C. J. Emmerich. El FBI y la Policía de Phoenix están buscando a su madre, pero es mejor que usted siga en Oregón.

—Tengo que encontrarla.

—Ese es nuestro trabajo. Usted tiene que quedarse al margen. La Policía de Portland y el Departamento de Seguridad Pública del campus contactarán con usted para su seguridad personal.

—Seguridad personal... —De repente, la voz de Emily sonaba como si fuera diez años mayor—. ¿Cree que ese tío vendrá a por mí también?

Caitlin dijo:

—Es posible. Ahora mismo no tenemos pruebas de que conozca su paradero. Pero es extremadamente peligroso. Queremos que tome todas las precauciones posibles.

—Ya lo entiendo.

Otro silbato.

—¿Dónde está ahora, Emily? —preguntó Caitlin.

—En el entrenamiento de rugby.

Caitlin volvió a mirar la foto del carnet de estudiante de la joven. Parecía muy nervuda, pero no lo suficientemente robusta para hacer un placaje duro.

Caitlin dijo:

—Cuando acabe el entrenamiento...

—Haré que el entrenador me acompañe hasta mi moto...

—No.

—Vale. Haré que el entrenador y dos compañeras del equipo me acompañen a casa.

—Así, sí.

Con cada frase, Emily parecía captar mejor la idea. Aunque estaba muy alterada, parecía sensata y firme.

—Y una vez esté en casa no abra la puerta —dijo Caitlin.

—Le aseguro que no abriré la puerta a nadie más que a la policía, ni daré un solo paso por el campus sin escolta.

—Bien. La mantendré al tanto de si tenemos nueva información o no.

—Encuentren a Lia, por favor —pidió Emily.

—Estamos haciendo todo lo que podemos.

Caitlin colgó, aliviada al ver que la chica estaba sana y salva y alerta. Pero estaban luchando para volver a capturar a Detrick. Cada minuto que pasaba parecía arena que se escurría por un reloj.

52

El sábado el sol estaba muy alto por encima de la US 93, siete kilómetros al este del río Colorado. La autopista dividía el pálido desierto con una línea negra. La carretera estaba vacía. La artemisa se agitaba con el viento.

El Corolla estaba en el arcén de la autopista, con el capó abierto. La conductora estaba apoyada contra el costado del coche, con los brazos cruzados, mirando a ambos lados de la carretera. Finalmente, en el este, un camión coronó la colina. Era mediodía.

La chica sacó el pulgar.

El camión pasó a su lado, levantando polvo. Ella levantó ambos brazos abiertos como diciendo: «¡Tío! ¿De qué vas?».

Pero al final solo tuvo que esperar cinco minutos más y un Subaru Outback aminoró la velocidad, pasó a su lado y paró. Corrió hacia el coche.

Una pegatina en el parachoques decía: SOY EAGLE SCOUT, PREGÚNTAME. El hombre que iba al volante parecía muy amistoso y competente. Bajó la ventanilla del pasajero.

—¿Quiere que le eche un vistazo al motor?

Ella negó con la cabeza.

—La correa del ventilador se ha roto. Si pudiera llevarme hasta la siguiente gasolinera, me iría muy bien.

El hombre echó un vistazo por el espejo retrovisor y se volvió a echar un vistazo más largo al coche de ella. Dentro del

Subaru atronaba la radio. Ella captó unas pocas palabras de un programa de noticias. El hombre apretó el botón y la apagó.

Las noticias hablaban de una fuga de la prisión de Crying Call.

El conductor le dedicó una mirada irónica.

—Hace usted muy bien en preocuparse, pero no soy yo. Soy ayudante del sheriff fuera de servicio.

Se sacó con esfuerzo la cartera del bolsillo trasero, la abrió y le enseñó una insignia.

Era brillante y la estrella parecía oficial.

La chica apoyó las manos en la ventanilla. El hombre parecía sincero. Se incorporó y miró la carretera hacia el este y hacia el oeste. Un solitario camión pasó de largo y se desvaneció tras un promontorio. Quizá no tuviera otra oportunidad como aquella.

—Sí, vale. —Se metió en el coche—. Muchas gracias.

Él puso las luces y volvió a la carretera. Un ambientador en forma de pino oscilaba a un lado y otro, colgado del retrovisor. El asiento de atrás estaba lleno de artículos de acampada.

—Perdón por el desorden —dijo él—. Voy de camino a Las Vegas, pero puedo dejarla en Boulder City. Si no le importa acompañarme hasta que lleguemos al lado de Nevada.

—Pues me parece muy bien. Se agradece el calorcito. Este viento es como un cuchillo.

La mujer se apartó el pelo rubio por encima de los hombros.

—No recuerdo su nombre.

Él aceleró y se volvió a mirarla. Ella levantó la mano para estrechar la de él.

Unas esposas aparecieron a la vista y se cerraron.

En Rincón, la tormenta por fin había cesado. Las llanuras de Oklahoma eran blancas, los árboles brillaban, cubiertos de hielo. Emmerich subió por el camino de grava hasta la casa de Aaron Gage. Un coche patrulla y una furgoneta del laboratorio criminalístico del condado estaban aparcados fuera. Él salió. Un hombre que llevaba una chaqueta de la policía de Rincón acudió a saludarle.

—Teniente Pacheco —dijo Emmerich.

El hombre se quitó los guantes de látex que llevaba y estrechó la mano a Emmerich.

—El equipo de la escena del crimen casi ha terminado. Si quiere participar, será bienvenido. Y también cualquier sugerencia que tenga para ayudarnos a seguirle la pista a ese hijo de puta que mató a Aaron.

Emmerich cogió un maletín de aluminio de su coche y siguió a Pacheco al interior. La casa era pequeña, pero estaba ordenada, con estancias despejadas que eran adecuadas para un propietario ciego. Que lo habían sido. En el suelo de la cocina, una oscura mancha de sangre marcaba el sitio donde había muerto el veterano del ejército.

Emmerich se orientó y recorrió los trayectos de la casa.

—¿Se ha tocado algo desde el ataque?

—Nada. Por lo que me dijo Aaron, y después de seguir el rastro de sangre, se enfrentó al asesino en ese pasillo. —Y Pacheco señaló con un gesto.

Emmerich lo vio de inmediato: Gage había conseguido lo que se propuso. El atacante no consiguió pasar y llegar hasta su hija.

—Gage le dijo que hirió al asesino.

—Notó que el cuchillo se hundía en la carne. Él sabía de esas cosas. Estaba adiestrado en el combate cuerpo a cuerpo. —Pacheco miró la sangre en la cocina—. Aaron peleó. Mucho.

Emmerich fue al pasillo. La sangre que había caído en la madera se había secado formando remolinos y manchurrones, prueba de que Gage y el asesino habían forcejeado en el suelo. Pero en la pared había más sangre: la que había salido volando o bien de un cuchillo cortando la carne, o bien de un brazo agitado que sangraba.

Vio cómo se había desarrollado la batalla. Gage había cogido al asesino en el pasillo. La lucha había ido avanzando hacia el salón, donde Gage fue apuñalado. Después de que huyera el asesino, Gage se arrastró hasta la cocina, intentando llegar al teléfono. El antebrazo cortado. Seis heridas de apuñalamiento. Esas heridas penetrantes distinguían de manera significativa ese asesinato de los demás crímenes de Detrick. Esa diferencia en el *modus operandi* podía deberse simplemente a la refriega, pero Emmerich no creía que proporcionara una explicación suficiente.

Llegó uno de los técnicos de criminalística.

Emmerich señaló hacia el pasillo.

—¿Ha recogido muestras de sangre para determinar si alguna de esas salpicaduras pertenece al asesino?

El joven dijo:

—Sí. Ya van camino del laboratorio.

—¿Cuánto tiempo tardarán en obtener resultados?

El hombre sacudió la cabeza. No lo sabía. Aquel día no.

Emmerich dejó su maletín de aluminio encima del mostrador de la cocina. Lo abrió.

—Déjeme hacer un par de pruebas puntuales. Quizá pueda estrechar el abanico de posibilidades.

Eran casi las cinco de la tarde; el sol del bruñido crepúsculo invernal brillaba en ángulo y los turistas que paseaban por encima de la presa Hoover se detenían a admirar su enorme altura y proporción. En el lado norte relucía el lago Mead. En el sur, por debajo de la presa (muy muy por debajo), corría el río Colorado, una serpiente color índigo que se deslizaba entre los severos muros de un cañón.

Jeremy Chung levantó la cámara que llevaba colgada de una correa en torno al cuello. Había llegado de Saint Louis con su mujer y sus hijos, unas pequeñas vacaciones de invierno para tomar un poco el sol, ver algunas actuaciones en Las Vegas, quizá jugar un poquito y comer (ah, ese bufet del casino Bellagio) y visitar la presa Hoover. Para un ingeniero civil como Jeremy Chung, la presa era La Meca. Llevaba deseando verla toda la vida. Ahora, a los cuarenta y siete años, por fin estaba allí.

Levantó su Nikon e hizo una docena de fotos.

—Es una presa de arco-gravedad —explicó a su hijo adolescente—. Tiene 220 metros de alto, 6,6 millones de toneladas de cemento. En su base, la presión del agua es de 219 kilos por metro cuadrado.

La luz iba desapareciendo ya. Era el inicio de la hora dorada, y él tenía mucha suerte de poder captarla.

Kelly y los niños iban por delante de él. Bajó la cámara.

—Chicos. Daos la vuelta.

Quería componer la foto de tal modo que la familia estuviera un poco desplazada del centro, con la grácil curva de la presa a sus espaldas, y, más allá, las escarpadas colinas del Cañón Negro pinchando el cielo azul, con unas torres de alta tensión elevándose a lo largo de su cresta como centinelas.

Se volvieron. Se mostraron indulgentes. A Jeremy le encantaba su cámara. Era un fotógrafo mediocre, en el mejor de los casos, pero era un hobby que le obligaba a estar al aire libre. Hizo que se juntaran más.

Miró a través del visor y con dos dedos hizo señas a su hija de que sonriera. Olivia suspiró, pero sonrió.

—Perfecto —dijo Chung.

Mientras posaban, él comprobó la iluminación. Ya se estaba acercando la cámara al ojo cuando hizo una pausa, atraído por un movimiento en la distancia.

Corriente abajo, a unos cuatrocientos cincuenta metros de distancia, el puente O'Callaghan-Tillman llevaba a la US 93 atravesando el desfiladero por encima del río, la frontera entre Arizona y Nevada. Un espacio de 268 metros por debajo de su arco, más de cuatro veces la altura del puente Golden Gate. El tráfico era ligero. Pero algo parecía que iba mal.

—Papá —dijo Elliott—. Ya tienes la foto. Hazla.

Un coche se había detenido en medio del puente. Las señales de carretera lo prohibían específicamente. Detenerse allí era muy peligroso. Y no parecía que aquel coche tuviera una avería. La portezuela del coche estaba abierta. Alguien se movía en el asiento del pasajero.

—¿Jeremy? —interrogó su mujer.

Chung notó que sus pies se movían casi sin depender de su voluntad, fue caminando hacia el contrafuerte de cemento de la presa.

—No —murmuró—. ¿Qué...?

Por encima de él, en la distancia, una figura pasó por encima de la barandilla del puente.

Chung gritó:

—¡No!

Su familia se volvió y miró hacia el puente. Todos los turistas que paseaban por la presa lo hicieron.

—¡Dios mío! —gritó Chung.

Pero estaban demasiado lejos. Era demasiado tarde.

La figura distante estaba envuelta en una tela blanca. Cayó desde el arco. Exactamente 268 metros hacia abajo.

La gente que le rodeaba gritó. Chung gritó. Su hija gritó. Él la sujetó y le apretó la cabeza contra el pecho, tapándole los ojos.

La figura caía, caía, caía. La tela blanca aleteaba tras ella como la túnica de un ángel.

En el puente, el coche que se había detenido arrancó de nuevo.

Emmerich comprobó dos veces los resultados de las pruebas que había llevado a cabo. Eran incontrovertibles. Se quitó los guantes de goma y salió al porche, junto a la cabaña de Aaron Gage.

Marcó el número de móvil de Brianne Rainey. Ella le contestó:

—¿Jefe?

La vista a través de las llanuras era blanca, cortada por la cicatriz roja y serpenteante del río. Su aliento se congeló en el aire.

—No es Detrick —dijo—. El ADN y las pruebas colorimétricas son indiscutibles. El asesino de Gage es una mujer.

Un kilómetro y medio más abajo de la presa Hoover, la figura envuelta en blanco que había caído desde el puente salió flotando a la orilla del río Colorado. La Unidad de Búsqueda y Rescate del Departamento Metropolitano de Policía de Las Vegas lanzó un bote, que fue oscilando a lo largo del promontorio rocoso donde había acabado la víctima. Dos oficiales saltaron al agua azul, que les llegaba hasta las rodillas, y vadearon hasta la orilla. Se tomaron su tiempo. Uno de los oficiales señaló hacia el bote, y sus colegas a bordo empezaron a hacer fotos.

Estaba claro que se trataba de una recuperación, no un rescate. Pero de todos modos tenían que comprobarlo.

—¿Listos? —dijo el oficial.

Su compañero asintió.

La sábana estaba completamente enrollada en torno al cuerpo y los extremos flotaban, como si fueran algas, en la corriente. Cogiéndolo por debajo de los brazos lo levantaron hasta la orilla. Gruñían. Pesaba mucho más de lo que habían esperado.

El sol se había sumergido ya más allá de las paredes del cañón. En las sombras, la temperatura caía con rapidez. El oficial tuvo una sensación de intranquilidad que le producía más frío aún que el día.

Desenvolvió la sábana enredada en el cuerpo.

Su compañero dijo:

—Maldita sea...

Las muñecas y la garganta de la víctima estaban rebanadas. El cuerpo había sido apuñalado y le habían aplicado un táser múltiples veces. Era un hombre con camisa de cuadros y vaqueros. Cuando le sacaron la cartera del bolsillo trasero del pantalón, vieron la insignia.

—Es un ayudante del sheriff —dijo el oficial de búsqueda y rescate—. ¿Qué demonios...?

En la presa Hoover, Jeremy Chung y su familia se apelotonaban, desconsolados, esperando noticias. Finalmente, el policía que había respondido a su llamada al 911, a todas las llamadas que hicieron al 911, volvió a dejar la radio en su coche patrulla y se acercó. Tenía una expresión dura.

—No había ninguna oportunidad, ¿verdad? —dijo Chung.

—No —respondió el oficial—. ¿Puedo ver su cámara?

Chung se quitó la correa y dio la vuelta al visor para que el oficial pudiera examinar sus fotos. Cuando el cuerpo cayó..., o fue arrojado, o se sumergió desde el puente, se disparó algún instinto en la mente de Chung que le hizo tomar «algunas malditas fotos».

—La persona que ha caído... —dijo Chung.

La mandíbula del policía estaba tensa.

—Está muerto.

—¿Es un hombre?

El policía asintió.

Chung negó con la cabeza.

—Yo estoy seguro de que la persona que vi en la barandilla... Esa persona tenía el pelo largo y rubio. Era una mujer. Estoy completamente seguro.

El policía fue pasando las fotos. Chung había conseguido sacar una instantánea algo movida del coche que arrancaba desde el puente. El Subaru se dirigía hacia el oeste, a Nevada, en dirección a Las Vegas.

En Phoenix sonó el teléfono de Caitlin. Sonaron los de todo el mundo.

53

En la División del FBI de Phoenix, Caitlin estaba de pie frente al mapa topográfico de Arizona del Servicio Geológico de Estados Unidos. Estaba examinando las fotos enviadas por la policía de Las Vegas.

Incluían algunas fotos de las escenas del crimen de la orilla del río Colorado. Y el carnet de conducir de la víctima: David Nordlinger, cuarenta y tres años. Y una foto movida y desenfocada hecha por un turista que estaba encima de la presa Hoover: el coche de Nordlinger que se alejaba.

En el carnet de conducir decía que Nordlinger medía metro setenta y tres, y pesaba sesenta y cinco kilos. Peso medio. Pero, aun así, la mujer que lo tiró por encima de la barandilla tenía que ser muy fuerte. Una foto de su cuerpo, tirado en la orilla pedregosa del río entre las elevadas paredes del cañón, revelaba cortes en las muñecas y la garganta que eran profundos y que no mostraban vacilación alguna.

—Acuchillado y apuñalado —murmuró ella. Como Aaron Gage. Una mujer estaba implicada. Igual que con Aaron Gage.

Al otro lado de la sala, Rainey estaba al teléfono. Escribía algo en un cuaderno. Su voz sonaba llena de emoción, algo inusual en ella.

—Gracias.

Colgó y corrió hacia Caitlin, con una tableta en las manos.

—Los patrulleros estatales han encontrado un coche abandonado con el capó abierto en la US 93, seis kilómetros al este del río Colorado. Un Toyota Corolla azul.

Caitlin enarcó las cejas.

—Azul, japonés... Como el que dijo que había visto el vecino de Lia Fox en su complejo de apartamentos.

—Un camionero llamó a la policía cuando vio en las noticias que habían asesinado al oficial Nordlinger... Dice que pasó junto a ese coche estropeado en la US 93. El Subaru de Nordlinger estaba detenido justo enfrente. Junto a la ventanilla había una mujer rubia que hablaba con él.

Rainey tenía los ojos brillantes.

—Hay algo más... ¿Qué?

Rainey dio la vuelta a la tableta y se la enseñó a Caitlin.

—La policía de Phoenix tenía un vídeo de la gasolinera que está un poco más arriba, en la misma calle del edificio de Fox.

Le dio al PLAY. El vídeo mostraba el tráfico de la mañana en la calle frente a la gasolinera. Y, en la distancia, el camino que daba entrada a los edificios de apartamentos donde vivía Lia. Entraba por allí un coche. Un Corolla azul.

—El mismo coche —dijo Rainey—. Es él. Detrick, este asesinato... Todo está conectado.

Caitlin miró el mapa topográfico de la pared. La presa Hoover estaba a 698 kilómetros de Phoenix. A algo más de 320 de Rincón, Oklahoma.

—¿Qué demonios está pasando aquí? —exclamó.

Jester, Nevada, era un pueblo minero descolorido, a 480 kilómetros al norte de Las Vegas. En el desierto, el aire era tenue y helado cuando el sol se ponía por el oeste. En un letrero decía: JESTER: PUERTA A LAS CIUDADES FANTASMA DE NEVADA. Unos arbustos de artemisa achaparrados salpicaban los bordes de la carretera. Las montañas eran marrones, rocosas y lóbregas. El horizonte, resplandeciente de naranja y rosa, dejaba paso a un cielo color zafiro. Las estrellas titilaban en el cielo.

Un coche pasó la señal de los límites de la ciudad y fue avanzando por la calle principal, con los faros brillantes en la oscuridad creciente.

Jester contaba con una serie de minas cerradas, doce máquinas tragaperras en el Silver Dollar Saloon y dos atracciones locales no anunciadas. Una era el antiguo cementerio, un recinto espeluznante con arena, tumbas cubiertas de piedras y cruces de madera desgastadas y torcidas. Allí estaban enterradas familias pioneras desde finales del siglo XIX. Junto con mineros que habían acabado aplastados o muertos de sed, o a los que habían pegado un tiro en alguna pelea por hacer trampas en las cartas en el Silver Dollar Saloon. La puerta del cementerio rechinaba, el viento ululaba y la arena pasaba constantemente por encima de las tumbas. Era un lugar desolado en el cual yacer para toda la eternidad.

La segunda atracción, en la puerta de al lado, era el Circus Inn. En su letrero descolorido por el sol, un payaso con la cara blanca sonreía con aire lascivo hacia la carretera.

Los turistas de Nueva York con su coche de alquiler aminoraron la marcha y al final pararon, aliviados al ver el letrero de HABITACIONES LIBRES en la ventana de la oficina. Para los conocedores de la cultura hortera estadounidense, el Circus Inn era legendario.

Lissie y Xander Bailey aparcaron y salieron del coche. Se desperezaron y luego se apretaron bien al cuerpo la chaqueta, porque el aire era frío. Jester estaba a mil ochocientos metros de altura, y en noches invernales como aquella, en el desierto hacía muchísimo frío.

Xander dio unos saltitos por el aparcamiento, con la boca abierta.

—Increíble. —Se echó a reír.

Lissie dio unas palmadas.

—Por fin.

Llevaban meses planeando aquel viaje al oeste. Jester era indispensable en su itinerario. Habían visto el Circus Inn en las redes sociales y pensaban que no bastaba con sacar alguna foto al pasar con el coche. Tenían que alojarse allí.

Su *Rough Guide* decía que todas las habitaciones del motel tenían cuadros de payasos de terciopelo negro. Esperaban conseguir una que diera al cementerio para vivir la experiencia completa con todo su yuyu.

Al dirigirse a la recepción, pasaron junto a una piscina vacía. Las plantas rodadoras llenaban el lado más hondo, agitándose con la brisa. Solo había otro coche en el aparcamiento. No vieron luz en ninguna de las habitaciones.

—Supongo que no teníamos que preocuparnos de si estaba completo... —dijo Lissie.

En el porche, al lado de la recepción, se veía una lavadora. A través de la ventana delantera también vieron un pequeño televisor en el mostrador, en el que se emitía una comedia de situación. Al lado, la cancela del cementerio daba golpes con el viento.

Xander abrió la puerta para que Lissie pasara. Sonó una campanilla. Entraron y se detuvieron.

Lissie juntó los dedos y se apretó las manos contra la barbilla, sin aliento. Era cierto: toda la estancia estaba atestada de muñecos de payasos, figurillas, cuadros y máscaras. Los estantes de las paredes estaban repletos de muñecos de arlequines. En un banco, en el rincón, un cuarteto de maniquíes muy chabacanos formaba una especie de retablo.

—Ya podemos quitarlo de la lista de cosas que hacer —dijo Xander.

En la recepción no había nadie y los fluorescentes zumbaban. A pesar de la campanilla que había sonado al abrir la puerta, su entrada no había hecho que saliese nadie de la habitación privada que había detrás del mostrador. El televisor gorjeaba, las risas enlatadas añadían una falsa animación.

Xander pulsó el timbre del mostrador. No salió nadie. Los fluorescentes del techo parpadearon y siguieron zumbando.

—¿Hola? —llamó Xander.

Lissie se aceró al mostrador.

—¿Dónde está todo el mundo?

Entonces se dio cuenta de que las luces no eran lo único que zumbaba.

Su voz salió como un susurro.

—Xander...

Él estaba inmóvil a su lado.

Lentamente se volvieron. En la esquina, entre los maniquíes, se arremolinaban las moscas.

Lissie intentó entender lo que estaba viendo. Xander emitió un sonido estrangulado, como un gorgoteo. Como si estuviera a punto de vomitar.

Las moscas cubrían los ojos y la boca de una mujer, vestida de blanco y muy maquillada, colocada entre los payasos. Estaba muerta.

Los Bailey gritaron.

54

La avioneta Gulfstream alquilada cogió un ángulo de peralte y bajó hacia una estrecha pista de aterrizaje a ocho kilómetros de Jester. El desierto se encontraba debajo. Unas colinas angulosas arrojaban largas sombras a través de un terreno rocoso, a la luz de la mañana. Desde el aire, pensó Caitlin, aquella ciudad parecía una serie de bloques de construcción infantiles arrojados a lo largo de una negra cinta de carretera, en medio de dos mil quinientos kilómetros cuadrados de vacío.

Cuando la avioneta iba poniéndose en posición para su aproximación final, el teléfono de Emmerich empezó a sonar. Él le echó un vistazo.

—Un detective de Homicidios nos esperará en el motel.

La avioneta maniobró y aterrizó, con la propulsión marcha atrás rugiendo. Rodaron por la pista de aterrizaje hasta un hangar y un tráiler pequeño que servía como base de operaciones para el aeródromo. Les esperaba un coche de alquiler. El agente de la empresa de alquiler de coches daba vueltas nerviosamente a un llavero en el dedo índice.

La avioneta se detuvo por fin, los motores se pararon y el primer oficial salió de la cabina para abrir la puerta principal. Rainey cogió sus cosas. Caitlin bajó rápido las escaleras detrás de ella.

El sol de la mañana era brillante; el cielo, frío, de un azul inmaculado; pero un vacío negro parecía arremolinarse en los bordes de su visión. Sabía lo que les esperaba en aquella localidad.

Una mujer caucásica, de treinta y tantos años. Ojos castaños, pelo rubio teñido. Bien alimentada, sin marcas identificativas.

Emmerich cogió las llaves del coche que le ofrecía el agente de la empresa de alquiler y le dio las gracias. Entraron. Emmerich se dirigió hacia la carretera desierta y aceleró hacia la ciudad, a ciento diez kilómetros por hora.

Rainey comprobó los mensajes de su teléfono. Escuchó el buzón de voz con los labios fruncidos. Luego dijo:

—Mensaje del jefe de policía de Crying Call. Sabemos cómo se comunicaba Detrick con el exterior..., y cómo salió de la ciudad. Alguien pasó de contrabando un móvil y unas llaves de coche en la prisión. A un cajero del KFC se le escapó delante de unos amigos... Dijo que una mujer le dio un teléfono y una llave y le pidió que los metiera dentro de una caja grande de comida.

El desierto pasaba a toda velocidad. Corrales con caballos. Caravanas.

Caitlin dijo:

—A Detrick le llevaban KFC para comer casi cada día. Vi una caja vacía en el suelo de su celda.

—Un oficial compra la comida para los presos. Una de las fans de Detrick, al parecer, siguió al policía hasta el KFC. Convenció al cajero de que metiera el teléfono desechable y la llave en el fondo de la caja, por debajo del papel encerado y el pollo grasiento. El empleado metió la caja en una bolsa de plástico y se la dio al policía. El conjunto pesaba lo suficiente para que el policía no notara que había algo más. No registraron la caja. Al menos, no hasta el fondo.

Emmerich dijo:

—¿Pagaron al empleado?

—Cien dólares —dijo Rainey—. Está arrestado.

—¿Descripción de la mujer?

—Blanca, veintitantos, impaciente. Tenía el pelo negro, pero podía ser una peluca. Llevaba una parka con capucha, un gorro de esquí y gafas de sol —dijo Rainey—. La policía de Crying Call está revisando el registro de visitas y sus vídeos para ver si visitó a Detrick en la cárcel. Pero supongo que llevaba un disfraz y usó un carnet falso.

—¿Y el artista de la policía?

—Traen uno de la Agencia Residente de Flagstaff.

El coche tocó el suelo al pasar por encima de un bache de la carretera. La voz de Emmerich sonaba seca.

—Una mujer en Crying Call. Una mujer en Rincón. Una mujer en la presa Hoover. ¿La misma?

Corrieron por la carretera, pero Caitlin tenía la sensación de que iban diez pasos por detrás. Ningún control de carretera ni alertas de búsqueda estatales habían cazado nada. Detrick se movía por todo el vasto desierto, quizá en coches robados, quizá haciendo dedo, pero no podían acorralarle. No podían acorralarles.

Subieron a una colina y llegaron a la calle principal de Jester. Unos edificios de ladrillo desnudo. CRÉDITOS. COMPRAMOS ORO Y PLATA. LICOR. ARMAS Y MUNICIONES. VISITAS FAMILIARES A LAS MINAS.

En el Circus Inn, el aparcamiento estaba rodeado de cinta amarilla. Un equipo forense trabajaba en la escena.

El detective del Departamento de Homicidios del sheriff local había llegado desde la sede del condado, Coyote Pass, a doscientos cuarenta kilómetros de distancia. El hombre se bajó de un monovolumen, vestido con vaqueros y una chaqueta de esquí. Su rostro serio contrastaba mucho con el payaso chillón que sonreía desde el cartel del motel.

Dijo que se llamaba Dave Pérez y les estrechó las manos a todos.

—El cuerpo de la víctima se ha transportado a la funeraria local. El patólogo forense está de camino desde Carson City para realizar la autopsia. En cuanto haya recogido los restos de las manos de la víctima, le tomará las huellas dactilares, y espero que entonces podamos confirmar su identidad. —Tenía los ojos entrecerrados, la voz sonaba inexpresiva—. Ha sido brutal.

Caitlin había visto fotos del cuerpo, tomadas antes de que lo trasladaran desde el vestíbulo del motel. La víctima había recibido golpes en la cabeza y la cara, fue estrangulada y le cortaron las muñecas. El camisón blanco que llevaba estaba empapado de sangre.

Emmerich dijo:

—Él está delegando.

«No hay dicotomía entre organizado y desorganizado. Todo es un continuo». Y Detrick se iba deslizando por él.

—¿Eso significa que está cogiendo impulso? —dijo Pérez.

—Sí —respondió Emmerich—. Y ha conseguido al menos un cómplice. Una mujer.

—¿Cómo es posible?

—Quizá sea una *groupie* que se obsesionó con él cuando estaba en la cárcel.

—Las *groupies* no suelen seguir a sus ídolos cuando salen decididos a matar.

—Es raro, pero es un fenómeno conocido... Se llama hibristofilia agresiva. Síndrome de Bonnie y Clyde.

La nueva acompañante de Detrick era la más peligrosa de las fans, una colaboradora. No pensaba que él fuera inocente. No iba detrás de un placer indirecto por contacto con un asesino encarcelado. Impulsada por la lujuria, la euforia y posiblemente por miedo a él, se había unido a Detrick en la comisión de sus crímenes.

Caitlin dijo:

—Es una buscadora de emociones.

—Pues parece que le ha ido bien... —respondió Pérez—. Armada y peligrosa, supongo.

—Una asesina de policías.

La conversación quedó congelada. Pérez los hizo entrar en la escena, levantó la cinta amarilla y los condujo a través del aparcamiento del motel.

Rainey miró a su alrededor.

—¿No hay rastro del encargado del motel?

—No. —La cara de Pérez estaba sombría—. El propietario está en Reno, pasando un fin de semana largo. Dejó a su sobrino a cargo del mostrador de recepción. —Sacó una libreta de espiral de su bolsillo—. Ezekiel Frye, de veinte años. No se le ha visto desde las seis de la tarde de ayer. Hemos comprobado las habitaciones, la basura, la piscina... No está en la propiedad.

Aquello no era bueno.

Caitlin intentó asimilar la escena.

—¿No hay cámaras?

—La más cercana está en la gasolinera, a unos quinientos metros. —Pérez señaló a los técnicos forenses—. Llegaron aquí hace una hora desde Coyote Pass. Es el laboratorio más cercano.

Pasaron junto a la decrépita piscina. La rodeaba una verja metálica, quizá para acorralar allí a las hierbas rodadoras que llenaban la parte más honda. En el otro extremo del aparcamiento estaba el cementerio más lóbrego que había visto Caitlin en su vida.

Pérez los condujo a la puerta de la recepción. Les echó un vistazo y la abrió.

Caitlin no solía sentir escalofríos en las escenas de los crímenes. Su trabajo consistía en diseccionar y analizar las pruebas, en ayudar a identificar y perseguir a los criminales. Y no creía en fantasmas. Ni en demonios, ni en poltergeist o fuerzas extradimensionales que venían a este mundo a robar almas.

Entonces entró por la puerta del vestíbulo del Circus Inn.

Se detuvo tan repentinamente que Rainey chocó con ella por detrás. Se quedó helada. Si hubiera sido un perro, se habría dado la vuelta, con las orejas gachas, y habría salido corriendo y aullando.

Rainey la rodeó.

—Dios mío...

Un centenar de payasos la miraban con sus ojos maníacos y sus muecas espectrales, como si quisieran analizar con rayos X la habitación. El olor dulce y pútrido a carne humana descompuesta se agarraba a las paredes, el suelo y el techo, así como los muebles.

Sin aliento, Caitlin dijo:

—Madre mía...

Emmerich la miró y vio que se acercaba al rincón donde se había encontrado el cadáver. Los tres muñecos de arlequín de tamaño adulto, que estaban alrededor de ella, los habían quitado y apoyado en un banco.

Pérez le enseñó unas fotos en su teléfono, tomadas antes de que se llevaran el cadáver.

—Una cosa. Como puede ver en esta foto, el asesino...

Su expresión se volvió cáustica. Le tendió el teléfono a Emmerich.

Emmerich amplió la imagen.

—¿Qué hizo?

—Creemos que es un mordisco, en torno al corte que tiene en la muñeca derecha.

Caitlin notó que se mareaba.

—¿Cree que le chupó la sangre?

—Parece que lo hizo *post mortem*. Pero quizá le metiera la lengua en la herida.

Emmerich levantó la vista.

—Si es así habrá ADN...

Pérez asintió.

—Llevaba muerta menos de veinticuatro horas. El rigor no había pasado todavía. Y las moscas eran maduras. No acababan de salir de los gusanos.

Cogió el teléfono, pasó las pantallas y lo levantó, enseñándoles una foto de las moscas en la cara de la víctima.

Caitlin meneó la cabeza. Ya la había visto antes. Había visto todas las fotos. A pesar del maquillaje de payaso y de la violencia cometida en el rostro de la mujer, a pesar de la necesidad de obtener huellas dactilares para una identificación oficial, lo sabía.

Sabía con toda seguridad que se trataba de Lia Fox.

El vacío negro formó remolinos en el borde de su visión. Se iba espesando y retorciendo en torno a su garganta. Cogió aire e hizo un esfuerzo por mantenerse tranquila.

Sus ojos captaron tres pequeñas muñecas de payaso que se apoyaban la una contra la otra en un estante por encima de los arlequines.

—¿Qué es eso?

Los tres payasos habían sido colocados de tal manera que parecieran un ciempiés humano, uno detrás del otro. En la frente de cada uno se veía una sola letra, escrita con un pintalabios de color morado. Ella se acercó para verlo mejor.

«F-B-I».

—No es nada sutil.

El vacío fue desapareciendo. Vio la escena con mucha mayor claridad. Respiraba por la nariz, porque así al final el hedor iría desapareciendo.

—Esto ha requerido una audacia excepcional —dijo—. Y es un espectáculo. Antes, Detrick ocultaba a sus víctimas. En los lugares donde podía... disfrutarlas en privado. —La ira teñía su voz—. Pero esto es completamente público. Es muy imprudente, pero no le importa. Ya está fuera de todo límite.

—Presenta esto como si fuera una broma —comentó Emmerich—. Pero la ira le está abrumando.

—Nos lo está restregando por la cara —concluyó Caitlin—. Y usa el asesinato para hacerlo.

Pérez dijo:

—Está un poco pálida. ¿Se encuentra bien?

—Estoy bien. —Ella apretó las manos en los bolsillos para que dejaran de temblarle.

—Puede ser la altura. No se nota, porque estamos en una cuenca situada en un altiplano. Pero Jester está a mayor altura que Denver. Beba un poco de agua y desayune algo.

Ella quería salir fuera corriendo y respirar aire no contaminado. Pero, por el contrario, asintió.

—¿Podemos ver la habitación donde lo hizo?

Con un breve gesto, quizá reaccionando a la brusquedad de ella, Pérez les acompañó afuera.

Definir la escena del crimen siempre era una decisión deliberada, y los detectives de homicidios tenían que procurar acertar. Si era demasiado pequeña, los investigadores no solo se podían perder pruebas, sino que las dejarían sin proteger, abiertas a la contaminación y la destrucción. Si era demasiado grande, la búsqueda se podía ver entorpecida: los recursos demasiado escasos, poco tiempo para intentar cubrir un terreno demasiado amplio.

Aquí, el detective Pérez había definido la escena del crimen como todo el motel, desde la calle que estaba enfrente del cementerio hasta el otro lado. Caitlin pensaba que probablemente había hecho bien. Pero eso significaba que tenían que cubrir casi una hectárea de terreno y cuarenta y dos habitaciones de motel, centímetro a centímetro, en busca de huellas dactilares, pisadas, rastros, fibras, ADN y señales de alteraciones.

A lo largo de la valla trasera del motel, un técnico de criminología con un mono blanco iba caminando por una cuadrícula en busca de pruebas. Otra técnica registraba la piscina, caminando a un lado y a otro por la parte menos honda y abriéndose camino hacia el extremo más profundo, donde se amontonaban los estepicursores.

Pérez los acompañó a través del aparcamiento hasta la habitación número 4. La puerta estaba abierta de par en par, y un técnico trabajaba dentro.

Pérez cogió unos guantes y cubrezapatos de una caja del laboratorio que había junto a la puerta.

—Pasen al interior de la puerta, pero no más.

Caitlin asintió, se puso los guantes y los cubrezapatos y cruzó el umbral.

El dormitorio parecía lúgubre, pero limpio. Nadie había dormido en la cama. Pero la colcha estaba arrugada, y las almohadas tenían huecos. «Bien». Apoyarse en una almohada significaba dejar pelos, y si había folículos estos contendrían ADN. Un payaso triste hacía muecas desde un cuadro de la pared.

Se podía oler la sangre.

Con las manos colgando a lo costados, Caitlin se volvió hacia el baño. La puerta estaba abierta. La encimera estaba manchada con maquillaje chillón. La cortina de la ducha se había retirado a un lado.

A juzgar por la profusión de manchas rojas en la pared de baldosas, la sangre era una rociada de una arteria carótida seccionada. Caitlin aspiró con fuerza. Luego espiró.

Retrocedió y salió afuera. Por un segundo no pudo pensar. Solo podía sentir lo que la víctima, seguramente Lia, había debido de sentir mientras Kyle Detrick la obligaba a meterse en la bañera y sacaba un cuchillo. Su terror, su sufrimiento, su dolor.

Se apartó de la habitación. Pérez no dijo nada.

Caitlin volvió a respirar. La luz del sol, dorada, le cosquilleó los ojos. Al otro lado del aparcamiento, el equipo forense iba caminando por la piscina vacía. En la carretera, un camión con grava disminuyó la velocidad, y el conductor se quedó mirando la escena. Caitlin vio por el rabillo del ojo que Rainey caminaba hacia ella.

Más allá de la piscina, el cementerio parecía muy desangelado con aquel sol frío. Las cruces se inclinaban en ángulos absurdos, como si fuera una casa encantada de Halloween. El polvo se deslizaba por encima del suelo. En el extremo más alejado del cementerio, una planta rodadora estaba atrapada en el pico de una cruz, y temblaba al viento.

Rainey se acercó.

—¿Qué es eso?

Caitlin frunció el ceño.

—No lo sé.

La planta rodadora se retorció, como si estuviera intentando liberarse. Una cinta plateada estaba enredada en sus ramas.

—¿No es cinta adhesiva plateada? —dijo Rainey.

Cruzó el aparcamiento con Caitlin. Entraron en el cementerio y se abrieron camino por entre las cruces inclinadas y los indicadores de madera de las tumbas, desgastados por el sol.

—Maldita sea... Sí que es cinta plateada. —Rainey se acercó a la planta rodadora. Estaba sujeta en la punta de la cruz inclinada, para que no pudiera alejarse con el viento.

—La cinta plateada es parte del equipo de secuestro de Detrick —dijo Caitlin—. Es una señal.

—¿Para quién? ¿Para nosotros?

Caitlin examinó la escena, dando toda la vuelta completa. Fue escrutando el desierto, se subió a la valla de hierro del cementerio y miró también el terreno. Tras ella, Rainey silbó, alto y fuerte.

—¡Emmerich! —gritó Rainey.

Un segundo más tarde saltó la verja y se unió a Caitlin. Desde los límites del cementerio, un terreno vacío corría un par de kilómetros más o menos hasta unas colinas marrones y arrugadas. Con cautela, probando el suelo arenoso, Rainey fue avanzando. Al cabo de un minuto señaló.

—Huellas de neumáticos.

Se agachó. Caitlin se quedó a su lado. Oyeron que Emmerich trotaba hacia ellas.

Las huellas se originaban con huecos gemelos, como si el vehículo hubiese acelerado de golpe desde una posición inmóvil. Luego iban directamente a través de la arena hacia las colinas.

—Ya sé lo que ha hecho —dijo Rainey—. Lo que han hecho ellos. —Se puso de pie y miró hacia atrás, al aparcamiento del motel—. Han cogido unas cuantas plantas rodadoras de la piscina y las han sujetado con cinta plateada al parachoques trasero del vehículo. Las plantas iban arrastrándose por el suelo, y así cubrían sus huellas cuando han ido por la arena.

Caitlin frunció el ceño.

—Pero luego las han dejado, o al menos han dejado una, y la han sujetado a esa cruz.

—Sí. Porque querían que al final alguien viniese a mirar y averiguase hacia dónde habían ido.

—¿Por qué?

Emmerich se acercó corriendo.

—Huellas —dijo Rainey—. Necesitamos un fotógrafo. Y los técnicos deberían hacer moldes inmediatamente, antes de que el viento se las lleve.

La mirada de Emmerich siguió las rodadas de los neumáticos por el desierto.

—¿Van derecho hacia las colinas?

En la ladera había una abertura cuadrada, negra en contraste con la tierra rojiza. Rocas y polvo surgían de su boca y caían ladera abajo.

Caitlin recordó los carteles que había visto en la ciudad. VISITAS FAMILIARES A LAS MINAS.

—Es la boca de una mina —dijo.

Emmerich se dio la vuelta y gritó a Pérez que se llevase a los técnicos y un vehículo cuatro por cuatro.

Rainey se fue corriendo a campo través.

—El recepcionista que falta...

Cuando subieron la ladera de la colina, Rainey estaba jadeando, con la cara brillante de sudor. Se le habían soltado las trenzas del moño y le golpeaban la cara. Emmerich estaba nervioso y respiraba con fuerza. Caitlin notaba las piernas tan flojas como una potranca. El pozo de la mina estaba abandonado y sus vigas de apoyo, rotas y podridas. Los oficiales locales se acercaron a la entrada con las armas desenfundadas.

—Esperen aquí —dijo el detective Pérez.

Pasó la luz de su linterna por el túnel de la mina y condujo a un oficial uniformado al interior. Caitlin intentó ver más allá de la intensa luz del sol, entre las sombras.

Pérez quedó convertido a escala de grises. Su aliento y sus pasos se fueron disipando. Al cabo de un minuto, la voz del oficial hizo eco.

—Detective. Aquí.

Unos pasos resonaron en lo más profundo del túnel. La luz de unas linternas se reflejó en las paredes.

—¡Agentes! —llamó Pérez.

Emmerich agachó la cabeza y echó a correr, con Caitlin y Rainey justo detrás de él.

A cincuenta metros en el túnel, el recepcionista del motel, Ezekiel Frye, yacía desmadejado y boca abajo en el suelo. Era un joven negro, con rastas y la cara polvorienta. Tenía los vaqueros y la camiseta tiesos por la sangre seca. Pérez le dio la vuelta y lo puso de espaldas.

Se quedó rígido.

—Dios mío...

La linterna de Emmerich iluminó el cuerpo del recepcionista. Pérez cayó al lado del joven. Frye todavía respiraba.

55

En la ladera, en la mina abandonada, los sanitarios de los bomberos pusieron un collar cervical en torno al cuello de Ezekiel Frye y le colocaron una vía intravenosa. Frye había sido apuñalado en el abdomen, y le habían hecho un corte apresurado y poco hondo en la muñeca. Estaba flotando al borde de la consciencia. Por el rastro de sangre y las huellas en el polvo que había dentro del túnel, lo habían abandonado en la parte más profunda, y él intentó arrastrarse de vuelta a la entrada antes de desmayarse.

Caitlin se quedó de pie al sol, en el desnivel que había junto a la entrada de la mina. Camiones de bomberos, una ambulancia y un monovolumen del sheriff se amontonaban a los pies de la colina. Los sanitarios sacaron a Frye, sujeto con correas a una camilla, y usaron una polea para bajarlo con mucho cuidado por la ladera hasta el fondo del valle. Metieron luego la camilla en la ambulancia.

El detective Pérez salió por la boca oscura de la mina.

—El chico sobrevivirá. ¿Por qué haría Detrick un trabajo tan chapucero?

Emmerich se volvió.

—Sospecho que ha sido la *groupie* de Detrick la que ha atacado a Frye.

—¿Cree que han tenido que huir a toda prisa de la escena? ¿O que ella ha pensado que el chico estaba muerto?

Por debajo de ellos, un sanitario se bajó de la parte trasera de la ambulancia. Hizo señas.

—Detective.

Pérez bajó al trote hasta el pie de la colina, con los otros detrás de él, resbalando en el polvo. Pérez habló con el sanitario y se subió a la ambulancia. Cuando Caitlin llegó, Pérez estaba inclinado por encima de Frye, con la mano en su hombro y la cabeza girada para intentar oír el susurro del joven.

Pérez asintió, apretó el hombro de Frye y salió. El sanitario cerró las puertas. Se metió en la cabina y la ambulancia partió, con las luces girando, y avanzaron a toda velocidad por el suelo arenoso.

La mirada oblicua de Pérez era helada.

—Había dos. Le ha atado un hombre. Una mujer le ha apuñalado. Le han desatado cuando lo han tirado a la mina.

Emmerich dijo:

—Querían que escapara...

Pérez asintió.

—El hombre le ha dado un mensaje: «Ella no podía tener la boca cerrada, así que se la he cerrado yo».

Emmerich abrió y cerró las manos. Pareció mirar a través del detective durante un momento.

—¿Dónde está la morgue?

Pérez frunció el ceño.

—A cuatro manzanas del motel.

Emmerich corrió hacia el monovolumen del detective.

—Vamos.

Caitlin dijo:

—Yo también voy.

A Pérez le llevó dos minutos acompañarlos hasta su coche de alquiler y dos más conducirlos en convoy a la morgue. Dentro, fueron directamente a la sala de preparación. Cuando atravesaron las puertas batientes, dos patólogos forenses y un ayudante de la morgue estaban ya con sus trajes y guantes puestos. Los dos hombres se volvieron, sorprendidos. En la mesa de embalsamamiento de acero yacía una bolsa negra con un cadáver dentro, todavía con la cremallera cerrada. El intenso olor a fluido de embalsamar impregnaba el aire.

—¿Detective? —dijo el patólogo—. Estamos a punto de empezar.

Emmerich se acercó a la mesa.

—¿Puedo abrir la cremallera?

El doctor le dijo que lo hiciera. Emmerich cogió el aro de la cremallera y tiró.

Apareció a la luz el rostro de la víctima. Con los ojos muertos abiertos, los labios separados, la cara flácida bajo la espesa capa de maquillaje blanco. El pelo corto era de un rubio casi blanco. Se lo habían teñido recientemente, y de una manera burda. Iba vestida con un camisón corto transparente. En contraste con el plástico negro de la bolsa donde estaba metida, parecía el negativo de una foto.

Era Lia Fox.

Tenía los labios entreabiertos un centímetro. Emmerich se acercó más.

—Tiene algo metido en la boca. —Se puso unos guantes—. ¿Doctor?

El patólogo le tendió unas pinzas. Emmerich sacó una polaroid muy arrugada.

La dejó en una bandeja de acero inoxidable y la desenvolvió. Era antigua..., muy antigua. En ella se veía a una adolescente rubia, un día de sol, en un pícnic en el campus de la Universidad de Houston.

Caitlin se la quedó mirando. Ella y Rainey habían visto una foto casi idéntica en el álbum de la casa de Aaron Gage.

Las enredaderas negras se agitaron de nuevo, amenazando con envolver la garganta de Caitlin e impedir el paso del aire. Se llevó una mano al cuello. Respiraba por la boca.

Sonó el teléfono de Pérez. El detective se apartó un poco para responder.

Emmerich dio las gracias al patólogo por dejarle importunar. Pasó por las puertas batientes dobles. Rainey le siguió.

Caitlin dudaba. No podía hacer ya nada por Lia Fox. Ni consolarla, ni tranquilizarla. Ni siquiera tocarla, porque podía contaminar el cuerpo.

Pero sí que podía encontrar a Detrick e impedir que le hiciera eso a nadie más. Alargó la mano. Con la yema de los dedos rozó el exterior de la bolsa. Parpadeó.

Hizo una seña al patólogo, se dio la vuelta y salió.

Fuera, el sol bajo de invierno lanzaba unas sombras como un estilete. Emmerich, Rainey y el detective Pérez se quedaron de pie junto al monovolumen de Pérez. Este tenía su ordenador portátil abierto encima del capó.

Emmerich le hizo una seña.

—El coche que pertenecía al oficial que mataron en la presa Hoover. Lo han encontrado.

En la pantalla del ordenador había fotos. El Subaru robado del oficial, con la pegatina de SOY EAGLE SCOUT, PREGÚNTAME, había quedado abandonado en un camping de caravanas al norte del lago Tahoe. La sangre de la víctima salpicaba los asientos. Cubriendo el salpicadero y metidas en el interior de las ventanillas del coche se encontraban unas polaroids. En algunas se veía al hombre muerto. En otras, a Lia Fox, apoyada en el banco de la recepción del Circus Inn. Las sonrisas como un rictus de los muñecos payasos llenaron la pantalla.

Pegada al volante se encontraba una sola foto de Teri Drinkall, la mujer que había desaparecido de un garaje de Texas.

En la foto, Teri estaba viva, pero Caitlin se sintió desfallecer. Sabía que Teri estaba muerta. Y sabía con total seguridad que Detrick la había colocado allí como una reprimenda personal hacia ella, por haberle preguntado por Teri aquel día en la cárcel.

La verdad se abrió camino a través de la precaria barrera de negación que ella había erigido. Le picaban los ojos. Durante un segundo, las barreras que había intentado mantener levantadas le parecieron demasiado porosas. Notó que Rainey estaba junto

367

a ella. Pensó: «Rainey está equivocada. Necesito unos muros más fuertes. No abrirme más». Cogió aire.

Emmerich dijo:

—Es un escarnio.

«No jodas», pensó Caitlin. Detrick les estaba diciendo: «Habéis perdido. Las víctimas seguirán muriendo. —Oía su voz en el interior de la cabeza—. Tendrías que haberlo hecho tú misma. Ojalá lo hubieras hecho».

De la radio surgió electricidad estática, en el interior del monovolumen. Pérez cogió el transmisor. Un minuto más tarde salió con un mapa en la mano.

—Ese camping de caravanas donde dejaron el Subaru del oficial... Han informado de que allí se ha robado otro coche.

Pérez desdobló el mapa encima del capó. Desde Jester, el lago Tahoe estaba a cuatrocientos kilómetros al norte.

—Detrick ha podido ir en cualquier dirección, desde Tahoe —dijo Pérez—. Ha podido coger la I-80 a Reno. Desde allí ha podido dirigirse tanto a Salt Lake City como a San Francisco. O bien al norte. En esa dirección todo es campo abierto durante casi quinientos kilómetros.

Caitlin se metió las manos en los bolsillos.

—Ya sabemos adónde va.

Rainey asintió.

—Estoy de acuerdo.

Caitlin señaló el mapa. Crying Call. Phoenix. Presa Hoover. Jester. Lago Tahoe. Con cada secuestro y cada asesinato, cada parada para matar y burlarse, Detrick se acercaba cada vez más a la zona noroeste de la costa del Pacífico.

—Va a Portland —dijo—. Detrick va a por Emily Hart.

Emmerich se quedó pensativo un instante, con la mirada aguzada.

—Él sabe que vamos a buscarle. Todo lo que ha hecho aquí en Jester después del asesinato ha sido deliberado. Dejar vivo al recepcionista, enseñarnos cómo seguir sus huellas, darle al chico un mensaje que nos llevara a la morgue... —Levantó la vista—. Quería entretenernos.

Caitlin sacó su teléfono para llamar a la policía de Portland. A Emmerich le dio tiempo justo para estrechar la mano de Pérez, pero al momento ya estaba corriendo hacia el coche.

Solo unas horas después de llegar a Jester, Emmerich, Rainey y Caitlin volvieron corriendo al pequeño aeródromo. La puerta de la avioneta Gulfstream estaba abierta y los pilotos, ya en la cabina, haciendo las comprobaciones previas al despegue.

Emmerich frenó con un chirrido en el exterior del hangar, junto a la pista de aterrizaje, porque había recibido un mensaje de texto. Lo leyó mientras bajaba del coche.

—El vehículo robado en el aparcamiento de caravanas en el lago Tahoe... Fue a las siete de la tarde de ayer. —Comprobó su reloj—. Es posible que Detrick lleve toda la noche conduciendo.

Caitlin dijo:

—¿Portland está muy lejos de Tahoe?

—A novecientos kilómetros. Podría llegar allí en diez horas.

Detrick no iba por delante de ellos. En realidad, podía estar allí ya.

Cogieron todo su equipo y recorrieron la pista de aterrizaje congelada. Echándose una bolsa de deporte al hombro, Emmerich subió corriendo las escalerillas de la avioneta. Al meter la cabeza por la puerta, llamó a los pilotos.

—Ya estamos todos.

El primer oficial saludó a Caitlin y a Rainey, mientras ellas subían a bordo. Levantó las escalerillas y cerró la puerta. Volvió a la cabina. En cuanto se colocó en el asiento a mano derecha, el capitán puso en marcha los motores.

Emmerich se instaló en un asiento orientado hacia delante.

—El plan de vuelo cubre 1.160 kilómetros.

Caitlin se guardó sus cosas y tomó asiento al otro lado del pasillo. Sacó su teléfono del bolsillo trasero. De camino hacia el aeropuerto había conseguido contactar con la policía de Portland, así como con la policía del Greenspring College, y disponer que un oficial uniformado estuviera con Emily Hart hasta que llegase el equipo del FBI. Ahora tenía que hacer una llamada mucho más difícil.

Emily cogió el teléfono inmediatamente.

—Agente Hendrix... ¿Mi madre? ¿La han encontrado? He oído...

Fuera, los motores gemelos de la avioneta cobraron vida.

Caitlin cogió aire con fuerza, preparándose para darle la noticia de la muerte de Lia, pero el dolor la recorrió por completo. «No». Una chica de diecisiete años, sola... No podía decírselo a Emily en esas circunstancias. No por teléfono. No cuando Emily necesitaba concentración, calma y claridad mental. Caitlin tenía que esperar hasta que la viera en persona.

—Lo siento. Todavía no puedo decirte nada.

—Entonces ¿por qué me llama?

—¿Dónde estás?

—En el laboratorio de química. —La voz de Emily adoptó un tono más oscuro—. ¿Por qué?

—¿Está ahí tu profesor? ¿Personal? ¿Seguridad del edificio?

—Mi tutor. ¿Qué pasa?

Rainey ya había sacado un mapa por satélite. El laboratorio de química estaba en un anexo en un extremo del campus, en una calle sin salida.

—Emily. Es muy urgente. Necesito que te quedes en ese laboratorio y esperes a que llegue la policía de Portland. Están de camino. Díselo a tu tutor. Los policías te llevarán a comisaría. Deberás esperar allí hasta que yo llegue.

—Él viene, ¿verdad?

—No queremos dejar ningún cabo suelto —dijo Caitlin.

Los motores de la avioneta se pusieron en marcha. En la cabina, el capitán hizo una señal hacia los reguladores. Estos dieron la vuelta y empezaron una lenta rotación para alinearse con el extremo sur de la pista de aterrizaje. Rainey estaba al teléfono con la policía de Portland.

La voz de Emily tenía un tono nervioso.

—¿Él sabe que yo estoy en Greenspring? ¿Sabe dónde vivo?

—Tenemos que suponer que sí.

—Y... ¿qué pasará con mis compañeras de la hermandad?

Una luz fría incidió en los ojos de Caitlin.

—¿Hermandad?

—Acabo de ingresar en la Xi Zeta. Me mudo este fin de semana... Ya he hecho el cambio de domicilio para todo —dijo Emily—. Si ese tipo lo sabe, ¿qué les pasará a mis compañeras de la hermandad?

Caitlin se pasó los nudillos por la frente.

—También necesitan protección policial —insistió Emily—. La mitad de las chicas que hay en esa casa están en el equipo de rugby conmigo. Pero sería bueno tener un apoyo.

Caitlin casi se echa a reír. La confianza de Emily en sus compañeras de equipo era adorable y muy empoderadora, cosas de hermanas y todo eso, y en esas circunstancias, absurda. Pensó en la casa de la hermandad. Habría personal de guardia y algo de seguridad. Pero Emily tenía razón: si Detrick se enteraba de que se había apuntado a la Xi Zeta, eso no sería nada bueno. Necesitaban apoyo policial.

—Lo arreglaremos —dijo Caitlin.

—Vale. Estupendo. Gracias.

Enfrente de ella, Rainey confirmaba el plan con los policías de Portland.

—La policía va de camino al laboratorio de química —dijo Caitlin—. Cuando llegues a la comisaría de policía, quédate allí y espera al FBI.

—Sí, claro. Desde luego.

La avioneta recorrió la larga pista. El paisaje en el exterior estaba quieto. No había tráfico ni ningún otro avión despegando o aterrizando, ni tampoco aves, al parecer. Solo el fino y vacío aire azul. Y la tierra baldía. Tan estéril, porque Detrick ya se había largado.

—Abre bien los ojos y ten cuidado, Emily. Vamos para allá.

—Estaré esperando.

Caitlin colgó. Miró por la ventanilla de la cabina. Algunos matorrales y terreno arenoso.

Detrick había cogido a Lia. No pensaba dejar que cogiera también a la hija de Lia.

La avioneta frenó al final de la pista, dio un giro de ciento ochenta grados y se colocó para el despegue. El sol formaba un arco a través del interior de la cabina. Caitlin se abrochó el cinturón de seguridad.

Su teléfono sonó. Lo miró; un mensaje de texto de Michele: «¿Todo bien, niña?».

Caitlin notaba que el estómago le daba vueltas. Pasó la pantalla para responder..., pero su pulgar se quedó suspendido encima del teclado.

Los motores flojearon unos pocos segundos. En la cabina, los pilotos empujaron los reguladores hacia delante. Aceleraron. El avión estaba ya en posición.

Caitlin volvió a leer el mensaje de texto. Cerró el teléfono.

Michele sabría que había leído el mensaje y se preguntaría si Caitlin la estaría ignorando.

Los pilotos soltaron los frenos. Los motores rugieron y la avioneta salió disparada por la pista, cogiendo velocidad.

Que Michele se preguntase lo que quisiera. Caitlin no podía ocuparse ahora de ella. Detrick estaba todavía por delante de ellos. La avioneta aceleró y se elevó en el aire.

56

El descenso en Portland fue turbulento. El tiempo se había vuelto seco cuando llegaron al centro de Oregón, cruzaron la espina dorsal de los montes Cascades y se metieron en el último sistema invernal que soplaba fuera del Pacífico. La pequeña avioneta pasó a través de lluvias dispersas y subió al valle de Willamette. Por debajo, el paisaje era de un bosque verde intenso. Caitlin se apretó más el cinturón mientras el aparato se sacudía en el aire.

Rainey miró las nubes hacia el oeste.

—Creo que hoy va a hacer mucho frío.

El viento zarandeaba la avioneta. Por la ventanilla a mano derecha, más allá de la larga extensión de la ciudad, la vista oriental mostraba campos cultivados verdes, y, casi cien kilómetros más al este, los promontorios enormes y coronados de nieve del monte Hood. El volcán dominaba el horizonte como un dios solitario.

La avioneta dio bandazos pronunciados. Caitlin se agarró a los brazos de su asiento.

Rainey dijo:

—Ya sabes lo que diría Keyes si estuviera aquí.

Rainey, que antes había sido miembro de las Fuerzas Aéreas, tenía un estómago de hierro y cierto desdén por los efectos de las turbulencias, por muy fuertes que estas fuesen. Al otro lado del pasillo, Emmerich trabajaba en su ordenador. Ni siquiera levantó la vista.

Caitlin veía pasar las nubes. La lluvia veteaba su ventanilla. Y los cristales de hielo.

—Keyes nos diría la velocidad del aterrizaje, la altura de esa montaña al milímetro y nos informaría de la última vez que hizo erupción el volcán.

—Y las probabilidades que existen de que vuelva a hacer erupción.

Emmerich tocó unas cuantas teclas del ordenador.

—Monte Hood. Estratovolcán. Altura: 3.429 metros. Última erupción: 1907.

Caitlin se echó a reír para sus adentros. Rainey sonrió. La avioneta peraltó y Caitlin vio el centro de Portland, aunque algo torcido. Unas colinas boscosas al oeste, rascacielos apelotonados junto al río Willamette. Puentes y barcos. La avioneta dio la vuelta, lentamente. Desde la cabina oía a los pilotos hablar con los controladores de tráfico aéreo.

Emmerich cerró el ordenador.

—No tienen que preocuparse por el Hood. Ni por su hermana que está al otro lado del río. Hoy no.

Bajaron por debajo de los últimos restos de nubes y el río Columbia apareció ante sus ojos. Era color pizarra. Más allá, en el lado de Washington, se alzaba el monte Saint Helens.

—No. —Aquel día los volcanes eran la última preocupación que tenían.

Aterrizaron paralelos al río, con chorros de agua surgiendo de alas y neumáticos, con el estruendo ensordecedor de la presión inversa, que empujaba a Caitlin hacia delante, contra su cinturón de seguridad. Dieron la vuelta y pararon junto a las dos pistas comerciales del aeropuerto, pasando junto a las alas de algunos reactores de pasajeros destinados a Seattle, Chicago y Tokio. Cuando llegaron a la terminal general de aviación, dos agentes de campo del FBI de Portland les estaban esperando ya con un par de monovolúmenes.

El capitán apagó los motores y abrió la puerta. Les saludó un viento frío y húmedo.

Un agente salió de uno de los monovolúmenes a darles la bienvenida, tensando con los hombros las costuras de su gabardina. Emmerich no bajó el ritmo.

—¿Novedades?

El agente le llevó hacia los vehículos.

—La policía de Portland nos lo ha notificado hace diez minutos. El coche robado en el camping de caravanas del lago Tahoe ha sido visto en el campus del Greenspring College.

Caitlin notó un nudo en el estómago.

Emmerich le dirigió al otro una mirada afilada como un cuchillo.

—¿Visto?

—Estaba aparcado en una plaza para discapacitados sin letrero. Un estudiante llamó a la seguridad del campus para que se lo llevara la grúa. Dio el número de matrícula al encargado del campus. Es el vehículo.

—¿Pero...?

—Pero cuando llegaron los policías del campus había desaparecido.

El teléfono de Caitlin sonó. Era un mensaje de texto de Emily Hart.

«Estoy en Xi Zeta».

Caitlin se quedó boquiabierta.

—Madre mía...

«Ya sé que quería que esperase en la comisaría, pero no puedo hacer eso cuando mis compañeras de la hermandad están todavía en la casa. Los policías se han quedado muy frustrados pero yo soy adulta. Xi Zeta está cerrada y hay dos oficiales aquí».

Emmerich se volvió.

—¿Agente Hendrix?

—Es Emily.

Le explicó la situación. Emmerich se hizo cargo, con la mirada de un padre que ha experimentado ya muchas sorpresas por parte de una hija adolescente.

—Yo iré al campus con esos agentes —dijo—. Usted y Rainey vayan a la casa de la hermandad.

Se subió a uno de los monovolúmenes. El agente de Portland lanzó a Rainey las llaves del segundo vehículo. Emmerich salió a toda velocidad hacia el campus. Caitlin y Rainey metieron sus cosas en el otro monovolumen.

Rainey se puso al volante. Caitlin cerró la puerta y llamó a Emily. No hubo respuesta. Comprobó el GPS y le envió un mensaje de texto: «Saliendo del aeropuerto. Vamos para allá. Quédate encerrada en la casa de la hermandad. Llegamos dentro de 45 minutos».

Rainey pisó el acelerador.

57

La noche de Oregón cayó pronto, con unas nubes bajas. Un viento helado soplaba en el valle de Willamette. En el Greenspring College, al noroeste de Portland, Emmerich y los dos agentes del FBI de Portland iban dando vueltas por las carreteras serpenteantes y estrechas. Se detuvieron en el aparcamiento en el que se había visto el coche robado por Detrick en el lago Tahoe. Dos coches de policía del campus les esperaban, con unas luces relampagueantes.

El campus era montañoso y sus edificios estaban rodeados por grupos de altos abetos Douglas. Emmerich salió del coche y la aguanieve le dio en la cara. Estrechó la mano de la oficial en jefe de policía del campus. En la tarjeta identificativa que llevaba ponía: LEWIS.

—Estamos abriéndonos en cuadrantes para buscar el coche robado.

El campus estaba diseñado en torno a una serie de plazas peatonales. Bajo las farolas de la calle, el aparcamiento estaba desierto, más de lo que Emmerich habría esperado, aun con aquel tiempo.

—Hemos activado el sistema de alerta de emergencia del campus. Se han enviado mensajes de texto, correos y llamadas grabadas a todos los estudiantes diciéndoles que un peligroso sospechoso anda libre por aquí. Esos mensajes incluyen la descripción y el número de matrícula del coche robado. Se ha alertado a la biblioteca, al laboratorio y especialmente a los tutores de los alumnos residentes, y estos ya están dando instrucciones a los estudiantes de que se refugien en lugares concretos.

—Bien.

Emmerich estaba muy complacido al ver que Greenspring tenía un plan de emergencia del campus tan bien organizado. Sin embargo, la necesidad de los procedimientos de cierre de la universidad le producían un dolor como si un sacacorchos se le clavara en el pecho. Su propia hija era estudiante de segundo curso en la Universidad de Virginia.

Una radio de policía volvió a la vida y emitió un ruido en el coche patrulla de Lewis. Ella se inclinó hacia allí, habló un momento y volvió a dejar el transmisor. Su rostro estaba alerta.

—Un estudiante acaba de ver una de nuestras unidades junto al patio de Ciencias. Dice que ha visto el coche robado entrar en un aparcamiento.

—¿Está allí todavía el coche? —preguntó Emmerich.

—El estudiante dice que el conductor ha salido y se ha metido en el Departamento de Biología. Un tipo blanco, que parecía un camionero.

Emmerich examinó el aparcamiento.

—Necesitaremos apoyo.

La casa de la hermandad Xi Zeta estaba en Greek Row, a un kilómetro y medio del campus de Greenspring. Cuando la lluvia se convirtió en aguanieve, las nubes acabaron con el crepúsculo y la tarde se sumergió en una oscuridad de carbón. Emily Hart iba y venía junto a las ventanas del salón, contemplando la calle a la luz de las farolas. En la colina, los abetos Douglas se agitaban debido al viento. Tenía la bolsa de equipaje preparada junto a la puerta.

Un coche policía de Portland estaba aparcado junto a la acera. Un oficial estaba al volante. Su compañero se encontraba en la cocina, calentando una taza de café.

La casa era un antiguo edificio colonial donde vivían treinta y seis compañeras de la hermandad. Era alta y sólida, y a Emily le parecía una fortaleza. Ya estaba hecha la cena. Los cocineros se habían ido como cada noche. Un par de chicas ya estaban cogiendo tentempiés del frigorífico para pasar la noche. Cotilleaban con el joven oficial de policía. Sus voces sonaban muy amortiguadas. Arriba, Adele competía con *SportsCenter*. En el comedor, alguien memorizaba la tabla periódica. Normalmente la casa era un hervidero de actividad. Aquella noche el zumbido parecía ansioso.

Se oyeron unos pasos que bajaban por las escaleras principales. La supervisora, Nina Grosjean, entró en la sala con el bolso y el abrigo.

—¿Qué noticias hay?

Emily levantó el teléfono.

—Los agentes del FBI están de camino. —Miró a la señora Grosjean mientras ella se ponía el abrigo—. ¿Va a recoger a Gabrielle?

—Sí. La grúa no puede llegar tan rápido como yo al punto donde se le estropeó el coche. No quiero que esté por ahí fuera, en la carretera. —La señora Grosjean se mostró indecisa—. Emily, si no fuera una urgencia...

—Vaya. Gabrielle está ahí fuera, sola —dijo Emily—. Hay un policía en la cocina, un coche de policía aparcado a quince metros de la puerta y el mismo FBI viene de camino para recogerme. —Estrechó el brazo de la señora Grosjean—. Gracias por dejarme esperar aquí.

Grosjean se puso un pañuelo en torno al cuello. Durante un segundo, se ablandó. Era una mujer muy sensata, que contemplaba aquel trabajo de directora de la hermandad como el equivalente a llevar un pequeño hotel para jóvenes. Le dio unas palmaditas a Emily en el hombro.

—Tú eres miembro de esta hermandad. Por supuesto que puedes quedarte aquí. —Se abrochó el abrigo—. Llámame en cuanto llegue el FBI.

—Sí, señora —respondió Emily.

Grosjean corrió hacia la cocina. Su coche estaba aparcado en el solar que quedaba detrás.

El oficial de policía dejó en el mostrador su café.

—La acompañaré afuera.

Un aire helado sopló por el vestíbulo, hasta que el policía cerró la puerta de atrás. Emily suspiró. Volvió a la ventana delantera. La aguanieve caía con más intensidad todavía.

En el campus, Emmerich y los agentes locales iban detrás de los dos coches patrulla de Greenspring, siguiéndoles por una carretera resbaladiza más allá del patio principal hasta un aparcamiento que había junto al edificio de biología. Se habían reunido allí con otro coche más. Una aproximación silenciosa: ni luces ni sirenas. Unas gotas de lluvia helada volvían blanca la imagen a través de la luz de los faros.

El vehículo robado era un Camry gris sin nada de particular. Era el único coche en el aparcamiento. Emmerich salió y se enfrentó a la melancólica aguanieve. La oficial Lewis se acercó al Camry con precaución e iluminó el coche con la linterna que llevaba.

Dentro no había nadie. Emmerich miró y paseó por allí su propia linterna. El interior del coche parecía limpio. No había pertenencias. Ni sangre.

—La llave está en el contacto.

Lewis le dirigió una mirada.

—¿Existe algún motivo para que tengamos que esperar a tener una orden?

Él negó con la cabeza.

—Es un coche robado. Circunstancias apremiantes.

Se puso unos guantes y abrió la puerta, quitó la llave y fue al maletero. Con aprensión, lo abrió.

Estaba vacío.

La radio que llevaba Lewis en el hombro emitió un ruido. Ella inclinó la cara hacia el aparato, habló y se volvió a incorporar.

—Ha llegado la unidad de policía táctica de Portland.

El edificio de Biología era un edificio de ladrillo de tres pisos que quedaba enfrente del patio de Ciencias. Emmerich se puso una mano encima de los ojos para bloquear la aguanieve que le caía en la cara. Las luces del vestíbulo del edificio estaban encendidas, pero solo quedaban iluminadas un par de ventanas de las oficinas. El edificio parecía muerto.

—¿Disposición?

Lewis señaló.

—Vestíbulo, pasillos que se bifurcan y que llevan alrededor de todo el edificio y convergen detrás. Ascensores, escaleras. En la puerta de atrás hay unas escaleras que bajan hasta un sendero que conduce a la parte de atrás del patio interior.

—¿Y qué hay detrás del patio?

—La puerta de atrás conduce a unas residencias de estudiantes y las casas de las hermandades del campus. El edificio de Biología proporciona refugio y un atajo para alguien que se dirija hacia las residencias de estudiantes.

—Usted delante —ordenó Emmerich.

Lewis habló de nuevo por la radio del hombro. Luego dijo:

—Sígame.

Los policías del campus y el FBI se acercaron al edificio en fila india. Entraron en silencio. La puerta de la oficina del Departamento de Biología estaba cerrada y atrancada. Avanzaron por el edificio en formación, bien apretados.

Las puertas de la oficina estaban cerradas. Las suelas de los oficiales, de goma, no se oían en el suelo de baldosas. Llegaron a una esquina. Lewis les hizo señas de que se quedaran allí y miró a su alrededor. Se echó atrás.

Susurró:

—Está a medio camino del pasillo, andando hacia la parte trasera del edificio.

Se inclinó de nuevo hacia el otro lado de la esquina y dio la señal de avanzar. Todos se movieron y vieron a un hombre que se alejaba de ellos caminando. Llevaba una camisa de franela roja y una gorra de béisbol. Desapareció dando la vuelta en la siguiente esquina, dirigiéndose hacia la salida de atrás.

Lewis se inclinó de nuevo hacia su radio.

—Ya llega.

Se movieron rápidamente a lo largo del pasillo y se detuvieron en el extremo más alejado. Oyeron que se abría la puerta que daba al exterior. Lewis lo comprobó todo y les hizo señas de que avanzaran. En la parte de atrás del edificio se veía un vestíbulo pequeño, con unas puertas acristaladas. El hombre con la camisa de franela estaba fuera y bajaba corriendo las escaleras hacia las residencias.

Fuera, colocado en la zona arbolada, a cubierto de la noche, el jefe de la unidad táctica de la policía de Portland gritó:

—¡Quieto!

58

Caitlin y Rainey se abrían camino por un barrio situado en una ladera fuera del campus. En la creciente oscuridad de la noche, Rainey iba avanzando con cuidado por la resbaladiza carretera. La ruta hacia la casa de la hermandad las llevó hasta la parte trasera de la colina desde la universidad, a lo largo de una serie de curvas pronunciadas. Los limpiaparabrisas iban recogiendo la nieve medio derretida.

Sonó el teléfono de Caitlin. Al sacárselo del bolsillo, recordó con una punzada de dolor que no había respondido al último mensaje de Michele. Nicholas Keyes la llamaba desde Quantico.

—¿Noticias? —preguntó ella.

—Acaban de entregarme el dibujo de la mujer que ayudó a Detrick cuando estaba en la celda. La que le pasó el teléfono de contrabando en la caja de KFC.

Caitlin puso el altavoz.

—Con la capucha, la peluca y unas gafas enormes parece el Unabomber —dijo Keyes—. No ayuda mucho. Pero... Pero sospecho que es la misma mujer que aparece en el vídeo ese al estilo *Madden NFL*. La que va siguiendo a Detrick por el vestíbulo del cine en Solace, antes de que él secuestre a su víctima. Y cuantas más veces paso ese vídeo, más me convencen los datos de que Detrick no sabe que ella le está siguiendo.

Caitlin y Rainey intercambiaron una mirada. Rainey dijo:

—Manda el dibujo.

—Gracias, Keyes.

—Ese no es el único motivo por el que llamo. En las redes sociales aparecen fotos de Emily Hart con sus nuevas compañeras de la hermandad Xi Zeta. Supongo que Detrick ya lo sabe.

—La policía de Portland está en la escena. —Caitlin comprobó el GPS—. Estamos a menos de un kilómetro de distancia.

Rainey aminoró la velocidad para coger otra curva. Tensa, Caitlin examinó la carretera y la ladera boscosa por encima del río Willamette.

—Tened cuidado —dijo Keyes.

—¡Policía! ¡No se mueva!

Detrás del edificio de Biología, el hombre con la camisa de franela se detuvo en seco en el último escalón. Con las armas en la mano, los policías de Portland salieron corriendo entre las sombras. Emmerich, los agentes locales del FBI y la policía del campus irrumpieron a través de la puerta de atrás entre la aguanieve, con las armas levantadas. Bajaron corriendo los escalones. Dos oficiales tácticos de Portland tiraron al hombre al suelo.

Este aterrizó boca abajo en la acera con un sordo golpe. Los rayos de una docena de linternas le iluminaron. Los policías le esposaron las muñecas.

Emmerich se guardó el arma en la funda y dio la vuelta al hombre, poniéndolo de espaldas.

Bajo la fría luz de las linternas, el pulso del hombre le palpitaba en el cuello. Tenía los ojos como monedas brillantes. Emmerich le quitó la gorra de béisbol.

No era Detrick.

Era un hombre blanco, pálido, que no tendría más de veintidós años. Allí echado con las manos esposadas abrió mucho la boca. Miró a Emmerich y luego a los policías.

—No me hagan daño...

Emmerich retrocedió y miró alrededor, a la noche empapada y lúgubre. El viento húmedo se le colaba por debajo del cuello del abrigo.

—¿Qué demonios está pasando aquí? —dijo el chico.

El oficial Lewis se arrodilló a su lado.

—¿Quién eres?

—Kevin Reid.

—¿Qué estás haciendo aquí?

—No he hecho nada malo.

—¿Por qué estabas en el edificio de Biología?

—Ese hombre...

Emmerich dijo:

—¿Qué hombre?

—El hombre me dio cien pavos para que entregara un sobre en la oficina de Biología. No he hecho nada malo. Lo único que he hecho ha sido meter el sobre por debajo de la puerta del despacho.

Lewis colocó al chico de costado y sacó una cartera de su bolsillo trasero. Dentro había un billete nuevo de cien dólares. Sacó el carnet de conducir del chico.

—Kevin Reid —dijo.

En la acera, Reid estaba tirado, temblando.

—Entregar un sobre no es ningún delito. No me apunten con esas armas...

Lewis hizo una seña y todos enfundaron sus armas. Lewis puso de pie a Reid. Sus oficiales le cogieron por los codos y se lo llevaron para interrogarle. Emmerich examinó el campo poco iluminado, boscoso.

El aliento de Lewis formaba nubecillas en el aire.

—¿Qué está pasando?

Emmerich sintió un frío enorme.

—Una distracción. En Arizona, nuestros agentes arrestaron

a Detrick siguiéndole hasta su objetivo. Ha aprendido la lección. Nos acaba de despistar.

Lewis dijo:

—Pero, entonces, ¿dónde demonios está?

Cuando sonó el timbre de la puerta en la Xi Zeta, Emily estaba en la cocina, bebiéndose un vaso de leche. A través de la ventana de atrás veía el aparcamiento. El coche de la señora Grosjean ya se había ido. El sitio donde había aparcado era un rectángulo negro de asfalto sin tocar por la aguanieve que ya se iba acumulando. El policía no había vuelto aún. Sus pisadas seguían alrededor de la casa y se perdían fuera de la vista.

Emily dejó el vaso en el fregadero y se dirigió hacia la puerta delantera.

En el salón, dos de sus compañeras de la hermandad saltaron de un sofá. Tres más bajaron corriendo las escaleras y entraron en el salón. Emily fue hacia la puerta, pero ellas le hicieron señas de que volviera atrás.

—No, no —dijo Julia Chan—. Espera.

Varias de las jóvenes formaron una barrera protectora en torno a Emily. Ella se sentía como una pelota de rugby en el centro de una melé. Julia y su compañera de cuarto, Hannah, se acercaron nerviosamente a la puerta. Era de madera pesada y sólida. Julia, con los puños tensos, miró por la mirilla.

—Es una mujer con traje negro. —Se volvió hacia Emily—. Y enseña unas credenciales del FBI.

Emily dijo, relajada:

—Está bien.

La barrera la dejó pasar y ella abrió la puerta.

—Agente especial Hendrix.

La mujer que estaba en el porche bajó la cartera con la credencial y se la guardó.

—Señorita Hart...

Emily se apartó a un lado y la dejó entrar. La mujer era joven, con el pelo rubio. Miró a las otras chicas.

—Tendría que hablar con Emily a solas. Por favor, id a vuestras habitaciones y esperad ahí. Subiré a interrogaros individualmente dentro de unos minutos.

Curiosas y reacias, las chicas retrocedieron. La rubia se volvió hacia el hombre que la había seguido dentro.

—Junto con el agente especial a cargo Emmerich.

El hombre tenía el pelo oscuro y los ojos grises. Cerró la puerta y pasó el cerrojo.

59

La aguanieve golpeaba el parabrisas del Suburban. Subiendo hacia la cima de la colina, Rainey tomó la curva final. Entre unos abetos muy altos se veían las luces de una casa, algo borrosas entre la lluvia helada. Unos coches aparcados se alineaban en la calle estrecha. No había nadie fuera.

Caitlin señaló hacia el bloque.

—Es ahí.

Rainey aminoró la velocidad hasta ir muy despacio y agachó la cabeza para atisbar a través de la acumulación de nieve del parabrisas. La casa Xi Zeta era un edificio colonial, muy desgastado. Bajo la luz de su porche, el césped estaba blanco por la nieve. Un coche patrulla de Portland estaba aparcado junto a la acera.

En la casa, las cortinas de las ventanas estaban abiertas. Dentro, en lo que parecía el salón, se podía ver a Emily con una sudadera con capucha azul oscura, los rizos castaños sujetos en una coleta medio deshecha. Con los brazos cruzados, hablaba con alguien que estaba al otro lado de la habitación, más allá de su línea de visión.

—No han corrido las cortinas —dijo Rainey.

¿Con quién hablaba Emily? Se acercaron más a la casa. Apareció a la vista una mujer, de espaldas a la ventana. Entre la nieve, Caitlin vio que tenía el pelo rubio, que le caía por debajo de los hombros. ¿La supervisora? No... Iba vestida demasiado formal. Llevaba un traje negro y una blusa blanca. Como una directora de catering o una coordinadora de seguros de un hospital. O una agente del FBI. Rainey exclamó:

—Hendrix...

Puso las luces largas. Justo delante, el coche patrulla de policía estaba vacío. La ventanilla del conductor estaba bajada, dejando que la lluvia helada penetrase en el coche.

El estómago de Caitlin se puso tenso.

—Dios mío...

En la casa, la mujer agitaba el dedo a Emily. Hablando con la joven por encima de su hombro, fue andando hasta la ventana delantera y bajó las persianas. Durante una fracción de segundo su rostro fue visible.

—Dios, ¿la has visto...?

La sombra de la mujer seguía siendo visible contra las persianas bajadas. Se volvió.

Cogió a Emily por el brazo y se lo retorció por el codo hacia la espalda. Rainey dijo:

—Están aquí.

Las luces de la casa se apagaron.

Caitlin saltó del Suburban mientras este todavía estaba en marcha.

Con la Glock en la mano, Caitlin corrió por el césped delantero, bajo la lluvia helada. Detrás de ella, el Suburban frenó con un chillido. Su puerta se cerró de golpe. Los pasos de Rainey sonaron tras ella.

Corrieron hacia los escalones delanteros de la casa de la hermandad y ocuparon posiciones en los lados opuestos de la puerta. Rainey cogió el pomo. Cerrado.

Sacó el teléfono que llevaba en el bolsillo trasero. La pantalla estaba iluminada con un mensaje entrante. Respondió, examinando la oscura casa y el césped, con los ojos brillantes e intensos.

—Emmerich —dijo—. Detrick está en la casa de la hermandad. No hay ni rastro de los policías de Portland. Necesitamos apoyo.

Caitlin hizo señas de que ella se ocupaba de la parte de atrás y corrió por un lateral de la casa. Corrió hacia las sombras, con la llovizna aguijoneándole la cara. Oyó que Rainey rompía el cristal de una ventana para entrar por delante.

Casi tropieza con el hombre que yacía en el suelo.

Era un oficial de policía. Se agachó y le puso dos dedos en el cuello. Notó pulso. Todavía respiraba.

Cuando apartó la mano, esta estaba caliente y llena de sangre. Se la limpió en los vaqueros, cogió el teléfono y llamó a la policía de Portland. En voz baja y urgente dio el número de placa del agente del FBI y su localización.

—Oficial abatido. Repito, oficial abatido.

Su propio pulso también martilleaba con fuerza; se puso de pie y fue avanzando hacia la parte de atrás de la casa. Echó un vistazo y vio un patio, un césped y unos arbustos en la parte de atrás del edificio. Corrió hacia la puerta trasera. Estaba abierta de par en par.

Con el arma levantada, Caitlin entró y comprobó la zona de la puerta por fragmentos verticales mientras doblaba la esquina. Se encontró en la cocina.

Se apartó de la puerta y apuntó con el arma de izquierda a derecha por la cocina. Sus ojos se estaban acostumbrando a la oscuridad. Mostradores y fregadero bajo las ventanas. Una isla grande en el centro. Frigorífico y armarios en las paredes interiores. Pasó alrededor, comprobando la habitación por sectores, con el corazón latiéndole con fuerza.

Encontró los interruptores de la luz. Los pulsó. Nada... Detrick o su compañera habían cortado la luz.

Se adentró en la cocina y resbaló con algo. Se enderezó y encendió la linterna. Para su horror, apareció ante su vista un charco de sangre.

En el suelo, doblando la esquina de la isla, yacía una joven con una sudadera del Greenspring College, inmóvil. La parte posterior de la cabeza la tenía destrozada a golpes. Caitlin se agachó y puso los dedos en la carótida de la chica. No había pulso.

La respiración de Caitlin se aceleró. Unas huellas ensangrentadas salían desde el cuerpo de la joven y subían por las escaleras de la cocina.

Desde el salón, Rainey dijo:

—Despejado.

Caitlin se puso de pie, rodeó la isla y pasó la luz de su linterna por la habitación.

—Cocina despejada. Rainey..., arriba.

Apagó la linterna y subió corriendo por la escalera de la cocina. Sus botas retumbaron en la madera. Antes de alcanzar la parte superior se agachó, con la pistola levantada y el corazón latiendo deprisa. Poco a poco se incorporó, con el arma apuntada directamente hacia abajo, al pasillo.

En el rellano que había en la parte superior de la escalera yacía una segunda joven tirada en el suelo. Las huellas ensangrentadas continuaban por el pasillo.

Horrorizada, Caitlin pensó: «Emily ya no es el asesinato de afirmación de Detrick».

La hermandad era un objetivo demasiado tentador para que lo pasara por alto. Estaba disfrutando de la casa como un zafio que pasa en coche a toda velocidad por una carretera golpeando los buzones con un bate de béisbol.

Rainey subió por las escaleras.

—No hay señal de Emily ni de esa mujer abajo.

—La puerta de atrás estaba abierta de par en par.

Sabía, con enfermiza claridad, lo que había ocurrido. La rubia con el traje negro, la *groupie* de Detrick, ya se había llevado de allí a Emily.

—Detrick ha cambiado de jugada —dijo—. En lugar de coger a Emily y salir huyendo con ella, se ha quedado aquí.

Desde un dormitorio del extremo del pasillo llegaron unos quejidos, luego un grito. Caitlin y Rainey levantaron sus armas. Rainey iba delante, Caitlin inmediatamente detrás de ella, con la mano en su hombro. Se acercaron a la puerta. Rainey tomó posiciones pegada a la pared de la izquierda. Caitlin ocupó la pared derecha.

Caitlin dio la vuelta al pomo. La puerta estaba cerrada.

Gritó:

—¡FBI!

Dentro, una chica gritó pidiendo socorro. Caitlin retrocedió. Rainey apuntaba con el arma hacia la puerta para cubrirla. Equilibrándose bien, Caitlin levantó la pierna y dio una patada al cerrojo. La puerta no se movió. Volvió a gritar:

—¡Apártate de la puerta!

Sonidos de alguien corriendo. Una voz joven.

—Ya está.

Adoptó un ángulo más pronunciado y descargó cuatro tiros en el marco, en torno a la cerradura. Esta vez, cuando dio la patada, la puerta se abrió de golpe.

Dentro, una joven estaba sentada en el suelo, con su compañera de habitación herida en el regazo.

Rainey entró y movió su arma a la derecha.

—Derecha, despejado.

Caitlin estaba justo detrás de ella, apuntando a la izquierda.

—Izquierda, despejado. Todo despejado.

Una lluvia helada entraba en la habitación. La ventana estaba abierta y habían roto la mosquitera de una patada.

La joven que estaba en el suelo levantó la vista, bajo el pelo oscuro. Señaló hacia la ventana.

—Ha saltado.

Rainey se arrodilló junto a la chica herida. Al cabo de un segundo había llamado a los sanitarios y había pedido refuerzos aéreos.

Caitlin miró por la ventana. No había ni rastro de Detrick.

Telefoneó a Emmerich.

—Ha huido.

—Estoy a diez minutos de distancia con el equipo táctico de la policía de Portland. Otras unidades tendrían que estar ahí dentro de menos de cinco minutos.

—La cómplice de Detrick tiene a Emily. Probablemente va a una cita con él. —Bajo la ventana se encontraba un patio con suelo de cemento y unas sillas de exterior rotas—. Se ha dado un buen golpe en el suelo. Quizá esté herido.

—Vayan con cuidado —dijo Emmerich—. Pero encuéntrenlo.

Rainey se arrodilló al lado de la joven herida. La chica estaba inconsciente.

—Respira todavía. Su pulso es fuerte. —Rainey se volvió hacia la compañera de cuarto de la chica—. ¿Cómo te llamas?

—Julia.

—Julia, ¿cuántas personas más hay en la casa?

—Quizá... dos docenas. Están en las habitaciones, ellos nos dijeron que subiéramos...

—Ya vienen de camino para ayudaros. Cuando nos vayamos cierra la puerta, pon esa cómoda delante y no abras hasta que veas a unos policías de uniforme con unos camilleros dentro de la casa. ¿Podrás hacerlo?

—Sí. —La chica asintió vigorosamente.

Caitlin y Rainey corrieron al vestíbulo. Salieron y cerraron la puerta, y oyeron que la cómoda rascaba en el suelo.

Al pasar corriendo por el pasillo, se abrieron unas cuantas puertas unos pocos centímetros. Rainey gritó:

—¡Quedaos en vuestras habitaciones con las puertas cerradas! ¡La policía viene para aquí!

393

Caitlin y ella bajaron a todo correr las escaleras. Fuera, a través de la aguanieve, unas luces distantes relampaguearon en azul y rojo. La policía venía desde el campus, un kilómetro y medio más allá por la carretera, pasada la cima de la colina. Rainey paseó su linterna por el césped. Unas huellas fangosas conducían irregularmente hacia los bosques.

—Va cojeando —dijo Caitlin.

—La Remington. —Rainey corrió al otro lado de la calle para coger la escopeta de su Suburban.

Caitlin apuntó con su linterna a los árboles. Las huellas de Detrick desaparecían entre unos rododendros enmarañados.

Desde detrás de ella, más allá de la aguanieve que caía, llegó un sonido. Un ruido sordo. Fue creciendo hasta convertirse en el gruñido de un motor pesado. Unos faros se encendieron.

Un monovolumen negro aceleró calle abajo, en dirección al Suburban.

Caitlin estaba ya en movimiento hacia él antes de haber formulado siquiera el pensamiento.

«Rainey».

Los faros iluminaron a Rainey en la calle, junto al Suburban. El monovolumen negro aceleró directo hacia ella. Rainey dio un salto para intentar apartarse del camino, pero el monovolumen le dio un golpe.

Voló sobre el capó del vehículo y se golpeó en el parabrisas, rompiéndolo. Se deslizó, desmadejada, y cayó al suelo.

El monovolumen siguió avanzando. Era un Tahoe negro, prácticamente gemelo del Suburban. Rozó el vehículo del FBI. Luego, girando hacia la casa de la hermandad, se subió a la acera y entró en el césped. Sus faros se iluminaron más, deslumbrando a Caitlin. Pensó: «Estoy jodida».

Giró y el Tahoe la golpeó.

Fue un golpe de refilón, pero aun así la tiró al suelo y la lanzó resbalando boca abajo por la acera.

El Tahoe perdió tracción, giró y se detuvo en el césped, con el lado del conductor frente a Caitlin. Los faros proyectaron unas sombras oscuras en la calle.

Aturdida y temblorosa, Caitlin levantó la cabeza. Vagamente vio unas caras en las ventanas superiores. Una figura en un porche vecino, que inmediatamente se metió dentro. Luces azules y rojas relampaguearon entre los abetos que se alineaban en la cima de la colina. Oyó sirenas distantes.

La puerta del conductor del Tahoe se abrió. La luz del interior se encendió. Emily estaba en el asiento de atrás, al parecer atada con esposas o bridas de plástico al tirador interior de la puerta. Luchaba inútilmente por liberarse.

La persona que conducía salió del coche. Era la rubia que llevaba un traje negro. Echó una mirada a Rainey, que yacía inmóvil en la carretera, y se volvió hacia Caitlin. Los ojos de aquella mujer eran fríos. Como piedras de río, suaves, planas, erosionadas, sin empatía alguna.

Aunque estaba tirada en el suelo, Caitlin reconoció aquella mirada. La había visto antes... En Austin, en la calle, junto a la oficina de Detrick, en la inmobiliaria Castle Bay, cuando aquella mujer clavó los ojos a Caitlin como si quisiera destriparla como un ciervo.

Era la recepcionista. La joven que había dicho que Detrick era increíble. Brandi Childers.

Un cuchillo le relampagueaba en la mano.

Caitlin rodó, buscando su Glock. Brandi se lanzó hacia ella.

Un disparo de escopeta dio a la mujer en el pecho.

El estruendo de la escopeta quedó cortado por el viento, pero no hay nada que suene igual que un proyectil de una escopeta del calibre 12 dando en el blanco. La camisa blanca de Brandi, su pálida piel y su pelo brillante se convirtieron en un amasijo rojo. Cayó como si le hubiesen cortado las cuerdas y se dio un golpe en el suelo.

La nieve medio derretida se volvió escarlata debajo de ella. Se quedó muy quieta.

En la calle, Rainey accionó el mecanismo de la Remington. La sujetó apuntando aún a Brandi, dos segundos más, para asegurarse. Luego se apoyó en el lateral del Suburban y se dejó caer al asfalto.

Caitlin se puso de pie a toda prisa. Dio una patada al cuchillo que llevaba Brandi en la mano, confirmó que no tenía pulso, recogió el cuchillo y avanzó tambaleante hacia Rainey.

Rainey estaba apoyada contra el Suburban, ensangrentada y cubierta de cristales rotos. La escopeta le temblaba en la mano. Caitlin se dejó caer con una rodilla a su lado.

Rainey dijo:

—Bien, todo bien.

No era así, pero la mirada de Rainey era nítida y su pulso era fuerte cuando Caitlin le cogió la muñeca. Rainey hizo una seña: podía aguantar. Caitlin le tendió el cuchillo de Brandi y se puso de pie.

Las luces relampagueantes estaban más cerca, las sirenas se oían con mayor claridad.

Parpadeó. Subiendo la carretera hacia la universidad, una camioneta se encontraba cruzada en la calle estrecha, con la parte delantera y la trasera casi tocando a los coches aparcados en cada acera, bloqueando la calle.

Igual que los cubos de basura que habían bloqueado un carril de la carretera de Crying Call, después de la huida de la cárcel.

Se dio la vuelta para mirar el Tahoe. A través de la lluvia helada vio una sombra que se alzaba en la parte más alejada del monovolumen. Emily gritó.

Detrick. Caitlin levantó el arma y apuntó hacia el vehículo. Detrick saltó al asiento del conductor del Tahoe, puso la marcha y apretó el acelerador a fondo hacia la calle. Caitlin apuntó, pero Emily estaba en la línea de fuego. No podía disparar.

El Tahoe se deslizó por la carretera resbaladiza y se dio un golpe con un coche aparcado. Detrick giró el volante. Se volvió, con los ojos brillantes, y vio a Caitlin. Entonces aceleró y bajó por la calle, alejándose de las luces y las sirenas que se acercaban.

Caitlin dio dos pasos hacia el Suburban del FBI. Estaba destrozado.

Rainey levantó la vista. Su voz se elevó a través del viento:

—¡Corre!

60

Caitlin echó a correr detrás del Tahoe, por la acera. Le dolían las costillas. Le dolía el hombro. Le dolía la pierna izquierda, que parecía un amasijo de hematomas. La aguanieve le picoteaba el rostro.

Detrás de ella, el volumen de las sirenas aumentó. Miró hacia atrás. Rainey seguía agachada junto al Suburban. Las luces giratorias de los coches de policía habían coronado ya la colina. Pronto bajarían a toda velocidad por la calle estrecha y descubrirían la camioneta que les bloqueaba el camino. La camioneta no los entretendría mucho, un minuto quizá, pero podía ser demasiado. Detrick corría a toda velocidad fuera de aquel barrio y se dirigía hacia las carreteras principales y la interestatal 5. Si Caitlin lo perdía de vista, podía desaparecer entre la tormenta.

Y si eso sucedía, Emily estaría muerta.

Las luces traseras del Tahoe disminuyeron de tamaño entre la helada lluvia. Caitlin notó un nudo en la garganta. Nunca conseguiría coger un monovolumen a pie. Era imposible.

Y luego pensó: «Claro que lo haré, maldita sea».

Para llegar al pie de la colina, Detrick tenía que dar la vuelta y tomar cuatro curvas pronunciadas. Podía atajarlo.

Dio la vuelta, corrió hacia la casa de la hermandad y entró en el patio de atrás. Al final de la propiedad, se metió entre los arbustos.

Salió por una ladera empinada y boscosa. Oyó en la distancia el Tahoe, que iba por la siguiente curva cerrada. Corrió, medio desequilibrada, hacia la carretera que estaba debajo, para interceptarlo.

Al cabo de un centenar de metros corriendo por terrenos resbaladizos colina abajo, atisbó el asfalto entre los árboles y chapoteó entre la blanca aguanieve. Los faros se acercaban. Ella aceleró.

Antes de que ella alcanzara la carretera, el Tahoe pasó a toda velocidad.

—Mierda.

Se dijo a sí misma, con convicción: «Ignóralo todo». Todo lo que dolía por haberse magullado. Los golpes, los cortes. «Ignora el hielo que te golpea el rostro. Corre más. Vamos, princesa». Salió a toda velocidad por la carretera. Las luces traseras del Tahoe estaban a medio camino de la siguiente curva cerrada.

Su respiración se volvió más áspera. No podía detenerse, no podía bajar el ritmo. Era capaz de aguantar al menos otros ochocientos metros de carrera más, a aquella velocidad. Y podía correr más rápido aún. ¿Por qué ahorraba fuerzas, si se puede saber?

Corrió a toda velocidad, atravesó la carretera, bajó la colina por el otro lado. Oyó que el Tahoe tomaba la curva siguiente. Con los brazos delante de la cara, pasó a toda velocidad entre arbustos y ramas. Vio la carretera por debajo de ella.

Los faros del Tahoe se alzaron y pasaron ante ella de nuevo. Cayó en el asfalto solo unos segundos más tarde esta vez. El coche continuó hacia la curva siguiente. Sus luces de freno se encendieron... tarde. El Tahoe viró, raspó el guardarraíl y consiguió dar la vuelta por los pelos.

Detrick parecía perjudicado. Abandonando las últimas precauciones que todavía le quedaban, Caitlin cruzó la carretera y saltó por la ladera de la colina en la oscuridad. Detrás de ella, en la casa de la hermandad, las luces relampagueantes quedaron apagadas por la tormenta. Escuchó intentando oír el motor del Tahoe.

Se le enganchó el pie en una enredadera y cayó hacia delante.

Se hizo un ovillo, fue dando tumbos, intentó rodar, pero se dio un golpe con tanta fuerza que casi se quedó sin aliento. Gritando por el susto, se deslizó colina abajo entre barro, gravilla y hojas. Rodó por segunda vez, se puso de pie tambaleándose por el impulso y luego siguió avanzando. Oyó de nuevo el motor del Tahoe. En la distancia, los faros giraban al dar la vuelta en la curva.

El monovolumen acabó de dar la vuelta. Ella estaba por delante.

Corrió desde los árboles, salió a la carretera y levantó la Glock.

Detrick aceleró directamente hacia ella. Un miedo helado le invadió el cuerpo. Apretó el dedo contra el gatillo. Esperó. Planeaba hacer múltiples disparos al radiador. Tenía una pistola semiautomática. Para dar en el blanco tenía que estar muy cerca.

Los faros gritaban en sus ojos. Apuntó entre ellos y apretó el gatillo.

Disparó, oyó que la bala rebotaba. Apretó de nuevo.

El gatillo no funcionó. La Glock no disparó.

«Dios».

El vehículo iba rugiendo hacia ella, reluciente, acercándose. Caitlin se tiró hacia un lado de la carretera. El Tahoe pasó a su lado. Ella dio la vuelta, con el corazón latiéndole atropelladamente. Encendió su linterna e iluminó la Glock. «Maldita sea». El extractor estaba sucio de barro por su caída por el suelo. Eso había causado una alimentación doble. La pistola estaba atascada.

Había fallado. Detrick había pasado.

El Tahoe continuó colina abajo. Por delante de él se encontraba la última curva. Solo tenía una última oportunidad para correr colina abajo hacia la carretera y detenerle.

Se metió la delgada linterna en la boca. Echó hacia atrás la guía de la Glock y sacó el cargador. Sacudió la guía tres veces. Cogió un nuevo cargador de su cinturón, lo insertó y sacudió la guía de nuevo.

La munición no entraba. Le dio unos golpecitos, pero el arma seguía sin funcionar bien. Vete a saber lo que habría en los muelles, la cámara o el cañón. No tenía ni tiempo ni herramientas para limpiar el arma. Se la enfundó.

Echó una mirada al Tahoe, que se alejaba. Ya estaba casi en la curva. Ella se volvió hacia el atajo, esperando que las luces del freno se encendieran.

Pero no lo hicieron.

Caitlin parpadeó, quitándose el agua helada de los ojos. Con el aliento entrecortado exclamó:

—Ay, Dios.

Las luces del Tahoe iluminaban lo que tenían por delante. Árboles, un guardarraíl, señales amarillas de advertencia. Pero no aminoró la marcha.

«Dios santo». El monovolumen dio un viraje brusco en el suelo resbaladizo y no consiguió coger bien la curva.

El ruido fue como un chirrido, un abrelatas rebanando el metal. El Tahoe abrió una brecha en el guardarraíl y se salió de la carretera.

Caitlin trepó alrededor de la parte seccionada del guardarraíl. Más allá, el promontorio estaba hundido por el impacto del Tahoe. El monovolumen había caído de cabeza por la colina, arrancando árboles jóvenes y helechos. Abajo, en la oscuridad, oyó correr el agua.

Pasó la linterna por la línea de caída de la montaña. Unas huellas de neumático corrían en dos franjas por el promontorio abajo. Al cabo de unos sesenta metros, se volvían desiguales y desaparecían en la oscuridad. Rechinó los dientes. El Tahoe había girado y dado vueltas de campana.

Fue bajando por la colina. El sonido del agua que corría se hizo más intenso. Se deslizó los últimos tres metros por tierra resbaladiza y se fue deteniendo.

El Tahoe yacía accidentado en un canal de cemento que rugía con la corriente residual.

Bajo el haz de la linterna, los borbotones de agua formaban espuma. El agua rompía contra la rejilla del monovolumen. El vehículo yacía medio sumergido, con el asiento del conductor abajo y el capó y el techo orientados hacia ella. Un faro seguía encendido por encima del agua.

Caitlin respiraba agitadamente. A través de la lluvia helada, su aliento surgía como si fuera humo. El canal tenía seis metros de ancho. La mayoría de los días, el agua probablemente formaba un chorrito a lo largo de su centro con un par de centímetros de altura solamente. Aquella noche, un torrente arremolinado salpicaba las orillas empinadas del canal. Pasó la linterna por la escena. A diez metros corriente abajo desde el Tahoe, el canal caía de manera vertiginosa hacia el río principal. Podía oír el trueno de toneladas de agua estrellándose abajo.

—Mierda.

La rueda delantera del monovolumen estaba metida en una capa de residuos. Una rama de árbol, barras de hierro, algo. Eso era lo que evitaba que el Tahoe cayera del todo.

Por el momento. El agua del canal iba aumentando.

Caitlin apuntó con su linterna al parabrisas del Tahoe. El agua había llenado a medias el interior del vehículo. No había nadie al volante.

A través del techo de cristal del monovolumen, Caitlin vio a Emily. La chica estaba atada con unas bridas de plástico a la manecilla interior de la puerta del asiento de atrás, justo detrás del asiento del conductor. La puerta estaba en el fondo del canal.

Con el agua que llegaba hasta la mitad del vehículo, Emily apenas podía mantener la cara por encima de la superficie. Luchaba en busca de aire.

Caitlin sacó su teléfono, llamó a Emmerich y le dio la ubicación.

—Necesitamos a los bomberos. Ahora mismo.

—Dos minutos —dijo Emmerich.

El agua lamía la barbilla de Emily.

—Ella no tiene dos minutos. —No podía esperar a los bomberos.

Con la boca seca, temblando, apartó el teléfono, salió de la ladera cubierta de hierba hacia la orilla de hormigón en pendiente del canal y bajó hasta el borde. Los chorros de agua helada se mezclaban con la nieve.

Cuando era policía de patrulla, había visto vehículos arrastrados en carreteras inundadas, pero la profundidad del agua era de unos cincuenta o sesenta centímetros. Eso parecía mucho más. Era una fuerza monstruosa.

Desde el interior del Tahoe llegó un sonido de golpes. Caitlin apuntó su linterna al techo de cristal corredero. Emily tenía la frente ensangrentada y chorros rojos le empapaban el pelo húmedo y le surcaban las mejillas. Había golpeado el techo de cristal con la cabeza para atraer la atención de Caitlin. El agua corría a raudales por la cara de la chica.

Caitlin apuntó la linterna y la apagó y la encendió para hacerle señales.

—Ya voy.

Se metió la linterna en el bolsillo trasero y fue avanzando como pudo corriente arriba unos cuarenta metros. Respirando con rapidez y con fuerza, dejó escapar un fuerte grito y saltó desde la orilla.

Cayó en el agua, que le llegaba hasta el muslo.

—Dios santo.

El frío era exagerado. Lo dejaba a uno atontado, como una descarga eléctrica. Notaba las piernas completamente tiesas. Una sacudida de dolor la dejó sin aliento y llegó hasta el centro de su cerebro.

«Sigue».

Plantó los pies con fuerza para prepararse, extendió las manos para equilibrarse y fue avanzando hacia el monovolumen. Con cada paso, luchaba para no perder pie. El frío y la fuerza del agua la desgarraban junto con su miedo. Si perdía el control, aunque fuera solamente por un segundo...

Pensó en Sean. Pensó en su padre. «Dios mío, Dios mío», deseaba que estuvieran allí, con equipo de rescate, cuerdas, un arnés...

Emily sacaba la cabeza hacia fuera con desesperación luchando por conseguir un poco de aire. Dios mío..., joder. Era ella. O ella o nada. «Sigue».

Caitlin vadeó el agua agitada, con las piernas ardiendo por el frío. Diez metros, ocho, seis, cuatro... Extendió la mano y se agarró a la rejilla del Tahoe.

La fuerza del agua la empujaba contra el vehículo. Apoyó las manos congeladas en el monovolumen y salió del agua dirigiéndose hacia la parte delantera y la rueda derecha del vehículo.

Trepó hasta la puerta delantera del pasajero, le castañeteaban los dientes. No podía abrirla. Estaba aplastada y fuera de sus goznes. Siguió avanzando hacia la puerta trasera.

Con los dedos entumecidos agarró el tirador y abrió la puerta. La empujó para abrirla del todo y miró dentro del vehículo.

Ni rastro de Detrick.

¿Habría sido arrojado fuera cuando se echó a rodar? ¿Se habría caído por la cascada? ¿Se habría escapado ese hijo de puta? No veía la última hilera de asientos del Tahoe, atrás del todo.

«Deja de hacerte preguntas. Vamos».

Justo por debajo de ella, en el asiento de atrás, Emily estaba sumergida y flotaba inerte.

Con el corazón dándole golpes en el pecho con fuerza, Caitlin sacó su cuchillo de caza del bolsillo trasero. Lo apretó hasta que estuvo segura de tenerlo bien sujeto en la mano helada. Diciéndoles a sus dedos: «Aguantad», se metió en el vehículo.

De nuevo cayó en un agua helada hasta la altura del muslo. Cogió aliento, se sumergió bajo la superficie y luchó para no jadear por el frío atroz. Pasó la mano por el brazo de Emily hasta que encontró la brida de plástico. Deslizó la punta del cuchillo por debajo y lo movió. Con un movimiento de sierra tras otro, cortó el plástico.

Emily quedó flotando, libre. Caitlin se enderezó fuera del agua, inhaló y levantó la cabeza de la joven por encima de la superficie.

No respiraba.

61

La cara de Emily estaba de un blanco fantasmal, y los labios, color carbón. Tenía los ojos medio abiertos y se veía el blanco del ojo. Las manos de Caitlin estaban muy entumecidas, pero la piel de Emily parecía mucho más fría aún. La chica estaba casi congelada.

No podía poner a Emily en posición de rescate dentro del espacio del Tahoe volcado, ni mucho menos levantarla y tumbarla en una superficie plana. Caitlin levantó a la joven entre los brazos.

—Vamos, chica. Vamos —susurró entre dientes.

El procedimiento de rescate era ABC: abrir vía aérea, buena respiración, circulación. Puso una mano detrás de la cabeza de Emily, le inclinó la mandíbula hacia arriba y despejó las vías.

Nada.

—¡Emily! ¡Despierta!

Fuera, el agua crecida golpeaba el Tahoe. Parecía que el monovolumen estuviera atrapado en un desagüe, en medio de un tremendo rugido. El agua apretaba todas las junturas del vehículo. Y también el miedo.

Emily seguía desmadejada. El pánico se apoderó de los nervios de Caitlin. ¿Cuánto tiempo había pasado la chica sin oxígeno?

Se puso detrás de ella, apretó a Emily contra su pecho y unió sus propias manos en un puño justo por debajo de las costillas de Emily. Apoyando bien las piernas, Caitlin apretó los puños en el diafragma de Emily, haciéndole la maniobra de Heimlich.

El agua salió de entre los labios de la chica como una vomitona enorme. Emily tosió y respiró.

La adrenalina corrió por las venas de Caitlin.

—¡Vamos!

Se agarró con fuerza a la joven. Emily respiró otra vez y abrió los ojos.

Durante un segundo, Emily miró a la oscuridad sin ver. Su aliento húmedo reverberaba dentro del vehículo. Luego parpadeó, pareció orientarse y se puso tensa. Sus manos salieron del agua como puños. Se retorció e intentó soltarse.

—¡Emily! —Caitlin la sujetó con fuerza—. Soy Caitlin Hendrix.

La chica escupió:

—Demuéstrelo.

Temblando, Caitlin la sujetó con fuerza.

—En cuanto salgamos. Que será ahora mismo.

Emily seguía tensa. Caitlin notaba la fuerza juvenil de la chica que volvía de nuevo. Si tenía que seguir el impulso de luchar o huir, esa chica sería de las que presentan batalla.

—Mis credenciales están empapadas. Te lo demostraré en cuanto salgamos de aquí —dijo Caitlin.

Emily se preparó para golpear de nuevo durante un segundo más. Luego accedió con un gesto algo frenético.

—Sí.

Caitlin cogió a la joven hasta que Emily pudo ponerse de pie. Se tambaleaba, tosía y temblaba. Caitlin dudaba de que pudiera permanecer de pie sola.

—Aquí, agárrate al marco de la puerta —le dijo—. Yo te empujaré.

Llegó un sonido de la parte trasera del Tahoe. Una salpicadura. Dentro del vehículo.

El aire pareció cambiar. Caitlin notó que la piel se le erizaba.

Se inclinó para ver alrededor de los asientos traseros del monovolumen, que estaban en sombras.

Sombras. Una forma, negro sobre negro. Un brillo.

Detrick estaba agazapado en la parte más alejada, mirándola.

Le costó un instante verle bien. Los ojos brillantes, con una bolsa de deporte colgada del hombro. «Dinero —pensó ella—. Carnets de identidad. Su kit de huida».

Empujó a Emily tras ella. Buscaba su cuchillo cuando Detrick saltó hacia ella.

Él pasó entre los asientos de atrás, le hizo un placaje muy duro y la fue golpeando sin parar hasta el salpicadero. Allí la agarró por el cuello.

Le salía sangre de un corte profundo que tenía en la frente. A la luz escasa del salpicadero, los ojos grises de él resplandecían, plateados. Tenía una mirada que no se parecía a nada que ella hubiera visto antes.

Era la mirada que veían sus víctimas unos segundos antes de que él se las llevara. Decía: «Sí, es así. Eres mía. Créetelo, y muere».

Él tenía en la mano la barra de hierro para desmontar llantas. Levantó el brazo, dispuesto a golpearla. Ella cerró la mano, giró y le golpeó con fuerza en un lado de la cabeza.

Él aulló. Tenía los oídos llenos de agua... Ella esperaba haberle reventado el tímpano. Dejó caer la barra de hierro y se llevó la mano al oído herido. Sus ojos se incendiaron, llenos de rabia.

Detrás de él, Emily estaba con la boca abierta.

Caitlin resolló:

—Sal.

Emily no se movió. Pero Caitlin sabía lo que ocurriría si la chica esperaba allí. Su única oportunidad era que ella saliera del vehículo.

Empujó a Emily con el pie.

—¡Sal!

Emily abrió la boca. Levantó la cabeza hacia la puerta abierta que tenía por encima.

Caitlin buscó el cuchillo en su bolsillo trasero. Lo sacó, pero sus dedos eran bloques de hielo. Detrick se lo tiró de la mano de un manotazo. Una rabia plateada le llenaba la mirada. Otros colores se le reflejaban también en el rostro. Rojo y azul dando vueltas.

Caitlin fue a por sus ojos.

Se los golpeó y le clavó las uñas en la cara. Retrocediendo, el rugió ciegamente y le dio puñetazos en la cara. La cabeza de ella rebotó de golpe contra el parabrisas. Vio estrellas que le explotaban ante los ojos.

Durante unos segundos solo oyó zumbidos y no vio nada. Luego empezó a ver negro y amarillo, con algo de movimiento. Salpicaduras. Empujones.

Las estrellas se apagaron. Volvió en sí. En el asiento de atrás, Emily estaba intentando subir. Tenía las manos en el marco de la puerta y luchaba para colocar un pie en un asiento trasero y poder trepar hacia fuera, al asiento del pasajero.

Detrick agarró a la chica. Le soltó las manos del marco de la puerta y la tiró hacia abajo. Apretándole la garganta, le metió la cabeza debajo del agua.

Dios santo. El coche estaba lleno de agua helada, y, aun así, lo único que quería él era matar.

Caitlin no tenía el ángulo necesario para darle una patada en la cabeza. Se acurrucó para coger el cinturón de Detrick.

Su mano derecha estaba esposada al volante.

«Dios». Equipo de fuga. Equipo de secuestro.

Con la mano izquierda agarró la parte de atrás de la camisa de Detrick. Eso le retrasó momentáneamente, pero sus dedos estaban demasiado entumecidos para sujetarlo bien.

Él cambió su presa del cuello de Emily a las manos de ella, que lo agarraban, la empujó hacia abajo y la pisó. Caitlin volvió a pegarle de nuevo. Levantando una rodilla, él le dio un golpe. Ella intentó sortearlo y cogerle la pierna, pero las botas de él conectaron con la clavícula de ella. Caitlin notaba todo su cuerpo entumecido.

Emily le dio un puñetazo, intentando apartarlo y coger aire.

Él hizo una pausa. Tenía la cara machacada, un ojo hinchado, pero parecía oscuramente satisfecho.

—Le dije que iba a salir andando tranquilamente y se lo ha tenido que tragar.

El aliento de Caitlin se endureció. No había tiempo. La policía estaba cerca, pero Detrick lo sabía, y no dejaría que Emily y ella quedasen vivas para que ellos las encontraran. La envidia primitiva que lo devoraba no lo permitiría jamás.

«Me queda una sola jugada», pensó. Eso era todo lo que tenía. Y solamente unos segundos para hacerla bien.

Inhaló con fuerza.

—Me dijo que iba a desear haberme suicidado.

Lo dijo con voz temblorosa. Tiritaba, le castañeteaban los dientes. Detrick la miró con desprecio.

«Suéltalo, Caitlin. Suéltalo todo. Tiene que parecer real».

Forzó su voz para que sonara calmada.

—Ese es su deseo. ¿Lo quiere?

La extrañeza cruzó el rostro de él. Y ella recitó las palabras que había pronunciado cuando le telefoneó a la línea de crisis.

—«Me deslizaré en la oscuridad, flotando. Parecerá que caigo a través de un campo de estrellas, en la nada oscura».

Detrick se quedó helado. Por un momento abrió la boca y ella vio que se le iluminaba una bombilla interior. Él se dio cuenta de que Rose, la comunicante suicida, era ella. La incertidumbre asomó a sus ojos.

Caitlin buscó por abajo, cogió el volante y lo giró.

El neumático delantero del Tahoe estaba cogido fuertemente contra los residuos del canal, pero Caitlin se arrojó sobre él con todas sus fuerzas. Si giraba el volante con el impulso suficiente, quizá consiguiera desatascar el vehículo.

La incertidumbre de Detrick se convirtió en miedo. Gritando, soltó a Emily, saltó hacia Caitlin e intentó detenerla.

Intentó retorcerle la mano y quitársela del volante, pero ella tenía el brazo sujeto en torno al volante por el codo, y cuando él tiró ella siguió ejerciendo fuerza lateral. Concentrado en detenerla, luchaba como un perro salvaje. Le daba puñetazos, intentaba agarrarla, intentaba morderle la cara y el cuello. En el asiento de atrás, Emily se levantó, jadeando.

Con la mano izquierda, Caitlin fue tocando por debajo del agua en busca de su cuchillo, pero este había desaparecido.

Emily se lanzó contra Detrick, agarrándole la camisa con fuerza.

—¡Para!

Caitlin miró por encima de Detrick, adonde estaba ella.

—Vete. Ahora.

Los labios de Emily se separaron y sus ojos se abrieron mucho. Meneó la cabeza. Detrick seguía intentando quitar las manos de Caitlin del volante. No cogió su arma. Había visto que no funcionaba bien. Y, centrado en soltarle las manos, al parecer no pensó en usarla para golpearle los dedos.

Caitlin gritó:

—¡Vete!

Emily se apartó, se incorporó y salió del coche.

Caitlin gritó:

—¡Ciérralo!

Emily cerró la puerta de golpe. Con la mano libre, Caitlin buscó el contacto y el llavero. Los faros del Tahoe todavía estaban encendidos, y las luces del salpicadero también. La batería todavía les daba electricidad. Activó el cierre centralizado.

Un estruendo recorrió todo el vehículo. Detrick se volvió, parpadeando, al oír el sonido. Soltó a Caitlin y buscó por encima de su cabeza, y toqueteó el tirador de la puerta del asiento delantero, el del pasajero. Pero esa puerta estaba aplastada y cerrada.

Caitlin arrancó la llave del contacto y se metió el llavero entero en el bolsillo de los vaqueros. Detrick se volvió hacia ella, comprendiendo al fin.

Ella había conectado los cierres de seguridad para niños. Estaba atrapado.

Se arrojó hacia ella, pero Caitlin tenía bien sujetos ambos codos en torno al volante, de modo que su cabeza estaba solo justo por encima de la superficie del agua.

A través del parabrisas vio las luces que relampagueaban y que bajaban la pendiente del canal. Por encima de ella, en el chasis del Tahoe, los pasos de Emily resonaban con fuerza.

La chica gritó:

—¡Aquí!

A través de la aguanieve que la acribillaba, las luces oscilantes llegaron al borde del canal. Detrás de ellos, unas linternas muy potentes bajaban la colina. Pero las luces pequeñas no esperaron ni se detuvieron al borde del agua. Sorprendentemente, empezaron a formar una fila. Oscilando, agitándose, acercándose.

Un grupo de chicas jóvenes formaba una cadena humana desde la orilla, vadeando el canal, para llegar al Tahoe y poner a salvo a Emily.

Detrick intentó otra vez abrir la puerta que tenía por encima. Dio un puñetazo a la ventanilla. Rugió, lleno de ira y de dolor. Entonces se volvió hacia Caitlin.

Emily, con mucho cuidado, se dirigió hacia la rejilla del monovolumen. El extremo posterior del Tahoe estaba levantado con la corriente. Una cuerda se agitó en la oscuridad, y Emily la cogió.

Las manos de Detrick se clavaron en los antebrazos de Caitlin, pero ella los había asegurado muy bien en torno al volante. Ella arrojó todo su peso hacia un lado y dio una vuelta fuerte al volante, con lo que consiguió el máximo apoyo.

Apretó bien los pies contra el asiento para evitar que él se los moviera. La posición de Emily todavía era precaria.

Las voces, ahogadas por el rugido del agua, gritaban indicaciones a Emily. Ella se ató la cuerda alrededor de la cintura e intentó hacer un nudo. No era el mejor de los nudos, pero lo consiguió, a pesar de tener las manos congeladas.

Unos brazos se alargaron para cogerla. Caitlin captó el destello de una tira de alta visibilidad en un casco. Un hombre de uniforme. Un policía motorizado. Tras él vio GREENSPRING RUGBY en la sudadera de otro rescatador.

Emily gritó:

—¡Ayuden a la agente del FBI que está dentro!

La chica se volvió y miró por el parabrisas. Su expresión era tensa. El rescatador y ella se agarraron por las muñecas. Se deslizó desde el abollado capó del Tahoe al agua.

Lo último que vio Caitlin fueron los ojos desesperados de Emily. La cadena de rescatadores se la llevaba hacia la seguridad de la orilla.

El capó del Tahoe se inclinó unos grados más.

Un minuto más tarde, Caitlin había dado la vuelta al volante para evitar que Detrick la soltara. Había cambiado el ángulo en el que colgaba el coche. Detrick no se había dado cuenta. En el interior confinado y congelado del monovolumen, él estaba intentando sacar el llavero del bolsillo de Caitlin. Pero no importaba.

Caitlin empezó a respirar con jadeos rápidos y profundos. No faltaba mucho. La parte de atrás del vehículo iba inclinándose lentamente hacia el centro del canal.

Vio a Emily llegar a la orilla. El policía y su compañera del equipo de rugby la levantaron del agua, y cayó en los brazos de sus compañeras de hermandad.

Caitlin notó un pinchazo cosquilleante en el centro del pecho. «A salvo».

Desde más allá de la rueda delantera atrapada del Tahoe, llegó un sonido de desgarro. El peso de Emily había hundido el vehículo lo suficiente para mantenerlo sujeto a los desechos en los cuales había quedado atrapado el monovolumen. Caitlin sabía que, cuando Emily se bajase del capó, la reducción de peso podía significar una diferencia vital. Y así había sido.

Una ola golpeó la rejilla. El Tahoe se levantó del lecho del canal. Con una sacudida, el neumático delantero se liberó de los desechos que lo mantenían sujeto.

La corriente cogió el vehículo y lo arrastró hacia el borde del precipicio.

Detrick gritó, soltó a Caitlin y aporreó el parabrisas. Caitlin se hizo un ovillo contra el volante, sujetándose a él con todas sus fuerzas y pensando: «Por favor. Emily está a salvo. Dame más tiempo aquí y ahora».

62

En la furiosa corriente, el Tahoe se inclinó, se levantó y pasó por encima del borde de cemento de la cascada hacia la nada, con Caitlin hecha un ovillo contra el volante y Detrick gritando.

El fondo literalmente se desplomó hacia la nada. «Respira, respira, respira».

Cayeron seis metros. La parte de atrás chocó primero con fuerza, y cayeron al río. El golpe fue muy fuerte, quedaron sumergidos y luego el Tahoe osciló y volvió a la superficie y se abrió paso como una ballena. La parte delantera emergió con ruido de nuevo y el monovolumen dio la vuelta.

El torrente caía desde arriba. El río Willamette, muy crecido, les cogió rápidamente. Se alejaron hacia atrás, a la corriente principal del río.

Y, con un sonido de madera que crujía, se detuvieron.

Habían quedado atrapados contra el tronco de un árbol caído. El agua helada sumergió a Caitlin, y luego bajó el nivel.

Ella respiró, asombrada de estar todavía consciente. Por encima, más allá del borde del precipicio, la enorme catarata se veía siniestramente iluminada por unas luces azules que giraban. Las linternas barrían el promontorio.

En el asiento delantero del pasajero, Detrick se agitó. Con la mano izquierda, Caitlin buscó en su cadera derecha y sacó el arma.

Fuera, las luces de emergencia, los faros y la luz de un helicóptero llenaban el aire. Detrick abrió los ojos. Su rostro quedaba en sombras, pero se puso tenso. Con la mano izquierda ella le apuntó.

—Kyle —dijo—. Estás arrestado.

Él negó con la cabeza.

—Eso no dispara.

—Estás jodido. Bien, pero que bien jodido. No te muevas.

Los anchos hombros de Detrick llenaban el coche. Su respiración parecía robar el aire. La seguridad que tenía en sí mismo oscurecía el espacio que había entre los dos. Se replegó sobre sí mismo.

Aunque Caitlin tenía la mano derecha esposada al volante, la cadena todavía le daba margen de maniobra. Dio un porrazo a la culata de la Glock, accionó la guía y puso su dedo índice en el gatillo. «Por favor».

Cuando Detrick se abalanzó sobre ella, la luz se le reflejó en los ojos.

Caitlin le disparó en el pecho.

Los bomberos de Portland lanzaron un bote hinchable y una moto acuática al río crecido. Un helicóptero de la policía volaba por encima, con su foco reverberando en el agua llena de espuma blanca. Los bomberos golpearon el techo del coche.

Caitlin intentó gritar, pero solo consiguió susurrar con voz ronca:

—Está detenido. Le he disparado, pero sigue siendo peligroso.

El agua en el Tahoe estaba llena de la sangre de Detrick, y el aire, de sus penosos jadeos.

—No importa si echa las tripas. No se lo lleven en el helicóptero —dijo ella.

Él la miró, medio consciente, enseñando los dientes. Otra moto acuática pasó a su lado, con el motor rugiendo contra la corriente. Detrás del conductor iba un oficial táctico de Portland con un rifle. Apuntó a Detrick.

Los bomberos lo sujetaron a un arnés. El helicóptero lo subió con un cabrestante desde el Tahoe y se lo llevó, colgando, a la orilla del río, donde esperaba un montón de vehículos policiales e incluso un equipo SWAT.

El bombero se volvió hacia Caitlin, levantando un alicate para cortar.

—Ahora le toca a usted.

Ella recordaba el dulce chasquido de la cadena de las esposas al cortarla y la experta calma de los bomberos que la ayudaron a subir al bote hinchable. Recordaba haber dicho: «Gracias». Cuando el bote hinchable aceleró con su bonito motor Evinrude contra el río crecido, se fijó en los focos en la costa. En sombras y delante de todo estaba la dura silueta de Emmerich. Junto a él vio a Brianne Rainey.

Vagamente recordaba que un sanitario la condujo a una ambulancia en la que hacía calor y la envolvió en una manta térmica plateada. Al final, cuando consiguió dejar de tiritar, pudo volver a enfocar la noche.

Rainey estaba sentada frente a ella, despeinada y ensangrentada. Unos vendajes de mariposa cerraban una larga brecha que tenía en la mejilla. Todavía seguía salpicada de cristalitos. Bajo las duras luces, parecía que una diminuta galaxia se había iluminado encima de ella. Caitlin tendió la mano y cogió la de ella.

Rainey se la apretó.

—Emily está ahí fuera.

Caitlin se puso de pie, temblando, y bajó de la ambulancia. Emmerich se acercó.

—¿Está...?

—Estoy bien. ¿Dónde está ella?

Él señaló más allá de los vehículos. Un grupo de chicas estaba de pie al borde de la luz. También estaban envueltas en mantas térmicas, después de llevar a cabo su improvisado rescate. Emily estaba con ellas, hablando con un oficial de policía de Portland.

—¿Lo sabe? —preguntó Caitlin.

—¿Lo de Lia? No.

Caitlin dejó la manta y se acercó al grupo de jóvenes. Emmerich iba a su lado.

Emily la vio, y, aunque estaba toda mojada y con hipotermia, y casi se ahoga, se apartó de la mujer policía con la que hablaba, se acercó a Caitlin y la rodeó con los brazos. Caitlin dejó escapar un suspiro, luego sus hombros cayeron y la abrazó con fuerza.

—Pensaba... —Emily se atragantaba—. Vi que el coche caía, y pensé que...

—Ya lo sé. —Caitlin había visto antes la cara de Emily, cuando la chica salió del Tahoe. Eso era lo más importante para ella—. Estás bien.

Emily asintió brevemente.

Caitlin se agarró a ella.

—Tenemos más noticias...

Se lo contaron. Emily bajó la cabeza y lloró durante casi un minuto entero. Luego enderezó los hombros.

—¿Puedo viajar a Nevada ya? Tengo que ir a... —Se le quebró la voz—. A hacerme cargo del cuerpo de Lia.

—Pronto —dijo Emmerich—. Mañana o pasado.

Caitlin admiraba a aquella muchacha. Emily era el polo opuesto de Brandi Childers, que se había unido a un asesino en serie en una siniestra orgía de poder y gratificación.

Emily se secó los ojos. Sus amigas se acercaron. Caitlin notó una punzada de dolor al ser consciente de que aquel día, él solo, Detrick, había matado a dos jóvenes, y quizá también a un oficial de policía, en tan solo pocos minutos, y que nadie podría devolverles la vida.

Caitlin dijo:

—Tienes unas amigas estupendas.

Emily asintió. Las chicas la rodearon en un abrazo grupal.

Bajo las luces relampagueantes, los sanitarios cargaron una camilla en la ambulancia. Detrick yacía sujeto con correas, inconsciente, esposado de pies y manos, y custodiado por dos oficiales tácticos con rifles. Las puertas se cerraron con un golpe.

63

Al día siguiente la tormenta se desplazó hacia el este y el sol brillaba de un rosa dorado en un cielo de porcelana. Las calles, las montañas, los árboles, todo relucía bajo una brisa cortante. Caitlin se levantó aún exhausta. Le picaban los dedos como si todavía estuviera sumergida en agua helada.

Desmontó, limpió, engrasó y volvió a montar su Glock antes de pasar un rato en la galería de tiro, en el sótano del Departamento de Policía de Portland. La semiautomática disparó una carga entera sin fallar, con limpieza y suavidad. Se sintió mucho más tranquila cuando se la volvió a enfundar en la cadera. Centrada.

Después, ella, Rainey y Emmerich pasaron la mañana viajando entre el Departamento de Detectives, en la oficia de la policía en el centro de la ciudad, y la hermandad Xi Zeta. Trabajaron en la escena del crimen junto con los detectives de homicidios de Portland, interrogando a los testigos, delineando peticiones de órdenes judiciales de búsqueda y recogiendo pruebas que darían forma a la acusación contra Kyle Detrick.

Los oficiales de policía que estaban de guardia custodiando la Xi Zeta estaban ambos gravemente heridos. Al conductor del coche patrulla lo habían encontrado en el maletero de su coche, con una herida en la cabeza. Detrick y Brandi llegaron en un monovolumen que parecía un vehículo del FBI, y fueron hasta su coche enseñando unas credenciales falsas. Cuando el hombre bajó la ventanilla, Brandi le tocó con el táser y Detrick le golpeó con la barra de hierro para desmontar llantas. Él y su compañero estaban hospitalizados. Su pronóstico era reservado, pero esperanzador.

La Ciberdivisión de la Policía de Portland, coordinada con Nicholas Keyes en Quantico, fue trazando el camino que siguió Detrick de Crying Call a Phoenix, Jester, el lago Tahoe y Portland. El teléfono de prepago que tenía en el bolsillo cuando lo arrestaron tuvieron que secarlo con mucho cuidado antes de que el laboratorio criminalístico pudiera recuperar los datos. El de Brandi contenía los mensajes de texto que ella había enviado, coordinando la fuga de Detrick del tribunal. Uno le decía dónde había aparcado ella el coche que usarían como vehículo de fuga. Otro decía: «Llegada a Oklahoma. De camino a Rincón».

Tenían también el móvil de Aaron Gage, robado cuando Brandi irrumpió en su casa y le apuñaló. Así es como se habían enterado de la dirección de la casa de Lia Fox.

No habían hecho más que empezar a bucear en el vínculo entre Brandi y Detrick.

Su malsano apego a él resultó evidente desde el día que Caitlin la conoció. Y ahora, con retrospectiva, también notaba su desdén por las demás mujeres y su desprecio por el cumplimiento de la ley. Al parecer, la pasión de Brandi por Detrick había crecido a partir de unas raíces psicológicas muy enmarañadas. La habían arrestado una vez por atacar a una rival amorosa con una botella de vodka rota. Tenía un exmarido que había ido a la cárcel por pegar con una pistola a otro conductor en una discusión de tráfico que había llegado a las manos. Brandi se casó con él en el tribunal, mientras lo estaban juzgando. La violencia le atraía desde hacía mucho tiempo.

Ella era la figura que aparecía en el vídeo de los multicines de Solace, que subrepticiamente había ido siguiendo a Detrick mientras este seguía a su víctima. Por entonces, ella ya sabía que Detrick era un secuestrador. Lejos de sentir repulsión, su criminalidad (transgresora, astuta, arriesgada) la había atraído aún más hacia él.

Después del arresto de Detrick, la propia Brandi le ayudó a escapar. La libertad le puso en deuda con ella. Caitlin sospechaba que Brandi pensaba que él se mostraría agradecido. Y que había esperado que se uniera a ella como su compañera.

Quizá pensara que eran forajidos. Después de todo, Bonnie y Clyde también eran de Texas.

Pero Caitlin no se podía imaginar que Detrick viese las cosas de esa manera. Brandi se había convertido en cómplice de sus crímenes. En cuanto cruzó esa línea, quedó atrapada. Él estaba en deuda con ella.

Pero no le estaba agradecido. Era un psicópata. Solo la utilizaba.

Al final, Detrick la acabó destruyendo. Cuando quedó allí tirada, abatida por un tiro de escopeta, no le dedicó ni siquiera una mirada. Se fue, sin más.

La casa de la hermandad y la calle donde estaba se encontraban acordonadas mientras los forenses trabajaban en la escena. Caitlin notó que su energía se agotaba al entrar en la cocina y ver la silueta donde habían encontrado el primer cuerpo, con la sangre esparcida a su alrededor.

Envidia primitiva. Si Detrick no podía tenerlas, las destruía.

A la hora de comer volvió en coche a la ciudad, al centro verde y lleno de vida, y escribió un informe del enfrentamiento con Brandi y Detrick. Se comió una hamburguesa en una cafetería de la Veintitrés Noroeste. La luz del sol, limpia, penetraba por el ventanal de cristal que daba a la calle, y ella hizo una pausa mientras comía para escribir. Respiró el aire fresco, observó los abetos que alfombraban las montañas, dejando que las conversaciones normales, las risas, las emociones, la decisión del trabajo diario la invadiesen por completo en la cafetería.

Su teléfono sonó con mensajes de texto y llamadas. Cada vez que Caitlin miraba la lista, veía el mensaje sin responder de Michele. «¿Todo bien, niña?».

Caitlin sabía que tenía que contactar tanto con Michele como con Sean, y que cuanto más dejase pendiente ese tema, más duro le resultaría. Se acabó el vaso de té helado, cogió el teléfono y empezó a contestar.

«Hola, chica. Ha sido una locura».

Borró lo que había escrito.

Volvió a empezar.

«No quería dejarte colgada, pero es que he estado liada y...».

Dejó un espacio. Su pulgar se quedó en el aire encima de un emoticono sonriente.

Oyó un golpecito. Rainey miraba por el ventanal, con las manos colocadas encima de los ojos. Caitlin le hizo señas de que entrase.

Ella entró dando unos golpecitos en el reloj.

—Salimos para el aeropuerto dentro de quince minutos.

Caitlin se metió el teléfono en el bolsillo trasero.

—Tengo que parar en un sitio de camino.

El centro médico era un complejo salpicado de árboles junto a la pista de baloncesto de los Trail Blazers. Daba a unos rascacielos que había en la orilla del río. Cuando el Suburban paró bajo el pórtico de la entrada principal, Caitlin les dijo a Rainey y Emmerich:

—No tardaré mucho.

En el piso de arriba, entre todo el ajetreo, en la zona donde la tecnología se unía con la fragilidad de la carne, enseñó sus credenciales a la enfermera que estaba en el mostrador de recepción, en la unidad de cuidados intensivos del hospital.

—No puede recibir visitas —dijo la enfermera—. Ni preguntas.

—No voy a entrar.

Recorrió el pasillo. Delante de la habitación de Detrick había un policía de guardia.

Detrás de la pared de cristal, Detrick yacía inmóvil, lleno de tubos y monitores, con las manos esposadas a las barandillas de la cama. Ella ni siquiera traspasó la puerta. Le parecía muy bien que hubiese un cristal de seguridad entre ambos.

Pero quería que él la viera. Que viera que estaba de pie y, en cambio, él no. Ella miró a través del cristal, esperando, hasta que él giró la cabeza.

Se quedó quieto, pálido. Su pecho subía y bajaba. La miró con intensidad.

Caitlin levantó una mano. Le hizo señas. Y, cuando estuvo segura de que él le dedicaba toda su atención, sonrió.

EPÍLOGO

El sábado por la noche, en la sala de urgencias del hospital Temescal de Oakland estaban desbordados. Eran las ocho menos cuarto de la tarde cuando unos sanitarios de los bomberos trajeron a una mujer medio loca. No era la primera mujer medio loca de la noche, pero sí la peor.

Estaba atada a una camilla, retorciéndose. Los sanitarios la hicieron pasar por las puertas y saludaron a la enfermera de triaje.

—Mujer caucásica, de unos cuarenta años aproximadamente. Encontrada en el campus de Berkeley, yaciendo supina en la acera, agitada y gritando incoherencias —dijo el sanitario más veterano—. No tiene billetera ni carnet.

La llevaron en camilla por el pasillo. Tenía la ropa asquerosa, pero no olía mal, como cuando se lleva mucho tiempo en la calle. La mujer arqueó la espalda y gritó. Puso los ojos en blanco y la saliva surgió de sus labios. Sus palabras eran ininteligibles.

Estaba cubierta de sangre. Tenía las muñecas atadas con...

—¿Alambre de espino?

—Ha luchado mucho intentando impedir que la tocáramos —dijo el sanitario—. Apenas hemos conseguido ponerla en la camilla. Hemos empezado a abrirle la chaqueta, pero ella se ha lanzado hacia delante y ha intentado morderme.

La enfermera los dirigió hacia una sala de reconocimiento. Aparcaron la camilla junto a la mesa de reconocimiento y el médico residente entró. Se puso unos guantes de látex. Tenía los ojos cansados y el uniforme arrugado. Llevaba veintiséis horas seguidas de guardia.

—A la de tres.

Juntos, dos enfermeras y el sanitario trasladaron a la mujer a la mesa. Ella se agitó e intentó hablar de nuevo, pero los sonidos que emergían de su boca eran quejidos como de un animal.

El sanitario dijo:

—Las constantes vitales son estables, aparte de una leve taquicardia. Tasa del corazón, uno cero tres. Examen neurológico general, normal. Pupilas iguales, redondas, reactivas. Ninguna señal de trauma en la cabeza. Estaba consciente pero desorientada cuando la encontramos... No era capaz de darnos su nombre, ni la fecha ni el lugar.

Él le tendió a la enfermera una tablilla con pinza, ella firmó y se fueron.

Con las tijeras de cortar vendas, la enfermera empezó a cortar la chaqueta de la mujer. Pensaba: «¿Daños cerebrales? ¿Drogas?». La paciente se revolvía. La enfermera le habló con calma, le preguntó a la mujer su nombre, pero la paciente no respondió. El residente examinó el alambre atado a las muñecas. Le subía por los brazos por debajo de las mangas de la chaqueta. Los pinchos se le clavaban en la carne.

—Cortador de alambre —pidió.

La enfermera abrió la chaqueta y la camisa de la mujer. Se detuvo.

—Doctor...

La otra enfermera le tendió al residente un cortador de alambre canulado. Este sujetó la muñeca de la paciente.

La enfermera miraba con horror el abdomen de la paciente.

La mujer estaba envuelta en cinta adhesiva ancha. El residente pasó las mandíbulas del cortador en torno al alambre de espinos, dispuesto para cortarlo. La enfermera se inclinó y poco a poco dio la vuelta a la paciente para poder verle la espalda.

La enfermera saltó hacia el médico, gritando:

—¡Noooooo...!

En su apartamento, protegida por los nogales de Virginia y la noche invernal, Caitlin se secó el pelo húmedo con una toalla y se puso unos vaqueros y una camiseta de los Warriors. En el suelo, las ropas salían desordenadas de la maleta abierta. En el estéreo sonaba música, Stevie Ray Vaughan, *Pride and Joy*. Texas... de la buena. Subió el volumen.

Cuando se puso medio a bailar en la cocina, Shadow saltó a sus pies, con las orejas erguidas.

Caitlin se echó a reír.

—Eh, chica, otro paseo no. Ya hemos corrido cinco kilómetros antes de que se pusiera el sol.

Acarició el pelaje de Shadow y le dio una galleta para perros de la caja que había encima del mostrador.

Caitlin tendría que haber estado exhausta, pero se sentía muy ligera. Sacó un recipiente con ensalada de frutas del frigorífico. Se lo pensó mejor y cogió un trozo de queso parmesano. Y *prosciutto*. Y una botella de Pinot Grigio. El apartamento estaba caldeado. No era todavía su casa, no del todo, pero con sus ventanas correderas y sus estantes empotrados para ella ya estaba bien. Cogió un plato, se sirvió una copa de vino y se dejó caer en el sofá. Acalló la música y encendió el televisor. Eligió *Black Mirror*.

Envió un mensaje a Rainey: «Es una sátira distópica».

La respuesta llegó enseguida: «Aleluya. Lo siguiente: ópera».

Sonriendo, Caitlin siguió mirando el teléfono. Suspiró. «Aprovecha el momento». Mandó un mensaje a Michele: «Lo siento, he sido una cría». Luego llamó a Sean.

Su número sonó. Shadow saltó al sofá. Sus ojos suplicaban: «¿Galleta?». Caitlin la apartó.

Con un ruido, Sean respondió al teléfono. El aire que aullaba y un ruido de motor oscurecían su voz.

—No sé nada todavía. Voy de camino. Nadie sabe nada.

Ella se quedó helada.

—¿Sean?

—No hay información fiable. Es un caos. Pero Cat..., pinta muy mal.

Una aguja caliente pareció penetrarle entre sus los. Agarró el mando a distancia y puso un canal de noticias.

En la pantalla se veía un edificio destrozado. Las llamas surgían de las ventanas de la planta baja. Los camiones de bomberos llenaban la calle. Más allá, el letrero que había encima de la entrada del edificio decía: URGENCIAS.

«Últimas noticias: explosión en un hospital de Oakland».

—Dios mío... —Era el Temescal.

Michele trabajaba en el Temescal.

A través del teléfono, el motor de la furgoneta de Sean rugía.

—Los teléfonos del hospital no funcionan. Michele no contesta al móvil. Los bomberos ni siquiera pueden entrar todavía. —Su voz tenía un tono roto—. Caitlin, es él.

Su propia voz le sonaba distante.

—El terrorista.

El rugido del motor llenó el teléfono. Unas llamaradas anaranjadas llenaban la pantalla de la televisión.

La voz de Sean era como un cuchillo oxidado.

—¿Y si es... él?

El campo de visión de Caitlin tembló de repente. Notó una sensación de *déjà vu*. Parecía como un eco visual. Una sombra que no estaba realmente allí.

Se puso de pie. Notaba la garganta obstruida.

—Voy a reservar un vuelo. Cojo un avión esta misma noche. —Su pulso atronaba—. Sean. Ve. Yo salgo ahora mismo.

AGRADECIMIENTOS

Como siempre, tengo que dar las gracias a un gran número de personas cuyas habilidades, entusiasmo y dedicación me han ayudado a que esta novela sea el mejor libro posible. En particular, estoy muy agradecida a todo el mundo en Dutton, especialmente a John Parsley, Christine Ball, Cassidy Sachs, Jessica Renheim y Jamie Knapp. Por apoyarme en todos los pasos del camino, quiero dar las gracias al equipo de The Story Factory, especialmente a David Koll, y, por encima de todo, a Shane Salerno. También estoy muy agradecida a Carl Beverly, Sarah Timberman, Liz Friedman y a la CBS; a Joe Cohen y Tiffany Ward de la CAA, y a Richard Heller. Por proporcionar una caja de resonancia, mil gracias a Ann Aubrey Hanson. Por su apoyo y sus ánimos, doy las gracias a Don Winslow y Steve Hamilton. Por demostrarme cómo se desarma a un atacante en la oscuridad (y por creer en mí desde el día que nos conocimos), gracias, siempre, a Paul Shreve.

MEG GARDINER

CAITLIN HENDRIX

1. Mensajes desde el infierno

Hace veinte años, un asesino en serie aterrorizó a toda la bahía de San Francisco con sus crímenes. Caitlin Hendrix lo recuerda a la perfección, porque el psicópata nunca fue atrapado y el caso casi destruyó a su padre, el detective de policía que estaba al mando. Ahora, cuando Caitlin tan solo lleva seis meses en el equipo de Narcóticos, parece que el asesino ha vuelto a actuar de forma despiadada. Sus brutales asesinatos y sus retorcidos mensajes amenazan con hundir la vida de Caitlin en las tinieblas.

2. La nada oscura

Las desapariciones de varias mujeres jóvenes en los últimos meses han puesto en alerta a las autoridades del sur de Texas. Los presuntos secuestros se produjeron en diferentes circunstancias, pero siempre un sábado por la noche. Caitlin Hendrix, que ahora es agente del FBI experta en analizar perfiles psicológicos, sospecha que un asesino en serie recorre las carreteras de los alrededores de Austin. Sus miedos se ven confirmados cuando aparecen los dos primeros cadáveres.